춘원 이광수 전집 3

허생전

최주한 | 숙명여자대학교 화학과를 졸업하고 서강대학교 국어국문학과 대학원을 졸업했다. 서강대학교 인문과학연구소에서 연구교수로 재직했고, 현재 동 연구소 책임연구원으로 재직 중이다. 저서로『제국 권력에의 야망과 반감 사이에서―소설을 통해 본 식민지 지식인 이광수의 초상』,『이광수와 식민지 문학의 윤리』가 있고, 역서로『근대일본사상사』(공역),『『무정』을 읽는다』,『일본 유학생 작가 연구』,『이광수, 일본을 만나다』등이 있다. 공편 자료집『이광수 초기 문장집』 I · II,『이광수 후기 문장집』 I · II가 간행되었고,『이광수 후기 문장집』III도 곧 간행될 예정이다.

춘원 이광수 전집 3

허생전

초판 1쇄 발행 2019년 4월 15일
초판 2쇄 발행 2019년 12월 16일

지은이 | 이광수
감   수 | 최주한

펴낸이 | 지현구   펴낸곳 | 태학사
등   록 | 제406-2006-00008호   주   소 | 경기도 파주시 광인사길 223
전   화 | (031) 955-7580   전   송 | (031) 955-0910
전자우편 | thaehaksa@naver.com   홈페이지 | www.thaehaksa.com
편   집 | 조윤형 · 오은미 · 김성천   디자인 | 이보아 · 이윤경 · 김선은

값은 뒤표지에 있습니다.

ISBN 979-11-6395-034-9 04810
      979-11-6395-031-8 (세트)

이 도서의 국립중앙도서관 출판예정도서목록(CIP)은 서지정보유통지원시스템
홈페이지(http://seoji.nl.go.kr)와 국가자료종합목록시스템(http://www.nl.go.kr/kolisnet)에서
이용하실 수 있습니다. (CIP제어번호 : CIP2019011758)

이 전집은 춘원 이광수 선생 유족들의 협의를 거쳐 막내딸인 이정화 여사의 주관으로 발간되었습니다.

춘 원 이 광 수 전 집 **3**

허생전

장편
소설

최주한 감수

태학사

이광수(李光洙, 1892~1950)

일러두기

1. 이 책은 『동아일보』 연재본(1923. 12. 1 ~ 1924. 3. 21)을 저본으로 삼고, 1924년 시문사 간행 단행본을 참고했다.

2. 이 책은 2017년 3월 28일 문화체육관광부 고시 '한글 맞춤법'에 따라 현대어로 옮긴 것이다. 각각의 작품은 저본에 충실하되, 현대적인 작품으로 일신하고자 하였다. 단, 작가의 의도를 드러낼 필요가 있거나 사투리, 옛말, 구어체 중에서도 오늘날 의미나 어감이 통하는 표현은 가급적 살리고자 하였다.

3. 한글만 쓰기를 원칙으로 하되, 낱말의 뜻을 파악하기 어려운 한자어나 외국어의 경우, 혹은 경전, 시가, 한시, 노래 등의 원문을 그대로 인용한 경우에는 한글을 먼저 쓰고 한자 또는 해당 원어를 병기하였다.

4. 대화는 " "로, 등장인물의 생각이나 강조의 뜻은 ' '로, 말줄임표는 '……'로 표기하였다. 읽는 이들의 편의와 문맥을 감안하여 원문의 의미를 훼손하지 않는 선에서 적절하게 문장부호를 추가, 삭제하거나 단락 구분을 하였다.

5. 저술, 영화, 희곡, 소설, 신문 등의 제목은 각각의 분량을 기준으로 「 」와 『 』로 표기하였다.

6. 숫자는 가급적 한글로 표기하되, 연도 등 문맥을 고려하여 필요하다고 판단되는 경우에는 아라비아 숫자로 표기하였다.

7. 현행 외래어 표기법을 따르되, 그 쓰임이 굳어진 것은 관례적인 표현을 따랐다.

8. 명백한 오탈자라든가 낱말의 순서 바뀜 등의 오류는 바로잡았다. 선정한 저본만으로 해결할 수 없는 경우, 다른 판본을 참조하여 수정하였다.

9. 이상의 편집 원칙에 따르되, 감수자가 개별 작품의 특성을 고려하여 유연하게, 탄력적으로 이 원칙들을 적용하였다.

발간사

춘원연구학회가 춘원(春園) 이광수(李光洙) 연구를 중심축으로 하여 순수 학술단체를 지향하면서 발족을 본 것은 2006년 6월의 일이다. 이제 춘원연구학회가 창립된 지도 13년이 되었다. 그동안 우리 학회는 2007년 창립기념 학술발표대회 이후 학술발표대회를 16회까지, 연구논문집 『춘원연구학보(春園研究學報)』를 13집까지, 소식지 『춘원연구학회 뉴스레터』를 13호까지 발간하였다.

한국 현대문학사에 끼친 춘원의 크고 뚜렷한 발자취에 비추어보면 그동안 우리 학회의 활동은 미약하였다. 그러나 여러 가지 어려운 여건 속에서도 학회를 창립하고 3기까지 회장을 맡아준 김용직 선생님과 4~5기 회장을 맡아준 윤홍로 선생님, 그리고 학계의 원로들과 동호인들의 각고의 노력으로 우리 학회의 내일이 한 시대의 문학과 문화사에 깊고 크게 양각될 것으로 기대된다.

일제강점기에 춘원은 조선인들에게 민족의식을 일깨워주고 문학적 쾌락을 제공하였다. 춘원이 발표한 글 중에는 일제의 검열로 연재가 중단되거나 발간이 금지된 것도 있다. 춘원이 일제의 탄압에도 끊임없이 소설을

7

쓴 이유는 「여(余)의 작가적 태도」에 잘 나타나 있다. 이 글은 검열을 의식하면서 쓴 글임에도 비교적 자세히 춘원의 입장을 밝히고 있다. 춘원은 "읽을 것을 가지지 못한" 조선인, 그중에도 "나와 같이 젊은 조선의 아들딸을 염두에" 두고 "조선인에게 읽혀지어 이익을 주려" 하는 것이라 하면서, 자신이 소설을 쓰는 근본 동기가 "민족의식, 민족애의 고조, 민족운동의 기록, 검열관이 허(許)하는 한도의 민족운동의 찬미"라고 밝히고 있다. 춘원의 소설은 많은 젊은이에게 청운의 꿈을 키워주기도 하고 민족적 울분을 삭여주기도 했다.

뿐만 아니라 춘원은 『신한자유종(新韓自由鐘)』의 발간, 2·8독립선언서 작성, 대한민국 임시정부 수립, 임시정부의 『독립신문』 사장, 수양동맹회(修養同盟會)와 수양동우회(修養同友會), 그리고 동우회(同友會) 활동 등 독립운동과 민족운동에 참여한 바 있다.

일제는 1937년 7월, 중일전쟁 직전인 1937년 6월부터 1938년 3월까지 수양동우회와 관련이 있는 지식인 180명을 구속하고 전향을 강요하였으며, 1938년 도산(島山) 안창호(安昌浩)의 사후 춘원은 전향하고 '가야마 미쓰로(香山光郎)'로 창씨개명을 하게 된다.

당시의 정황은 우리가 생각하는 것처럼 단순하지 않다. 조선의 히틀러라 불리는 미나미 지로(南次郎) 총독이 전시체제를 가동하여 지식인들의 살생부를 만들고 그들의 생명을 위협하던 시기였다. 나라를 잃고 민족만 남아 있는 일제강점기에 우리 선조들은 온갖 고난을 감수해야만 했다. 일제에 저항하여 독립운동을 하고 옥사한 사람들도 있지만, 생존을 위해 일제에 협력하고 창씨개명을 한 이들도 적지 않았다.

해방 후 춘원은 자신의 과오를 반성하지 않고, 자신은 민족을 위해 친일을 했고, 민족을 위해 자기희생을 했노라고 했다. 이러한 주장은 많은 사람들로부터 질타를 받았다. 그럼에도 춘원을 배제하고 한국 현대문학과 현대문화를 논할 수 없으며, 그가 남긴 문학적 유산들을 친일이라는 이름으로 폄하하는 것은 온당해 보이지 않는다. 문학 연구에 정치적인 논리나 진영 논리가 개입하면 객관적인 연구가 진척될 수 없다. 공과 과를 분명히 가리고 논의 자체를 논리적이고 이지적으로 전개해야 재론의 여지가 생기지 않는다.

삼중당본 『이광수전집』(1962)과 우신사본 『이광수전집』(1979)은 편집자의 의도에 따라 많은 작품이 누락되어 춘원의 공과 과를 가리기에 어려움이 있다. 또한 현대어와 거리가 먼 언어를 세로쓰기로 조판한 기존의 전집은 현대인들이 읽기에 어려움이 있다.

따라서 춘원이 남긴 모든 저작물들을 포함시킨 새로운 전집을 발간할 필요성이 제기되었다. 춘원연구학회에서는 춘원의 공과 과를 객관적으로 평가하는 장을 마련하기 위해 춘원학회가 아닌 춘원연구학회라 칭하고 창립대회부터 지금까지 공론의 장을 마련해왔으며, 새로운 '춘원 이광수 전집' 발간을 준비해왔다.

전집 발간 준비가 막바지에 달한 2015년 9월 서울 YMCA 다방에 김용직, 윤홍로, 김원모, 신용철, 최종고, 이정화, 배화승, 신문순, 송현호 등이 모여, 모 출판사 사장과 전집을 원문으로 낼 것인가 현대어로 낼 것인가, 그리고 출판 경비는 어느 정도로 할 것인가를 가지고 논의했으나 합의점을 찾지 못했다. 2016년 9월 춘원연구학회 6기 회장단이 출범하면서 전집발간위원회와 전집발간실무위원회를 구성하였다. 전집발간위원회는 송현호(위원장), 김원모, 신용철, 김영민, 이동하, 방민호, 배화승, 김병선, 하타노 등으로, 전집발간실무위원회는 방민호(위원장), 이경재, 김형규, 최주한, 박진숙, 정주아, 김주현, 김종욱, 공임순 등으로 구성하였다.

전집발간위원들과 전집발간실무위원들은 연석회의를 열어 구체적인 방안들을 논의하고, 또 전집발간실무위원들은 각 작품의 감수자들과 연석회의를 하여 세부적인 사항들을 논의한 끝에, 2017년 6월 인사동 '선천'에서 춘원연구학회장 겸 전집발간위원장 송현호, 태학사 사장 지현구, 유족 대표 배화승, 신문순 등이 만나 '춘원 이광수 전집' 발간 계약을 체결하였다. 춘원이 남긴 작품이 방대한 관계로 장편소설과 중·단편소설을 먼저 발간하고 그 밖의 장르를 순차적으로 발간하기로 하였다. 또한 일본어로 발표된 소설도 포함시키되 이 경우에는 번역문을 함께 수록하기로 하였다.

전집발간위원회에서 젊은 학자들로 감수자를 선정하여 실명으로 해당 작품을 감수하게 하며, 감수자가 원전(신문 연재본, 초간본, 삼중당본, 우신사본 등)을 확정하여 통보해주면 출판사에서 입력하여 감수자에게 전송해주고, 감수자는 판본 대조, 현대어 전환을 하고 작품 해설까지 책임지기로 하였다.

'춘원 이광수 전집' 발간은 현대어 입력 작업이나 경비 조달 측면에서 간단한 일이 아니어서 오랜 시일이 소요되었다. 전집 발간에 힘을 보태주신 김용직 명예회장은 영면하셨고, 윤홍로 명예회장은 요양 중이시다. 두 분 명예회장님을 비롯하여 전집발간위원회 위원, 전집발간실무위원회 위원, 감수자, 유족 대표, 그리고 태학사 지현구 사장님께 감사드린다. 아울러 실무를 맡아 협조해준 전집발간실무위원회 김민수 간사와 춘

원연구학회의 신문순 간사, 그리고 태학사 관계자에게도 고마운 마음을
전한다.

2019년 4월 1일

춘원이광수전집발간위원회 위원장 송현호

차례

7   발간사

허생전

15   변 진사

18   안성 장

21   과일 무역

24   과일 흉년

27   도적

30   허생의 본색

36   웬 사람?

39   그 이튿날

41   "요놈의 자식"

44   배를 몰아 사다

47   장에 난 것은 모조리 사라

돈과 계집일래　　50

아버지의 원수　　62

제주 목사　　73

삼 년 공관(空官)　　109

변산 도적　　116

옛 나라를 두고　　146

새 나라　　162

옛 나라로　　262

돌아와서　　268

나라의 부르심　　289

이날　　308

작품 해설　　313

민중예술로서의 『허생전』_ 최주한

변 진사

다방골 변 진사라면 모를 사람이 누구랴. 서울 장안은 말할 것도 없고, 조선 팔도에 아동주졸(兒童走卒)이라도 조선 갑부 다방골 변 진사의 이름을 모르는 이가 없었지요. 참말 이완(李浣)이 이 대장은 혹 모르는 이가 있었을는지 모르지마는 다방골 변 진사의 이름을 모르는 이는 없었으리라.

광충교서 다방골 북천변으로 썩 들어서서 열두어 집을 올라오다가 남으로 뚫린 골목이 있었습니다. 그 골목을 썩 들어서면 벌써 드는 나는 사람, 마치 큰 장거리나 같지요. 그 사람들을 헤치고 얼마를 들어가면 비록 평대문일망정 커다란 대문이 있고, 그 대문을 썩 들어서면 널따란 마당이 있고, 거기서 또 대문을 들어서야 큰사랑이 있는데, 사랑 저 아랫목에 안석에 기대어 앉은 얼굴 동탕하고 뚱뚱하고 구레나룻이 희끗희끗 센 양반이 그렇게도 돈 많기로 유명한 다방골 변 진사외다.

때는 마침 효종대왕께서 북벌의 큰 뜻을 두시옵고 천하의 인물과 부자를 찾을 때라, 당시 세도 좋기로 첫째가는 이완이 이 대장을 시켜 변 진사와 친교를 맺게 하였습다. 그러니까 비록 다방골 사람에 불과하지마는 어느덧 변 진사라는 칭호까지 얻게 되어 남북촌 빳빳한 양반님들도 변 진사에게는 꿈쩍을 못 하였더랍니다. 예나 이제나 돈이 힘이니까요. 장차 대군을 거느리고 중원(中原)이라는 청국을 들이쳐 남북 이만 리 사백여 주를 한번 손에 넣고 흔들어보려는 큰일을 시작하였으니, 인물인들 얼마나 귀하고 부자인들 얼마나 귀하였겠습니까.

이러는 판인데 하루는 다방골 변 진사 집 사랑에 어떤 땟국이 꾀죄 흐르는 선비 하나가 서슴지 않고 마루에 올라서 대청을 지나 바로 변 진사의 방으로 들어갑니다. 사람들은,

"저게 웬 화상인가?"

하고 길을 막으려고 하였으나, 하도 위의가 엄숙하기 때문에 감히 대들지도 못하고 비슬비슬 뒷걸음을 치면서 어찌 되는 영문만 보고 있었습니다.

변 진사는 그 선비가 서슴지 않고 들어오는 것을 보고 자리에서 일어나 서로 읍한 후에 그 선비가,

"당신이 변 진사시오?"

하고 물었습니다.

"예, 그렇소이다. 무슨 일이시오?"

하고 이번에는 변 진사가 물었습니다. 선비는 자기의 성명 삼 자도 말하지 아니하고,

"내가 좀 긴히 쓸 곳이 있으니, 돈 만 냥만 돌려주시오."

합니다. 이 말에,

"예, 그러시오. 어디로 보내드리리까?"

하고 가장 공손하게 대답합니다.

"구월 그믐 안으로 안성 읍내 유 진사 집 허 생원 이름으로 환을 놓아
주시오."

"그러시오."

하는 변 진사의 말이 다 끝나기도 전에 그 선비는,

"평안히 계시오."

하고 아까 들어오던 모양으로 곁눈질 한 번도 아니하고 성큼성큼 나가버
리고 맙니다. 사람들은 모두 얼이 빠진 듯이 땟국이 꾀죄 흐르는 그 선비
의 뒷모양만 바라보고들 섰다가 그가 대문 밖에 나가버린 지 얼마 뒤에야
그중의 한 사람이 변 진사를 보고,

"진사님께서는 그 선비를 아십니까?"

하고 물은즉, 변 진사는 가만히 감고 있던 눈을 번쩍 뜨고 그제야 자리에
도로 앉으면서,

"나도 모르오."

합니다.

"누군지 알지도 못하는 사람에게 그렇게 큰돈을 함부로 주십니까?"

하고 걱정을 한즉 변 진사는 태연히,

"날더러 그만 돈을 달랄 만한 사람이길래 달라는 게지."

합니다.

"그러나 그 모양을 보건대 돈 한 푼 없는 사람인 모양인데 그럽시오?"

한즉 변 진사는 고개를 흔들며,

"사람이란 겉모양을 보고 아는 것이 아니오."

하고 최 서방이라는 차인을 부르더니,

"여보, 이달 그믐 안으로 안성 유 진사 집 허 생원 이름으로 돈 만 냥만 환해 보내오."

하고 명령을 합니다.

"대체 이게 무슨 사람이길래 그렇게 구두쇠로 이름난 변 진사가 저렇게 여율령시행(如律令施行)을 한담."

하고 변 진사 집 문객들은 며칠을 두고 이야깃거리를 삼았습니다.

안성 장

구월 그믐날 점심때 안성 장 유 진사 집에, 변 진사 집에 왔던 그 선비가 그때와 꼭 같은, 땟국이 꾀죄 흐르는 의관으로 찾아왔습니다. 그래도 양반의 행색이라 뒤에 애꾸눈이 비부 한 놈이 생원님 이상으로 꾀죄 흘러 가지고 따라섰습니다. 유 진사 집 서사들은,

"어디서 웬 거지가 또 왔는고."

하고 눈도 거들떠보지 아니합니다. 그 선비는 방에 턱 들어서며,

"유 진사 계시오?"

하고 엄전히 묻는 바람에 무슨 치부를 하고 앉았던 작자가,

"왜 무슨 일이오?"

하고 가장 시끄러운 듯이 마주 물으며 '아니꼬운 자식.' 하는 듯한 눈으로 선비를 훑어봅니다. 이때에,

"이놈, 양반을 몰라보고……. 이놈, 이 양반께서 누구신 줄 알고."

하는 소리가 나며 그 선비의 뒤에 비씰거리고 섰던 애꾸눈이 비부가 와락 달려들어 그 작자의 멱살을 추켜들고 두 눈에서 쌍줄 번개가 나도록 따귀를 붙입니다.

"아고고! 이놈이 사람 치네."

하고 고양이에게 물린 쥐 모양으로 이리 굴고 저리 굴며 악을 씁니다. 애꾸눈이가 딱 한 개를 더 붙이며,

"이놈아, 아직도 말버릇을 못 고쳐?"

이 통에 사랑에 있던 사람들이 욱 달려들었으나 애꾸눈이 주먹바람 발바람에 모두 달아나고 말았습니다.

"돌쇠야, 이놈 또 일을 저지르는구나."

하고 그 선비가 눈을 흘기니, 그제야 애꾸눈이가 스르르 그 작자를 놓으며,

"이런 놈들은 주먹을 한 개씩 먹어야 정신을 차립니다."

하고 싱글싱글 웃습니다.

이때에 유 진사가 안으로서 나오다가 이 광경을 보고 얼른 선비 앞으로 와서,

"허 생원이십니까?"

하고 공손히 읍합니다.

"예, 그렇소이다. 노형이 유 진사시오?"

유 진사는 한 번 더 공손히 읍하면서,

"변 진사헌테서 그저께 편지가 왔기에 날마다 허 생원께서 오시기를 기다렸었지요. 그런데 집에 있는 사람들이 누구신지를 모르고 이렇게 불공한 일을 저질렀으니 무엇이라고 여쭐 말씀이 없습니다."

하며 그 선비를 몸소 인도하여 중문을 들어 특별히 치워놓은 안사랑으로 들여 모십니다. 자기네들이 호랑이같이 무서워하는 유 진사가 이렇게 설설 기는 양을 볼 때에 애꾸눈이한테 얻어맞은 사람들은 '에쿠, 호랑이 수염을 건드렸구나.' 하고 후환이 두려워 아픈 뺨과 옆구리를 부둥켜안고 슬슬 피해 달아나고 말았습니다.

그 선비는 점심을 먹고 나서 돌쇠를 데리고 한번 안성 시장을 돌아 들어오더니, 유 진사더러,

"내 돈 만 냥으로 지금부터 안성에 들어오는 과일이란 과일을 모조리 사시오."

하였습니다. 유 진사는 이 말에 눈이 둥그레지며,

"과일을 만 냥어치나 사서 무엇을 하신단 말씀이십니까?"

하고 이 사람이 미치지나 아니했나 하는 듯이 물끄러미 선비를 쳐다봅니다. 선비는 조금도 태도를 변하지 아니하고,

"내 말대로만 하시오. 지금 사람을 곧 보내서 안성 장에 있는 과일 장수를 모조리 불러주시오."

합니다.

유 진사는 속으로는 '미친 녀석 다 보겠네.' 하지마는 제 돈 가지고 제 맘대로 하는 것을 감 놓아라 배 놓아라 할 필요도 없으므로 그 말대로 사람들을 내보내어 안성 장 안의 과일 장수라는 과일 장수를 모조리 불러왔습니다. 그때에는 충청, 전라, 경상도의 모든 과일은 반드시 안성 장을 거쳐서야 서울로 들어오고, 또 다른 지방에도 내려갔습니다. 그러므로 늦은 가을 한철 안성 장은 과일 장이라 할 만하게 침감, 연감, 곶감이며, 각색 배며, 석류, 대추 할 것 없이 갖은 과일이 소 바리 말 바리로 꾸

역꾸역 안성 장으로 들이밀렸습니다. 이것을 안성 장수들이 사들여서 다시 서울로 실어 올리는 것인데, 그러므로 제철이 되면 안성 장에 과일 장수가 삼사십 명이 되었습니다. 이 삼사십 명 과일 장수가 웬 영문인고 하고 유 진사 집 사랑으로 모여들었는데, 이때에 땟국이 꾀죄 흐르는 허 생원이 썩 나서며,

"여러분!"

하고 말을 냅니다.

과일 무역

"여러분. 내가 지금 좀 쓸 곳이 있어 과일을 사려 하니, 각각 받을 값들을 말하시오."

한즉 한 장수가 썩 나서며,

"제게는 배 이백 접이 있고, 값은 한 접에 서 돈이올시다."

하고 두 돈 오 푼 받는 것을 오 푼 에누리하여서 돈을 부릅니다. 허 생원은 사람을 시켜 그 장수의 성명과 과일 종류와 분량을 적게 한 후에,

"그러면 당신 달라는 값대로 한 접에 서 돈씩 이백 접에 육십 냥, 값을랑 언제나 유 진사에게 찾아가고 물건은 오늘 안으로 이 집 창고로 들여실리시오."

이렇게 배 장수가 땡 뜨는 것을 보고 다른 장수들은,

"나도."

"나도."

하고 저마다 혹은 대추가 스무 접, 혹은 잣이 열닷 섬 반, 혹은 석류가 예순 접, 밤이 이백 석, 이 모양으로 내어 부르는데, 값은 부르는 것이 값이요 허 생원은 한 푼 깎으려고도 아니하고 죄다 사들였습니다. 그러나 안성 장에 쌓인 과실을 다 사들여야 겨우 육백여 냥어치. 물론 그때 육백 냥이 지금 육천 원도 넘었을 것이지마는 흥정을 다 한 뒤에 허 생원들은 매우 만족한 듯이 빙그레 웃더니,

"아직도 사려는 과일이 좀 부족하니, 이후로 남도서 올라오는 과일 짐이 끊어지기까지 과일이란 과일은 들어오는 대로 모조리 내게로 가져오시오."

합니다. 장수들은 '이게 웬 떡인고.' 하고 모두 좋아서,

"예, 그리하겠습니다."

하고 당장 과일 값들을 찾아서 지고 메고 집으로 돌아가는 길로 아들, 동생, 아버지 할 것 없이 집안 식구를 있는 대로 떨어내어서 원근 동리로 과일 무역들을 떠납니다.

이 통에 안성 장은 발끈 뒤집혔습니다.

대체 어떤 깍정이 같은 선비 하나가 오더니만 달라는 대로 값을 주고 과일 무역을 한다는 소문이 그날 저녁때도 되기 전에 그리 작지도 아니한 안성 바닥에 쫙 퍼져서 어른 아이 할 것 없이 저녁상을 받고 앉아서 또는 저녁들을 먹고 나서, 심지어 우물에 저녁 물 길러 모이는 부녀들까지도,

"응, 그렇대."

"글쎄."

"미친 사람이래."

하고 이 이야기뿐이요, 초어스름이 되자마자 행여나 그 허 생원이라는

사람의 얼굴이라도 한번 볼까 하고 유 진사 집 마당으로 하나둘 모여드는 사람이 순식간에 수백 명이나 되어 엿장수들이 엿을 팔러 모여들 지경이 되었습니다.

허 생원은 창으로 가만히 이 광경을 내다보더니 혼잣말로,

"안성이 작기는 작구나! 돈 육백 냥에 이렇게들 들끓는구나."

합니다.

'대체 이 사람이 무엇을 하자고 이렇게 과일을 몰아들인단 말인가. 개수도 안 세어보고 물건도 보시도 아니하고 달라는 대로 이렇게 사들이니, 이 사람이 이것을 어찌하잔 말인가.'

하고 유 진사는 창고에 반이나 그득한 과일 더미를 우두커니 들여다보며 생각도 하고 걱정도 하였습니다.

이튿날 날이 새기가 바쁘게 또 유 진사의 집으로 과일 짐들이 쓸어듭니다. 수십 명 인부가 미처 땀을 씻을 새가 없이 쓸어드는데, 참 가관이지요. 허 생원은 어제 하던 모양으로 물건도 보지 아니하고 개수도 세지 아니하고 달라는 대로 값을 주고, 그러고는 의례히,

"얼마든지 또 가져오시오."

합니다. 사람들은 하도 과일을 팔기는 하고도 어이가 없어서 혼잣말로,

"원 대체 이게 웬 일이야. 이 돈이, 돈이 아니란 말인가. 대관절 과일은 이렇게 사들여 무엇을 한담."

하고 과일 값으로 받은 돈을 돌에 떨어뜨려도 보고, 이빨로 물어뜯어도 보았습니다. 그러나 땡 하는 소리라든지 이빨로 물어뜯는 맛이라든지 분명히 쇠로 만든 돈이요 당당한 상평통보외다.

이 모양으로 하기를 보름 동안이나 하니, 이제는 과일을 사더라도 들

여쌓을 곳이 없습니다. 하루는 유 진사가,

　"인제는 과일을 쌓을 곳이 없습니다. 그리고 돈도 일백 냥밖에는 아니 남았습니다."

하고 은근히 다시는 사지 말기를 권하였습니다. 그제야 허 생원도 빙그레 웃으면서,

　"나도 인제는 쓸 만큼 샀으니 내일부터는 사기를 그치지요."

합니다. 그러나 벌써 과일 철이 지나서 그 이튿날부터 별로 팔러 오는 것도 없이 되었습니다.

과일 흉년

　이렇게 많은 과일을 무역해 놓고는 허생은 아무것도 하는 것 없이 가만히 방에 들어앉아서 글만 뎅뎅 외웁니다. 유 진사는 남의 일이지마는 너무도 과일을 많이 쌓은 것이 근심이 되어서 하루에도 몇 번씩 과일 곳간을 돌아보고는 혹은 혼잣말로,

　"대관절 이 화상이 이것을 어쩌잔 말인구?"

하고 한탄도 하고, 혹은 돌이를 보고,

　"애, 무엇 하러 이렇게 과일을 많이 사시는지 아니?"

하고 물어보기도 하였으나 돌이는 언제나,

　"모르지요."

하고 싱글싱글 웃을 뿐이었습니다. 돌인들 알 리가 있습니까.

　이런 지 보름이나 지나자 서울에는 큰일이 났습니다.

웬일인지 모르게 조금씩 조금씩 과일 값이 올라가더니마는 시월달이 거의 다 가서부터는 서울 장안 과일전에는 감 한 개, 배 한 개를 얻어 사 볼 수가 없게 되어 여염집 잔치나 제사에는 과일 구경도 할 수가 없고, 궐 내에서도 차차 과일을 구하기가 어렵게 되어 장안을 온통 뒤틀다가 마침 내는 종묘에 일이나 있으면 하릴없이 안성으로 사람을 보내게 되었습니다. 그러나 안성 장거리에서도 과일이라고는 밤 한 톨 얻어 구경할 수가 없게 되었습니다.

"아아, 과일 흉년이다!"

하고 전국이 떠들어 장사아치들은 돈을 지고 방방곡곡이 과일을 사러 떠 나게 되었습니다. 그러나 어디 과일이 있나. 조선 팔도의 과일이란 과일 은 안성 유 진사네 창고에 다 들어갔다는 소문이 점점 퍼지자 과일 장수 들은 안성 유 진사의 집으로 모여들었습니다.

"배를 열 접만 주십시오. 값은 달라시는 대로 드리겠습니다. 열 접이 못 되거든 한 접만이라도 주십시오."

"감을 한 접만 주십시오. 값은 달라시는 대로 드리겠습니다. 한 접이 못 되거든 반 접만이라도 주십시오."

이 모양으로, 마치 떼거지 모양으로 모여들어서 아침부터 저녁까지 졸 랐습니다. 그러면 유 진사는,

"내니 아오? 우리 집에 계신 손님의 물건이니까."

하고 거절을 하였습니다.

며칠을 이렇게 졸리다가 마침내 허생이 여전히 땟국이 흐르는 모양을 하고 썩 나서며,

"그러면 창고 문을 열 테니 싸우지도 말고 다투지도 말고 사람마다 꼭

같이 나눠 가시오."

하고 창고 문을 열었습니다.

과일 장수들은 저마다 먼저 가져갈 양으로 서로 앞을 다투고 저마다 금
덩이보다도 더 귀한 과일을 한 개라도 더 가져갈 양으로 아우성을 합니
다. 그러나 돌이가 문에 꼭 지켜 섰다가 부정한 수단을 쓰는 사람이면 그
무서운 주먹으로 두 눈에서 쌍줄 번개가 번쩍하도록 뒤통수를 갈기는 판
에 사람들은 모두 무서워서 시키는 대로만 가져갔습니다.

그러는 동안에 허생은 빙그레 웃는 낯으로 장수들이 과일을 모두 져내
는 양을 보고 섰더니, 저녁때가 되어 과일이 다 나간 뒤에,

"응, 돈 만 냥에 조선이 이렇게 흔들린단 말인가. 백만 냥이나 되면 어
찌하랴는고. 아아, 조선이 작기는 작구나."

하고 한탄을 하였습니다.

돈을 회계해보니, 단 만 냥 밑천이 열 곱이 늘어서 십만 냥이 되었습니
다. 이것을 보고 유 진사는 허생의 앞에 들어와 땅에 이마를 붙이고
절하며,

"어리석은 눈이 누구신 줄을 몰라 뵈었습니다."

하고 한참 동안은 일어나지도 못합니다. 허생은 유 진사를 붙들어 일으
키며,

"유 진사의 덕으로 이번 장사에 밑지지나 아니하였으니 다행이오."

하고 돈 천 냥을 끊어주었습니다. 그때 돈 천 냥이면 지금 돈 십만 냥 아
닙니까.

그날 저녁 유 진사는 소를 잡고 안성 장거리에 있는 술이란 술을 모두
모아다가 허생을 위하여 큰 잔치를 베풀고, 안성 장 사람을 모두 모아 한

바탕 즐겁게 놀았습니다.

　사람들은 모두 이 이상한 사람을 한번 가까이 보려고 허생 곁으로 모여들었습니다. 허생은 자못 유쾌한 모양으로 여러 사람이 권하는 술을 사양도 아니 하고 받아먹었습니다. 술들이 취하고 밤이 깊으매 허생은 자기의 방으로 돌아오고, 사람들도 모두 취하여 각각 집으로 돌아갔습니다.

도적

　허생이 방에 돌아와 자리에 누워 이런 생각 저런 생각에 잠을 못 이루어할 때에 어느덧 먼촌에 닭 우는 소리가 들립니다.

'내일은 일찍 떠나야 할 터인데.'

하고 힘써 잠을 이루려 할 즈음에 문득 개 짖는 소리가 점점 가까워지며 사람들의 발자취 소리가 들려오더니, 유 진사 집 개가 일시에 짖으며 마당에서 쿵쿵하고 사람들 뛰어다니는 소리가 들립니다. 이때에 건넌방에서 자던 돌이가 주먹으로 눈을 비비고 뛰어 들어오며,

"생원님! 생원님! 도, 도적이야요."

하고 황겁 중에 말도 잘 나오지 아니합니다.

　허생은 자리에서 일어나며,

"도적이 어디 왔단 말이냐?"

한즉 돌이는 다리와 팔을 벌벌 떨며,

"저기, 저기 안마당에까지."

하고 방금 들어오지나 아니하는가 하는 듯이 눈을 두리번거립니다.

"돌아, 네 기운을 믿고 누구에게든지 손을 대지 말렷다."

하고 엄하게 분부하고, 허생은 일어나 옷을 입습니다.

손을 대는 게 다 무엇입니까. 돌이도 풋기운깨나 있던 것이 다 어디로 달아나고 말았습니다.

이때에 벌써 도적 하나가 큰 칼을 번뜩거리며 문을 열고 쑥 들어서면서,

"이놈들, 꼼작만 하면 죽는다."

하고 호령을 할 적에, 또 칼 든 도적들이 성큼성큼 방으로 들어오더니 한 놈은 허생의 멱살을 잡고 한 놈은 돌이의 멱살을 잡고 그중에 한 놈은 시퍼런 칼을 허생의 가슴에 대고 시커먼 눈을 부릅뜨면서,

"이놈, 네가 허 생원이지?"

합니다.

"그렇다. 내가 허 생원이다."

"이놈, 어저께 돈 십만 냥 생겼지?"

"그렇다. 십만 냥 생겼다."

"있는 대로 다 내놓아야 망정이지 그렇지 아니하면 명년 오늘은 네 첫 기일이어!"

하고 칼로 허 생원을 찌르는 모양을 합니다. 허생은 눈도 깜작하지 아니하고,

"그래라. 그렇게 돈이 소원이거든 내 곳간 문을 열어줄게 너희들 맘껏 힘껏 다 가져가거라."

하였습니다.

이 말에 도적들은 허생을 놓고 곳간으로 자기네를 인도하라고 명하였

습니다. 허 생원은 대님 한 짝 안 묶었던 것을 마저 묶고, 앞서서 돈을 쌓은 곳간으로 가서 돌이를 시켜 문을 열렸습니다. 문밖에는 유 진사도 상투 바람으로 도적놈들에게 붙들려 "그저 목숨만 살려줍시오."를 중 염불하듯이 외우면서 벌벌 떨고 나와 섰습니다.

허 생원이 앞서서 곳간에 들어가 손수 섬거적을 벗기니, 산더미 같은 시커먼 돈더미가 불빛에 번쩍하고 도적의 눈에 띕니다.

"자, 이게 다 내 돈이어. 그중에 천 냥은 내가 주인에게 밥값으로 준 것이니, 그것만 남겨놓고는 너희들 맘대로 가져가거라."

하고 도적들을 위하여 비켜섭니다.

도적들은 일생에 이렇게 큰 돈더미를 본 일이 없으므로 모두 눈들이 둥그레지고 어안이 벙벙하여 한참 동안은 어쩔 줄을 모릅니다.

이 모양으로 한참이나 있은 후에 그중에 두목 되는 듯한 도적이,

"자, 다들 힘껏 짊어져라."

하는 영을 내린 뒤에야 이십여 명 도적놈이 일시에 돈더미로 덤비어들어 구렁이 같은 돈 꾸러미를 슬슬 사려서는 전대와 숙마바를 내어 짐을 만듭니다. 돈 우는 소리가 마치 깨어진 종을 치는 소리와 같아서 안성 장은 개 짖는 소리로 떠나갈 듯하지마는 무서움에 눌린 사람들은 기침 한 번 크게 내지를 못합니다.

도적놈들이 돈짐을 짊어지고 다 못 가져가는 것이 아까운 듯이 연해 돈더미를 돌아보면서 나갈 때에 허생이 그중에 두목 되는 놈을 붙들고,

"내가 네게 청할 말이 있으니 들어주겠느냐?"

하였습니다.

도적놈은 영문을 모르고 놀란 눈으로 허생을 돌아보며,

"내게 무슨 청이야?"

합니다. 허생은 도적의 어깨를 툭 치며,

"내 집이 서울 남촌 묵적골 이러이러한 집인데, 인제는 식구가 먹을 것이 없을 모양이다. 그런데 나는 일이 있어 아직 갈 수도 없으니, 네가 누구를 시켜서 내 집에 돈 백 냥만 전해다고."

하였습니다.

도적놈은 한 번 더 놀라는 양으로 허생을 물끄러미 보더니,

"응, 그러마. 마침 나도 서울 갈 길이 있겠다."

하였습니다.

허생의 본색

허생은 본래 어떤 사람인가. 아무리 조사를 하여도 그의 근본 내력을 알 길은 바이없습니다. 전에 허생전을 지은 박연암 선생께서도 모르시던 모양입니다.

아는 것은 다만 이것뿐이외다.

서울 남촌에 묵적골이란 동네가 있었는데, 여기는 가난한 양반 부스러기들이 사는 데라 서까래가 팔을 부르걷지 아니한 집이 없고 하루에도 한두 끼씩 밥을 아니 굶는 집이 없습니다. 진날이나 마른날이나 나막신을 신는다 해서 남산골 생원님의 나막신이라는 것도 이 동네 사람들을 두고 이른 말이요, 얼어 죽을지언정 곁불은 아니 쪼인다는 것도 이 동네에 사시는 양반님네들을 두고 이른 말이외다. 혹 하늘에서 호박이 떨어져서

남행초사(南行初仕)나 한 개 얻어 해야 먹을 것이나 생길 터인데, 그것이니 하늘에서 별 떨어지기를 바라는 것만이나 하지요.

그렇다고 양반이 다른 일은 할 수 없고, 얼어 죽거나 굶어 죽을 때까지 그래도 홍야라 붕야라나 외우고 있을 수밖에. 그러다 숙종대왕과 같이 장난 좋아하는 어른이나 나서야 순(巡)이나 돌아다니시다가 닭 울 때까지 글 외는 것을 보시고 이튿날 과거에 '계명이기(鷄鳴而起)'라는 글제나 내시든지, 또 내외가 까치가 되어 뒤꼍 나무에 둥지를 트는 양을 보시고 그 이튿날 과거에 '인작(人鵲)'이라는 글제나 내셔야 한 번 수가 나지마는, 숙종대왕 같으신 고마운 임금이 늘 계신 것도 아니요 또 계시다 하더라도 넓은 장안에 밤마다 묵적골로만 야순을 도시는 것도 아니겠고, 또 밤마다 숙종대왕 같으신 이가 오신다 하더라도 그날 밤따라 감기가 들거나 평생 아니하던 내외 싸움을 하든지 어찌하다가 서안(書案)에 의지하여 임금께서 지나가실 때에 잠깐 졸더라도 그만 일생에 하늘에서 떨어지는 호박은 영영 만나보지도 못하고 말 것이외다. 그중에 오뉴월 장마에 천장에서 비가 새어 떨어지는 것을 보고

"좋다. 비류직하(飛流直下) 삼천척(三千尺)하니 의시은하(疑是銀河)가 낙구천(落九天)."

하고 때 묻은 목침을 끌고 장판 물 없는 구석을 따라다니는 풍류객이나 되면 몰라도, 그러지도 저러지도 못한 골생원님들의 살림살이는 말할 것 없었을 것 아닙니까.

묵적골이란 대체 이러한 양반님들이 사셨는데, 그러므로 아무것도 보잘 것 들잘 것 없었지마는, 그래도 양반님네시라 '에헴' 하는 큰 기침 소리와 '이놈' 하는 호통 빼는 소리는 다른 동네에 지지 않게 있었습

니다.

　허 생원 댁은 묵적골에서도 저 남산 밑. 부엌 바닥에는 남산 소나무 뿌리가 찍으면 들어오고 찍으면 들어오고, 마당에는 남산 다람쥐가 쫓으면 들어오고 쫓으면 들어왔습다. 허 생원은 그래도 호탕한 남아라, 끼니 때에 어떻게 밥술이 생기면 이 찾아줄 이 없는 집에 날마다 날마다 찾아오는 다람쥐를 위하여 의례히 밥 한술을 던져주었고, 그러면 반드시 상머리에 앉았던 아씨의 눈초리가 힐끗 올라가며 숟가락이나 젓가락이나 닥치는 대로 집어던져 한술 밥을 다 먹기도 전에 이 귀한 손님을 쫓아버립니다.

　"사람 먹을 밥도 없어요……. 남들은 벼슬도 하고, 벼슬은 못 하더라도 무슨 돈벌이라도 한다는데, 당신은 밤낮 듣기 싫은 팔양경(八陽經)만 외우고 무엇을 먹고 살잔 말이오?"

　아씨는 밥 먹던 숟가락으로 얄미운 다람쥐를 쫓고 나서는 의례히 이렇게 바가지를 긁었습니다. 그러나 십 년 내 거의 날마다 듣는 소리라, 허 생은 들은 체 만 체하고 자기가 먹던 숟가락을 마누라에게 주며,

　"자, 어서 밥이나 자시오. 먹지도 잘 못하고, 그렇게 큰소리를 내면 몸이 상하지 아니하오?"

합니다. 그러면 아씨는 그 숟가락을 받아 밥을 자시고 허생은 젓가락으로 먹던 밥을 마저 먹거나, 그렇지 아니하고 아씨의 심사가 과히 불편한 날이면 그 숟가락까지도 마당에 내던지고 한바탕 몸부림을 하고 울거나 합니다.

　일이 이렇게 되면 허 생원도 좀 얼굴을 찌푸리고 마누라의 어깨를 두드리며,

"압다, 얼마만 더 참구려. 이렇게 공부를 하노라면 또 살 도리도 나지요."

합니다. 이 말에 아씨는 마당에 떨어진 숟가락을 주워다가 부엌에 가서 씻어가지고 들어옵니다.

이렇게 허생은 밤낮 글만 외우고 가사를 돌아보지 아니하므로 그의 부인이 바느질품을 팔아 겨우 연명을 하였지요. 허생은 밥을 갖다주면 먹고, 아니 갖다주면 두 끼를 굶는지 세 끼를 굶는지도 알지 못하고 여전히 글만 외웁니다.

하루는 그 부인이 하도 시장은 하고 양식은 없으므로 참다못하여 남편의 방으로 가서,

"여보시오. 내가 오늘은 참 시장해서 못 견디겠소이다. 이틀째나 아무것도 못 먹었으니 당신인들 왜 시장하지 아니하겠소. 어떻게 무슨 변통이 있어야지 이러구야 살 수가 있소."

하고 간절히 남편에게 하소연을 한즉 허생은,

"나도 배가 부르지는 아니하오. 그러니 어쩌란 말이오?"

하고 두 줄로 흐르는 맑은 콧물만 들이마시며 여전히 글만 외웁니다.

부인도 하도 어이가 없어 서안에 놓인 책을 와락 집어던지며,

"글쎄, 굶어 죽어도 글만 읽으면 제일이오?"

한즉 허생은,

"어, 왜 이랴. 책 소중한 줄을 모르고."

하며 오동빛 나는 방바닥에 배밀이로 엎더진 책을 집어 먼지를 털어서 다시 책상 위에 올려 모십니다.

"글쎄 여보, 당신은 책 소중한 줄만 알고 목숨 소중한 줄은 모르시

오……. 글쎄 어쩌잔 말이오? 평생 공부는 하노라고 해도 과거도 아니 보니 글은 읽어서 무엇을 하잔 말이오?"

한즉 허생은 허허 웃으며,

"아직 공부가 다 못 차서 그렇구려."

하다가,

"그러면 언제나 공부가 찬단 말이오. 굶어 죽어서 저승에나 가면 공부 가 찬단 말이오?"

하고 좀 부인이 어성을 높인즉,

"허허, 공부하노라면 찰 때도 있겠지."

합니다.

"당신 따위가 백 년을 공부를 한들 웬 과거 하나나 얻어 한단 말이오. 어서 공분지 무엇인지 다 집어치우고 장사나 해 보오."

하면,

"허, 장사를 하자니 본전이 없으니 어찌하오?"

하며 천연하고,

"장사를 못 하겠거든 무슨 장색(匠色)이라도 되구려. 이 처지에 이것 저것 가리겠소. 양반도 다 집어치구 공부도 다 집어치구 내일부터는 무 슨 장색이라도 되우. 먹고야 살지?"

하고 부인이 톡톡 쏘면 허 생원은 성도 아니 내고,

"허허, 장색은 안 해본 것을 어찌하오?"

합니다. 부인은 참다못하여 바락 성을 내며,

"여보, 당신은 그래 여태껏 공부한다는 것이 '어찌하오'뿐이오? 장사 를 하라도 '어찌하오', 장색이 되라두 '어찌하오', '어찌하오'가 무슨 빌어먹다 죽을 '어찌하오'요? 이것도 저것도 다 못 하겠거든 도적질이라도 하구려. 도적질도 못 하겠소?"

하고 악을 씁니다.

허생도 마침내 책을 덮어놓고 일어나며,

"어, 가여운 일이다. 내가 꼭 십 년 작정을 하고 공부를 하잤더니, 칠 년을 다 못 채워 마가 드는군."

하고 가노라 오노라 말도 없이 돌이를 데리고 슬쩍 나가버리고 맙니다.

행길에 나서니 아는 사람이 하나나 있나. 이리 기웃 저리 기웃 돌아다니다가 종로 네거리에 와서 길 가는 사람을 붙들고 장안 갑부가 누구냐고 물어 변 진사인 줄 알고, 안성 부자가 누구냐고 물어 유 진사인 줄을 알아 가지고 어슬렁어슬렁 변 진사 집으로 찾아간 것이외다.

이렇게 허생이 집을 떠난 후에 수십 일이 되도록 돌아오는 기색도 없고 소식조차 없으니, 부인은 밉던 남편이라도 남편 그리운 생각이 간절합니다.

"내가 왜 그다지 심하게 말을 하였던고."

하기도 하고,

"어서 돌아오기만 하셔요. 다시는 아무리 글만 외우더라도 바가지도 아니 긁을게요."

하고 마치 남편을 대한 듯이 남편 책상 앞에 앉아서 중얼거리기도 하고, 또 다람쥐가 마당에 내려오면 손수 찬밥도 내다 줍니다.

이 모양으로 혼자 남편을 기다리고 있는데, 하루 저녁에는 바로 불을 끄고 옷도 입은 채로 자리에 누우려 할 때에 밖에서 누가 찾는 소리가 납니다.

웬 사람?

"이리 오너라!"

"누구십니까고 여쭈어라."

"허 생원님께서 아씨께 보내는 것이 있습니다고 여쭈어라."

이 말에 부인이 깜짝 놀라서,

'옳지, 어디 가서 돈을 벌어서 아마 양식이나 사 보낸 것인가.'

하고 문을 열고 나가보려 하였으나 아닌 밤중에 양반댁 젊은 부녀가 대문을 열고 남자를 본다는 것도 체면이 아니라 문에다 입을 대고,

"사랑에서 안 계시니, 밝거든 오십시사고 여쭈어라."

하였습니다.

이름이 대문 밖이지 안방에서 대문까지 세 걸음도 못 되는 집이라 대문 밖에서 사람들의 중얼거리는 소리가 빤히 들리것다.

"승겁기도 하이. 사랑에 안 계신 줄 누가 모르나. 웬 사랑이 있기나 한가. 행랑도 변변히 없는 모양인데."

하고 두 녀석이 중얼거리더니 큰 소리로,

"우리도 길이 바쁘니 밝은 날까지 기다리고 있을 수 없습니다고 어쭈어라."

합니다.

그렇다고 양반댁 부녀가 손수 밤 대문을 열 리가 있습니까.

"그러시더라도 대문은 열어드릴 수가 없으니, 하실 말씀이 있거든 밖에서 하십시사고 여쭈어라."

하였습니다.

"이런 제길, 말은 밖에서 하는 것도 들리겠지마는 물건이야 밖에서 전할 수가 있나. 옳지! 얘, 그럴 것 없다. 좋은 수가 있다."

하더니, 그중에 한 놈이 손을 대문 틈으로 넣어 곧잘 대문 빗장을 요렇게 조렇게 미적미적하여 여는 모양입니다. 부인은 괘씸하다고 생각은 하면서도 어찌할 길이 없어서 가만히 영문만 보노라니, 이놈들이 대문을 열고 들어와서 마루에서 무엇을 쿵쿵 덜거덕덜거덕 한참 야단을 하더니마는 도로 대문을 닫는 소리가 나며,

"우리가 대문을 열고 허 생원께서 보내는 물건을 대청에 갖다 놓고 대문 다시 걸었으니 물건이나 나와 봅시사고 여쭈어라."

하고 깨득깨득 웃고 달아납니다.

"어쩌면 저런, 저런 괘씸한 놈들이 있나. 저희 맘대로 대문을 열고 남의 집 대청에까지 들어와서……."

이 모양으로 부인은 일변 무섭기도 하고 일변 괘씸하기도 하여 벌벌 떨고 있다가 그놈들이 다 가버린 줄을 알고야,

"어디, 그놈들이 무엇을 가져왔나 보자."

하고 마루에 나와 본즉 섬거적에 싼 짐 두 짝이 있습니다.

"에구머니, 이게 무에야. 어떤 몹쓸 놈들이 아이 죽은 송장을 져오지 아니하였나."

하고 두어 걸음 뒤로 물러섰다가, 다시 새 기운을 내어 무서운 것이나 보는 듯이 가만히 손을 들어 섬거적 한편 옆을 쳐들어보았습니다.

"에구머니, 이게 다 돈일세. 이게 웬일이야."

하고 부인은 더욱 놀랐습니다.

"꿈이나 아닌가."

하고 한번 만져보고, 눈을 한번 비비고 한번 만져보고 발을 한 번 덩 구르고 또 한번 만져보고 벙그레 웃으면서 한번 만져보고, 아무리 만져보아도 돈은 분명히 돈입니다. 아무리 양반댁 부녀기로 일생에 열 냥 돈도 구경을 못 하고 밥을 땅땅 굶다가 백 냥인지 이백 냥인지 수도 모를 돈이 하늘에서 뚝 떨어지니, 어찌 노래 한마디가 아니 나오겠습니까. 비록 양반의 체면에 소리를 내어서는 못 불렀더라도 가슴속으로는 불렀을 것입니다.

"돈이로구나 돈이로구나
진정 원수의 돈이로구나
아이 죽은 송장이 아니라
딴딴 굳은 돈일시 분명하구나

우리 남편은 잘도 나섰네
어디서 이렇게 돈을 버셨누
돈두 싫구 은두 싫구요
이제는 우리 남편만 그리워라"

이 모양으로 기뻐하노라니 부인이 그날 밤에 웬 잠을 이뤘겠습니까. 기나긴 가을밤을 돈 생긴 기쁨에, 님 그린 슬픔에 잠 못 이뤄하였습니다.

그 이튿날

도적맞은 이튿날 허생은 늦도록 자다가 일어나 유 진사와 돌이를 데리고 돈을 세어본즉 도적이 가져간 것은 삼천 냥뿐이요, 주인 준 것 천 냥 떼어놓고도 알돈으로 구만육천 냥이 남았습니다. 그중에서 육천 냥을 떼어 안성 읍내에 사는 가난하고 불쌍한 백성에게 다 나누어주고 구만 냥만을 유 진사에게 맡기고 돌이를 데리고 안성을 떠났습니다. 그날 안성 읍내에 사는 사람치고 남녀노소 할 것 없이 혹은 오 리 밖에, 혹은 십 리 밖에 나와 열 번 스무 번 허리를 굽혀 감사하는 뜻을 표하지 아니하는 이가 없었습니다. 유 진사는 수십 리 밖에까지 말과 보교(步轎)를 가지고 따라나와,

"자, 어서 말이나 보교나 맘대로 타시고 행차하십시오."

하고 백 번 천 번 간절히 권하지마는 허생은,

"뜻은 감사하외다마는 말을 타면 세 가지 근심이 있고 보교를 타면 네 가지 근심이 있는 것이오."

하고 일향 사절합니다.

"말을 타면 세 가지 근심이란 무엇입니까?"

하고 유 진사가 물은즉,

"첫째 말이 무엇에 놀래어 뛰면 내 몸이 떨어져 죽을 근심이 있고, 둘째 마부가 안장을 바로잡다가 말에 채우면 마부가 죽을 근심이 있고, 셋째 말이 발을 잘못 디디면 말이 거꾸러져 죽을 근심이 있으니, 이것이 세 가지 근심이 아니고 무엇이오?"

합니다.

"그러면 보교를 타면 네 가지 근심이 있는 것은 무엇입니까?"

하고 유 진사가 다시 물은즉,

"첫째 보교 채가 부러진즉 내 몸이 상할 근심이 있고, 둘째 앞채를 메는 자가 주저앉으면 뒤채를 메는 자가 상할 근심이 있고, 셋째 뒤채를 메는 자가 주저앉으면 앞채를 메는 자가 상할 근심이 있고, 넷째 두 사람이 다 거꾸러진즉 보교가 부서질 근심이 있으니, 이것이 네 가지 근심이 아니고 무엇이오?"

합니다.

"그러면 가장 근심 없는 것이 무엇입니까?"

하고 이번에 돌이가 물었습니다.

"세상에 근심 없는 일이 어디 있으랴. 아랫목에 드러누웠으면 대들보가 내려올 근심이 있고, 홀아비로 살면 적막할 근심이 있고 장가를 들면 아내가 바가지를 긁을 근심이 있고, 가난하자니 굶어 죽을 근심이 있고 부자가 되자니 도적맞을 근심이 있고, 들에 누웠자니 배암이 근심이요 산에 누웠자니 호랑이가 근심이요……. 세상에 근심 없는 일이 무엇이랴마는 이렇게 죽장망혜(竹杖芒鞋)로 맨몸을 가지고 넓은 천지로 길을 가는 것이 고작 근심 없는 일이니라."

합니다.

이렇게 사양하는 것을 보고 하릴없이 유 진사는 허생을 위하여 가지고 오던 보교를 자기가 타고 허생을 작별하고 집으로 돌아서고, 허생은 여전히 양태(樣態) 욱어진 갓에 앞살 터진 망건, 뒤축 주저앉은 신을 찔찔 끌고 땟국이 흐르는 두루마기 자락을 펄렁거리고 맑은 콧물을 킁킁 들이마시면서 돌이를 뒤세우고 남으로 남으로 강경을 향하여 갑니다.

며칠 만에 강경에 들어가니 허생의 행색이 안성에 처음 올 때보다도 더욱 초초합니다. 대개 그동안 여러 날 행로에 갓은 비를 맞아 더욱 찌그러졌고 의복은 봉놋방 먼지에 더욱 더러웠습니다. 아이들이 이 꼴을 보고 뒤를 따르며,

"애이, 거지 간다."

"애이, 미친 사람 간다."

하고 조롱하나 허생은 거들떠보지도 아니합니다. 돌이 혼자서 열이 나서,

"이놈들, 이 주리할 놈들!"

하고 이리로 이 아이놈을 쫓으면 저리로 저 아이놈이 대들면서,

"애이, 애꾸눈이."

"애이, 곰보딱지 코딱지 얼음에 자빠진 쇠눈깔."

"다 파먹은 김칫독."

하고 주리하게 성가시게 굽니다.

"요놈의 자식"

돌이가 아이들을 쫓느라고 이리 뛰고 저리 뛰며 씨근벌떡거리는 것을 보고 허생은,

"돌아!"

하고 불렀습니다.

돌이는 어떤 꼬리 짧고 심술궂게 생긴 총각을 따라가면서,

"예, 가만 계십시오……. 이놈의 자식을 대강이를 부시어주어야……."

하고 손을 내밀어 그 총각의 짧은 꼬리를 붙들어 땅에 넘어뜨리는 길로 그 가슴을 타고 올라앉으며,

"이놈의 자식, 요놈의 자식."

하고 어르기만 하고 그래도 차마 손을 대지는 못합니다. 총각은 곰 같은 돌이에게 깔리어 저항할 수도 없이,

"아이고, 아이고."

하기만 합니다. 돌이는 의기양양하여,

"요놈의 자식, ……주먹을 댈 자리가 있어야지. 대기만 하면 바사질 것이오……. 요놈의 자식, 살고 싶거든 날더러 아버지라고 해라."

하고 무릎으로 총각의 가슴을 한 번 지그시 누르니 총각은 눈이 툭 불거지고 숨이 턱턱 막히면서,

"아이구, 아버지야요. 할아버지야요."

하고 살려달라고 손을 너들너들합니다.

돌이는 분도 다 풀린 듯이,

"옳지, 내가 네 아비다, 응."

하고 총각을 놓아주었습니다. 이놈이 댓 걸음은 온순히 고개를 숙이고 가더니 거기서부터 까치걸음을 하면서,

"애이, 애꾸눈이 곰보."

를 연해 부르고 달아납니다.

"요놈의 자식을."

하고 또 따라가려는 것을 허생이 소리를 높여,

"돌아, 이리 오너라."

하여 붙들어가지고 다른 골목으로 돌아서며,

"글쎄 이놈아, 도적놈이 오면 벌벌 떨던 것이 연약한 아이들을 보면 그렇게 기운이 나느냐. 남의 동네에 들어와서 그 동네 사람의 인심을 잃고는 못 사는 법이요, 그 동네 사람의 인심을 얻으려면 그 동네 아이들의 인심을 얻어야 하는 법이어."

하고 누누이 타일렀습니다. 돌이는 세상에 나온 뒤에 일찍 뉘 말을 들어본 일이 없건마는 웬일인지 허생의 말이라면 꿈쩍을 못 합니다. 그러면 허생이 무서워서 그러느냐 하면 그런 것도 아니외다. 돌이가 허생의 집에 근 십 년이나 있었지마는 일찍 '이놈' 소리 한 번 허생에게 들어본 적이 없지요. 그렇건만도 허생의 말이라면 우직하고 심술궂은 돌이는 한 번도 역정을 낸 일도 없습니다.

"그 깍정이 놈의 자식들의 등쌀에 견댈 수가 있어야지요."

하고 돌이는 원망스러운 듯이 뒤를 돌아봅니다. 허생은 돌이를 돌아보고 웃으며,

"그래, 무엇이 그렇게 분하단 말이냐?"

하고 물은즉,

"왜 못 들으셨어요? 그 발길 자식들이 남을 보고 애꾸눈이니 곰보니 하고 지랄을 하니, 부처님이면 골이 안 나겠습니까?"

하고 대단히 분개한 모양입니다.

"미친 녀석."

하고 허생은 한 번 더 웃으며,

"그러면 네가 애꾸눈이가 아니고, 곰보가 아니냐. 그럼 널더러 '어, 잘났네, 참 잘난 양반일세.' 했어야 네 맘에 맞을 뻔했구나."

하고 껄껄 웃었습니다. 돌이도 말을 듣고 본즉 그럴듯하여 제 역 픽픽 웃

었습니다.

"세상 사람이란 저 생긴 것보다 낫다고 해주어야 좋아하는 것이다. 천 냥 부자더러는 만 냥 부자라 해야 좋아하고, 나리나 겨우 바쳐 불러줄 사람은 영감이라고 해야 좋아하고, 너 같은 곰보 애꾸눈이더러는 '어, 사내답게 생겼군.' 해야 좋아하는 것이다."

하는 허생의 말에 돌이는 한 번 더 픽픽 웃습니다.

"너 왜 웃니?"

하고 허생이 수상한 듯이 물은즉 돌이는,

"아니야요. 아니올시다."

하고 몇 번 숨기다가,

"그러니까 소인도 인제부터는 나리마님이라고 여쭙겠습니다."

하고 자기의 재담이 우스워 못 견딜 듯이 끼득끼득 고개를 돌리고 웃습니다.

허생도 소리를 내어 웃으며,

"옳지! 그만하면 너도 곧잘 이 세상에서 살아갈 만하다."

하였습니다.

배를 몰아 사다

하루는 허생이 돌이를 데리고 강경의 강가에를 나갔습니다.

시월 보름사리 물이 강 언덕에 출렁출렁 들어왔는데, 작은 배 큰 배 들이 수없이 강가에 매여서 물결을 따라 오르락내리락합니다. 배 위에서는 술이 취하여 얼굴이 벌겋고 개가죽 저고리 입은 뱃사람들이 무어라고 지껄거리고 웃고 싸우고 욕지거리를 하면서 짐을 올리고 내리고 합니다. 시월 보름사리면 금년치고는 마지막 사리라, 저 함경도 평안도에서 물기 젓갈 같은 것을 싣고 왔던 배들은 득하고 찬바람이 불고 강물이 얼어붙기 전에 어서어서 곡식을 무역해가지고 혹은 연평 바다와 장산곶을 지나 서해 바다로, 혹은 동래 울산이며 강릉 삼척의 무서운 파도를 헤치고 동해 바다로 돌아가야 합니다.

이 배들 중에는 혹은 운이 좋아 이 한여름 동안에 다섯 갑절, 여섯 갑절 남긴 이도 있고, 혹은 운이 불길하여 가졌던 밑천조차 다 밑져버렸거나 비록 돈을 남기기는 남겼더라도 군산 강경의 좋은 풍류에다 녹여버리고 쓸데없는 후회에 어쩌면 좋은가 하고 눈만 껌벅거리고 앉았는 이도 있을 것이외다.

허생은 무엇을 생각하는 듯이 한참 동안이나 들고 나는 배를 바라보더니, 곧 주인집으로 돌아와 주인더러,

"내가 적이 쓸 곳이 있으니, 지금 강경 포구에 들어온 배를 값을랑 달라는 대로 주고 살 수 있는 대로 사라."

하였습니다.

주인은 눈이 둥그레지며,

"그것은 그렇게 많이 사서 무엇합니까?"

하고 허생을 물끄러미 봅니다.

"주인이 힘써주는 공로는 후하게 갚을 것이니, 어서 오늘 내일 안으로 배를 사고 또 뱃사람들도 요를 갑절을 주어 얻게 하라."

하였습니다.

모양은 거지같이 초라하나 안성서 한 달 내에 십만 냥을 남긴 이상한 양반의 말이라, 주인은 다시 두말없이 여러 차인들을 데리고 나가서 배를 사기 시작하였습니다. 마침 이해에 남중(南中) 일경이 흉년이 들고 게다가 고기잡이도 시원치 아니하여 배를 가진 사람들이 모두 머리를 앓던 중이라, 달라는 것이 값이라는 말에,

"나도."

"나도."

하고 배들을 파는 통에 그날 하루에 배 스무 척을 흥정을 하였습니다.

이튿날 아침에 나가본즉 강가에 매인 것이 모두 다 허 생원의 배라, 돌이는 공연히 좋아서 이 배에서 저 배로 왔다 갔다 하면서,

"이게 다 우리 댁 배여!"

하고 사람들이 그 곁에 얼른하지를 못하게 합니다. 허생은 돌이를 시켜 뱃머리에 꼭 같은 붉은 기를 꽂게 하고 요(料)를 갑절씩 주어 얻은 뱃사람들을 한곳에 모아 세우고 우선 첫 달 요금과 술값을 행하였습니다. 뱃사람의 수효가 이백여 명이나 됩니다.

그 이튿날은 마침 강경 장이라, 사방 장수들이 시월 보름 마지막 사리 몫을 보느라고 꾸역꾸역 모여듭니다. 이날은 강경 장에 제일 사람이 많이 모여드는 날이라 하여 먼뎃장수들도 여러 날 길을 헤아리지 아니하고 모여들며, 강경 바닥 사람들은 이날따라 많은 술과 고기와 떡을 준비하여 저마다 장거리에 나서서,

"우리 집 술이 좋소. 안주가 좋소."

"우리 집 애송아지 고기가 맛나오."

"지금 밥이 끓었소. 방이 덥소."

하고 손님들을 끌어들입니다. 부엌에서들은 맛난 김과 냄새가 나오고,
방 안에서들은 술 취한 사람들의 지껄이는 소리가 들립니다.

"비싸오, 감하시오."

"안 비싸오, 못 감하겠소."

하고 흥정하는 소리,

"기름이야."

"짐이야."

하고 빽빽한 사람들 틈으로 길 비키란 소리, 가끔 가다 이 구석 저 구석
에서,

"이놈 네가……."

"사람 따리네. 아이고고."

하고 싸우는 소리, 당나귀 우는 소리, 송아지 부르는 소리, 말방울 소리,
마치 벌 둥지 모양으로 와글와글 왁자지껄 야단입니다.

장에 난 것은 모조리 사라

허생의 명령을 받은 주인집 차인들은 장바닥으로 돌아다니며 가는 무
명 굵은 무명, 가는 베 굵은 베, 각색 명주 비단이며, 식칼, 호미, 낫, 도
끼, 가래, 괭이, 각색 철물, 댕기, 요대, 끈목이며, 함지박, 뚝배기, 동이
같은 것까지 달라는 값에 갑절씩을 주고 모조리 사들여서는 강가에 매어
놓은 배에 올려 싣습니다. 장사아치들은 모두 빈 가게, 빈 당나귀, 빈 보
퉁이가 되어 구렁이 같은 엽전 꾸러미를 일변 세고, 일변 들여쌓고, 어떤

이는 섬거적에 싸서 당나귀에 싣는다, 어떤 이는 전대에 넣어서 허리에 둘러찬다, 모두 다 물건 한 짐에 돈 한 짐, 물건 한 바리에 돈 한 바리를 벌어가지고,

"이게 웬 떡이냐?"

하고 좋아들 합니다.

"대체 저것은 어떤 부잔데 저렇게 돈이 많담."

"대관절 물건은 저렇게 많이 사서 무엇을 한담."

하고 장꾼들은 눈이 둥그레졌습니다. 어떤 사람은,

"어디 그 부자를 한번 보아야."

하고 이 구석 저 구석 기웃기웃 찾아다니기도 합니다. 그러나 허생은 여전히 꾀죄 흐르는 모양으로 장바닥으로 슬슬 돌아다니건마는 아무도 그것이 강경 장 물건을 모조리 사들인 부자라고는 알아보는 사람이 없고, 다만 그 사람이 곁에 올 때마다 혹은 옷에 기름때가 오를까 봐 혹은 보리알 같은 여러 해 묵은 이가 옮을까 봐 무서워하는 듯이 슬슬 피합니다. 만일 그가 허생인 줄을 알았더라면 그 때 묻은 버선짝이라도 핥을 사람이 몇백 명은 되었을 것을……

이렇게 허생을 알아본 이는 하나도 없었건마는 그래도 사람마다 허생을 보았노라 합니다. 어떤 이는,

"그 사람이 속속들이 비단으로만 나려감았더라."

하기도 하고, 어떤 이는,

"그 사람이 어떻게 돈이 많은지 금담뱃대를 물었어."

하기도 하고, 또 어떤 이는 아주 정말 자세히 본 것처럼,

"아니어. 그 사람이 서울 갑분데 수염이 허옇고 얼굴이 기름하고 아주

점잖지……. 김 진사라고 나도 두어 번 보았는걸."

합니다.

허생은 이런 광경을 보고 듣고 혼자 빙그레 웃으면서,

"어허, 돈 십만 냥에 이렇게 수천 명 사람이 기뻐하는 것을."

하였습니다.

참말 그날 날이 맞도록 강경 장은 마치 무슨 큰 잔치나 하는 것 같았습니다. 집집에 술주정이요, 사람마다 노래요, 아이들까지도 오늘은 푼푼한 김에 팔뚝 같은 커다란 엿가락을 물고 단침을 흘리며 떠들고 돌아다닙니다. 술 취한 농촌 사람들이 술에 붉은 얼굴에 갓을 기우뜨름이 쓰고 집들을 향하고 돌아갈 때에도, 갑작부자들이 된 장돌림들과 뱃사람들은 밤이 깊도록 먹고 마시고 지껄입니다.

웬일인지 밤이 깊도록 돌이가 돌아오지를 아니합니다. 허생은,

"이것이 또 어디 가서 일을 저지른 게로고."

하고 사방으로 사람을 놓아 찾았으나 찾을 길이 바이없습니다. 이 모양으로 야단이 나는 중에 문밖에서 와자지껄하고 떠드는 소리가 나더니, 몽둥이 든 사람 십여 명이 돌이를 잔뜩 비끌어매어 가지고 들어오며,

"이놈아, 너는 돈만 있으면 아무런 짓을 하여도 그만이란 말이냐."

하고 허생에게 달겨들려 합니다. 허생은 손으로 몽둥이를 막으며,

"대관절 어찌된 일이오? 만일 내 하인이 무슨 죄를 지었거든 말을 하시오. 내가 좋도록 조처를 할 것이오."

하였습니다. 그러나 몽둥이 든 사람들은 듣지 아니하고, 함부로 문을 치고 방바닥을 두드리고 허생께 대하여서도 욕설을 하며 주먹질조차 합니다. 사세가 심히 위험한 것을 보고 허생이 공중을 향하고 무슨 소리를 지

르니, 사방으로서 몽둥이와 바를 든 시커먼 뱃사람 수백 명이 우 모여듭니다. 그들은 몽둥이를 들고 허생을 대항하려던 패를 두들기려 하는 것을 보고 허생이 손을 들어 말렸습니다.

돈과 계집일래

허생은 우 달겨드는 뱃사람을 손을 들어 만류하며,

"손을 대지 말아라. 사람에게 손을 대는 것은 언제나 좋지 아니한 일이어."

하고 돌이를 돌아보며,

"네가 무슨 일을 저질러서 이 사람들이 이 모양으로 노했느냐?"

한즉 돌이는 '죽여줍소사.' 하는 듯이 땅에 머리를 조아리며,

"소인이 여기 이놈의 집에 가서 술을 먹었소오니까. 강경의 배가 다 우리 댁 배요 강경의 물건이 다 우리 댁 물건이라고 소인이 자랑을 하고, 거기 앉았던 놈들에게 술을 한턱 잘 먹였소오니까. 그랬더니 소인이 술이 취할 때쯤 되어 소인을 이놈의 집 아랫목에 뉘어놓고는 이놈들은 다 어디로 달아나고 말았소오니까. 한참을 자다가 깨어본즉, 곁에 아까 술 따르던 계집이 누워 있소오니까요. 그래 소인이 네 서방 있느냐고 물었사옵더니 없다고 합소오니까요. 그래서 소인이 에헤……"

하고 심히 말하기 어려운 듯이 머뭇머뭇하더니,

"소인이 일생에 계집이 처음이오니까요. 그만 술 취한 김에 거기서 잤습니다. 불을 끄고 자는데 이놈들이 달려들어서 소인을 이렇게 따렸소오

니까요."

하고 부끄러운 김에 죄송한 김에 분한 김에 엉엉 웁니다.

허생은 고개를 끄덕끄덕하더니 빙그레 웃으며,

"흥흥, 돈이로구나. 돈이로구나. 얼마나 돈을 가지고 싶으면 제 계집을 다 팔아먹겠니."

하고 몽둥이 들고 앞서 달겨들던 놈을 보고,

"이놈! 그런 짐승 같은 짓을 하고는 도리어 몽둥이를 들고 나헌테를 와?"

하고 한 번 호령을 하였습니다. 그 조그마한 몸에서 어디서 그렇게 큰 소리가 나오는지 사람들은 모두 깜짝 놀랐습니다.

이 호령을 듣자 몽둥이 든 놈들은 일제히 땅에 꿇어 엎디며,

"살려줍시오, 생원님. 그저 살려만 줍시오."

하고 이마를 땅바닥에다가 수없이 부딪습니다. 허생은 물끄러미 그놈들의 꾸부린 허리와 털이 부르르한 대가리들을 내려다보더니,

"이놈들아, 네 돈이 얼마나 있으면 일생을 살아갈 테여?"

하고 물었습니다.

그놈들은 고개를 쳐들어 번쩍번쩍하는 눈으로 허생을 쳐다보며,

"예, 소인들이야 천 냥만 가지면 먹고 삽니다."

하고는 또 고개를 숙여 저희끼리 서로 눈질을 합니다.

"이놈아, 왜 천 냥만 불러?"

"이놈아, 왜 만 냥이라고 못 불러?"

하고 서로 중얼거리고 원망들을 합니다.

허생은 만 냥을 안 달란 것을 원망하던 놈의 어깨를 잡아 일으키며,

"그래, 너는 만 냥만 있으면 세상에 더 원이 없겠단 말이냐?"
하고 물었습니다.

"예, 만 냥만 있으면 그저……. 에헤."
하고 한 번 허생을 쳐다봅니다.

"그러면 만 냥만 주면 네 계집이라도 판단 말이냐?"
하고 허생이 또 물은즉 그놈은 한참이나 머뭇머뭇하다가 겨우,

"예."
하고는 고개를 숙입니다. 나이 사십이나 가까운 녀석이 어쩌면 저럴까
하고 허생은 또 한 번,

"네 부모의 뼈다귀라도 파 오겠느냐?"
한즉 또 그 녀석이 고개를 번쩍 들며,

"예, 돈 만 냥만 있으면 내 몸뚱이 내놓고는 무엇이나 다 드리지요. 소
인도 사람이 남만큼 못난 것도 아니요 무엇이나 문벌 처지가 남만 못한
것도 아니지마는 돈이 없어서 이 꼴이오니까요. 지금이라도 돈 만 냥만
있으면 내일부텀은 망건 쓰고 갓 쓰고 에헴 하고 큰기침하오니까요."
하고 조금도 겁 없이 말합니다. 허생은 또 한 번 고개를 끄덕끄덕하더니,

"그러면 이놈, 너는 네 계집을 데리고 오너라. 돈 천 냥을 주마. 또 이
놈, 너는 네 계집을 데리고 오너라. 돈 오천 냥을 주마. 또 저놈, 너는 네
아비 뼈다귀하고 네 계집을 데려오너라. 돈 만 냥을 주마."
하고 각각 건장한 뱃사람 사오 인씩을 안동하여 내어보내고, 다른 놈들
에게는 각각 술값이나 주어 내어보냈습니다.

이튿날 허생은 조수가 차기만 기다리는데, 십여 인이나 제 계집을 데
리고 와서 돈 천 냥씩을 달라고 합니다. 그중에 어떤 여편네는 그래도 그

남편이 떨어지기 싫다고 울기도 하고, 어떤 이는,

"이 개 같은 놈아, 제 계집까지 팔아먹는 즘생 같은 놈아."

하고 발버둥을 치고 몸부림을 하기도 하고, 또 어떤 이는,

"예끼, 대가리가 묵사발이 될 놈아. 천 냥 받아먹고 잘 살아라. 너 같은 서방이야 어디 가면 없겠니?"

하고 분개도 합니다.

강경의 사람들은 남녀노소 할 것 없이 허생의 배를 맨 곳에 모여들어 사람들이 천 냥 돈에 여편네 파는 광경을 구경하고 서서 혹은,

"저런 즘생 같은 놈이 있담. 아모리 돈이 좋기로 어쩌면 제 계집을 팔아먹는담."

하는 점잖은 이도 있고, 혹은 안 팔려간다고 울고 몸부림하는 여편네를 보고,

"울지 마오. 그까짓 녀석을 백 년 따라다니면 매나 얻어맞고 밥이나 땅땅 굶었지 무슨 낙 볼 줄 아오. 어서 저 양반을 따라가서 좋은 남편을 얻어 만나시오."

하고 위로하는 이도 있습니다.

그럴 때에 어떤 머리 풀어 헤친 젊은 여편네 하나가 둘러선 사람을 두 팔로 헤치고 허생 앞으로 달려가 마치 미친 사람 모양으로,

"허 생원님, 제발 저놈에게 돈 천 냥을 주고 나를 사가지고 가셔요. 아이구, 내가 저놈하구 살다가는 오장이 다 썩어 죽을 테야요."

하며 바로 허생의 팔에 매어달릴 듯이 바싹 대어듭니다.

이때에 그 여편네가 가리키던 데로서 어떤 얼굴이 시커먼 사람 하나가 아까 그 여편네 모양으로 두 팔로 사람들을 헤치고 달려들어와 허생의 곁

에 숨어선 여편네를 붙들려고 합니다. 그러나 그 여편네는 이 사내에게 안 붙들릴 양으로 허생을 가운데다 두고 빙빙 돌아가는 것이 마치 형가 (荊軻)와 진시황이 기둥을 싸고도는 것 같습니다.

여편네는 몇 바퀴를 돌더니 마침내 허생에게 매어달리면서,

"나리 나리, 소녀를 살려줍시오. 소녀는 십 년 동안이나 이 녀석의 집에서 밥을 굶었소와요. 돈 천 냥만 이 녀석을 주고 소녀를 사다가 나리님 댁 종으로라도 두어주시고 밥만 먹여줍시오."

하고 말이 끝나자 허생의 발밑에 꿇어앉아서 눈물 흐르는 얼굴로 허생을 치어다보며 두 손을 마주 비벼가며 빕니다.

그 말이 끝나기도 전에 이번에는 그 사내가 또 허생의 앞에 꿇어앉아서 역시 그 시커먼 얼굴에 번적번적하는 굵은 눈물을 흘리면서 우렁찬 소리로,

"나리마님, 이것이 소인의 계집이오니까요. 소인이 스무 살 적에 여덟 살 된 이것을 다려다가 소인이 길렀소오니까요. 이 집 저 집 다니며 품팔이를 하여서 길렀소와요. 그러니 이 계집의 말과 같이 밥을 굶는 때니 없으며, 헐벗은 때니 없겠습니까요. 그래서 낫살이 먹은 뒤로는 가끔 가다가 너하구는 못 살겠다, 밥을 굶고 어떻게 사나, 헐벗고 어떻게 사나, 집도 없이 어떻게 사나, 나는 다른 데로 갈 테야, 죽어버릴 테야, 그리고 떼를 쓰오니까요. 그러는 것을 소인이 잠깐만 참아라, 그래도 무슨 도리가 안 생기랴, 내가 뼈가 가루가 되더라도 집이나 한 칸하구 옷벌도 해주구 밥도 안 굶기마고 달래었소오니까요. 그러다가 이번에 나리님께서 여편네들을 사신다는 소문을 듣고 또 이렇게 지랄을 합소오니까요."

여기까지 와서는 그 사내도 목이 메이는 듯이 한참이나 말을 끊고 다만

눈물 그린 눈으로 저쪽에 고개를 돌리고 앉았는 제 아내를 물끄러미 건너다보더니, 겨우 다시 고개를 들어 허생을 치어다보고,

"나리마님, 소인이 내일부텀은 도적질을 해서라도 제 계집의 겨울옷 한 벌을 햇솜 포근히 두어서 해주겠사옵고, 또 겨울날 양식도 입쌀로만 큰 독에 하나 잔뜩 장만하겠사오니, 저 계집더러 소인과 같이 살라고 분부해줍시오."

하고 꺼이꺼이 소리를 내어 웁니다.

허생은 이 시커먼 사내가 우는 양을 보고 긍측(矜惻)한 듯이 잠깐 얼굴을 찌푸리더니, 곁에 있는 그 여편네더러,

"여보, 양식과 입을 것만 있으면 이 남편과 살 테요?"

하고 물었습니다. 그런즉 그 여편네가 부끄러운 듯이 허생을 잠깐 우러러보고 고개를 옴츠리며,

"그럼요. 먹을 것만 있으면 무얼 하러 그래요."

하고 더할 수 없이 부끄러운 듯이 몸을 비비 꼬더니 다시 성을 내며,

"아니에요. 그게 다 거짓말이에유. 밤낮 양식을 장만한다, 옷을 지어준다 하지마는 제까짓 게 무얼 해유? 제까짓 못난이가 무얼 해유?"

하고 남편을 한 번 노려봅니다.

남편은 이 말을 듣더니 견딜 수 없이 분한 듯이 금시에 달겨들어 여편네를 두들기기나 할 것처럼 두 주먹을 불끈 쥐고 이를 악물더니, 그래도 차마 때리지는 못하는 듯이 제 주먹으로 제 가슴을 쿵 소리가 나도록 두들기며,

"글쎄 이것아, 낸들 너를 굶기고 싶어서 굶기니? 옷을 해 입힐 맘이 없어서 헐벗기니? 십 년 동안이나 너를 길러내느라고 내가 얼마나 애를 쓴

줄 아니?"

하고 말이 끝나기도 전에 여편네가 몸을 남편에게로 팩 돌리며,

"그래 누가 널더러 길러내랬어? 그래 누가 널더러 길러내랬어?"

하고 악을 씁니다.

"그렇다, 네 말이 다 옳다. 그렇지만 내가 너를 귀애하는 정성이 부족한 것이 아니란 말이어! 내가 남같이 노름을 하거나 술을 먹어 그런 것도 아니요, 일을 하기가 싫어서 그런 것도 아니요, 해 뜨기도 전부터 밤까지 뼉다귀가 다 휘도록 일을 하건만두 이놈의 세상이 그렇게 생겨먹어서 그런 걸 어쩌란 말이어? 어떤 놈은 늦잠 자고 뻔뻔히 놀고도 잘 처먹고 잘 처입고, 나 같은 놈은 밤낮 죽도록 일을 해도 그런 걸 어쩌란 말이어?"

하고 원망스러운 듯이 사람들을 한 번 휘 둘러보더니,

"글쎄 이것아, 내 이번에는 도적질을 해서라도 겨울 양식하고 옷 한 벌 해줄게……."

하고 그 여편네에게 애걸하는 듯한 눈을 보냅니다.

허생은 더 말을 말라는 듯이 두 사람을 향하여 손을 내어두르며,

"자, 돈 천 냥을 줄게 가지고 가서 먹고 싶은 것 실컷 사 먹고, 입고 싶은 옷 실컷 지어 입고, 집도 하나 사고 싸우지 말고 사시오. 그러다가 만일 원하거든 나를 찾아오시오. 과연 이 세상이 망하게 생겨먹었으니 좋은 세상으로 데려다 주리다."

하고 돌이를 불러 돈 천 냥과 제일 고운 명주와 비단으로 그 여편네의 저고리채, 치마채를 몇 벌 끊어 오라 하였습니다. 그리고 허생이 그 시커먼 사내더러 이름을 물은즉, 그 사내는 머리를 벅벅 긁으며,

"소인을 세상에서는 검둥이라고 부릅소오니까요. 그리고 소인의 계집

은 걸핏하면 소인을 못난이라고 부릅소와요."

합니다.

이 사람의 본성명을 아는 사람은 세상에 없지요. 아마 자기도 자기의 본성명을 잊어버렸을 것이외다. 세상이 자기를 검둥이라 하니, 검둥인가 할 뿐이겠지요.

돌이가 돈 천 냥과 비단 옷감을 가져왔습니다. 허생이 비단 옷감을 들어 그 여편네를 준즉, 그 여편네는 잃어버렸던 어린 자식이나 만나는 듯이 그 옷감 뭉텅이를 가슴에 듬썩 껴안습니다. 그리고 어쩔 줄을 모르지요.

검둥이는 섬거적에 싼 돈짐을 이윽히 보더니 둘러선 사람들을 향하여,

"열 냥씩 줄게 돈짐 질 놈 나오너라."

하고 외쳤습니다. 그런즉 머리에 수건 동인 사람들이 뛰어나와서 저마다 돈짐을 진다고 합니다.

검둥이는 그 여편네와 함께 허생의 발아래 엎드려 무수 번 이마를 조아리고 돈짐을 앞세우고 의기양양하여 물러나는데, 곁에 섰던 사람들은 모두 갑작부자 검둥이를 부러워 아니 할 이 없습니다.

이때에 저편에서 어떤 커다란 사람 하나가 등에 기름한 궤짝을 지고 한 손으로는 머리 풀어헤친 여편네를 끌고,

"잠깐만 기다리오. 배 떠나지 마오!"

하고 사람들을 헤치고 들어와 허생의 뱃머리 밑에 그 기다란 궤짝을 덜컥 내려놓습니다.

그 사람이 기름한 궤짝을 땅바닥에 텅 하고 내려놓고 숨이 찬 여편네를 앞에 턱 내세우더니,

"자, 이것이 내 계집이구, 이것이 내 애비의 해골이외다. 밤으로 사십 리나 되는 데를 달려가서 아버지 산소를 파가지고 이렇게 숨이 턱에 닿게 달려왔소이다. 돈이 좋아서요. 돈 만 냥이 좋아서요."

하고 허생을 노려봅니다. 허생은 이미 감아올리던 버릿줄을 다시 잡아매게 하고 땅에 뛰어내렸습니다. 사람들 중에서는 비웃는 소리, 욕하는 소리가 들립니다.

"원, 저런 즘생 같은 놈이 있담."

하는 이도 있고 혹은,

"저놈이 벼락을 아니 맞는담. 어쩌면 제 애비 송장을 파다가 팔아먹는담."

하는 이도 있고,

"저런, 오라질 놈이 있담. 계집을 팔아먹는단 말은 옛말에도 있지마는, 아무리 돈이 좋기로 제 애비 송장을 팔아먹는 놈이 있담."

하기도 합니다.

그 사람은 무섭게 커단 눈을 뒤룩뒤룩하며 염병 앓는 사람 모양으로 까맣게 탄 입술을 이리 빨고 저리 빨아 일변 침도 바르고 일변 숨도 돌리더니, 돌아선 사람들을 한번 휘둘러보며 무슨 말을 할 듯 할 듯하다가 허생이 배에서 내려온 것을 보고 분을 꿀떡꿀떡 삼키는 듯이 고개를 한 번 흔들고는 상투 끝을 한 번 만집니다.

허생은 이윽히 그 사람을 바라보더니 무슨 생각이 났는지,

"성명이 무엇이오?"

하고 물은즉,

"내 성명이오? 그것은 아서서 무엇하셔요?"

하고 도로 묻습니다.

"성명을 말하기가 싫거든 아니 해도 상관없소마는 그저 물어보는 말이오."

하고 허생이 휘 한숨을 쉬는 것을 보더니, 그 사람이,

"내 성명은 쇠도적놈이지요. 여기 모여 선 저놈들이 그렇게 지었단 말이야요. 또 그것이 거짓말도 아니야요. 내가 남의 소도 여남은 마리 도적을 했으니까 분명히 쇠도적놈이지요."

하고 곁에 놓인 흙 묻은 관을 물끄러미 보고 있습니다.

"왜 도적질을 해가지고는 도적놈 소리를 들으시오?"

하고 허생이 또 물은즉,

"허, 내니 도적질을 하고 싶어서 하는 줄 아시오? 돈이 없으니까 그러지요! 돈이 없으니께루 남의 소도 도적하고, 제 계집도 팔아먹고, 제 애비 송장도 팔아먹지요. 돈 없는 사람이 돈만 생긴다면 무엇을 못 해요? 돈만 생긴다면 당신을 죽이진들 못하오? 나는 내 계집이 귀한 줄을 몰라서 이렇게 끌어다가 당신께 팔아먹는 줄 아오? 나는 제 애비 중한 줄을 몰라서 해골을 파다가 팔아먹는 줄 아오? 돈이 없으니께루 그러지요."

하고 말을 뚝 끊더니,

"자, 이게 내 계집이구, 이게 내 애비 송장이니께루 자, 갖다가 회를 쳐 자시든지 국을 끓여 자시든지, 매 밥을 주든지 낚시 미끼를 하든지 맘대로 하시오. 그리구 어서 돈 만 냥만 내시오! 만 냥 돈만 있고 보면 나도 내 일부터는 쇠도적놈도 아니요, 이 꼴도 아니라니요! 양반질은 못 하며 방백 수령은 못 하며, 여기 모여 선 저놈들을 모조리 잡아다가 계하(階下)에 꿇리고 이놈, 에헴 하면서 저놈들의 모가지 위로 걸어 다니지는 못해

요? 돈만 있으면 무엇은 못 해요? 계집을 팔았지마는 저놈들의 딸들을 모조리 사다가 첩은 못 해요? 저놈들의 계집과 에민들 모조리 사지 못할 줄 아오?"

하고 더욱 소리 높여 혹은 하늘을 우러러보며, 혹은 사람들을 둘러보며, 혹은 허생을 노려보며 도도하게 말을 합니다.

"자, 다들 보시오. 내가 누구만큼 못생겼어요? 내가 무엇은 못 할 사람인가요? 이 속에 드러누운 내 아버지는 나보다도 잘났었지요. 다만 돈이 없어서, 돈이 없어서 내 아버지도 비명횡사를 하고 이렇게 송장까지도 팔러 당기지요. 돈만 있어 보아요!"

하고 무슨 옛일을 생각하는 듯이 아버지의 관을 내려다봅니다.

쇠도적놈이라는 그 사람이 아버지의 관을 내려다보며 심히 비분한 빛이 있는 것을 보고 허생은 동정하는 어조로,

"그래, 선친께서는 무슨 일로 돌아가셨소?"

하고 물었습니다. 그런즉 그 사람은 고개를 번쩍 들어 허생을 보며,

"내 아버지는 본래 안성 읍내 사셨지요. 장사를 하셨지요. 허다가 유진사라는 자에게 돈 만 냥 빚을 졌지라오. 그러다가 아모래도 빚을 갚을 길이 없단 말씀이야요. 한 해, 이태 기한을 물려가다가 한번은 유 진사가 안성 원을 끼고 나졸들을 우리 집으로 내어보내서 만일 당장에 돈을 내놓든지, 그렇지 아니하면 집과 아이들과 아내를 내놓든지 하라고, 그렇지 아니하면 당장에 잡아다가 주리를 한다고 야단을 하오. 빚진 종이라고 돈이 없으니 어찌하오? 이 속에 있는 내 아버지도 할 수 없다고 집을 유진사에게 내어주고 당신 한 몸만 빠져나왔지라오. 그때에 내 나이 열 살이요, 내 어머니가 스물일곱 살이오니까요. 그날부터 유 진사놈이 턱, 우

리 집에 와서 아버지 방을 제 방을 만들고, 우리 어머니는 그놈의 첩이 되었지라오. 그러니 우리 아버지 심사는 어떠했겠어요. 며칠 동안을 어디서 술을 자시고는 대문 밖에 와서 한참이나 울다가 유 진사 집 비부놈한테 흠뻑 얻어맞고 쫓겨 갔지라오. 우리 아버지는 그때에 나이 오십이 되셨더라오. 그래 나는 어린 맘에도 유 진사놈이 하도 괘씸하고 또 우리 어머니를 첩으로 만든 것이 하도 분해서 하룻밤에는 장작 패는 도끼를 들고 그놈이 자는 방으로 뛰어 들어갔지요. '이놈, 죽어보아라.' 하고 도끼로 그놈이 누웠을 만한 데를 찍었더니, 그놈은 찍히지 아니하고 벌떡 일어나서 나를 꼭 붙들고 '불 켜라, 불 켜라.' 하고 소리를 지르지요. 불 켠 뒤에 보니께루 내 어머니도 옷을 벗고 자리 속에 드러누웠지요. 나는 아무 철도 모르지마는 와 하고 발버둥을 하고 울었지라오. 그러고는 그놈의 집에서 나와서 아버지를 따라 돈 만 냥을 벌러 떠났지라오. 그러나 돈 만 냥이 어디서 나요? 얼마를 그러고 돌아다니다가 아버지는 미쳐서 '응, 돈 만 냥, 응, 돈 만 냥.' 하고 울고 돌아다녔지요. 그래서 만 냥 미치광이 영감이라고 이 근방에는 모르는 사람이 없지라오. 아버지가 돌아가실 적에 어떻게 정신이 들었던지 날더러 '애, 문흠아(내 이름이 문흠이여요. 성은 김가구요). 애, 문흠아. 돈 만 냥 벌어서 네 어멈 찾아온.' 하셨지라오."

하고 목 메인 소리로,

"우우우, 그래서도 만 냥을 벌 양으로 지금까지 꼭 십 년을 돌아다녔지마는 하늘에를 오르면 오르지 돈 만 냥이 어디서 나오요? 그래도 아무리 해서라도 돈 만 냥을 벌어서 아버지 원수를 갚아볼 양으로 일도 해보고 도적질도 해보고, 아니 해본 것이 없지라오."

하고 기운 없는 듯이 땅바닥에 펄썩 주저앉습니다. 허생은 그 말을 유심히 듣고 있더니, 손으로 그 김문흠의 어깨를 툭툭 치며,

"염려 마시오. 아버지 해골은 다시 명당을 찾아서 안장하고 부인도 데리고 가시오. 그리고 내가 만 냥 어음 한 장을 써드릴 터니 안성 유 진사의 집에 가서 찾아서 맘대로 쓰시오. 그리고 볼일을 다 보거든 나를 찾아오시오."

하고 돌이를 불러 지필묵을 가져다가 그 자리에서 돈 일만 냥 어음 한 장을 써서 김문흠에게 주었습니다.

김문흠은 그 어음쪽을 받아들더니, 알 수 없다 하는 듯이 물끄러미 허생의 얼굴을 이윽히 보다가 펄석 땅에 엎더지며,

"재생지은(再生之恩)이올시다. 나는 생원님께서도 유 진사와 같이 돈의 힘으로 갖은 못된 짓을 하는 사람으로 알았습니다……. 볼일을 다 보거든 생원님을 따라가겠습니다."

합니다.

허생은 배에 뛰어올라 사공들을 시켜 일시 돛을 달게 하였습니다. 마침 첫겨울 저녁나절 하늬바람에 수십 척 작은 배, 큰 배는 살 같은 썰물을 따라 강경을 뒤로 두고 남으로 남으로 달아납니다.

아버지의 원수

쇠도적놈이라는 김문흠은 허생에게서 안성 유 진사에게 찾으라는 돈만 냥 어음을 얻어가지고 그 길로 아버지의 해골을 걸머지고 아내를 데리

고 안성을 항하여 떠났습니다.

강경서 오 리는 나와서 정한 잔디판에 해골을 내려놓고, 그 해골 앞에다 강경서 사가지고 온 술을 놓고 아내와 그 앞에 가지런히 서서 열 번은 절을 한 뒤에, 그 큰 눈에 눈물을 뚝뚝 떨구면서 마치 산 사람을 대하여 말하는 모양으로,

"아버지, 이제야 돈 만 냥을 얻었습니다. 그 원수의 돈 만 냥을 얻었습니다. 이것이 십 년 전에 있었던들 아버지께서 돌아가시지도 아니하였을 것을. 아버지, 그러나 돈 만 냥이 생겼으니 인제는 어머니도 찾고 집도 찾고, 유 진사놈의 원수를 갚을 수도 있습니다. 아버지 해골이라도 아버지 집 아랫목을 한번 누워보시게 하고, 유 진사놈의 상투를 뽑아서 아버지 해골 앞에 꿇어앉히겠습니다."

하고는 또 열 번인지 스무 번인지 한정 없이 절을 합니다. 그리고는 또 해골을 걸머지고 떠나서 가고 갑니다. 왜 몸에 날개가 없나, 왜 안성이 공중에 둥둥 떠와서 당장 발 앞에 내려앉지를 아니하나, 이렇게 맘이 급하여하면서 며칠 만에 안성 읍내에 다다랐습니다.

김문흠은 해골을 우선 사람 아니 보는 곳에 묻어놓고,

"잠깐만 기다리십시오. 유 진사놈을 끌고 와서 아버지를 모셔 들여가겠습니다."

하고 하직을 한 뒤에 아내더러는 거기 지켜 앉아 있으라 하고, 장달음으로 안성 장거리를 이리 돌고 저리 돌아 고래등 같은 유 진사 집에 다다랐습니다.

유 진사 집에서는 마침 그날이 유 진사의 환갑날이라 하여 안팎 마당에 차일을 치고 안에는 여편네 손님과 아이들 손님, 밖에는 먼 데 가까운 데

서 모여드는 사나이 손님, 늙은이 젊은이, 말 탄 이, 나귀 탄 이, 가마 탄 이, 걸어오는 이 와글찌껄하는데, 밭마당에 매어놓은 말과 당나귀 들도 무슨 좋은 일이나 생긴 듯이 앙앙 소리를 지릅니다. 개들도 좋아서 뛰고 아이들도 안마당에서 밭마당으로 들고나며 뛰고 지껄이고, 거지들도 오늘은 호기롭게 대문간에 늘어서서 김 나는 곰국과 떡을 먹으며 눈을 번득거립니다.

첫겨울 눈이 부슬부슬 오는 듯 마는 듯 떨어지는데, 잔치에 모인 손님들은 그런 줄도 모르는 듯이 술들이 취하여 웃고 떠듭니다.

김문흠은 잠깐 밭마당에 서서 주저주저하였으나 아무도 그를 눈 거들떠보는 이도 없습니다. 혹 있다 하더라도 '아마 어디서 얻어먹으러 온 거진가 보다.' 할 뿐이요, 그가 품에 만 냥짜리 시퍼런 어음쪽을 품고 유 진사의 원수 되는 김 오위장의 해골을 지고 온 그의 아들 김문흠인 줄을 알 리가 없었습니다.

문흠은 이윽히 어쩌면 좋은가 하고 생각하다가 뚜벅뚜벅 대문으로 들어가 큰사랑 마루에 서슴지 않고 올라섰습니다. 저 아랫목에 비단 보료, 비단 안석(案席)에 술이 반취나 되어 비스듬히 기대어 앉아 벙글벙글 웃는 뚱뚱한 노인이 유 진사인 것은 분명하였습니다. 그러나 김문흠은 일부러 모르는 체하고 천연덕스럽게,

"유 진사가 어느 어른이십니까?"

하고 점잖게 목소리를 빼었습니다.

유 진사는 여러 사람의 치하하는 말에 취하여 꿈속같이 있다가 이 소리에 놀래어서 내다본즉, 어떤 때 묻은 바지저고리에 상투 바람으로 때 묻은 수건을 동인 거무투툭하고 감때사나운 사람이 섰는 것을 보고 아무 대

답이 없이 물끄러미 치어다만 봅니다. 좌중에 앉아 있던 다른 사람들도 모두 놀라서 문흠을 보고 있을 적에 문흠은 한 번 더 소리를 높여,

"유 진사가 어느 어른이십니까?"

하고 부릅니다. 이때에는 벌써 유 진사 집 차인들, 사환들이 욱 나와서 문흠을 둘러쌌습니다.

"내가 유 진사요. 그래 무슨 일로 나를 찾소?"

하고 유 진사가 태연히 대답을 하였으나, 그 얼굴에는 까닭 모를 근심의 빛이 떠돌았습니다.

김문흠은 둘러선 사람들을 헤치고 뚜벅뚜벅 방으로 들어가면서,

"나는 허 생원의 심부름 온 사람이오. 급히 쓸 곳이 있으니 돈 만 냥만 찾아가지고 오라고 유 진사 나리께 어음쪽을 가지고 왔소."

하고 품속에 있던 어음쪽을 꺼내어 유 진사에게 줍니다. 유 진사는 문흠의 더러운 모양과 불공한 어조와 언제 본 듯한 얼굴에 잠깐 놀랐으나, 허 생원에게서 온 심부름꾼인 줄을 알고는 겨우 안심이 된 듯이,

"응, 허 생원이 보내셨어? 허 생원께서 지금 어디 계시냐?"

하고 이번에는 허 생원의 하인으로 알고 또라지게 해라를 합니다.

문흠은 돈을 다 찾아놓기까지는 허생의 하인으로 보이리라 하고 아까보다는 좀 공손하게 한 번 허리를 굽히며,

"네, 허 생원님께서는 지금 강경 장에 계십니다. 강경 장에 계셔서 가난한 사람들에게 돈을 나눠주고 계십니다."

하고 천연덕스럽게 또 한 번 허리를 굽혔습니다.

유 진사는 수차인을 불러 돈 만 냥을 내실리라 하였습니다. 이윽고 큰 광문이 활짝 열리더니, 섬거적에 싸인 돈짐이 턱턱 마당에 나와 쌓입니

다. 백 냥 묶은 것이 백 짝, 조그마한 집채만 하게 나와 쌓이는 것을 보고 잔치에 모였던 사람들은 모두 침을 꿀떡꿀떡 삼키며,

"저, 부잔 부자다."

하고 감탄들을 합니다.

돈을 다 내다 쌓고는,

"그러면 읍내에 있는 마소를 불러서 강경으로 내 실려라."

하고 차인에게 명령을 하는 것을 보고 문흠은,

"아니오. 강경 장으로 내실릴 것이 아니오."

하고 소리를 높여 유 진사를 향하여,

"유 진사, 저 마당에 쌓인 돈이 다 당신의 돈이오. 내 아버지 김 오위장이 당신에게 졌던 빚이오. 내가 지금 당신에게 그 빚을 갚았으니, 이 자리에서 내 어머니와 내 집을 내어놓으시오. 내가 누군지 모르겠거든 그 늙은 눈을 똑바로 떠서 내 얼굴을 들여다보시오."

하고 유 진사의 코앞에 자기의 얼굴을 들이댑니다. 유 진사는 너무도 의외의 일에 어찌할 줄을 모르고 다만 눈만 둥글하고 사지만 벌벌 떨 뿐이외다.

문흠은 더욱 소리를 높여,

"여보 유 진사, 댁은 내 아버지에게 빚을 지우고 내 어머니와 내 집을 빼앗았고 내 아버지는 그 때문에 미쳐서 돌아가셨소. 당신이 후환이 두려워서 나를 죽일 양으로 사람을 많이 놓아 찾았단 말도 들었소마는 하늘이 뜻이 있어서 나를 오늘날까지 살려두셨소. 내가 벌써 댁의 모가지를 끊고 댁의 오장을 내어 잘근잘근 씹고 깨물어버렸겠지마는, 남의 빚을 갚아야 하겠기로 여태 댁을 살려둔 것이오. 그러나 오늘은 댁이 내 아

버지에게 지운 빚도 다 갚았으니 당장으로 내 어머니와 내 집을 내어놓 으시오."

하고 가슴 속에 품었던 시퍼런 칼을 꺼내어 오른손에 엎어들고 유 진사를 노려봅니다.

이 통에 방 안에 모여 앉았던 손님들은 슬며시 하나씩 하나씩 빠져나가 고, 차인과 사환 들도 문 뒤에 숨어 서서 벌벌 떨고 있습니다.

유 진사는 그만 안석에 등을 기대고 들어오는 칼을 막으려는 듯이 두 손을 앞에 내어밀고 벽을 뚫고 들어가려는 듯이 두 발로 방바닥을 착 붙 이고 몸으로 뒤로 밀어들이려 하나, 딱 막힌 벽이 움쭉이나 하나. 그저,

"으으은, 살려다오. 사, 사, 사, 살려주오. 네 어머니 안방에 있으니 마, 마, 맘대로 데려가고, 이 지, 지, 집도 맘대로 가, 가, 가지고 사, 사, 사, 살려만 주오!"

하고 벌벌 떨기만 합니다.

문흠은 비웃는 듯이 입술을 길게 좌우로 혀기더니,

"흥, 염려 말어. 아즉도 더 할 일이 있으니까 당장은 안 죽일 테니 염려 말어! 그러구 만일 누가 원한테 들어가 나졸을 끌고 나오는 날이면 네 모 가지는 담박에 이게여."

하고 칼로 찌르는 양을 보입니다.

유 진사는 내밀었던 손을 싹싹 빌며,

"안 그럴게요. 안 그럴게요."

하고 고개를 대청으로 돌려,

"네 아모 놈도 이 양반을 건드리지 말렸다. 그리고 안에 들어가서 마님 나옵소사고. 아드님 오셨습니다고. 그리고 다른 식구들은 당장으로 짐

싸가지고 아모 데로나 뉘 집 행랑으로나 헛간으로나, 그것도 없거든 산으로라도 빨리빨리 나가라고. 그리구 이 집은 이 양반 비워드리라고."

이렇게 명령을 합니다.

얼마 아니하여 안에 우는 소리, 떠드는 소리가 오고고 하더니마는 유진사의 아들들, 딸들, 며느리들, 손자놈들, 손녀년들, 종년들, 옷 보통이와 밥주발을 지고 이고 안고 종종걸음을 쳐서 앞문으로 뒷문으로, 부슬부슬 떨어지는 눈 같은 것은 오는 줄 안 오는 줄도 모르고 달아납니다. 아이들은,

"아이구, 내 가락지!"

"아이구, 내 때때치마!"

"아니, 저 약과 그릇!"

"저 꿀 항아리!"

야단법석이 나 목숨과 팔다리도 미처 못 가지고 가서 정신을 절반씩이나 잃어버리고 가는 판에 언제 그런 것을 다 돌아보랴. 우아, 큰일 났다. 달아나자. 달아나자.

동네 사람들은,

"저게 웬일이야?"

"에구머니, 가엾어라. 어쩌면 저 부잣집이."

"무엇이 가엾어? 고소하지. 천벌이 늦게 내렸지. 작히나 앙화를 쌓았나?"

"어쩌면 그 만 냥 미치광이 아들이 여태껏 살아 있다가 돈 만 냥을 가지고 오우?"

이 모양으로 달아나는 아까까지 아씨, 아가씨, 도련님 들을 마치 개한

테 쫓기는 병아리 새끼나 내려다보듯이 반쯤 웃어가며 구경을 하고 있습니다.

하인놈들까지도,

"이런 제길, 그래 내일부텀은 김 오위장 댁 하인이어?"

하는 놈도 있고,

"아따, 어느 제밀할 놈의 하인이면 어때어? 종노릇하고 밥 얻어먹기야 유 진사면 어떻고 김 오위장이면 어때어?"

하고 껄껄 웃기도 합니다.

이러한 속에 그렇게 서슬이 푸르던 늙은 유 진사는 소백정 앞에 선 늙은 소 모양으로 문흠의 칼만 기다리고 눈만 껌벅거립니다. 그 대신에 문흠은 십여 년 참아오던 분한 마음과 오늘날에야 원수를 갚는구나 하는 쾌한 맘이 한데 뒤범벅이 되어 이빨이 떡떡 마주 물리고 치가 불불 떨립니다. 가끔 '웅흥' 하고 소리를 내는 것은 유 진사의 가슴을 푹 찔러 그 간을 끌어내려는 욕심을 참는 소리외다.

이윽고 하얗게 세인 점잖은 늙은 부인 하나가 고개를 숙이고 방으로 들어와 말없이 문흠을 치어다보며,

"에그, 네가 문흠이냐?"

하고 몸을 앞으로 숙여 문흠을 안을 듯이 합니다.

문흠은 두어 걸음 뒤를 물러서 늙은 부인을 피하면서,

"나를 낳아주셨으니 당신이 분명히 내 어머니는 어머니지마는, 아버지를 떠난 지 사흘이 못 되어 유 진사에게 몸을 허하였으니 아버지께 대한 죄인이라요. 또 아버지께서 당신일래 미쳐서 돌아가신 뒤에도 거상(居喪)도 안 입었으니 아버지께 죄인이라요. 또 아버지를 잊어버리고 즘

생 같은 유 진사의 집에서 아주 안락하게 일생을 늙었으니 아버지께 죄인이라요. 당신의 그 의리도 모르고 인정도 모르는 손으로 내 몸을 만지면 나도 아버지께 죄인이 될 것이라요. 만일 당신이 이 큰 죄를 만일이라도 속하려거든 유 진사를 끌고 내 뒤를 따라오시오."

하고 눈을 부릅떠 호령을 하였습니다.

늙은 부인은 어안이 벙벙하여 저편 구석에 벌벌 떨고 앉았는 유 진사를 바라보며 눈짓을 한즉, 유 진사도 그 뜻을 알아들은 듯이 눈으로 대답을 하며,

"자, 어디든지 문흠이 가자는 대로 따라갈게 목숨만 살려주시오."

하고 애걸하는 눈으로 문흠을 치어다봅니다.

문흠은 유 진사 내외를 앞세우고 의기양양하여 눈 날리는 안성 거리를 지나 자기 아버지의 해골 둔 곳으로 옵니다. 거기는 문흠의 아내가 추운 듯이 팔짱을 끼고 지켜 앉았다가 남편이 어떤 노인 내외를 앞세우고 오는 것을 보고 놀라는 낯으로 일어납니다.

문흠은 손으로 눈 덮인 흙을 한바탕 파더니, 그 속에서 반나마 썩은 관 하나를 안아 일으켜 유 진사 내외의 앞에 덜컥 내려놓고 품에서 아까 꺼내었던 시퍼런 칼을 꺼내어 익숙하게 서너 군데를 꾹꾹 지르더니 쩍쩍 하는 소리를 내며 관 뚜껑을 떼어 젖힙니다. 유 진사 내외는 나무로 깎아 세운 사람 모양으로 아까부터 발 하나 움직이지 아니하고 서 있다가, 관 뚜껑이 열리자 허연 해골이 번쩍하는 것을 보고는 부지불각에 '악!' 소리를 치고 뒤로 자빠질 듯이 두어 걸음을 물러섭니다.

문흠은 우선 늙은 부인의 팔을 끌어다가 해골 앞에 세우고 해골을 물끄러미 들여다보며 산 사람에게 말하는 듯이,

"아버지, 돌아가실 때에 하신 유언대로 유 진사에게 돈 만 냥 빚을 갚고 어머니를 데려왔습니다요. 아버지가 돌아가시면서 '문흠아, 네 어멈 찾아오너라.' 하셨지라오……. 우후, 저렇게 다 썩어져버리고 해골만 남아 있으니……. 아버지, 아버지!"

하고 문흠은 목을 놓아 웁니다.

유 진사의 안전이라 아무 말을 못 하여도 늙은 부인도 두 손으로 낯을 가리고 흑흑 느낍니다. 다음에는 문흠이가 유 진사의 목덜미를 집어다가 해골 앞에 꿇어앉히고 시퍼런 칼을 유 진사의 꼭대기에다 겨누고, 또 해골을 향하여 흑흑 느끼는 소리로,

"아버지, 이놈을 잡아 왔습니다요. 이 유 진사놈을 잡아 왔습니다요. 이놈을 이 칼로 푹 찔러 죽여요? 이놈의 간을 꺼내어드려요? 아버지! 이놈을 어떡하라요?"

유 진사는 떨리는 목소리로,

"김 오위장! 이놈이 죽을 죄를 지었소. 계집에 혹해서 그랬구려. 이놈이 죽일 놈이오……."

하고 우후후 소리를 내며 웁니다.

함박눈이 내려와 사람들의 머리와 관 속에 말없이 누워 있는 해골을 덮습니다. 모두 말이 없고 오직 흑흑 느끼는 울음소리뿐이외다.

문흠은 슬며시 유 진사의 목덜미를 놓았으나 유 진사는 일어나려고도 아니 합니다.

"유 진사, 일어나오! 어머니도 일어나요! 내가 당신네에게 아버지 해골을 지우고 안성 읍내를 두 바퀴나 세 바퀴나 돌아서 아버지 해골을 아버지 집 아랫목에 뉘어드리고, 그 앞에 당신의 가슴을 쨰고 간을 꺼내서

아버지 혼령에 제사를 드리고야 말려고 하였지라요. 그러나 그것이 다 부질없는 짓이라요. 내가 아버지 자식으로 태어나서 아버지 빚도 다 갚고 아버지 유언대로 어머니도 아버지 곁에 데려다 드렸으니께루 나 할 일은 다 했지라요……. 아버지, 아버지 마음대로 하시오. 나는 인제는 먼 곳으로 달아나는지라요."

하고 아버지 해골에 쌓인 눈을 툭툭 떨어서 눈이 음쑥하고 이빨이 성긋한 두골을 두어 번 쓸어보더니, 또 한 번,

"아버지, 나는 가는게라요."

하고 그 아내를 앞세우고는 뒤도 안 돌아보고 달아납니다. 푹푹 퍼 내리는 회색 눈바람 속에 문흠이 내외의 모양은 그림자 모양으로 남쪽을 향하여 스러지고, 뒤에는 땅에 엎드린 유 진사 내외와 뚜껑 열린 관 속에 하얀 눈에 묻히는 해골과 그 곁에 이 역시 눈에 묻힌 시퍼런 칼날이 있을 뿐이외다.

눈아 흰 눈아
오늘 종일 밤까지라도 퍼 내려
모든 원한과 슬픔과
그것을 위하여 푸르던 칼날도 묻어버려라
해골도 뉘우치는 눈물도 묻어버려라

제주 목사

하루는 아침 일찍이 이방이 제주 목사에게로 들어오더니,

"사또, 큰일났습니다."

하고 매우 황황한 모양이외다. 목사도 또 제주 목사가 떨어지지나 않나 하고 깜짝 놀랐지마는 아랫사람한테 놀라는 모양을 보이면 위엄이 서지 아니하는 줄을 알므로, 가장 천연하게 가느단 눈을 더욱 가늘게 하고 꼭 스무남은 올밖에는 더 되지 아니하는 수염을 쌕쌕 내리쓸면서,

"큰일? 큰일이 무슨 큰일이란 말이냐. 네 에미가 서방을 맞아 갔단 말이냐?"

한즉 이방은,

"제 에미가 서방을 맞아 갔기루 그것이 무슨 큰일겠소니까마는 조천에 홍기(紅旗) 단 배 수십 척이 들어왔사온데, 그 배 주인은 서울 사는 허 생원이라 한다 하옵는데, 배에는 명주 비단과 각색 보물을 가뜩가뜩 실었다 하오며 그 배에 실은 물건이 몇십만 냥어친지 이루 헤아릴 수가 없다 하옵고, 또 배에는 웬 여편네도 많이 싣고 왔다 하옵는데, 오늘이나 내일은 짐을 다 푸옵고 허 생원이란 자가 제주 성중으로 들어온다 하오니, 사또 안전 이것이 큰일이 아니고 무엇이오니까? 소인은 평생에 이렇게 크고 좋은 일만 사뢰나이다."

하고 이방은 능청스럽게 잠깐 고개를 들어 목사를 보고 씽긋 웃습니다.

"이놈아, 양반을 보고 웃기가 당하단 말이냐."

하고 바로 추상같이 호령을 하더니, 그 조그마한 몸뚱이를 발딱 일으켜 이방의 어깨를 툭 치며 눈짓 절반으로,

"그러면 그 계집애허고 응? 또는 지금 허 생원인가허고 응?…… 그 계집애를 오늘 저녁으로 데려올 수는 없겠니? 응? 일러서 안 듣거든 막 빼앗아 오려무나. 꼭 그래라, 응? 그리고 허 생원인가 한 자가 성중에 들어오거든 내가 부른다고 일러라. 오늘은 이 일 저 일에 바쁘니, 내일이라도 들어오란다고 일러라."

이렇게 목사의 분부하는 말을 듣고 이방은,

"웨."

하고 길게 대답을 하고는 허리를 굽힌 채로 살짝살짝 걸어서 삼문(三門)으로 나오고, 목사는 그 계집애의 일과 허 생원의 일을 생각하느라고 뒷짐을 지고 방 안으로 왔다 갔다 거닐고 있습니다.

이방은 그 길로 나와서 삼문 밖에 벌벌 떨고 섰는 김 좌수를 보고,

"오늘 저녁에는 꼭 딸을 들여보내야만 한답시오. 만일 순순히 안 들여보내면 오방 관속을 풀어서 다묵이 묶어 오랍시오."

하고는 뒤도 돌아보지 아니하고 가버립니다.

김 좌수라는 노인은 모든 희망이 다 끊어진 듯한 얼굴로 하늘만 우러러보더니, 여기 서 있어야 아무 소용이 없다 하는 듯이 지척거리는 걸음으로 향청 앞을 지나서 향곳골 자기 집으로 가는 길에 혼잣말로,

"저런 괘씸한 놈이 어디 있나. 저놈이 제주 목사로 온 지 삼 년에 제주 성중에 얼굴 좀 깨끗한 계집애는 다 버려주고, 인제는 그놈이 내 자식을 버려주려고 들어."

하고 중얼거리는 것을 마침 뒤로 슬슬 밟아가던 돌이가 엿듣고 얼른 그 노인의 소매를 잡아당기며,

"노인님, 지금 중얼거리시는 말씀은 다 들었습니다. 아무 염려 맙시

오. 나허구 우리 댁 생원님헌테로만 가셔요. 우리 댁 생원님은 무슨 일이나 못 하시는 일이 없으시단 말씀이야요."

하고 소매를 잡아끄니, 노인은 일변 무섭기도 하고 일변 믿기기도 하여 돌이가 잡아끄는 대로 끌려갔습니다.

어느새에 벌써 이러한 준비를 하였는지 허생은 제주 성중에 그중 크고 좋은 집을 사서 안팎을 말짱하게 소제하고 과연 백만 냥 부자 부끄럽지 않게 차려놓았는데, 오직 허 생원 제 모양은 예나 이제나 다름이 없이 초초한 한 선비외다.

돌이는 앞서서 겅중겅중 뛰어 들어가서 허 생원을 보고 한 손으로 김 좌수 노인을 가리키면서 무슨 큰 공이나 세운 듯이,

"생원님, 저기 하나 데려왔습니다. 제주 목사가 무어 자기 딸을 빼앗으련다고 중얼거리고 가기에 붙들어 왔습니다······. 여기도 강경만이나 재미있을 모양인데요."

하고 도로 겅충겅충 내려와서 김 좌수를 끌어 올립니다.

김 좌수는 돌이에게 끌리어 허생의 사랑에 올라왔습니다.

'대체 이 양반은 어떤 양반이길래 제주 목사보다도 더 높으시단 말인고. 아이고, 제발 덕분에 내 딸만 살려줍소사.'

하고 김 좌수가 속으로 축원을 하면서 사랑문을 여니, 웬 보기만 해도 고리기가 짝이 없는 사람 하나가 앉았습니다. 비록 고리게는 생겼으나 아랫목에 앉은 것을 보니 주인인 것은 분명합니다. 그러나 늙은 것이 젊은 것에게 절도 할 수 없고 또 아니 할 수도 없고, 차마 윗목에 앉을 수도 없고 또 그렇다고 아랫목으로 내려갈 수도 없고, 김 좌수 노인은 어쩔 줄을 몰라 엉거주춤하였습니다. 앉은 것도 아니요 선 것도 아니요, 상놈이라

고 할 수는 없고 양반이라고 하더라도 더 큰 양반들이 아니 알아주는 이 세상에 김 좌수는 엉거주춤으로 허리만 아플 수밖에 없었습니다.

"이리 앉으시지요. 그래, 영감은 내게 무슨 할 말씀이 계시오?"

하고 허생이 먼저 분별을 하여 주는 덕에 김 좌수는 겨우 그 앉으라는 자리에 앉아서 하소연을 시작합니다.

"나는 김성 쓰지요. 본래 경주 김씨로서 입제주(入濟州)한 지가 한 삼십대(三十代) 되지요."

"예? 삼십대요?"

하고 허생이 놀라는 듯이 다시 물은즉, 노인은 놀랄 것이 조금도 없다는 모양으로,

"삼십대가 잠깐이지요. 우리 삼십대조 되시는 어른이 여조(麗朝)에 통선랑 벼슬을 하시다가 이리로 구향을 오셨으니까 우리 집안은 상놈은 아니지요. 그러나 요새 사람들이 그것을 아나요?"

어허, 하고 김 좌수의 말소리와 몸 태도는 더욱 점잖고 양반스러워집니다.

돌이는 저 윗목에 서서 혼자 웃고 있습니다. 허생은 김 좌수의 양반 증명을 시끄러워하는 기색도 없이 듣고 앉았더니,

"그래, 내게 하실 말씀은 무엇이오니까?"

하고 한 번 다시 물었습니다.

"예예, 말씀하지요. 나는 본래 그러한 사람이지요. 저, 저 제주 본토박이로 사는 상놈과는 다르지요. 그런데 제주 목사가 그것을 몰라보고 내 막내딸을 소실로 달라니, 어디 그런 법이 있나요. 내 자식 후실로 달라더라도 내게는 못 그러려든 어디, 어디 나 같은 사람에게 그런 법이 있나

요."

하고 더욱더욱 김 좌수의 호기가 만장이나 올라갑니다.

"그래, 목사를 보고 그런 말씀을 해보셨소오니까?"

하고 허생이 점잖은 말로 물으니, 김 좌수도 이제야 자기 양반을 알아주는 이를 만난 듯이 심히 만족한 모양으로,

"허, 세상이 말세가 되었소그려. 지금 이 제주 목사란 자가 나이 사십이 가까웠건마는 아직 철이 못 난 자여. 알아볼 만한 사람을 알아볼 줄도 모르고, 그저 돈하고 계집밖에 모른단 말이어."

하고 더욱 호기를 내고 소리를 높여,

"그러하더라도 제가 내……게……는 못 그래야 옳……을…… 내게는 못 그래야 옳……을…… 걸."

하고 마치 제주 목사를 보고 호령하는 태도를 보입니다. 김 좌수가 오래 양반을 못 부려보다가 삼 년 전에 갈려 간 술주정뱅이 목사와 어떻게 어떻게 친하게 되어 허교까지 하게 되어서 한참 양반을 뽐더니마는, 그 주정뱅이 목사가 갈려 가고 이번 깍정이 목사가 온 이후로는 김 좌수에게 같은 양반의 대접을 아니할뿐더러, 마침내 다른 사람에게 하는 바와 같이 그 딸을 첩으로 달라는 통혼까지 하였습니다. 그래 오늘 아침에도 그 아니꼬움을 참고 이방놈에게 청을 하였다가 그만 '오늘 저녁에는 오방 관속을 내보내서 다묵이 묶어 온다.'는 소리까지 들었으니, 김 좌수의 양반이 들어갈 만도 하건마는 허생이 마침 자기의 양반 자랑을 받아줄 만한 눈치를 보고는 오래 눌렸던 양반이 터져 나온 것이외다.

돌이는 참다못하여 앞으로 쑥 나서,

"압다, 우리 댁 생원님이 어떠한 양반입신데 웬 그리 양반 자랑을 하셔

요. 제주 목사가 첩장가 들 만한 양반을 가지고 어디다 내세워요. 그까짓 거 내 양반만도 못할걸요."

하고 김 좌수의 기운을 푹 찔러주었습니다.

"아서라, 왜 그러느냐? 그 양반은 그 맛으로 사시지 않느냐."

하고 허생은 돌이를 꾸짖고 김 좌수를 향하여,

"어서 하실 말씀을 다 하시오."

하고 슬쩍 위로를 합니다.

노인의 말을 들건대, 제주 목사는 제주 온 지 삼 년에 날마다 하는 일이 남의 딸자식 빼앗기와 돈 빼앗기라 합니다. 처음에는 그다지 심하지도 아니하더니, 고 판관놈이 온 뒤로부터는 이방놈하고 셋이 꼭 짜고 들어앉아서 돈과 계집 훑어 들이기로 일을 삼습니다.

"아마 그동안에 버려준 계집애가 서른은 넘을 게요. 한 사오 일 데리고 자고 내버리기도 하고, 어떤 때에는 두어 달 데리고 살기도 하고, 어떤 때에는 당일에 내어쫓기도 하고……. 이 모양으로 꼭 남의 집 숫처녀만 골라서 버려주지요……. 그런데 내 자식까지 설마 맘을 내랴 했더니."

하고 노인은 또 성을 냅니다.

허생은 웃으면서,

"그러면 어째 노인께서 한번 제주 목사를 호령을 못 하셨던가요?"

한즉 노인은,

"허, 그러기에 말이오……. 내가 만나러 들어가면 살살 피하는구려."

합니다. 그 노인이 어디까지든지 자기가 높은 체하는 것이 아니꼽기는 하지마는, 어찌하였으나 제주 목사놈은 크게 한번 골려야 하겠다 하는 생각이 허생의 맘에 들어갔습니다. 벌써 조천에서 배를 내릴 때부터 제주 목사가 흉악한 못된 짓을 다 한다는 말은 들었던 터이므로 어떻게 하여서라도 불쌍한 제주 백성을 호랑이 아가리에서 빼어내려 한 것입니다.

허생은 몇 가지 꾀를 말하여 김 좌수를 돌려보내고, 돌이와 다른 부하 사람들을 내보내어 제주 성중으로 돌아다니면서 장정이라는 장정을 모두 한 달 삯전씩을 미리 주고 사게 하였습니다. 그래가지고는 먹서리와 삼태기를 많이 사들여 제주 성중에 있는 큰 돌 작은 돌을 모조리 집어 성 뒤에 돌산을 쌓게 하고, 그 돌산이 다 끝이 나거든 서문 밖으로 흘러내리는 개천을 동문으로 끌어들여 남문 안으로 흘러 서문으로 뽑아내도록 한다고 소문이 퍼졌습니다.

아무려나 보통 삯전의 갑절은 되겠다, 일은 헐하겠다, 또 일이 호기심을 끌겠다, 점심때가 못하여 제주 성중에 특별한 일 없는 장정들은 모두 허생 집으로 모여들어 그 큰 성중이 조용하게 되었습니다.

오정이 지나자 점심을 먹은 장정들이 혹은 먹서리를 지고 혹은 삼태기를 들고 제주 성중으로 쫙 퍼져서 길바닥, 집터 할 것 없이 쓸데없는 돌이란 돌을 모조리 줍는데, 저녁때에는 벌써 북문 밖에 쌓인 돌이 두 길이나 넘게 되었습니다.

그러고 나서 저녁 후에는 말총 고르는 일을 하고 삯전은 낮일의 갑절을 준다 하고 소문을 내었더니 나도 나도 하고 늙은이 젊은이 모두 모여드는데, 모여드는 대로 아직 일이야 있든지 없든지 약속한 대로 삯전을 주어서 받아들입니다.

과연 그날 날이 저물더니 사방으로서 말총짐이 모여드는데, 말께 실은 것, 소에게 실은 것, 사내들이 등에 진 것, 여편네들이 머리에 인 것, 대체 얼만지 한량을 알 수가 없습니다. 이 총짐을 받아들여서는 여러 백 명 사람들이 긴 것은 긴 것대로 짧은 놈은 짧은 놈대로, 가는 것은 망건거리 굵은 것은 체불거리, 이도 저도 못 할 것은 빨랫줄, 짐밧거리, 이 모양으로 차곡차곡 골라 쌓는데, 원래 제주가 예로부터 말총의 소산이지마는 제주서 생장한 본토박이 제주 사람들도,

"어데서로 말총이 이렇게 많게 오나?"

하고 모두 감탄을 합니다.

그러다 보니 일하는 사람뿐 아니라 노인들이나 아이들은 구경하려러도 대개는 허생의 집으로 모여들어서 그 크나큰 집, 그 넓으나 넓은 안마당 밭마당이 뿌듯하게 사람들이 모여들었는데, 제주 성중이 다 이리로만 모여들고 다른 데는 빈 것 같습니다.

이때에 제주 목사는 저녁상을 물리고 담배 두어 대를 실컷 먹고 나서는 이제는 어디 김 좌수의 딸을 잡아다가 오늘 날도 좋고 하니 운우지락(雲雨之樂)을 이루리라 하고, 그 가느다란 눈을 깜짝깜짝하면서 일어나 통인을 불렀습니다.

통인을 보고 목사가,

"이방 불러라."

"예."

이방이 들어오더니,

"사또 안전, 큰일났습니다."

"이놈아, 너는 언필칭 큰일이라니, 또 무슨 큰일이란 말이냐. 이번에는 네 할미가 서방을 맞아 놀아났단 말이냐?"

하고 목사가 삼 년 내 이방을 보면 하던 모양으로 농담을 합니다.

"소인놈의 할미만 아니라 중조할미가 놀아났기로 그것이야 무슨 큰일

이겠습니까마는, 이번이야말로 정말 큰일이 났습니다……. 판관께서는 오늘 저녁꺼정 굶으셨습니다. 까딱 잘못하오면 내일부터는 사또께서도 저녁을 굶으시기가 열에 아홉이옵니다. 그러하온데……."

이방의 말이 다 끝나기도 전에 목사는 각급해 못 견딜 듯이 무릎 위에 올려놓은 발을 까불까불하면서,

"그래 이놈아, 무슨 일이 생겼단 말이냐? ……무어 어째여, 판관이 밥을 굶었어? 판관이 밥을 굶기로 내가 왜 밥을 굶는단 말이냐? 이놈아, 잔소리를 말고 어서 오방 관속을 풀어서 김 좌수 집으로 보내고, 널랑은 형방 호방놈들과 같이 사초롱에 불 켜 들고 네 신부 아씨를 곱게 모셔들이렷다."

합니다.

이방은 기가 막힌 듯이 한 번 길게 한숨을 쉬고 나서 목사의 앞에 한 번 더 허리를 굽히며,

"사또 분부를 어느 영이라고 거스르겠습니까마는 오방 관속에 한 놈 남아 있는 놈 없습니다."

하고 아뢴즉, 목사도 그 말에 놀랐는지,

"애 애, 그게 무슨 소리란 말이냐. 오방 관속이 갑자기 다 어디로 갔단 말이냐?"

하고 다소 황황하는 모양입니다.

"그러올세 아까 소인이 자세한 말씀을 아뢰려 하올 적에 사또께서 김 좌수 말을 끌어내시와……."

"그래, 어쨌단 말이어? 이놈이 사람의 간을 말리려고 드는구나."

하고 목사가 담뱃대로 이방의 대강이를 때리니, 갓모자에 구멍이 빵 뚫

어지고 산호 동곳 꽂은 상투가 목사의 담뱃대통에 맞아 동서로 남북으로 흔들립니다. 이방은 잠깐 양미간을 찌푸렸으나 그것이 하는 솜씨라 얼른 고개를 들고 삶의 웃음을 치며,

"사또, 담뱃대통이 상하지나 아니했습니까? 소인의 대강이야 몇 개를 깨뜨리신들 양반께 어떠하오리까마는 그 담뱃대통이 깨어졌다가는 사또께서 내일부텀은 담배도 못 잡수시겠으니, 그런 가엾은 일이 있습니까?"

합니다.

"글쎄 요놈아, 아직도 웬 잡소리란 말이냐. 그래 판관이 어찌하여 밥을 굶었으며, 오방 관속이 다 어디로 가고 없단 말이냐. 네가 이방으로 있어서 그것도 모르고 어찌한단 말이냐."

하고 제주 목사의 호령이 추상같습니다.

"예, 그러올세 소인이 죄가 있사오면 곤장이든지 태장이든지 형문이든지 사또께서 분부하압시는 대로 맞기는 맞겠습니다마는, 곤장 태장 형문을 때릴 사람이 없어서 걱정이올시다."

하고 이방은 더욱 목사의 비위만 살살 긁습니다. 목사는 누구만 못한가. 이방과 한 바리에 실으면 꼭 알맞겠지요마는, 그래도 약고 간지럽기로는 이방 편이 다소간 나을 것이외다. 그만이나 하길래 사또와 소인의 엄청나게 층등 있는 처지에 있으면서도 지긋지긋 밀리지를 않고 견디어오는 것이외다. 둘이 다 돈과 계집이라면 무슨 짓이라도 사양치 아니할 만한 작자들이지마는, 그래도 악에도 동지라 삼 년 동안이나 쓴 일 단 일을 같이 겪고 저질러왔으니 그중에 일종의 정이 생겼습니다. 한참 안 보면 피차에 보고 싶고 만나면 흔히 아웅다웅 다투지마는, 그래도 흩어져서 생

각하면 피차에 '없어서는 안 될 사람'입니다. 그래서 이번에도 이방은 제주 목사의 당한 정경이 퍽 가엾어서 맘에는 다소의 슬픔을 가지고 어떻게 놀라지 않도록, 갑자기 슬퍼하지 않도록, 제주 판관이 밥을 굶은 까닭과 오방 관속이 모두 떨어나간 까닭을 알려보려 하였습니다. 그러나 그 덕에 갓모자에 구멍만 뚫어지고, 담뱃불에 망건줄만 태웠습니다. 생각하면 기막힌 일이라 '에라, 그까짓 녀석 놀라겠건 놀라고 울겠건 울어라.' 하고 이방은 사정없이 오방 관속이 달아난 까닭을 말합니다.

제주 목사의 오방 관속은 어찌하여 한 사람도 없이 다 없어졌습니까. 이방의 말은 이러합니다.

그 허 생원이란 자가 오늘 식전에 각처로 사람을 놓아 제주 성중 장정을 모조리 모아들인 끝에 어떤 애꾸눈이 곰보놈이 관속들 틈으로 얼른얼른하더니마는, 그 곰보놈이 오방 관속에 무슨 약을 먹였는지 웁니다 갑니다 말도 없이 한 놈씩 두 놈씩 쾌자 벗거지 다 벗어놓고 어디로들 다 달아나고 말았습니다. 그래 소인이 뒤로 따라 나가며,

"얘, 이놈들아, 다들 어디로 달아나느냐? 달아나려거든 나도 같이 가자. 인제 사또께서 야단발광을 하압시면 경은 나 혼자만 친단 말이냐?"

하온즉 그놈들은,

"돈이요, 돈을 준대요. 이방님도 돈이 가지고 싶거든 우리를 따라오셔요."

하고는 까치걸음으로 향나뭇골 허 생원 집으로 달아납니다. 그래 그중에 소인이 어려서부터 길러내인 놈 한 놈을 붙들고는,

"이놈아! 먹을 통이 있거든 나도 같이 가지 네놈만 혼자 간단 말이

냐……. 대관절 무슨 까닭으로들 쾌자 벙거지 다 벗어놓고 향나뭇골로
들 달아난단 말이냐?"

한즉 그놈의 대답이 장관이옵지요. 이놈이 소인더러 되묻는 말이,

"이방님, 이방이 좋아서 이방 노릇을 하십니까? 먹을 것이 귀해서 이
방 노릇을 하십니까?"

하옵지요. 그래 여간해서는 기가 막힐 줄 모르는 소인도 적이 기가 막
혀서,

"이놈아, 이방 노릇이 좋기도 하고 먹을 것도 귀해서 이방 노릇을 하
지."

하고 큰소리를 하온즉, 그놈이 어디서 그런 소리를 얻어들었든지 히히히
웃으면서,

"벼슬이 하고 싶거들랑 제주 목사라도 하시지요. 그까진 이방을 하고
있어요? 쪼고맹이 목사가 얘 하면, 예 하고 코가 땅에 닿도록 허리를 꾸
부리는 그까진 이방 노릇을 하서요?"

하옵지요. 듣고 본즉 소인도 대답할 말이 없사옵기로,

"압다, 이놈아. 나는 그래도 이방이나 되지. 너 같은 놈보다야 낫지 아
니하냐?"

하고 어린애 같은 소리를 하지 아니했습니까. 그러하온즉 그놈이 한 번
더 히히히 웃으면서,

"그것 봅시오, 이방님. 이방님도 그까진 이방이 좋아서 '이방놈아.'
하면 '웨이.' 하는 그런 짓을 하서요? 밥이 중해서 그러시지. 그래 소인
은 밥 많이 준다는 데로 가옵니다."

하고 쾌자 벙거지 벗어서 이 발로 차고 저 발로 밟고 향나뭇골로만 달아

납니다. 생각하온즉 그놈의 말이 과연 옳사옵거든. 사또 같으신 이는 양반 맛에나 산다 하옵더라도 소인 같은 무엇이야 돈맛에나 사옵지요. 귀밑에 센 터럭이 희끗희끗해도 밤낮 '애 이놈아' 소리만 듣사온즉 자라나는 아들 손자 놈들이 들을까 봐 부끄럽삽고…….

목사는 이방이 주워대는 소리를 한참이나 눈을 감고 듣더니, 이방의 말이 다 끝나기도 전에,

"그래, 이놈아. 그렇게 달아나는 놈들을 보고도 가만두었단 말이냐?"
하고 바락 열을 냅니다.

그 가느단 목사의 눈의 눈초리에 불룩불룩 핏대가 일어납니다.

"허, 사또 안전, 소인이 어찌하옵니까. 소인마저 그놈들을 따라 안 달아난 것만 다행입지요. 소인도 오늘 내일 지내보아서는……. 헤헤."
하고 이방이 어디로나 가려는 듯이 슬쩍 고개를 돌립니다.

목사는 황황히 이방의 옷소매를 붙들며,

"무얼 어찌고 어찌어? 이놈, 너도 달아날 뻔했어? 이 모조리 허리를 두 동강에 낼 놈들 같으니."
하고 이방을 때리기나 할 듯이 벌떡 일어났으나 사세가 이렇게 되고 보면 목사에겐들 사람을 때릴 기운이 있습니까. 목사도 생각해본즉 기가 막히던지 잡았던 이방의 소매를 턱 놓으며,

"그러면 김 좌수 집에 보낼 놈이 하나도 없단 말이지……. 왜 오방 관속에서 요금을 안 주었던가. 어쩌면 그놈들이 오늘따라 달아난단 말인가. 내일은 이놈들을 모조리 정강이 분질러주어야."
하고 고개를 푹 수그립니다.

“흥, 제 손에 정강이 분질러질 놈 잘 있겠다. 벼룩이 정강이나 분질러
보아라.”

하고 이방은 목사의 귀에도 들릴 듯한 소리로 중얼거리며 나옵니다.

목사는 어서 밤만 새면 오방 관속을 모조리 잡아다가 주리를 틀어서 어
젯밤에 김 좌수의 딸에게 장가들지 못한 분풀이를 하고, 그러고는 오방
관속을 떨어내어서 그 아니꼽고 괘씸한 허 생원인가 한 놈을 잡아다가 한
번 양반 무서운 양을 보여주리라 하여 거의 한잠도 이루지 못하고, 어서
어서 이놈의 닭이 왜 울지를 아니하나, 이놈의 해가 왜 뜨지를 아니하나,
하고 천 길이나 만 길이나 끝간 데를 모를 듯이 긴 밤이 어서어서 새어지
라고 모로 눕고 바로 눕고 돌아눕고 애를 태울 대로 태웠습니다.

이 모양으로 그 조그마한 속이 보글보글 끓다가 동창이 훤한 듯 만 듯
하자 발딱 일어나,

“압다, 옷을 언제 갈아입는담. 망건 소제는 언제 하리. 어서어서 통
인을 불러라. 토, 토, 통인을 불러라. 어저께 원수를 갚아야 할 날이
다…….”

사또께서 어저께 김 좌수 딸 장가 못 듭신 원한이 여간치 아니하신 모
양입니다.

“애 이놈아, 이방 불러라. 어서어서 불러라. 의복도 안 입어도 좋으니
빨가니 벗고라도 냉큼 들어오랍신다고 일러라. 빨가니 벗고 오기가 춥거
든 이불이라도 쓰고 오랍신다고 일러라. 이렇게 바쁜 때에 어느 하가에
허리띠, 대님, 저고리 고름, 두루마기 고름 다 매고 망건줄, 갓끈까지 다
매고 다니는 놈이 있단 말이냐. 지금 사또께서 분통이 터져서 돌아가시
랴고 든다고 일러라. 요놈아, 요놈아. 냉큼 이방을 불러오너라.”

하고 목사의 손가락만 한 상투 끝이 바르르 떱니다. 통인놈은 그만 혼이 빠졌습니다. '우리 사또께서 미치셨고나.' 하며 이방의 집으로 뛰어나갔습니다.

이방이 상투 바람으로 허둥지둥 뛰어 들어오더니,

"사또 안전, 이방 아뢰오!"

하고, 그래도 예부터 하던 버릇으로 문밖에서 허리를 구부리고 섰노라니, 목사의 쌍창이 벼락같이 열리며 목사의 손가락 같은 상투가 간들간들합니다.

"얘 이놈아, 내가 밤에 한잠도 이루지를 못하였다. 생각하면 생각할수록 분통이 터져서 양반이 견딜 수가 없구나. 오늘은 네 오방 관속을 모조리 불러들여서 그놈들 엉덩이에 선지피가 푹푹 엉키도록 한바탕 곤장으로 두들겨서 다시는 그런 관장을 능멸하는 소습(所習)이 없게 하렷다. 그리고 그 허 생원인가 한 놈을 네 발이 공중에 뜨게 잡아들여서 양반 무서운 줄을 알려야 할걸."

하고 목사는 또 호령이 추상과 같습니다.

이방은 기가 막혀 고개를 끄덕끄덕하며 한 손으로는 바지꿈치를 움켜쥐고 한 손으로는 저고리 자락을 움켜쥐고,

"사또 안전, 소인도 어떻게나 분하였던지 어젯밤에 한잠을 못 이뤘습니다. 그러다가 사또께서 부르시옵기로 이렇게 허리띠도 대님도 아니 묶고 옷고름조차 아니 매고 뛰어 대령은 하였습니다마는, 다 달아난 오방 관속을 불러오기는 누가 하오며, 설혹 불러는 온다 하온들 곤장은 누가 때리옵니까. 사또와 소인과 번갈아 가며 곤장을 친다 하옵더라도……."

이방의 말이 끝나기도 전에,

"이놈, 무엇이 어쩌고 어째어? 나허고 너허고 번갈아가면서 곤장을 어쩌고 어째어?"

하고 소리소리 지릅니다.

"허허, 어찌하옵니까? 모두들 돈이 없길래로 돈이 귀해서 사람 잡는 박승(縛繩)도 가지고 다니고 저와는 아무 상관도 없는 사람의 볼기짝을 땅땅 때리기도 하옵지요마는, 허 생원이 제주에 들어온 뒤로는 사람마다 돈 없는 이가 없사온즉 인제 누가 사또의 분풀이 해드릴 양으로 곤장 사령이 되겠습니까. 소인이 한 계교가 있사오니, 그 계교대로 하시는 것이 어찌하겠습니까. 만일 사또 안전께오서 '오냐, 그리 해라.'고만 하시오면 소인이 여율령시행을 하겠습니다."

목사는 자기 신세가 이처럼 되었는가, 세상이 이렇게 하루 동안에 뒤집혔는가, 아무리 하여도 꿈만 같지 생시는 같지 아니합니다. 어쨌으나 분풀이는 하고야 볼 일, 그것을 못 하고는 가슴이 무두룩해서 아침도 먹을 수 없는 형편인지라,

"이놈아, 무슨 계교란 말이냐? 사람을 간지리지만 말고 시원시원히 말을 해다고."

하고 그만 그 호기도 다 간다봐라 하고 소금에 절은 배춧잎이 되었습니다.

"예, 소인이 계책을 아뢰겠습니다."

하고 이방이 말을 꺼내려 할 때에 목사가,

"이놈아, 계책을 남이 들어 쓰겠느냐. 이리 들어오너라."

하고 불러들입니다.

"소인의 계책이 다름이 아니옵고 두 가지온데, 사또께서 분풀이만 하옵시면 그만 아니오니까?"

"어, 그렇지. 나중에 무엇이 되든 위선 분풀이부텀 먼저 하고 보아야 해어."

"예, 그러하오면 소인이 그 계책을 말하겠습니다. 첫째는 사또와 통인 놈과 셋서서 쾌자 벙거지에 왕방울을 떨렁거리면서 오라를 지고 나가서 다만 한 놈만이라도 오방 관속놈들을 붙들어 오는 것이온데, 붙들어다 놓은 뒤에는 곤장을 치옵든지 태장을 치옵든지 사또 처분대로 하옵실 것 이오며."

"이놈아, 무엇이고 어찌고 어찌이? 내가 너하고 오라를 지고 나가서 사람을 붙들어 온단 말이어? 응, 이놈이 양반을 욕을 보이는구나. 이리 오너라! 네 이놈을……."

이리 오라고 부르니 올 놈이 있나.

"……이게 어찌 된 일이냐? 꿈이냐 생시냐……. 그래 이놈아 이방 아, 내가 체면에 너와 함께 오라를 지고 나가서 사람을 얽어 온단 말이 냐?"

하고 목사가 다시 쭈그러집니다.

"소인과 함께 나가기 싫사오면 사또께서 혼자 오라를 지고 나가셔도 좋사오나, 사또께서 혼자 나가시면 어디가 어딘지 돌아오실 길까지 잃어 버리실 염려가 있사옵기로 소인이 동행을 한다 하온 겁지요. 사또께서 말아라 하시오면 소인인들 오랏줄로 사람 얽는 노릇을 무엇이 좋아서 할 것이옵니까?"

"애, 그렇지마는 내가 체면에 그것은 못 하겠구나. 다른 계책은 없느 냐? 그러지 않고도 분풀이할 둘째 계책이란 것을 말해보아라."

하고 목사의 어조는 점점 애걸하는 빛을 뵙니다.

"예, 그러면 둘째 계책을 아뢰겠습니다. 둘째 계책은 어떠한고 하오면, 사또께서 관속 중에 몇 놈의 집에 행차를 하셔서 그놈들을 붙들고 이렇게 말씀하십니다. 얘 이놈들아, 내가 지금 분통이 터져 죽을 지경이니, 잠깐만 들어와서 곤장이나 태장이나 아프지 않게 몇 개라도 맞아다고, 이렇게 말씀을 하옵시면 그런들 그놈들이 그것까지야 못 한다고 하겠습니까? 이것이 둘째 계책이올시다."

목사는 귀를 기울이고 이방의 말을 이윽히 듣고 앉았더니, 이번에는 호령할 기운도 다 없어지고 애걸하는 듯한 어조로,

"얘, 그게야 체면에 어찌 그런단 말이냐. 옆 찔러 절 받는다는 세음으로 제발 빌어 매를 맞게 하면 무슨 분풀이가 된단 말이냐. 얘, 그러지 말고 달리 무슨 계책이 없느냐?"

하고 목사는 이방의 곁으로 바짝 다가앉았습니다. 상투쟁이 둘이 눈을 깜박거리고 마주 앉은 양이 장관입니다.

"이것도 저것도 다 못 하시면 분풀이를 아니하시는 것이 상책이올시다."

"그러면 어쩌란 말이냐. 이러고 빈 동헌에 우두커니 앉아 있으란 말이냐?"

"사또께서도 제주 목사 삼 년에 잡수실 것이나 벌으셨으니, 인제는 그만하고 서울로 올라가셔서 자하골이나 모악재 밑에 집이나 한 칸 사시고 평안히 여년을 보내시지요. 여기 하루를 더 계시면 무슨 좋은 일을 보실 것 같지도 아니하옵니다. 제주 판관도 벌써 짐 싸놓고 뱃길만 기다리십니다. 백성들이 모두 돈이 생겨서 먹을 것이 넉넉한 뒤에야 누가 심부름을 해주어야 목사 노릇도 하고 판관 노릇도 하옵지요. 소인 같은 것이 이

방 노릇을 하기에도 먹을 것 없는 놈이 거행을 들어주어야 하지 아니합니까. 그러하온즉 사또께서도 어서 바삐 봇짐을 싸시되 허접쓰레기는 다 버리시고 작고 가벼웁고 돈길 가는 것으로 사또께서 짊어지실 만하게 싸 놓으시고, 그래도 분통은 터지고 말을 아니 듣사옵거든 소인이 불러드리는 대로 오방 관속의 성명 삼 자를 발기에 적어서 잔뜩 형틀에 올려 매고는 실컷 한바탕 곤장이든지 태장이든지 맘대로 때려주십시겨우."

하고 이방은 바지춤을 움키어쥐고 일어나며,

"소인, 시장하니 밥 먹으러 갑니다."

하고 나와버립니다.

오늘은 북문 밖으로 흐르던 개천이 제주 성중으로 꿰뚫어 흐르는 날이라 하여 제주 성중 남녀노유가 모두 구경들을 나왔습니다.

"아이구, 어쩌면 열흘도 못 되어서 이렇게 큰 개천을 파놓는거라오?"

"인제는 빨래허루 북문 밖으로 안 나가도 좋겠는거라시니."

"에그, 빨래도 빨래언마는 무 배추 씻어 먹기도 힘이 안 들거라시니. 우리 집은 부엌문만 나서면 개천인거라시니……. 어쩌면 허 진사님 덕인거라시니."

이렇게 모두 개천이 성중으로 꿰뚫어 흐르게 되는 것을 백성들이 좋아라 합니다.

"저기 오시네요. 허 생원님께서 오시네요."

"허 생원님이 아닌거라오. 허 진사님인거라오."

"그런거라오? 어디 어디, 어느 양반이 허 진사님인거라오?"

"저 양반 아닌가 뵈. 저기 저 때 묻은 중치막 입으신 이라서 허 진사시라니요."

"어디 어디, 저 양반 말인겨요?"

돌이를 데리고 슬근슬근 개천 구경을 하며 내려오는 허생을 보고 사내들과 여편네들이,

"어디, 어디?"

하고 서로 손가락질을 하고 고개를 치어들고 발을 벋디디고 바라들 봅니다. 어떤 젊은 사람은 곁에 섰는 노파들을 보고 제가 잘 아는 것을 자랑하는 듯이,

"저거 저거, 응. 저 양반인겨라오. 조천(朝天)에 있는 배가 다 허 진사님 배란겨라오. 돈이 한라산만이나 한겨라. 얼만지 수를 모르는지라오. 제주 안에 말총이란 말총은 죄다 허 진사님 것인겨라오. 천하에 일등 가는 부자라시니오."

하고, 혀를 차며 칭찬을 합니다.

허생은 백성들이 모두 기뻐하는 것을 보고 매우 만족하는 듯이 빙그레 웃으며,

"허, 요만 일에 그렇게들 좋아하는 것을."

하고 혼잣말로 한탄을 합니다.

돌이가 곁에서 씩씩 웃으며,

"생원님, 생원님. 저 사람들이 생원님을 진사라고 합니다. 하하하."

이때에 사람들 속에서,

"목사가 나온다!"

하는 소리가 들립니다.

"목사 나와라? 어디 어디?"

하고 모두들 슬슬 뒷걸음을 치며 눈만 앞으로 보내어 목사를 찾습니다.

허생도 사람들이 바라보는 곳을 바라보았습니다. 아니나 다를까, 웬 사람 사오 인이 모두 보따리들을 걸머지고 고개를 푹 수그리고 서문 거리로 걸어 나옵니다.

"맨 앞에 선 게 이방이라야."

"그담에 오는 게 판관이라야."

"아이가, 목사가 짐을 걸머지고 나오는겨라야. 저 양반들이 어디로 놀러가는겨라오? 사인교는 누가 훔쳐갔는겨라오?"

"아이가, 저 뒤에 무얼 이고 오는 게 제주 목사님 내행(內行)이라야. 짚새기를 신었는겨라오."

처음에는 목사란 말에 모두들 무서워서 슬슬 뒷걸음을 치던 사람들도 벙거지 쓴 나졸들이 영기 들고 곤장 메고 '물렀거라, 치웠거라, 쉬이.' 하는 것도 없이 중놈의 동냥자루 같은 보따리들을 지고 고개를 푹 수그리고 가는 양을 보고는 무서운 생각도 다 없어졌던지, 도리어 한 걸음씩 한 걸음씩 한길로 나오기를 시작하다가 나중에는 웃고 지껄이면서 목사 일행의 뒤를 따라갑니다.

"얘, 저 걸머진 게 무엔겨라?"

하고 한 사람이 소리를 지르면,

"그게 양식이 아닌겨라?"

하고 대꾸하는 이도 있고, 또 어떤 이는,

"아니라, 짐은 쪼고매하건마는 묵직한 것이 돈짐인겨라오."

하는 이도 있고,

"옳지라오, 돈짐인겨라오. 제주 목사가 삼 년 동안에 모은 돈이 한라산만 할겨라오."

"그럴겨라오. 한라산만 한 돈을 다는 못 지고 가고, 힘껏 걸머진 것이 저것인겨라오. 내행까지 인 것이 저것인기라오."

"압다라, 목사또도 돈을 빨아들이는 힘은 크지라만 지고 가는 힘은 적다나."

이 모양으로 주고받고 하며 따라오는 백성 무리를 한번 거들떠 돌아볼 용기도 없이 목사는 허덕거리고 주먹으로 이마에 땀을 씻어가며 길을 막는 아이들 틈으로 이리 피하고 저리 피하며 길을 골라 나갑니다.

생각 같아서는 이놈의 돈짐도 다 벗어버리고 지붕이라도 활짝 뛰어넘어서 어디 사람 없는 데로 달아나고도 싶건마는, 돌려 생각해본즉,

'내가 이 돈까지 없으면 서울까지 가긴들 어찌하랴, 죽을 때 죽더라도 돈 여든 냥 짐은 꽉 붙들고 있어야겠다, 염라대왕청에를 가더라도 이 보퉁이는 못 놓을 테야.'

하고 그 가느단 눈을 깜박깜박할 때에 그 눈에서도 가느단 눈물이 똑똑 떨어집니다.

"얘, 목사또더러 그 돈 다 어디 두었나 물어보아라. 이왕 가는 길이면 돈이나 두고 가라고 그럴겨라나."

하고 이때에 웬 사람이 소리를 지릅니다. 저는 그래도 무서워서 직접은 말을 못 하고 누구나 대신 말을 해주었으면 하는 꾀외다. 이때에 어떤 험상스런 사람 하나가 껑충 뛰어 나서더니,

"목사또, 내 말 들어볼겨라오. 삼 년 동안이나 빼앗아 간 돈을 다 어디다가 감추고 가는겨랴? 우리 제주도라서는 예로부터 들어오는 돈은 있어도 나가는 돈은 없다 하니라. 예로부터 제줏길 수로 천 리에 배 파선해 죽은 목사는 많은지라마는 그것이 제주 백성이 다시마 전복 따 모은 돈을

빼앗아가지고 가다가 그리된 것이라니, 목사또도 알아야지라. 제주 삼년에 남의 가시내 버려주기, 백성들 돈 빨아먹기 그것밖에 무엇을 한거시라? 그리고 팔다리가 성해서 제주 땅을 나설 줄 아는거라야? 제주 백성이라서 못날 때 못날지라서도 한번 분이 날지면 한라산도 두들겨 바신다니……. 그 돈짐 이리 벗어놓지 못할겨시니아?"

하고 팔을 부르걷고 대듭니다.

목사 내행은 길가 담벼락에 기대어 서서 낯이 흙빛이요 그 좋은 통명주 남치마가 사시나무 떨리듯이 떨리고, 이방은 길가 바윗돌에 돈짐을 벗어놓고 코를 푸는 듯 오줌을 누는 듯 고양이 본 쥐 모양으로 어느 틈으론지 새어버리고 말고, 키 큰 제주 관관은 얼혼이 다 빠져서 앉을 둥 설 둥, 뒤로 갈 둥 말 둥, 앞으로 갈 둥 말 둥, 무릎마디 떡떡 마주치고 커다란 눈이 앉을 자리를 몰라 두리두리 번들번들 돌아가고, 두 손만 춤추는 사람 모양으로 멋없이 앞가슴으로 오르락내리락합니다.

그래도 목사는 오래 닦은 심담(心膽)이라 털끝 하나 옴쭉하지 아니하고 그 가느단 눈으로 조는 고양이 모양으로 이리 굴리고 저리 굴리더니, 어깨에 졌던 돈짐을 와락 벗어 땅바닥에 절컥 소리를 내며 내려놓고, 두 발로 땅바닥을 꽉 디디고 가슴을 딱 벌리고 뒷짐을 지고 '에헴' 큰 기침을 한 번 하더니 가래침을 한입 물어 '퉤' 하고 땅바닥에 뱉으며,

"너희 제주 백성들아 듣거라. 아무리 무지한 섬것들이기로, 관장은 민지부모(民之父母)라니 관장을 몰라보고 이렇게 관장을 능멸하니 너희 이놈들, 하늘이 무섭지 아니하단 말이냐. 어허, 괘씸한지고! 이놈들, 내가 서울만 올라가면 주상 전하께 상계(上啓)를 하여서 이놈들, 너희 짐승 같은 놈들을 씨도 없이 육시를 하고 말 것이다. 어 이놈들, 괘씸한지고!"

하고 까만 눈이 반짝하며 조그마한 주먹이 금시에 만백성을 무찔러버리려는 듯이 발끈 쥐어집니다.

이 호령이 매우 효력이 있어서 에워싼 백성들은 무서운 것을 본 듯이 몇 걸음 물러나고, 아까 출반주왈(出班奏曰)로 목사의 죄를 세던 왈살꾼도 한 걸음 한 걸음 물러나서 어느덧 사람들 틈에 숨어버리고 말았습니다.

이 광경을 보던 돌이는 주먹이 불끈불끈해서 못 견딜 지경이외다. 허생을 돌아보고 한 손가락으로 백성들을 가리키면서,

"저런 버러지 같은 것들이 어디 있어요. 그만 저 목사놈의 호령 한마디에 그만 쑥 들어가고 맙니다. 저런 저런, 모두……."

하고 뛰어나가려는 것을 붙들고 허생이,

"아서라. 아무 일도 저지르지 말아라. 저 백성들이 밤낮 매만 얻어맞던 강아지 모양으로 그만 그 호령 한마디에 폈던 기운이 다시 쑥 들어가고 마는구나. 내일꺼지만 기다려라. 내일은 제주 목사가 몸소 우리 집으로 찾아올 것이다."

합니다. 그리고 분을 꿀떡꿀떡 삼키는 돌이를 데리고 허생은 새로 터놓은 개천가로 슬슬 걸어 올라갑니다.

백성들이 자기의 호령 한마디에 뒷걸음치는 틈을 타서 목사는 벗어놓았던 돈짐을 도로 걸머지고 벌벌 떠는 마누라를 앞세우고 서문을 향하여 나아가는데, 대체 어느 구석에 숨었다가 뛰어나오는지 이방이 바르르 뛰어나와서 돌 위에 벗어놓았던 돈짐을 걸머지고 깡충깡충 목사를 따라가면서,

"사또 안전, 사또 안전!"

하고 부릅니다.

목사는 달아난 줄 알았던 이방의 목소리를 들으니 일변 달아난 것이 밉기도 하고, 일변 다시 따라오는 것이 반갑기도 하여 성 절반, 반가움 절반으로,

"이놈아, 또 무슨 잔소리 말고 어서어서 조천으로 나가자. 이놈의 제주도에는 하루를 있으면 십 년 목숨이 줄겠다. 내가 무슨 전생의 업원으로 이놈의 제주 목사를 왔단 말이냐. 제주 목사를 오는 놈은 개아들놈이다."

하고 이를 빠득빠득 갑니다.

이방은 깡충깡충 뛰어서 목사 곁으로 바싹 다가서며 고개를 갸웃이 들어 생긋 웃는 얼굴로 귓속말을 하듯이,

"앗읍시오. 안전도 제주 목사로나 왔기에 한참 호강하셨지요. 석 달 만에 처녀 한 개를, 제주가 아니면 얻어보기나 하겠습니까. 그것도 다 이방놈의 공로인 줄이나 압시란 말씀이야."

하고 두어 번 고개를 까딱거리니, 목사는 눈이 둥그레지고 손을 들어 앞서가는 마누라를 가리키면서 얼굴로 아무 말도 말아라, 큰일 난다는 모양을 보인다. 이방은 알아들은 듯이 또 한 번 고개를 까딱거리며,

"사또 안전, 그 짐이 무겁거든 소인과 바꿔 지시지요."

하고 얼른 말을 둘러댑니다.

목사는 깔깔 웃으며,

"글쎄 요놈아, 같은 여든 냥 돈이 어느 것은 더 무겁고 어느 것은 더 가볍단 말이냐."

한즉 이방은 더욱 소리를 높여,

"사또 안전, 안 그렇습니다. 한시에 난 손가락도 크고 작고가 있는 심으로, 땅은 다 같은 땅이언마는 서울은 귀하고 제주는 천한 모양으로, 같은 계집으로 사또는 내행 계시압고 소인의 계집이 다른 모양으로, 같은 사람으로 태어나고 같은 밥을 먹고 같은 물을 마시고 같은 나이를 먹고 같이 귀밑이 허여가더라도 사또는 안전이시압고 소인은 이방놈인 모양으로……."

"요놈아, 또 무슨 잔소리를 꺼내느냐. 쥐 같은 놈이 급한 때를 당하여도 주둥이는 가만두고 못 견디는구나."

"아니올시다. 소인이 반다시 사또 내행과 소인의 계집을 한데 놓고 비기는 것이 아니라, 세상이란 꼭 같아야 할 것에 같지 아니한 것이 있는 모양으로, 같은 여든 냥 돈에도 사또께서 지신 것이 혹 소인이 진 것보다 무겁지나 아니할까 해서 염려가 되어서 여쭙는 말씀이올시다."

이 말을 듣더니 목사는 심히 불쾌한 듯이 양미간을 잠깐 찡기며,

"옳지, 네놈까지도 나를 놀려먹으려 드는구나. 이놈의 세상이 모두 사개가 빠져서 찌국찌국 다 무너져버리고, 하늘이 땅이 되고 땅이 하늘이 되고야 말라나 보다."

하고 길게 한숨을 쉬입니다. 이방은 얼른 말을 돌려대서,

"사또 안전, 사또 안전. 저기 바다가 보입니다. 조천에 들어와 선 배들이 파리 대강이 모양으로 보입니다. 저놈의 배를 하나 잡아 타시고 순풍에 돛을 다압시고 길라잽이 훨훨 서울 장안으로 쑥 들어가시기만 하면, 사또 안전 또 양반 아니십니까?"

합니다.

그 말을 들은즉 답답하던 목사의 가슴이 저기 보이는 바다와 같이 훤하

게 트여지는 듯도 하지마는, 어깨는 아프고 등은 달고 발바닥은 부릍고 땅바닥에 펄썩 주저앉고도 싶습니다.

더구나 목사 내행은 세숫물 하나도 꼭 남이 떠다가 바쳐야 하고 길이라고는 뒷간길밖에 다녀보지 못한 사람이라, 돈이 귀해서 몇백 냥어치 경보(輕寶)를 머리에 이기는 하였으나 발과 다리가 견디어날 리가 있나. 차차 다리가 무거워지고 발목이 남의 살이 되기를 시작하여서 마침내 발을 길바닥에 절절 끌게 되었습니다. 입 밖에 내어 말은 못 하나 '이 원수의 제주 목사의 아내가 왜 되었던고.' 하는 원망이 아니 나올 수가 있습니까.

가까스로 제주 목사 일행이 조천에 다다르니, 조천 백성들은 목사의 얼굴을 아는 사람이 없으므로 다만 어떤 행객인가 하고 눈도 거들떠보지를 아니합니다. 목사의 가슴에는 새삼스러운 설움이 올라옵니다.

'어쩌면 세상이 이럴까, 내가 이렇게 무거운 짐을 지고 오건마는 동장 하나 나오는 놈이 없고, 무지한 백성놈들이 내 앞으로 담뱃대를 가로 물고 뒷짐을 지고 다닌단 말인가.'

하고 일변 분하기도 하고, 일변 섧기도 하여 곁에서 허덕거리는 이방을 치어다봅니다. 이방도 목사의 얼굴빛을 보니 가엾은 생각도 나지마는, 이렇게 된 처지에 어찌할 도리가 없어 목사의 귀에다 입을 대고 가만히,

"안전, 여기 와서는 성명도 숨기시고 누구신지 모르게 하는 것이 좋습니다. 그 허 생원이라는 양반이 또 무슨 흉계를 짜놓았는지 알 수 없으니, 애여 목사인 체는 맙시고 소인이 하는 대로만 하셔야 합니다."

하고 눈을 꿈적꿈적합니다.

목사도 생각해보니 이방의 말이 옳습니다.

"그러면 애, 네 말대로 할게 어디 불 잘 땐 방이나 하나 잡고 밥이나 한

술 얻어먹게 해다고. 몸이 아프고 시장해서 촌보를 옮겨놓을 수가 없고
나."

합니다. 그래 이방은 주막집을 찾아가서,

"방 있소?"

하고 물었습니다. 그런즉 주막 주인이 물끄러미 이방의 행색을 훑어보
더니,

"방이 없어요. 우리 집에는 허 생원네 뱃사람이 들어서 방이 없어요.
다른 집으로 가보오."

하고 문을 탁 닫고 들어갑니다.

이방은 다시 목사 내외를 끌고 몇 집을 지나가서 아까 모양으로,

"방 있소? 좀 점잖은 손님이니 조용한 방을 내어주오."

하였습니다. 그런즉 그 주막 주인이 또 이방을 물끄러미 보더니,

"우리 집에는 방이 없어요. 우리 집에는 허 생원네 뱃사람이 벌써부터
들어서 식구들 잘 데도 없는걸요."

하고 또 문을 닫고 들어갑니다.

이방은 또 목사 내외를 끌고 다른 주막으로 가서 또 그 모양으로 물었
으나, 또 그 모양으로 거절을 당했습니다.

"대관절 이 허 생원이란 놈은 어떤 놈인데, 이렇게 사람을 많이 끌고
다니면서 온 조천에 주막이란 주막을 다 잡았담."

하고 목사가 이방을 보고 화증을 내니, 이방이 "쉬!" 하고 그런 소리 말
라는 뜻을 보이면서,

"제주 땅에서 허 생원을 좋지 못하게 말하다가는 큰일 나십니다. 애여
허 생원이란 허 자도 꿈적 입 밖에 내지를 맙시오. 괜히 어디 방을 얻어

들었다가도 자다가라도 쫓겨날 판입니다."

합니다.

이 말을 듣고 보니 목사님 화증이야 얼마나 나겠습니까. 활활 붙는 불길이 상투 끝까지 올라가지마는 이 처지에 무슨 별수가 있습니까. 그만 고개를 숙이고 입술을 깨물며 땅이 꺼져라 하고 한숨만 쉬일 뿐입니다.

"얘, 내 허 생원이란 허 자도 입 밖에 안 낼게 어서 밥하고, 방하고."

그밖에 더 말도 아니 나옵니다. 어느덧 해는 커다란 불덩어리 모양으로 서해 바다를 펄펄펄 끓이고 넘어가는데, 목사의 창자 속에서는 연해 꼬르륵 소리가 납니다. 이방인들 시장하지 아니할 리가 있으랴마는 배고픈 법도 양반과 상놈이 다를 것입니다. 이방도 손으로 허리띠를 한 번 더 졸라매며 가는 목소리로,

"밥하고 방만 드리면 제주 목사라도 바꾸시겠지요?"

합니다. 목사는 책망할 기운도 없어서,

"바꾸구 말구!"

하고 툭 내쏩니다.

"양반하고도 바꾸시겠어요?"

하고 이방이 다시 물은즉 목사는 고개를 흔들더니,

"사흘만 이러면 양반 아니라 신줏독."

하다가 그래도 차마 말이 안 나와 뚝 끊고 맙니다. 이때에 어디서 비웃인지 고등어인지 모르나 무슨 기름진 생선 굽는 냄새가 나는데, 목사 내외와 이방은 일제히 침을 삼키고 입맛을 쩝쩝 다시었습니다. 숯불이 우럭우럭하는 청동화로에 기름이 빠지지빠지지하고 구워지는 생선과 그 곁에 놓인 김이 무럭무럭 나는 밥이 눈에 보인 까닭이외다.

"아아, 밥하고 방하고!"

반나마 물 밑으로 잠긴 햇바퀴의 시뻘건 빛이 허덕거리고 주막을 찾는 세 사람을 비추입니다.

제주 목사 내외는 이방을 따라 해가 다 넘어가도록 주막이란 주막을 다 떨었으나 모두 허 생원네 뱃사람들로 차고, 밥 한 상을 사 먹을 집도 없었습니다. 시장은 하고 다리는 아프고, 참다못하여 목사 내행은 양반의 체면, 부인네의 체면 모두 집어치고 길바닥에 펄썩 주저앉아 울기를 시작합니다. 그것을 보고는 목사도 땅바닥에 펄썩 앉으며,

"애, 인제는 한 걸음을 못 옮겨놓겠다. 어디 가서 찬밥이라도 한술 얻어다 주어야지 참말로 못살겠구나."

합니다.

이방도 다른 사람들이 털썩털썩 거꾸러지는 것을 보니 자기의 다리도 갑자기 힘이 풀리는 듯하여 역시 길바닥에 주저앉으며,

"안전, 어디 생각해 보십시오. 그래도 조그만 것이라도 좋은 일 한 번 해보신 생각이 있나? 일생에 한 번이라도 좋은 일을 해보신 일이 있으면 설마 이다지도 명도(命途)가 궁하겠습니까?"

한즉 목사는 고개를 푹 수그리고 무엇을 이윽히 생각하는 모양이더니, 낙심하는 듯한 어조로,

"이 사람아, 아모리 생각을 하여도 좋은 일 해본 생각이 아니 나네그려. 이런 때에는 어느 먼 대의 조상이라도 좀 좋은 일을 해주었더면 안 좋은가……. 지금이라도 무슨 좋은 일을 할 것이 있으면 곧 하기는 하겠구먼."

하고 또 고개를 수그립니다.

"그렇습니다. 사또 안전, 돈도 좋습지요마는 좋은 일도 더러 해두면 가끔 가다가 더러 쓸 데가 있습니다."

하고 이방이 한숨짓는 것을 보고 목사가,

"여보게, 인제부터는 너라고 말고 여보게라고 함세. 자네도 귀밑이 희끗희끗했네그려."

하고 이방의 귀밑을 바라보니, 이방도 자기 손으로 귀밑을 만져보면서,

"예, 소인도 귀밑이 희어질 낫살이나 되었습지요. 옛말에도 백발은 공도(公道)라고, 백발이야 어디 상놈 양반을 가립니까. 그러하오나 사람의 눈으로 보오면 양반의 백발과 상놈의 백발을 어디 함께 비기거나 할 것이오니까. 허오나 오늘 지내 보온즉 양반도 상놈이 아니고는 양반 노릇 못 하시는 것 같습니다. 그리고 보온즉 속담 상말과 같이 나룻이 석 자라도 먹어야 양반이라고, 이렇게 다리가 아프고 배가 고프고 보니 양반도 다 아모 영검이 없는 것 같습니다."

하고 목사 내행을 본즉 아까보다도 더 울고 있습니다. 이방은 다시 목사를 보며,

"사또 안전, 이렇게 모두 배들이 고파서 길바닥에 펄썩 주저앉았으니, 이것을 누가 양반이라겠습니까. 양반은 역시 턱 높은 곳에 앉아서 '이리 오너라.' 하고 호통을 빼어야 양반이지, 이 꼴이 되오면 사또나 소인이나 비등비등하옵지요……. 아차 참, 어디 가서 찬밥이라도 한 숟가락 얻어 와야겠습니다. 그러면 사또, 여기 돈짐을 벗어놓고 가니 지키고 앉아 계십시오. 어디 소인이 아는 놈이나 하나 만나면 주무실 자리나 하나 얻어 놓고 뫼시러 오겠습니다."

이렇게 말하고 이방이 간 뒤에 목사 내외는 우두커니 앉아서 이방 돌아

오기만 바라보고 있습니다. 아까는 침이라도 삼켰지, 인제는 그것까지도 말라버리고 입술과 혓바닥이 불타고 남은 것 같습니다.

저녁들은 다 먹고 난 모양인지, 웬 아이놈들이 서너 개 어슬렁어슬렁 목사 내외 앉은 데로 오더니마는 깜짝 놀라는 듯이 멈칫 서며 그중에 한 놈이,

"저것들이 왜 길바닥에 앉았는겨라야?"

한즉 다른 아이놈이 허리를 꾸부리고 어두운 속으로 목사를 물끄러미 들여다보는 모양을 하더니,

"아라, 기야 거진겨라요."

하고 위협하는 듯이 발로 땅바닥을 텅 구릅니다.

그런즉 또 다른 아이놈이 잠자리 잡으러 가는 모양으로 가만가만히 걸어서 목사 내행 곁으로 가는 것을 목사가 참다못하여,

"이놈!"

하고 소리를 치고, 그놈이 까치걸음으로 달아나면서,

"이 애들아! 아닌겨라, 미친놈인겨라."

하고 노랫가락으로 후렴 모양으로 소리를 맞추어 부릅니다.

목사 내외가 아이놈들을 쫓아버리고 어두운 길바닥에 마주 앉아서 일변 신세를 한탄하며 일변 도적이나 아니 오나 하고 돈짐을 꽉 붙들고 앉았는 판에, 저쪽으로서 웬 시커먼 사람 두셋이 몽둥이를 질질 끌고 가까이 옵니다. 목사는 불현듯 누가 자기를 때리러 오지나 않나 하고 상투 끝까지 쭈뼛하였으나 다행히 그것은 때리러 오는 이가 아니요, 이방이 어떤 사람을 데리고 목사 내외를 맞으러 오는 것이었습니다.

목사는 이방을 따라서 조그마한 어부의 집에 들어가 그날 밤을 지내고

아침에 일찍 일어나 이방을 시켜 배를 구하였습니다. 이방이 얼마 후에 들어오더니,

"여보게, 배가 하나도 없네그려. 조천에 있는 배는 죄다 허 생원네 배라는데, 돈 아니라 금을 주어도 얻을 수가 없는걸."

합니다. 목사는 그만 기가 막혀,

"그러면 여보게, 어쩌면 좋은가?"

하고 애걸하는 듯이 목사가 이방을 봅니다. 이방은 목사를 자기의 매부라 하고 목사의 내행을 자기의 누이라 하기로 하여 어제 저녁부터 말을 고쳤습니다. 말을 고치기로 작정한 뒤로는 이방은 아무도 곁에서 듣는 이가 없는 때에라도 또박 목사더러는 '여보게 자네'라 하고, 곁에 누가 있기나 하면 일부러 목사 내행을 보고,

"얘, 어서 세수하고 옷 갈아입어라."

하고 오라버니 위풍을 부립니다. 그럴 때마다 목사의 아니꼽기야 여간이 아니지마는, 이 처지에 어찌합니까. 며칠 전까지는 이방놈의 목숨이 자기 손에 달렸지마는 지금은 자기의 목숨이 이방의 손에 달렸습니다. 더구나 조천에 있는 배가 모두 허 생원의 배란 말을 들을 때에는 이방놈을 처남이라는 것은 고사하고 아저씨라고 부르더라도 어떻게 해서 제주 땅을 벗어만 나면 좋겠습니다. 그래서 한 번 더 이방더러,

"여보게, 길은 급하고 어쩌면 좋은가?"

하고 또 한 번 애걸을 합니다.

"별 수 없네. 인제는 자네하고 나하고 허 생원헌테로 가볼 수밖에 없네. 가서 길이 급하니 배를 하나 빌려달라고 청을 할 수밖에 없지그려."

합니다.

그래서 내행을 그 집에 맡기고 허 생원을 찾아 다시 제주 성중으로 들어가려는 차에 마침 허 생원이 오늘 조천으로 나온단 말을 듣고는 조천서 기다리기로 하였습니다.

　과연 점심때나 되어서 조천 백성이 오글오글 끓어나더니, 어떤 땟국이 흐르는 선비 하나가 애꾸눈이 곰보놈 하나를 데리고 들어옵니다.

　"나는 허 생원이라길래 굉장히 차리고나 다닌다고."

하고 목사가 사람들 틈에 끼어서 허 생원 행차를 구경하다가 곁에 선 이방더러 한탄을 한즉, 이방의 말이,

　"그러길래 진짜 양반이지요. 어디를 가면 무엇을 타고 가고 밤낮 호령이나 하는 양반은 아직 설익은 양반이고요."

합니다. '요놈이 또 나를 깎는구나.' 하고 속으로는 이방놈이 밉건마는 그런 소리는 입 밖에도 내지 못하고, 이방의 소매를 잡아당기며,

　"여보게, 여보게 처남! 어서 허 생원님한테 말씀하게그려."

하고 재촉합니다.

　이방은 사람들을 헤치고 뛰어나가서 허 생원 앞에 허리를 서너 번이나 굽히며,

　"허 생원님 전에 아뢰오."

하고 꼭 예전 목사 앞에서 하던 모양으로 한즉, 허생이 걸음을 멈추며,

　"웬 사람인데 무슨 일이요?"

하고 이방을 봅니다. 곁에 섰던 돌이가 이방을 보고 눈을 흘깁니다. 이방은 한 번 더 허리를 굽히고 손으로 사람들 틈에 끼어 선 목사를 가리키며,

　"저기 저 백성이 소인의 매부놈이온데, 제 계집을 데리고, 제 계집이면 소인의 누이동생년이 아니오니까, 소인의 집을 찾아왔사옵다가 서울

본집에 있는 저놈의 애비가 병이 들어서 죽어간다는 기별을 듣사옵고 곧 가려 하오나 조천에 있는 배가 다 생원님 배라 하오니, 그저 오늘 배를 한 척만 빌려주시오면 저 백성이나 소인이나 그 은혜는 백골난망이겠사옵 기, 생원님 존전에 아뢰오."

합니다.

제주 목사가 허 생원의 허락을 얻어 말총 실은 배를 타고 제주를 떠난 뒤로 둘이나 제주 목사가 도임하였으나 아전도 없고 나졸도 없고 심부름 꾼까지도 얻을 수가 없어서, 혹은 한 달, 혹은 두 달 만에 모두 허 생원에 게 청을 하여 배를 얻어 타고 달아나고 말았습니다. 마지막 번으로 왔던 목사는 커단 배에 아전과 나졸까지도 싣고 기세가 당당하게 부임하였으 나 열흘을 지나니 무슨 일이 있나, 한 달을 지나니 무슨 일이 있나. 동헌 에 아전 나졸 죽 벌여놓고 종일을 앉았어야 누구 하나 송사(訟事)하러 오 는 이도 없습니다. 원이 원 노릇 하는 재미가, 백성들의 송사를 받아 '이 놈, 네가!' 하고 호령도 하고, '네 그놈 흠씬 때려라!' 하고 두들기기도 하는 맛에 있는 건데, 어찌 된 셈인지 제주 백성들은 당초에 삼문 곁에는 그림자도 얼른하지 아니합니다. 이러기 때문에 목사는 오방 관속을 데리 고 앉아서 윙윙 날아다니는 파리나 잡고, 낮잠이나 자고 이야기나 하고, 장기와 고누나 두고, 하품이나 하고 기지개나 켤 뿐입니다.

"애, 이게 웬일이냐. 이놈들이 당초에 송사하는 것을 할 줄을 모르니, 이런 어리석은 놈들이 있느냐. 그놈들더러 송사하는 법을 가르쳐 주어야 겠다. 애 이놈들아, 너희가 나가 돌아다니다가 어떤 놈이나 만나거든 트 집을 잡아서 좀 욕설도 해주고 때리기도 해보아라. 그러면 설마 저 굼벵 이 같은 놈들인들 송사를 안 들어오겠느냐. 대관절 이거 심심해 못 견디겠고나."

하고 그날부터 목사는 관속들을 사복을 시켜 성중으로 내어보내어서 까닭 없는 트집을 잡아가지고는 성중 사람들을 못 견디게 굽니다. 그러나 좀체로 성중 사람들이 노여지를 아니합니다.

혹 음식을 먹고 값을 안 내고 일어서면,

"돈이 없나 보온거라. 후일에 내시거라오."

할 뿐이요 당초에 다투려고를 아니하며, 또 혹 지나가는 사람의 따귀를 붙이면 한 번 힐끗 돌아다보고는,

"압다, 그 양반이 아마 독갑이가 들린거라."

하고는 슬슬 피해가고, 혹 귀에 담지 못할 욕을 하면 잠깐 얼굴을 찡기며,

"아마 타관에서 온 친군거라. 말 그렇게 하면 허 생원님께서 노여시는 거라."

하고 순순히 책망을 하고 지나가버립니다.

며칠 동안 이러한 것을 해야 도무지 신통한 일이 없습니다. 관속들은,

"사또 안전, 제주놈들은 욕을 해도 잠잠 때려도 잠잠, 당초에 아무리 건드려도 어찌할 수가 없습니다."

하고 머리들만 긁습니다.

목사는 와락 화증을 내며,

"아무려면 양반이 원 노릇을 왔다가 송사 하나 못 받아보고, 볼기 한 놈 못 때려보고 간단 말이냐. 아무리 제주놈들이 굼벵이같이 무지한 상놈들이기로 재물 귀한 줄은 알 터이니, 네 오늘은 제주 성중으로 돌아다니면서 가가에 벌여놓은 물건이나 곳간에 쌓아 놓은 양식이나 이부자리나 옷가지나 닥치는 대로 집어오너라. 그러면 설마 그놈들이기로 송사하

러 들어올 것이 아니냐."

하여 관속들을 떨어내어 보냈습니다.

이놈들이 성중으로 돌아다니며 갖은 행패를 다 하고 물건을 빼앗습니다. 그러나 성중 사람들은 그놈들이 가져가는 대로 내어버려두고, 다만 허 생원한테로만 뛰어가서 그 연유를 말할 뿐입니다. 관속들은 모두 어깨가 휘도록 물건들을 걸머지고 돌아왔으나, 성중 사람은 하나도 따라와서 송사하는 이가 없습니다.

그러나 큰일 난 일이 있습니다. 그날부터는 양식은 말할 것도 없고 배추 한 포기, 무 한 개를 얻어 살 수가 없습니다. 관속이 물건을 사러 가면 사람들이 모두,

"아니, 안 팔겨라. 당신네들 좋지 못한 사람들인겨라니. 먹을 것 팔 수 없는겨라."

하고 아무리 돈을 많이 주어도 팔지를 아니합니다.

"안 팔면 모두 빼앗아 갈 테여."

하고 나중에는 할 수 없이 위협을 하면, 또 일제히,

"빼앗아 가도 좋은겨라. 우리 제주에는 들어오는 재물 있지라마는 나가는 재물 없는겨라."

하고 조금도 겁을 내는 양이 아니 보입니다.

삼 년 공관(空官)

이리하여 이번 목사도 백성들한테 인심만 잃고, 그 좋아하는 송사 한

번도 못 받아보고, 허 생원네 말총 실은 배를 제발 빌어서 얻어 타고 서울로 올라가고 말았습니다. 그런 뒤에는 아무도 제주 목사로 오려는 사람이 없고, 또 전라도 바닥에 수적이 창궐하여 더구나 제주로는 갈 생각을 하는 사람도 없었습니다. 이리하여 나라에서도,

"그깐 놈의 제주 없는 줄 알자."

하고 다시 제주 목사를 보내려고도 아니하였습니다.

이 때문에 제주는 삼 년 동안 공관(空官)이 되었고, 제주 목사에 딸린 대정(大靜), 정의(旌義)도 공관이 되어 제주에는 원도 없고 동장도 없고, 다만 백성들만 사는 동네들이 있었을 뿐이외다. 그리된즉 오너라, 가너라 하고 귀찮게 구는 것도 없고, 무슨 세납을 내어라, 무슨 추렴을 내어라 하고 성가시게 개개는 것도 없고, 사또니 소인이니 양반이니 상놈이니 하는 것도 없고, 백성들은 모두 의좋은 동네 친구로 낮에 종일 저 맡은 일을 하다가는 밤에 모여앉아 막걸리나 걸러 먹고, 소리나 하고 이야기나 합니다. 그네가 얼근히 술이 취해서 부르던 노래나 몇 구절 적어보오리까.

"제주라 제주라 살기라 좋아라
우리라 제주라 살기라 좋아라."

이런 것도 있고,

"그 누라 제주라서 토박하다고 한거라
푸르른 바다라서 안 나오는 게 없소라

110

아이어 우리나 제주, 제주, 제주라서라."

이런 것도 있고, 또 좀 긴 것으로는,

"옛날이라요
담나라에요
고량부 임금이
나셨던거라요
고량부 임금이
가시자부터라
목사 판관이
오셨던거라요
목사 판관은
잘도 갔어라
어서어서도
잘도 갔어라
잘도 가고요
허 생원님이라
잘도 왔어라
해와 달은야
가시라 하여도
허생님을랑
안 가서라요

진정 말이요

　가 말아서라요."

하는 것도 있습니다. '가 말아서라요.' 하는 것은 가지 말아지라는 뜻입니다. 혹 사람들이 옛 버릇을 버리지 못하여 서로 싸우거나 욕지거리를 하는 일이 생기면, 싸우지 말라는 뜻으로 이런 노래를 부릅니다.

　"우리들이라 다툴락 하면은

　허 생원님이라 가실락한겨라."

　허 생원이 가시면 어쩔 양으로 너희들 다투느냐, 하는 뜻이외다. 그러면 그 대답이,

　"허 생원님야 가 말락시오

　우리들이야 안 다툴락할겨라."

　우리들이 안 다툴 터이니, 허 생원을랑 못 가시게 하라는 뜻이외다. 이 모양으로 제주 백성들은 진심으로 허 생원을 사모하면서 천하태평으로 지냅니다.

　허생은 제주에 있는 논밭과 산을 다 사서 농사하는 백성들에게 다시 팔아먹지 못하는 조건으로 나누어주고, 제주에 있는 배를 다 사서 고기잡이하는 백성들에게 주었습니다. 그리고 제주 백성들이 먹고 남은 생선과 전복과 미역과 다시마와 표고버섯을 한데 모두어 큰 배에 싣고 일본 문사

(門司)에 가서 팔아서는 옷감과 바늘과 철물과 종이를 사들였습니다. 그래서 제주에는 가난한 사람도 없고, 없는 물건도 없이 되었습니다. 백성들은 서로,

"이렇게 잘 사는 법도 있는 것을, 우리는 공연히 고생만 하고 서로 다투기만 하였어라야."

하고 감탄하게 되었습니다.

한번은 허생이 돌이를 데리고 한라산에 올라가 제주 지경(地境)을 내려다보면서,

"요 조고마한 섬이라도 골고로만 가지고 저마다 일만 하면 넉넉히 먹고 사는 것을, 사람들은 일할 생각은 아니 하고 서로 남의 것을 빼앗을 생각만 하느라고 서로 못들 사는구나."

하고 한탄하였습니다.

허 생원이 제주에 들어간 지가 어언간 삼 년이 되었습니다. 그런데 그동안에 조선 팔도에는 큰 변이 났습니다. 삼 년을 연하여 삼남에 흉년이 들어 백성들은 모두 늙은이를 끌고 어린것들을 업고 황해도, 함경도로 구걸을 떠나고, 각처에 산에는 산적, 물에는 수적으로 돈푼이나 있는 백성들도 맘 놓고 살아갈 수가 없습니다. 어저께는 어느 골 원이 도적에게 죽었다, 오늘은 어느 감영에 불한당이 들어서 감사는 뒷문으로 빠져 도망을 하였다, 지리산에는 최 아무라는 자가 도적 몇천 명을 거느리고 웅거하였다, 변만에는 김 모라는 자가 웅거하였다, 이 모양으로 무서운 소문이 봉홧불 모양으로 하루에도 몇백 리씩 연해갑니다. 조정에서는 이완이 이 대장으로 포도대장을 삼아서 여러 번 삼남(三南)으로 관병을 내려보내었으나 가는 족족 쓰러져버리고, 도적의 형세는 막을 길이 없었습니

다. 그러나 이것이 큰일 났다는 큰일이 아니외다. 이보다 더 큰일이 있습니다.

장안에서는 자정이 넘으면 사람들이 잠을 이룰 수가 없다고 합니다. 어디서 스르룽 스르룽 쇠 갈리는 소리가 베개 밑을 울리는 까닭이외다. 사람들은 모두,

"이게 글쎄 웬일이어?"

하고 눈을 비비고 개들은 땅에 대고 자던 고개를 들고 콩콩 짖기를 시작합니다. 이것은 효종대왕께서 청국을 들이치시어 태조대왕의 옛 뜻을 펴실 양으로 돈과 무기를 부어 만드는 소립니다.

"난리가 난다더라. 호인(胡人)이 나온다더라."

"아니다, 호인이 나오는 것이 아니라 왜인(倭人)이 나온다더라."

"그것도 아니다, 왜인이 나온 것이 아니라 조선서 대국을 친다더라."

이러한 소문이 조선 팔도에 짜하여서, 시정에서나 농가에서나 저녁들을 먹고 모여들 앉으면 이런 이야기뿐이었습니다.

"호인이 나오거나 왜인이 나오거나 꼭 조선 사람이 죽기는 죽었어."

하고 약한 소리를 하는 이도 있고, 약한 소리뿐이 아니라 깊은 산골짝으로 아이들을 끌고 피난을 가는 이조차 있었습니다. 어쨌으나 이때에 조선 팔도는 장차 고못을 지며 끓어오르려는 물 모양으로 솥 밑에서부터 우수수 부글부글 끓기 시작하는 것과 같았습니다. 이것도 큰일은 큰일이어니와, 이보다도 더 이상야릇한 큰일이 생겼습니다. 대체 경향(京鄉)을 물론하고 총물이 전혀 동이 났는데, 감투 한 개, 망건 하나, 체뿔 한 조각 얻어 구경할 수 없어서 조선 팔도에 꼬리 하나 온전히 가진 말이 없다시피 말총이란 말총은 죄다 뽑히고 심지어 머리카락 바오라기까지 풀어서

망건 감투를 뜨는 형편이라, 말총 한 근에 은 한 근 한다는 무서운 시세가 났습니다. 이것은 왜 이런고 하니, 원래 조선에서 쓰이는 총물은 대부분이 제주도에서 오는 것인데, 허 생원이 제주도에 들어간 뒤로 삼 년 동안을 말총을 사들이기만 하고 팔지를 아니한 까닭입니다. 허생이 제주도에 내릴 때에 말이,

"제주 말총을 삼 년만 무역을 해 쌓아두면 반드시 십 갑절은 남을 것이요, 조선 팔도가 말총 때문에 흔들리리라."

하더니, 참으로 그 말이 맞았습니다. 말총을 실은 배가 조선 어느 포구에 들어오기가 무섭게 말총 장수들이 저마다 남보다 많이 사려고 머리악을 쓰고 덤비는데, 부르는 것이 값이라 팔기 시작한 지 두 달이 못되어서 제주 성중과 조선 포구에 산더미같이 쌓였던 말총이 간 데가 없이 다 팔리고 말총더미만 한 돈더미만 쌓이게 되었습니다. 허 생원은 제주 성중에서 큰 잔치를 베풀고 닷새 동안을 연하여 제주 백성들을 대접한 후에, 인제는 자기가 제주서 할 일이 끝이 났으니 제주를 떠나야 할 것을 말하였습니다. 그러나 제주 백성들은 모두 눈물을 흘리며,

"아닌겨라 아닌겨라, 가 말겨라."

"허 생원님 가시면은 또 목사 올겨시니, 우리 어찌 사는겨라오. 가 말겨라."

하고 간절히 만류합니다. 그러나 허생은 그것도 다 뿌리치고 여전히 땟국이 흐르는 선비의 행색으로 조천을 떠났습니다. 그는 장차 어디로 향하려는고.

변산 도적

효종대왕 시절에 삼남에 도적이 치성한 것은 전에도 말하였거니와, 삼남 도적 중에도 변산 도적이 가장 세력이 컸습니다. 변산 다음에 가는 것이 지리산, 그다음이 보은 속리산, 또 그다음이 양산 통도사, 그 밖에 수없는 도적의 소굴이 있었습니다. 변산 같은 데는 삼천 명이나 웅거하였고, 그 밖에는 혹은 이천 명, 혹은 천 명으로부터 몇백 명, 몇십 명에 이르기까지 수없는 등분이 있었고, 수십 인씩 모여 다니는 좀도적도 부지기수였습니다. 이 도적들이 혹은 부자를 잡아오고 혹은 장거리나 촌락을 치고, 심하면 읍내와 감영까지도 부수어서 수령 방백을 혹은 죽이기도 하고 혹은 사로잡기도 하였는데, 그 세력이 어떻게나 창궐하였던지 나라의 힘으로도 어찌할 길이 없었습니다.

감영이나 읍내나 장거리에 그 도적의 끈이 없는 데가 없고, 큰 고개나 나루에 염탐꾼이 없는 데가 없습니다. 조선에 일찍 이와 같이 도적이 왕성하였던 일이 없었다 합니다.

그런데 워낙 임진왜란과 병자호란에 부자가 다 없어지고 게다가 전에는 북도에 연 삼 년 흉년이 들고 다시 삼남에 연 삼 년 흉년이 드니, 아무리 도적인들 빼앗아올 데가 있어야 먹지를 아니합니까. 당장 먹을 것이 없으니 들어와 도적이 되기는 하였지마는, 도적이 되어도 먹을 것이 없는 형편입니다. 그래서 도적들 중에도 여러 패로 갈려서 도적들끼리 서로 도적질을 하게 되었으나, 인제는 도적들끼리도 도적질을 할 것이 없이 되어서 '이 일을 어찌할꼬?' 하고 모두 큰 근심이 되었습니다.

이러므로 팔도 도적에 도두목 되는 변산의 조곰보도 하릴없이 한양의 홍총각에게로 일부러 찾아갔습니다.

이 홍총각이란 이는 어떠한 사람인가. 그는 삼각산 밑에서 사냥하고 나무해 먹는 총각인데, 힘이 많고 지혜가 깊으며 능히 앞길을 내다본다 하여 도적들 간에 굉장히 이름이 높은 사람이외다. 그래서 팔도 도적이 홍총각을 도두령으로 모실 양으로 여러 번 간청도 하고 위협도 하였으나 종시 듣지 아니하고,

"무슨 어려운 일이 있거든 오라."

할 뿐이었습니다.

홍총각의 말이 났으니 말이지, 이완이 이 대장이 한 번 이 홍총각에게 혼이 난 일이 있습니다. 그 이야기를 좀 하지요.

한번 이완이 이 대장이 스무남은 살 되었을 적에 호기롭게 토끼사냥을 나갔더랍니다. 동소문 밖에서부터 토끼 한 놈을 만나서 따라가는 것을 종일을 따라가서 삼각산 어떤 골짜구니에 다다랐습니다. 이완이 이 대장도 뜻 굳은 남아라, 동행은 다 중로에서 떨어지고 '에라, 요놈. 어디 누가 지나 보자.' 하고 혼자 어디까지든지 따라간 것입니다.

그러다가 날은 저물고 눈 속에 길을 잃었습니다. 그래 '어찌할꼬?' 하고 한참 방황하던 차에 문득 바라본즉, 저쪽에 불이 반짝반짝하더랍니다. 그래 따라가본즉 조그마한 오막살이가 있습니다.

"주인 계시오?"

하고 부른즉 방 안으로서,

"누구신지 모르나 바깥주인은 어디 출입하시고 안 계십니다."

하는 젊은 여자의 목소리가 들립니다. 이 대장은 문고리를 턱 잡으며,

"그렇더라도 인제 밥 굶고 길 잃은 사람이 어디를 간단 말이오. 윗목이

라도 좋고 발치라도 좋으니, 하룻밤 자고 가게 하시오."

하였습니다.

"그럴 수 없습니다. 단칸방에 바깥손님을 들일 수가 없으니 다른 데로 갑시오."

하고 서릿발같이 거절을 합니다.

이 모양으로 한참을 다투다가 마침내 무슨 생각이 났든지 그 여자가 방 싯 문을 열며,

"그러면 들어오셔서 저녁이나 한술 잡수시고 다른 데로 가십시오."

하는데, 이 대장이 보기에 그 여자가 어지간한 미인이더랍니다. 이 대 장은 눈 묻은 신발을 벗어놓고 방에 들어앉았습니다. 또 그 여자가 보니 참으로 일생에 보지 못한 잘난 사내라, 그 여자도 정신이 황홀해졌다 합 니다.

여자는 부엌에 내려가 불을 몇 거듭 집어넣어 숭늉을 데워가지고는 밥상을 차려 들여다가 이 대장에게 주니, 이 대장은 시장하였던 판이라 주발 위에 주발을 올려놓은 듯한 한 그릇 밥을 순식간에 다 먹어버리고 꿀떡꿀떡 숭늉을 들이킨 뒤에, 다시 눈 묻은 신발을 신으며 그 여자를 보고,

"밥을 주어 배불리 먹었으니, 그 은혜는 후일에 갚을 날이 있겠소."

하고 일어나 나가려 한즉, 그 여자가 이 대장의 소매를 잡아당기며,

"보아 하니 양반댁 서방님이시니, 이 깊은 밤에 어떻게 가시게 하겠습 니까. 저는 부뚜막에서 잘 터이니 이 방에서 하룻밤을 쉬어서 가심이 어 떠하니이까?"

하고 만류를 합니다. 그래서 이 대장도 못 견디는 체하고 그 집에서 자는

데, 닭 울 때쯤 되어 쿵쿵하는 소리가 나더니마는 문고리를 잡아채며 우레 같은 소리로,

"문 열어라!"

하고 외칩니다.

"아이구, 이 일을 어찌하오? 사흘 후에 온다는 남편이 돌아왔구려."

하고 여자가 벌떡 일어나 옷을 주섬주섬 주워 입고, 불을 켜고 문을 엽니다. 이 대장이 이불 밑에서 가만히 바라보니 어떤 시커먼 더벅머리 총각 놈이 들어오는데, 키는 천장에 닿고 두 눈에서는 붉은 불길이 납니다.

'이거 죽었구나!' 하고 가만히 있노라니, 그 총각이 불룩한 이불을 가리키며,

"저건 무엇이야?"

"지나가던 손님이 길을 잃고 날이 저물어서 찾아왔기에……."

하고 말끝을 못 맺는 것을 보고 총각이 한 번 힐끗 그 여자를 보더니마는 이 대장이 덮은 이불을 와락 잡아 벗기며 눈을 부릅뜨고,

"이놈, 어떤 놈인데 주인도 없는 집에 들어와서 남의 계집을 끼고 자빠졌단 말이냐. 냉큼 일어나거라."

하고 발을 구릅니다. 이 대장은 하릴없이 부시시 하고 눈을 비비며 일어난즉, 총각이 허리에 찼던 바오라기를 꺼내어 빨가벗은 이 대장을 잡으려는 돼지 모양으로 꽁꽁 동여놓더니 한 손으로 반짝 치어들어서 윗목으로 떼구르 굴려 보냅니다. 그러고는 이불을 집어던지고 아랫목에 턱 앉으며 곁에서 떨고 있는 여자더러,

"가서 술 가져오너라."

합니다. 그런즉 그 여자가 부엌으로 내려가 큰 동이와 큰 노루 다리 하나

를 들어다가 총각의 앞에 놓습니다. 총각은 벽에 걸었던 큰 칼을 쭉 뽑아서 노루 다리에다 꾹 박아놓더니마는, 두 손으로 동이를 들어 목마른 소가 물 마시듯 꿀떡꿀떡 한참 들이마시고는 번쩍번쩍하는 칼로 노루 다리 고기를 주먹 덩이같이 썩 베어서 안주를 합니다. 술 마시는 소리, 고기 씹는 소리, 씨근씨근하고 숨 쉬는 소리, 조용하던 방 안이 떠나갈 듯한데, 여편네는 벌벌 떨고 섰고 이 대장은 동여놓은 돼지 모양으로 윗목에서 눈만 반짝반짝합니다.

이때에 이 대장이 큉 하고 입에 가래침을 한입 물어서는 술동이를 들이켜는 총각의 뺨을 향하고 탁 뱉었습니다. 총각은 깜짝 놀라는 듯이 술동이를 방바닥에 내려놓고 방 안을 둘러보다가 윗목에 눈만 반짝이고 있는 이 대장을 보고,

"요놈, 어른이 술을 먹는데 가래침을 왜?"

하고 노려본즉 이 대장 말이,

"글쎄 이놈아, 곁에다 사람을 두고서 술을 혼자 먹는 그런 용렬한 놈이 있단 말이냐."

하고 호령이 추상같습니다. 총각은 눈을 크게 떠서 이 대장을 이윽히 바라보더니,

"이놈 보아라! 그래 술을 주면 먹을 테냐?"

합니다. 이 대장은,

"남아가 술 한 동이를 마다겠느냐."

하고 태연자약한 것을 보고 총각은,

"허, 고놈 제법이다."

하고 벌떡 일어나서 노루고기 베던 칼로 이 대장을 결박지었던 줄을 끊고

발치에 놓였던 옷을 던져주며,

"엇다, 옷 입어라. 그리고 한잔 먹자."

하고 이 대장이 옷 입기를 기다립니다.

이 대장이 옷을 입고 자리에 앉기를 기다려 그 총각이 술동이를 들어 이 대장에게 주며,

"자, 먹어라."

합니다. 한즉 이 대장은 서슴지 않고 술동이를 받아 꿀꺽꿀꺽 마십니다. 얼마를 마시고 나서 동이를 내려놓으니까 그제는 총각이 노루고기 한 점을 칼끝에 끼워들고,

"자, 안주 먹어라."

합니다. 이 대장은 또 서슴지 않고 입을 내밀어 칼끝에 꿰인 노루고기를 듬썩 받아먹습니다.

이렇게 얼마를 먹고 나서 총각이 무슨 희한한 일이나 보는 듯이 고개를 끄떡끄떡하며,

"흥, 놈 제법이다. 성명이 무어냐?"

하고 이 대장을 보고 물은즉 이 대장은,

"내 성명은 이완이다."

합니다.

"응, 네가 이완이어?"

하고 총각은 알아차린 듯이 또 한 번 고개를 끄떡끄떡하더니,

"나는 홍총각이라는 도적놈이다. 내가 너를 오늘 저녁에 꼭 죽여버리려고 했지마는 너도 인물이어. 그래 살려준다. 네가 한 이십 년 후면 포도대장 하나는 하겠다."

하고 또 술을 권합니다. 이 대장은 지금까지도 꼭 이놈의 손에 죽을 줄만 알았었는데, 홍총각이 안 죽인단 말을 듣고 또 홍총각의 기상이 결코 범연한 사람이 아닌 것을 보고 일변 감사하기도 하며, 일변 공경하는 맘도 나서 일어나 총각에게 절을 하며 형제의 의를 맺기를 청하였습니다. 그런즉 총각도 쾌히 허락하는 듯이 빙그레 웃습니다. 그리고 피차에 나이를 따져본즉 홍총각이 스물다섯, 이 대장이 갓 스물. 이래서 홍총각이 형이 되고 이 대장이 아우가 되었는데, 그리고 나서는 더욱 피차에 흥이 나서 술을 먹습니다.

그러나 이 대장이 홍총각의 태도를 엿본즉, 웬일인지 쾌하게 마시고 웃는 중에도 숨길 수 없는 무슨 근심이 있습니다. 웬일일까, 혹시나 내가 저 여자와 함께 잤기 때문에 그것이 근심이 되는 것이나 아닌가 하고,

"형님, 어째 형님 얼굴에는 무슨 근심의 빛이 있습니까?"

하고 이 대장이 참다못하여 물은즉, 홍총각은 무슨 깊은 비밀이 발각이나 된 듯이 깜짝 놀라며,

"응, 물을 것 없어. 너도 차차 알지."

하고 분명한 대답을 아니 합니다. 그런즉 이 대장은 더욱 궁금증이 나서,

"제가 아직 나이는 어립니다마는, 어찌 형님의 근심의 연유를 몰라서 될 수 있습니까. 만일 형님께서 숨기고 말씀을 아니 하시면 그것은 이 동생을 아니 믿으시는 것이 아닙니까."

하고 어세를 높여 다시 물은즉, 홍총각은 이윽히 고개를 숙이고 말이 없더니 다시 고개를 들 때에 본즉 두 눈에 굵은 눈물이 뚝뚝 떨어집니다. 그것을 보매 이 대장도 자연 비창해져서 잠깐 얼굴을 찡기며,

"혹 제가 오늘밤에 한 일이 형님을 슬프게 한 것이나 아닌지……."

한즉, 홍총각은 눈을 부릅뜨고 어성을 높여,

"내가 일개 아녀자를 위해서 눈물을 흘릴 듯싶으냐?"

하고 이 대장을 노려보더니, 다시 화색을 내며,

"응, 네가 아직 어려 내 얼굴이 근심 있는 것을 본 것만도 기특하다."

하고 어디 먼 곳을 바라봅니다. 이 대장은 스스로 부끄러운 생각이 나서 '내가 왜 그런 소리를 했던고.' 하였습니다. 그도 호기 있는 남아라, 일찍 남에게 져본 적이 없고 천하에 자기만큼 잘난 사람이 없는 줄을 생각하였거니와, 홍총각 앞에서는 웬일인지 자기가 보잘 나위 없이 쪼꼬매져서 마치 캄캄한 밤에 인적도 없는 큰 산 밑에서 혼자 그 큰 산만 바라보고 섰는 것 같습니다. 애써 기운을 내어서 자기를 크게 하려 하였으나 그러하면 그러할수록 더욱 홍총각은 커지고 자기는 작아지는 것 같습니다. 그래서 속으로 '아니, 홍총각은 나보다 큰 사람이로고나.' 하고 탄복하지 아니할 수가 없습니다.

홍총각은 물끄러미 이 대장을 바라보고 앉아서 이 대장의 말을 듣고 낯빛을 보더니,

"어찌해 내 얼굴에 근심이 없겠느냐. 가슴에 품은 경륜을 펼 곳이 없고나."

하고 눈물을 뚝뚝 떨굽니다.

"왜 그렇게 근심을 하셔요? 형님과 같은 경륜과 기개를 가졌으면 왜 나아가 임금을 섬겨서 나랏일을 아니 하시고 이렇게 산속에 숨어 계십니까?"

하고 이 대장이 권면하는 듯이 말한즉, 홍총각은 팔을 내어둘러 아니라는 뜻을 보이며,

"응, 그래. 그것은 네나 할 일이지. 나 같은 사람은 도적질이나 하고 이 세상을 살아가다가 언제 한번 할 일이 생기면 좋고, 안 생기면 말고……. 자, 술이나 먹자."

하고 또 모든 것을 다 잊어버린 듯이 술동이를 들어 마시기를 시작합니다.

이튿날 아침을 먹고 나서 이 대장이 홍총각에게 절하고 떠나려 할 때에 홍총각은 이 대장의 손을 잡으며,

"한 이십 년 지나노라면 다시 만날 때도 있겠지. 부디 나랏일 잘해라."

하고 떠나기 어려운 정을 보입니다. 이 대장은,

"왜 그렇게 말씀하셔요? 가끔 이리로 찾아와 뵈올 텐데요."

한즉, 홍총각은 껄껄 웃으며,

"허허, 내가 정처가 있는 사람인가. 또 와야 못 만날 테니 후일에 네가 포도대장이 되거든 만날 날이 있지."

합니다.

이 대장도 하릴없이 한 번 더 읍하고 몇 걸음 나왔을 때에 홍총각이 다시 손을 들어 이 대장을 부르므로 돌아가본즉, 홍총각이 곁에 서 있는 여자를 가리키며,

"너, 이 계집 데리고 가거라. 네가 가만 두었을 리가 있니?"

합니다.

"아니올시다. 그럴 리가 있습니까."

하고 사양한즉 홍총각은,

"응, 싫거든 그만두어라."

하고 어서 가라는 뜻을 표합니다.

이 대장이 동구로 나가다가 문득 뒤를 돌아본즉, 홍총각이 큰 칼을 들

어 그 여자의 허리를 썩 베입니다.

그 후에 이 대장이 몇 번 홍총각이 있던 곳에 찾아왔으나 홍총각은 간 곳이 없었습니다.

이러한 홍총각에게 변산 조곰보가 앞날 일을 물으려고 찾아온 것입니다. 이때에는 벌써 이 대장이 홍총각의 집에서 자고 간 지가 이십 년이 넘었습니다. 홍총각의 나이도 벌써 마흔다섯이나 되어서 얼굴에 굵은 주름이 잡혔으나, 여전히 뼘가웃이나 되는 노란 꼬리를 달고 삼각산에서 나무를 하고 지냅니다. 조곰보는 몇 해 전부터는 조 진사라고 행세를 하게 되어서 좀 나이 많은 사람들은 조곰보라고 불러야 알고, 좀 젊은 사람들은 조 진사라고 해야 압니다. 조곰보는 홍총각과 달라서 속속들이 비단으로 감고 인모망건(人毛網巾) 대모풍잠(玳瑁風簪)에 그 차림차림이 어떤 고가댁 양반 부자같이 보입니다. 게다가 곰보는 곰볼망정 낯빛은 희것다, 수염이 성긋성긋, 어디로 보든지 쑥 뺀 양반이시외다. 그러나 홍총각의 오막살이에 들어와서는 그 발밑에 이마를 대고 홍총각이 일어나라고 할 때까지는 감히 머리를 들지 못합니다.

"그래, 어째 왔나?"

하는 홍총각의 묻는 말에 조곰보는 몇 번이나 더 고개를 조아리며,

"예. 장군께서도 통촉하시는 바와 같이, 지금 삼남에 삼 년이나 연하여 흉년이 들어서 도적은 날로 왕성하오나 도적해 먹을 것도 없어서 도적 도적끼리 서로 도적을 하게 되었삽고, 지금은 도적 도적끼리도 도적해 먹을 것조차 없이 되어서 인제는 제자의 힘으로는 어찌할 길이 없사옵니다. 그래서 산중이 모두와 의논하옵고 제자가 장군께 와 뵙게 되었사오니, 이번엘랑 팔도 호한(好漢)들의 원을 들으시와 장군께오서 팔도 도

두령이 되오셔야 하옵지, 그렇지 아니하오면 여러 만 명 호한이 모두 돌아갈 길을 알지 못하오니 물리치지 마시옵소서."

하고 마치 축문이나 외우는 듯이 떨리는 목소리로 간절히 청을 합니다.

"관병(官兵)의 형세는 어떤가?"

하고 홍총각이 다시 물은즉, 조 진사가 또 한 번 이마를 조아리며,

"예, 이완이 이 대장이 새로 포도대장이 되어서 삼남의 도적을 소탕한다 하오나, 그까짓 관병은 걱정할 것이 없사옵고 먹을 것이 걱정이옵니다."

합니다.

조 진사의 말을 듣고 홍총각은 이윽히 무엇을 생각하는 듯하더니, 문득 고개를 들며,

"한 사람이 꼭 있기는 있지마는……."

하는 것을 보고 조 진사는,

"아니올시다. 이번에 꼭 장군께서 우리 두령이 되어야 하옵지, 그렇지 아니하옵고는 어찌할 도리가 없사옵니다."

합니다. 홍총각은 길게 한숨을 쉬며,

"백성들이 벌어먹으려도 벌어먹을 길이 없고, 도적질을 하여먹으려도 도적질할 것도 없다 하면 이 백성들을 어떻게 살리나."

하고 혼자 한탄하더니, 조곰보를 보고,

"지금에 수만 명 사람을 구해낼 사람은 허 생원 하나밖에 없지."

하고 스르르 눈을 감습니다. 홍총각이 어찌하여 허 생원을 알았나.

독자 여러분은 안성서 허생이 도적맞은 사실을 기억하시리다. 그때 그 도적들 중에 허생의 집에 돈 보내달라는 부탁을 받은 도적이 홍총각의 부

하 중의 한 명인데, 홍총각은 그 도적에게서 허 생원의 말을 듣고부터는 맘으로 항상 허 생원을 흠모하여 달마다 허 생원 집에 양식과 용돈을 보내던 터입니다.

조 진사가 아무리 간청을 하여도 듣지 아니하고 오직 허 생원을 청할 것만 재삼 말한 끝에,

"그 어른의 허락을 받기는 어려울 듯하나 그만 꾀야 너희인들 없겠느냐. 힘껏 해보아라."

하고는 마당에 놓았던 시게를 지고 낫을 둘러메고 휘파람을 불며 산으로 올라갑니다.

조곰보는 하릴없이 그 길로 변산으로 돌아와 도적들에게 홍총각의 말을 전하고, 그날로 수백 명 사람을 놓아 허 생원을 찾아올 것을 명하였습니다.

이 명령을 받은 도적들은 사방으로 흩어져 혹은 배 들어오는 포구에 뱃사람 모양을 차리고, 혹은 고개턱 주막집에 머슴 모양을 차리고, 혹은 나룻목에 나룻배 사공이 되어, 때 묻은 옷 입고 키 작고 헌 망건에 헌 갓 쓰고 미투리 끌고 콧물 흘리는 선비만 찾는데, 그 비젓한 사람만 번뜻 보이면 붙들어서는 수건으로 눈을 동여매고 교군(轎軍)에 담아서는 빙글 돌리다가 어디로 가는지 모르게 변산 산채로 끌어들여 갑니다. 그러다 붙들어다가 심문을 하여본즉, 혹은 촌학구(村學究)로 술 얻어먹으러 가다가 붙들려 온 놈도 있고, 혹은 눈뜬 판수로 다른 동네에 경 읽어주려고 가다가 붙들려 온 놈도 있고, 혹은 노름판에서 삼사 일이나 밤을 새우다가 돈푼 있던 것 다 까먹고 찐붕어가 되어 집으로 돌아가던 길에 붙들려온 놈도 있고, 대체 형형색색인데 정말 허 생원은 좀체로 찾아낼 수가 없습

니다. 그래서 술 먹으러 가던 놈은 술 한 잔 먹여서 내어쫓고, 경 읽으러 가던 놈은 옥추경(玉樞經) 한 번 읽히어 내어쫓고, 노름판에서 오던 놈은 따귀 한 개씩 붙여서 쫓고, 이 모양으로 모두 오던 모양으로 수건으로 눈을 동여매어서는 빙글빙글 돌리고 교군에 태워 끌고 다니다가 처음 잡아오던 곳에 갖다가 내어던졌습니다.

이러한 때에 정말 허생이 돌이를 데리고 암행어사 모양으로 민정을 살피며 전라좌도를 지나 갈재[蘆嶺]를 넘어, 전라우도를 거처 충청도로 향하는 길에 태인읍을 바라고 들어오다가, 길가에서 지키고 있던 도적들에게 붙들려서 다른 사람들 모양으로 수건으로 눈을 동이고 교군에 담겨서 빙글빙글 돌려서 변산으로 끌려갔습니다. 돌이가 한참은 반항을 하였으나 마침내 여러 놈에게 붙들려서 역시 수건으로 눈을 동이어서 허생과 같이 끌려갔습니다.

대체 언제나 정말 허 생원을 붙들어 오나 하고 날마다 줄어들어가는 양식 그릇을 바라보면서 고개를 내밀어 기다리던 차에, 붙들려 온 화상을 보니 그만 또 낙망이 됩니다. 이것은 또 어디서 어린아이들 종아리나 때리고 하늘천, 따지나 가르치다가 막걸리 잔이나 얻어먹을 양으로 붙들려 가던 길인고 하였습니다. 땟국이 쪼르르 흐르고 파란 콧물을 두 줄로 흘리는 것이 허 생원의 상모와 맞기는 맞지마는, 설마 그렇게 눈 빠지던 허생원이 요다지도 못났으랴 한 것입니다.

허생은 세 번이나 심문을 당하고, 마침내 정말 허생인 듯하다 하여 조곰보의 방으로 인도함이 되었습니다. 본즉, 절 법당의 부처님을 한편 옆으로 집어치우고 부처님 앉았던 자리에 부처님 앞에 깔았던 비단 방석 여럿을 겹쳐 깔고 그 위에 이상야릇한 갑옷을 입고 투구를 쓴 조곰보가 왼

손에 붉은 기를 잡고 좌정을 하였고, 그 앞에는 마당과 방 안에 칼과 창과 깃발을 든 도적들이 옹위를 하였는데, 그 위엄의 무서움이 실로 비길 데가 없습니다. 허 생원을 인도하는 도적들이 법당 계하(階下)에 이르러 고개를 숙이고,

"대왕마마, 허생인 듯한 자를 잡아 대령하였습니다."

한즉 부처님 자리에 앉았던 대왕이,

"어디, 이리로 불러들여라."

합니다. 그런즉 계상(階上)에와 방 안에 있던 무리들이 일제히,

"웨이."

하고 대답하는 양이 심히 엄숙합니다.

허생이 도적놈들에게 팔을 끌려 법당으로 들어가니, 대왕이란 자가 위엄 있는 목소리로,

"그래, 이 백성이 허 생원이란 말이냐?"

하고 허 생원의 콧물 흐르는 얼굴을 내려다보면서 한 번 더 물은즉, 허 생원을 붙들어 들여간 놈들이 일제히 허리를 굽히며,

"그러하옵니다. 대왕마마, 이 백성이 차림차림이 대왕마마께옵서 말씀하신 바와 여합부절(如合符節)하옵고, 또 허 생원이 데리고 다닌다는 곰보놈도 저 밖에 대령하였사오니, 이 백성이 허생일시 분명하옵니다."

하고 아룁니다. 말이 끝나자 대왕이,

"그렇거든 네 곰보놈을 불러들여라."

하고 명령을 내린즉, 아까 모양으로 계상 계하에 벌여 섰던 수십 명 도적의 무리가 일제히 허리를 굽히며,

"웨이."

합니다. 이윽고 서너 명 도적이 잔뜩 결박을 지운 돌이를 덩그렇게 들고
들어와서 허생의 옆에 내려놓으니, 돌이가 소리를 질러,

"오 이놈, 네가 이 도적놈들의 두목인가 보구나. 이놈, 네 듣거라. 우
리 생원님께서 어떠하신 양반이신 줄 알고 이렇게 버릇없이 수건으로 눈
을 가리워 너희놈들 소굴로 모신단 말이냐."

하고 야료를 합니다.

대왕이 돌이의 얼굴과 그 야료하는 양을 보더니, 비로소 이것이 허 생
원인 줄 알아차린 모양으로 껑청 뛰어 마룻바닥에 내려와 허생의 발 앞에
엎드리며,

"대왕마마, 저희 무리가 누구신 줄도 모르옵고 이렇게 만 번 죽어도 아
깝지 아니하온 죄를 범하온 것을 용서하여주시옵소서. 그저 대왕마마를
하루라도 바삐 뵈올 양으로 그러한 것이오니, 만만 용서하시옵소서."

하고 마룻바닥이 쿵쿵 울리도록 이마를 조아립니다. 허 생원도 불의의
일에 잠깐 놀랐으나 다시 정신을 진정하여,

"그래, 무슨 일로 나를 붙들어 왔소?"

하고 물은즉, 그제야 조곰보가 땅에 엎딘 대로 고개를 들며,

"예, 저희 무리는 변산 도적이옵고, 소인은 팔도 도적의 도두목 제천
대왕 조곰보라 하옵니다. 대왕께서도 통촉하시는 바와 같이, 조선에 삼
년은 북도, 삼 년은 삼남, 도합 육 년 흉년이 들었사와서 농사를 지어먹
던 백성들이 굶어 죽을 지경을 당하오나 부자들이 가난한 백성을 도울 줄
을 모르옵고 또 조정이 어찌할 도리를 하지 아니하옵는지라, 소인의 무
리가 하늘을 대신하여 있는 놈의 것을 빼앗아다가 없는 이를 구제하기를
삼 년을 하였사오나 손바닥만 한 조선에 인제는 도적할 곳도 없어서 도적

도적끼리 서로 도적을 하옵다가 그것조차도 못 하게 되었사옵고, 조정에서는 관병을 보내어 장차 도적의 무리를 소탕한다 하오니 관병은 두려워할 것이 없사오나 수만 명 도적을 먹일 길이 바이없사와서 오직 대왕님만 기다린 것이오니, 대왕마마께옵서는 저희 무리를 불쌍히 여기시와 오늘부터 저희 무리의 왕이 되시옵고 저희 무리에게 살 길을 점지하시옵소서."

하고는 또 마룻바닥이 쿵쿵 울리도록 이마를 수없이 조아립니다. 그런즉 법당 안에 있던 무리와 계상 계하에 둘러섰던 무리들도 일제히 꿇어 엎디어 이마를 조아립니다.

이 광경을 보고 놀란 것은 돌이외다. 혹 생원님을 해하려는 것이나 아닌가 하고 소리를 지르고 발악을 하였으나 이제 본즉 그런 것이 아니요, 역시 자기의 생원님을 사모하는 데서 나온 것이라 결박을 진 대로 좋아서 빙그레 웃었습니다. 그리고 생원님을 치어다보며 어서 무슨 시원한 말을 하여주라는 듯이 눈을 꿈적꿈적하였습니다. 허생은 전후좌우에 부복한 무리를 한번 둘러보더니, 발밑에 엎드린 조곰보를 붙들어 일으키어 곁에 놓인 등상에 걸터앉게 하고 마당에 엎드린 무리들도 다 일어나기를 명한 후에 입을 열어,

"그만하면 나를 붙들어 온 뜻은 알았거니와, 그러면 내가 어떻게 하기를 원하시오?"

하고 물었습니다. 그런즉 계상에 있던 사람 하나가 턱 나서서 허리를 굽히며,

"예, 그저 이 무리들에게 먹을 것을 주시옵소서."

한즉, 다른 무리들도 일제히,

"먹을 것을 주시옵소서."

합니다. 허생은 다시,

"그러면 그대네들이 도적이 된 것은 먹을 것이 없음인가?"

한즉, 그 사람이 또,

"먹을 것이 있을진대 왜 도적이 되겠습니까?"

합니다. 허생은 다시,

"본즉 그대네는 나이 다 삼십이 넘고 사십이 가까웠으니, 그동안에 무엇을 먹고 살았는가?"

한즉 또 한 사람이 턱 나서서 허리를 굽히며,

"대왕마마, 소인의 손을 봅시오. 이렇게 손에 굳은살이 박혔습니다. 소인의 어깨를 봅시오. 이렇게 어깨에 굳은살이 박혔습니다. 사십 평생에 전신이 굳은살이 되도록 온갖 일을 다 하였건마는 한 번도 입에 맞는 것을 먹어본 일이 없고, 배고픈 설움을 안 당해본 날이 없습니다. 그러하오나 다른 팔자 좋은 사람들을 보오면 자고 나서 다시 잠들기까지 술이나 마시고 노래나 부르건마는 금의옥식(錦衣玉食)에 고대광실(高臺廣室)에 처첩(妻妾)하고 거드럭거리니, '에라, 이놈의 세상에 가난뱅이로 태어난 것만 잘못이요, 이왕 가난뱅이로 태어났으면 땀 흘리고 일하는 것만 잘못이다. 빌어먹을 것, 저 놀고먹는 놈들의 것을 좀 훔쳐다가 나도 좀 편안히 먹고 입고 살아보자.' 이래서 도적이 된 것입니다."

합니다. 그 말에 허생은,

"그래, 도적이 되어서는 살기가 편하던가?"

한즉 그 사람이 다시 허리를 굽히며,

"일할 때보다는 좋았습니다. 그래도 이따금 맛난 것을 먹어도 보고,

부드러운 옷을 입어도 보았습니다. 그러나 날마다 관병에게 쫓겨 산꼭대기와 풀숲에서 밤을 새우니 그 고생이 비할 데 없고, 한 번 붙들리면 생명이 끊어지니 그 무서움이 이를 나위가 없습니다. 게다가 요새에는 도적해 올 곳도 없어 이렇게 변산 구석에서 말라죽게 되었사오니, 그저 대왕님께서 살려주시옵소서."

하고 눈으로는 허 생원을 치어다보며 합장하고 또 허리를 굽힙니다. 그것을 보고는 둘러섰던 무리들도 일제히 허리를 굽히고 합장을 하며 허 생원을 치어다봅니다.

허생은 이 광경을 보고 깊이 감동이 되어 한참 눈을 감고 무엇을 생각하는 듯하더니, 조곰보를 바라보며,

"그러면 팔도에 모든 도적이 다 먹을 것이 없어서 도적인가?"

하고 물었습니다. 그런즉 조곰보도 벌떡 일어나 허리를 굽히며,

"예, 먹을 것이 있으면 누가 즐겨서 도적이 되겠습니까? 게딱지만 한 오막살이라도 쓰고 살 집이 있고, 추처악첩(醜妻惡妾)이라도 같이할 아내가 있고, 눈 가른 아들딸이 있어서 귀염을 주고 재롱을 받고, 조반석죽(朝飯夕粥)이라도 아침저녁 끓여 먹을 것만 있으면 누가 즐겨서 도적이 되겠습니까? 그러하오나 세상에는 이만 것을 못 가진 이가 많아서 손바닥만 한 조선 팔도에는 예로부터 수만 명씩은 있었습니다. 그러하와서 삼한(三韓) 때도 있다가 없어지고, 고구려, 신라, 백제도 일어났다 망하옵고, 송도 왕씨 오백 년도 꿈같이 지나갔사와도 조선 팔도에 도적의 나라는 일찍 없어져본 일이 없습니다."

하고 말에 더욱 신이 나는 듯이 조곰보가 침을 꿀떡 삼킵니다.

조곰보가 침을 삼키더니마는 말을 이어서,

"그러하와서 조선에는 팔도 도적의 도두령이 있사옵고, 도에는 도두목이 있사옵고, 골에는 골두목이 있삽고, 서울에는 서울 두목이 있사와서, 도두령이 한번 영을 내리우면 전국 수만 명 도적이 일제히 응하였습니다. 이리하와서 아무러한 성군(聖君)이 나시와도 우리 도적의 나라는 어찌하지 못하시고, 아무리 포악한 임금이 나시와도 우리 도적의 나라는 어찌하지 못하왔습니다. 그러하오나 우리 도적의 나라에도 이렇게 전하는 말씀이 있사옵니다. 몇백 년 후인지 몇천 년 후인지는 알 수 없사오나, 도적의 무리가 도적질을 아니 하고 살 날이 오리라고 하옵니다. 그러하오나 그날이 언제나 올는지, 도적질이라도 해서 먹고 살 날이나 왔으면 좋겠습니다."

합니다. 허생은 조곰보의 말을 유심히 듣더니, 길게 한숨을 쉬고 여러 무리를 바라보며

"그러면 그대네들은 돈이 얼마씩이나 있으면 걱정 없이 일생을 살아가겠는가?"

하고 물었습니다. 그런즉 사람들 중에서 한 놈이 나서며,

"돈 백 냥만 있으면 위선 살겠사옵고, 천 냥만 있으면 일생을 남부럽지 않게 살겠습니다."

하고 허리를 굽힙니다. 그런즉 다른 놈들도 그렇다는 뜻으로 일제히 허리들을 굽힙니다. 허생은 다시,

"그러면 돈 천 냥씩만 있으면 도적질도 그만두고 다른 아무 소원도 없는가?"

한즉 그 사람이 또 한 번 허리를 굽힙니다.

"소인의 무리가 백 년을 살면 어디서 돈 천 냥을 얻어봅니까. 백 년은

커녕 삼대, 사대를 몸뚱이가 굳은 살투성이가 되어 뼉따귀가 휘도록 일을 한들 어디서 천 냥 돈을 만져나 보겠사오리까. 천 냥 부자는 하늘이 안다 하오니, 조선 팔도에 돈 천 냥을 가진 사람이 몇이나 되겠사옵니까. 돈 천 냥만 있사오면 집도 지을 수 있고 여편네도 얻을 수 있사옵고, 논밭도 사고 나무갓도 사고 마소도 사서 부자 노릇하고 살 수 있사온데, 돈 천 냥만 있사오면 무엇이 좋다고 도적놈이 되오며 또다시 무슨 소원이 있사오리까."

합니다. 그런즉 다른 사람들도 일제히 전보다도 더 많이 허리를 굽히며,

"천 냥, 천 냥! 아이구, 돈 천 냥이 어디야? 돈 천 냥만 있으면 삼정승 육판선들 부러워하리. 아이구, 돈 천 냥을 꿈에라도 한번 만져보았으면."

하고 모두들 시장한 때에 보기만 하고 먹지 못할 맛난 음식을 대한 듯이 입들을 우물거리며 침들을 꿀떡꿀떡 삼킵니다.

해는 석양이 가까웠는데, 바람에 불려 떨어지는 금빛 같은 나무 잎사귀들이 우수수하고 법당 앞에 날아와 둘러선 사람들의 얼굴과 머리를 때리고는 펄렁펄렁 절반은 날고, 절반은 굴러 사람들의 발밑으로 빙빙 돌아갑니다. 돈에 굶주린 도적들의 눈에는 그것이 다 돈과 같이 보입니다.

허생은 여러 도적들이 애원하는 말을 다 듣더니, 조곰보를 보고 한마디 할 말이 있으니 산중에 있는 모든 도적을 부르라 하였습니다. 그런즉 조곰보가 계상에 썩 나서며,

"대왕마마께옵서 산중에 있는 모든 무리들 부르라 하옵신다."

하고 호령을 합니다.

"웨이."

하고 사람들 중에서 몇몇이 껑충껑충 뛰어나가더니, 얼마 아니하여 우하고 이 구석 저 구석으로 물밀듯 밀려들어오는데, 대체 그 수효가 얼마인지 알 수가 없습니다. 늙은이 젊은이, 키 큰 놈 작은 놈, 뚱뚱이 말라깽이, 눈 큰 놈 눈 가는 놈, 순해 보이는 놈 심술궂어 보이는 놈, 마치 오백나한을 여러 패를 모아다가 한 마당에 세워놓은 것 같습니다.

처음에는 와글와글 시골 장거리에서 나는 소리가 나더니 차차 조용해지고, 사람들의 머리는 모두 법당문을 향하였습니다. 어디서 무엇을 하고 있었던지 나중에서 터덜거리고 뛰어 들어와서는 사람들 틈에 끼어 서는 이도 있고,

"왜 남의 어깨에 매어달리느냐?"

"왜 남의 발을 밟느냐?"

하고 짜증을 내며 눈을 흘기는 이도 있고, 서로 제가 아는 듯이 곁에 사람의 귀에다 대고 무엇을 수군거리는 이도 있습니다.

무리가 다 모인 것을 보고 조곰보가 영기(令旗)를 들고 나서며

"하늘이 우리를 버리시지 아니하시와 우리에게 새로 대왕을 보내시었으니, 오늘부터 너희 무리는 다 여기 계오신 대왕마마의 영에 복종하라."

하고 아주 엄숙하게 말을 한즉, 모든 무리가 일제히 땅에 꿇어 엎디며

"웨이."

하고 소리를 지릅니다.

그러고는 조곰보가 허생의 앞에 꿇어앉아 손에 들었던 붉은 영기를 허생에게 두 손으로 받들어 드립니다. 그런즉 허생은 잠깐 주저하는 듯하더니, 그 영기를 받아 듭니다. 허생이 영기를 받아 드는 것을 보고 곁에

섰던 무리가 사오 인이 허생을 반짝 치어들어 가만가만히 모시어다가 아까 조곰보가 앉았던 곳에 올려 앉힙니다. 허생을 올려놓는 바람에 그 곁에 치워놓은 금부처가 잠깐 흔들리며 괴로운 듯이 덜거덕덜거덕하는 소리가 납니다. 허생은 올려 앉히는 대로 부처님 자리에 올라앉았으나 모처럼 여럿이 애써 올려 앉힌 것을 당장 뛰어내리기도 미안쩍어서 우두커니 앉았을 수밖에 없습니다. 그런즉 법당 안에 있는 자들과 마당에 있는 자들이 엎디었다가는 일어나고 또 엎디었다가는 일어나고, 아마 열 번은 질을 하는 모양인데, 돌이만이 법당문 곁에 서서 터져 나오는 웃음을 참느라고 두 손으로 입을 가리고 있습니다.

허생이 생각해보니, 아무리 자기를 부처님 자리에 올려 앉힌 정성은 고맙다 하더라도 거기 그러고 앉아서는 무슨 말을 할 수가 없으므로 몇 번 들먹들먹하다가,

"내가 말할 것이 있노라."

하고 그 작은 키가 그 높은 자리에서 가까스로 기어 내려왔습니다. 허생이 기어 내려오는 것을 보고 법당 안에 굴복하였던 무리가 일제히 일어나 허생을 옹위합니다. 허생은 정말 군왕 모양으로 법당 층계 위에 썩 나서며,

"너희들이 원하는 것이 무엇이냐?"

하였습니다. 땟국과 푸른 콧물이 흐르는 생원님의 목소리는 꽤 우렁찹니다.

"예, 돈이 원이올시다."

하고 수천 명 무리가 일제히 외치고 일제히 허리를 굽힙니다.

"그렇걸랑 구월 보름사리에 산 너머 바닷가로 오라. 너희들 힘껏 돈을

지워주마."

하였습니다. 그런즉 사람들은 일변 기쁘기도 하였으나 다시 생각해본즉 '아무러면 저 깍정이 꼴에 돈이 웬 돈이랴.' 하여 우습기도 하고 근심도 됩니다.

그 말을 하고 나서 허생은 구월 보름날 산 너머 바닷가를 기약하고 돌이를 데리고 어디로 가버리고 말았습니다.

구월 십오일이 되었습니다. 변산 도적 사천여 명은 아침밥도 먹는 듯 마는 듯 벌떼 모양으로 변산을 넘어 산 너머 바닷가로 모여 갔습니다. 아직 밀물이 들어오지를 아니하고, 저 멀리 앞 골에서 오고고 하고 밀물 시작하는 소리가 들릴 뿐입니다. 날은 맑아 하늘에 구름 한 점 없고, 산산한 높새가 밀물을 따라 솔솔 불어 들어옵니다.

도적들은 혹은 커단 지게를 벗어놓고 혹은 튼튼한 짐바 뭉텅이를 둘러메고, 혹은 한 말이나 들 만한 전대로 허리를 동여매고 바닷가 모래판에 죽 늘어앉아서 어떤 놈은 바다를 바라보고, 어떤 놈은 갈게를 잡으러 다니고, 어떤 놈들은 고누를 두고, 또 어떤 놈들은 씨름을 하고, 어떤 놈은 '저 건너 갈미봉'을 뽑고, 대체 형형색색으로 움직이고 떠들고 어서어서 저놈의 밀물이 출렁 발밑에까지 들어오기만 기다리고 있습니다.

은빛같이 하얀 밀물은 차차 우수수하는 소리를 높이며 한 걸음씩 밀려 들어오다가, 오정이 막 지나자 철썩철썩하고 도적들이 늘어선 바닷가의 굴조개 붙은 바위를 치기 시작합니다.

"물 들어왔다, 물 들어왔다! 구월 보름사리 물이 들어왔고나!"

사람들의 눈은 일제히 바다로 향하였을 것이 아닙니까. 갈매기 하나가 펄펄 날아도 '옳지, 대왕님 배나 아닌가.' 물결 하나가 고개를 들어도 '대

왕님 배나 아닌가.'

"대왕님 배가 언제나 오나, 언제나 오나?"

"어찌해 아직도 배가 안 들어올까?"

"내가 무어랬어? 돈이 무슨 돈이어?"

이런 소리를 하며 사람들은 배를 가다리기에 지쳐서 하품을 하면서 수건에 싸가지고 왔던 점심들을 먹고 앉았노라니, 어디서,

"배 온다! 배 온다!"

하는 소리가 들립니다. 바다를 바라본즉, 과연 수십 척 배가 가을 달밤에 남방을 날아오는 기러기떼 모양으로 서로 꼬리를 물고 붉은 돛에 통통히 바람을 알배어 훌훌 날아듭니다.

"야, 정말 배가 들어오는구나!"

하고 발을 동동 구르는 이도 있고,

"저 모두 돈배야? 저게 모두 돈이야? 아니, 저게 저게?"

하고 기쁨에 목이 메어서 말을 못 이루는 이도 있고,

"아이구! 우리 대왕님!"

하고 그만 너무도 대왕님 은혜에 감격하여 땅에 엎드려 합장하는 노인도 있고,

"얼씨구나, 절씨구나!"

하고 두 팔을 들고 얼씬얼씬 춤을 추는 이도 있고, 또 어떤 이는 손가락으로 저 앞에 점점 커가는 배를 가리켜가며,

"하나, 둘, 셋, 넷……."

하고 배 수효를 세다가 "스물이야!" 하고 소리를 지르는 이도 있고, 그러면 다른 사람이 또 역시 턱을 끄덕끄덕하며 입속으로,

"하나, 둘."

하고 배 수효를 세다가 큰소리로,

"아니어! 스물둘이어!"

하고 더 좋아하는 이도 있고, 그중에 한 사람은 무슨 소린지 알지도 못할 소리를 미친 사람 모양으로 지절거리며 누구를 가슴에다 안으려는 듯이 두 팔을 앞으로 쑥 내밀고 바닷속으로 덤벙덤벙 뛰어 들어가다가 그만 욱 밀어 들어오는 큰 물결에 훌쳐 넘어져서 푸푸 하고 입으로 물을 뿜습니다. 사람들은 미처 옷을 벗을 새도 없이 뛰어 들어가서 그 사람을 끌어내어다가 모래판에 뉘었으나 역시 지랄쟁이 모양으로 입으로 푸푸 하고 거품을 뿜으며 '하하' 웃기도 하고 '돈! 돈!' 하기도 하고, 혀끝이 잘 돌아가는 소리로,

"얼씨구나, 절씨구나!"

하기도 합니다. 이 친구가 그만 돈배를 바라보기만 하고도 너무나 좋아서 미쳐버렸습니다.

이렇게 수천 명 도적들이 옥작복작하고 뛰고 떠들고 하는 동안에, 그래도 조곰보는 어른스럽게 저쪽 사람들 없는 바위 위에 우두커니 서서 바다 위로 점점 가까이 들어오는 배를 바라보고 있습니다.

"야, 사람이 보인다!"

하고 누가 소리를 지릅니다.

"옳지 옳지, 저기 저 셋째 뱃머리에 선 것이 허 생원이다!"

하고 웬 통통한, 얼굴 똥그란 도적이 깡충깡충 뛰며 소리를 지른즉, 곁에 섰던 얼굴 희멀끔한 친구가 주먹으로 그 통통한 친구의 볼따귀를 쿡 찌르며,

"쉬!"

하고 눈을 부릅뜹니다. 깜짝 놀란 통통한 친구가 처음에는 발끈 골을 내더니, 자기의 허물을 알아차린 듯이 똥그런 얼굴이 빨개지며 희멀끔한 친구에게 쥐어질린 뺨을 한 손으로 쓸어 만지면서도,

"아, 저기 서신 이가 우리 대왕님이시다."

하고 또 한 번 소리를 지르고는 찬성을 구하는 듯이 희멀끔한 친구를 치어다봅니다. 희멀끔한 친구가 고개를 끄덕끄덕하고 웃는 것을 보고야 안심을 하는 모양인데, 꽤 순실한 백성입니다.

대체 도적들 중에 수십 년 도적으로 닳아져서 상판과 눈깔에 도적 같은 도적스러운 험상과 우락부락과 독살이 박힌 놈도 있고, 천생 얼굴이 시커멓고 눈이 움쑥 들어가서 어린애들이 보기만 하면 '으아' 하고 달아날 만한 녀석들도 있지마는, 대개는 순량해 보이는 사람들입니다. 어디 이 세상에 나올 때에 이마빼기에 도적 도 자 새겨 붙이고 나온 사람이 있습니까. 모두 처음 나올 때에야 금자둥이 옥자둥이 수부귀다남자(壽富貴多男子)하고, 하늘 담에 겝시는 상감님은 한 분밖에 안 계시니까, 그 자리를 엿보다가 한번 아차 실수하면 역적 누명을 뒤집어쓰고 오사효수(誤死梟首)하여 몸뚱이가 까마귀밥이 될 것이라 좀체로 생각할 것이 아니지마는, 될 수만 있으면 삼정승 육판서까지는 바랐을 것입니다. 그러나 세상이 이상야릇하게 생겨서 그만 도적의 누명을 써가면서야 겨우 얻어먹게 된 것입니다.

배가 가까워졌습니다. 하나씩 돛을 내리고 닻을 내리는데 멍에 밑까지 물에 잠긴 배들은 점잖게 흔들흔들 물결을 쫓아 오르내리며, 머리에 수건 동여맨 뱃사람들은,

"어야드야."

하고 기운차게 소리를 지릅니다.

셋째 배가 돛을 스르르 내리고 들어와 닻을 때에 뱃머리에 허생이 썩 나서는 것을 보고는 도적들은 일제히 땅에 엎드려,

"대왕마마 만세."

를 부릅니다. 조곰보가 먼저 허생의 배에 뛰어올라 허생의 발밑에 엎드리니, 허생이 조곰보를 붙들어 일으키며,

"이 스무 척 배에 실은 것이 모두 돈이니, 저 무리더러 맘대로 힘대로 가져가게 하라."

하였습니다. 조곰보는 한 번 이마를 조아리고 일어나 뱃머리에 썩 나서며, 팔을 두르고 소리를 높여,

"이 스무 척 배에 실은 것이 모두 돈이니 너희들 맘껏 가져가랍신다."

한즉 지금까지 조용하던 바닷가가 금시에 오고고 섶벌의 둥지를 찔러놓은 것같이 되며, 사람들이 신은 언제 벗으랴, 바짓가랑이는 언제 걷으랴, 나도나도 하고 물속으로 뛰어들어 파선당한 사람들 모양으로 배에 매어달리는데, 그 혼잡한 모양은 나같이 말이 졸한 사람으로는 이루 형언할 길이 없습니다. 앞선 놈은 배에 매어달리고, 뒤선 놈은 앞선 놈의 어깨에 매어달리고, 또 그 뒤에 선 놈은 뱃삼에 매어달린 놈의 다리에 매어달리고, 또 어떤 약은 놈은 옷도 입은 채로 허우적거리며 헤엄을 쳐서 닻줄로 기어오르고, 또 어떤 녀석은 치에 매어달려서 소리를 지르고, 어떤 놈은 그만 배에서 떨어져서 뿌뿌 물을 뿜고……. 대체 난리라니 이런 난리가 어디 있습니까.

어찌어찌하여 배에 올라간 놈은 눈앞에 쌓인, 물이 질질 흐르는 돈더

미를 보고 떡 벌어진 입이 한참은 닫혀질 줄을 모르다가 갑자기 달려들어서 돈더미를 껴안으려 하나 약한 팔이 대체 얼마나 안을 수가 있나. 가까스로 짊어지고 일어난다는 것이 꽤 장사라야 백 냥, 그렇지 아니하면 팔십 냥이나 칠십 냥, 좀 약한 놈은 불과 오륙십 냥을 지고도 끙끙하고 배에서 내려갈 수가 없어서 쩔쩔매고 어름어름합니다. 이러하기를 해질 때까지나 하여 겨우 모든 무리가 돈짐을 짊어놓았습니다. 옷들이 젖었건마는 추운 줄이나 알았을까. 저녁때가 되었건마는 배고픈 줄이나 알았을까.

"돈! 돈! 돈이로구나! 돈이 많구나! 그 좋은 돈이 암만이라도 있구나! 허리에 둘러 띠고, 등에 짊어지고, 주머니가 터져라 하고 집어넣고, 두 손에 움키어쥐고, 입에도 한 입 물고, 그래도 끝이 없구나. 더 집어넣을 곳이 없구나. 더 짊어질 힘이 없구나!"

아니나 다를까, 그중에 욕심 사나운 녀석은 너무 많이 돈을 졌다가 바닷속에 빠져 들어가기도 하고, 어떤 꾀 많은 놈은 한 짐씩 한 짐씩 져다가는 바위틈에도 감추고 모래를 파고 묻기도 하고, 어떤 놈은 너무도 돈은 욕심이 나고 지고 갈 힘은 없어서 돈더미에 넙죽 엎디어서 엉엉 울기도 하고, 대체 무엇이 다 없었겠습니까. 별별 장관이 다 많다가 마침내 겨우 돈 백 냥씩이나 걸머지고 모래판에 죽 늘어앉은 것입니다.

자, 늘어앉고 보니 바닷물에 젖은 옷이 끈끈도 하고 춥기도 하고, 찬밥 한 덩어리 먹은 배가 시장증도 납니다.

"아이구 배고파."

"아이구 추워."

"아이구 떨리어."

이 모양으로 한 사람씩 한 사람씩 돈짐을 베개 삼아 푹푹 쓰러지기를 시작하는데, 그중에 좀 기운이 나은 사람들이 돈짐을 지고 시장한 배를 허리띠 끈으로 힘껏 조르고 엉금엉금 기어서 산으로 오르기를 시작합니다. 그러나 올라갈 기운이 있나. 더러는 삼십 보에 쓰러지고, 더러는 이십 보에 쓰러지고, 마치 올라가다가 거의 지쳐 못 오르는 누에들 모양으로 석양 산비탈에 허연 것이 꿈지럭꿈지럭합니다.

해는 뉘엿뉘엿 넘어가고 공기는 점점 차가는데, 도적들은 어찌할 줄을 모르고 돈짐을 꺼안고 덜덜 떨고만 있습니다.

이 광경을 보다 못하여 조곰보가 허생 앞에 꿇어 엎디어,

"대왕마마, 저 무리들이 먹을 것이 없고 갈아입을 마른 옷이 없어서 죽을 지경이오니, 어찌하오리까?"

하고 이마를 조아립니다.

허생은 조곰보를 바라보고 빙그레 웃으며,

"그 무리들이 돈이 소원이라기로 돈을 주지 아니하였는가. 그것이 부족하거든 배에 있는 돈을 맘대로 가져가게 하는 것이 좋지 아니한가."

합니다. 조곰보는 한 개 얻어맞은 사람 모양으로 멍하니 고개를 들고 있더니,

"아무리 돈이 있사온들 밥과 옷이 없으면 어떻게 살리이까. 불쌍한 저 무리에게 위선 밥과 옷을 주시옵소서."

합니다. 허생은 돌이를 불러 의복과 음식을 내어줄 것을 명하였습니다. 돌이가 허생의 분부를 듣고 다른 배로 뛰어가더니, 그 배에서 저녁을 먹던 뱃사람들이 일제히 일어나 커다란 짐짝을 굴려 내리며,

"다들 와서 옷을 갈아입어라."

하고 외칩니다. 그런즉 지금까지 덜덜 떨고 있던 도적들이 욱 일어나서

144

돈짐을 집어 내어던지고 달려와서 짐짝을 얽은 노끈을 입으로 물어뜯고 새 옷을 갈아입고는, 미처 허리띠와 대님도 묶을 새 없이 각각 제 돈짐 있는 데로 돌아옵니다. 마치 그동안에 어느 놈이 져가지나 않는가 하는 것 같습니다. 다들 그 많은 짐 속에서 제 짐을 찾건마는, 그중에도 제 짐 이 어디 있는지 몰라 어릿어릿하고 우는 상으로 갈팡질팡하는 놈도 있습니다.

이렇게 야단법석을 하고 새 옷들을 얻어 입고는 또 아까 모양으로 배들이 고파서 논짐을 껴안고 우두커니 앉았습니다. 이때에 또 한 배에서,

"밥들 받아 가거라."

하는 소리가 들립니다. 이 소리가 나자 어미닭의 소리를 들은 병아리떼 모양으로 일제히 고개를 번쩍 들더니마는, 솔개가 온다는 지휘를 받은 병아리들 모양으로 일제히 일어나서 '밥 받아 가라.'는 소리 오는 배로 달려갑니다. 마치 큰 전장 모양으로 뽀얀 먼지가 일어나고, 우와 하는 함 성이 들립니다. 거의 다 넘어간 불그레한 햇빛 속에 수천 명 무리가 얼른 얼른하는 양이 마치 무슨 귀신의 떼를 보는 것 같습니다.

사람들은 밥 쥐억이를 받아 입이 터져라 하고 틀어막고는 또 두 손을 내어밀어 또 한 덩이를 받습니다. 목이 메거나 말거나 반찬이 있거나 말거나 밥 덩어리가 입을 지나 목구멍을 넘어가니 다들 살아난 것 같습니다.

"아이구, 밥이야!"

"밥두 맛두 좋구나!"

"밥이야, 밥이야!"

하고 모두 밥들을 얻어먹고는 또 부리나케 각각 제 돈짐 있는 데로 뛰어옵니다.

도적들이 밥을 먹고 나서 꿈지럭꿈지럭 짐을 지고 일어나려 할 때에 허생이 뱃머리에 썩 나서며,

"다들 돌아가서 조선에 있는 모든 도적들더러 와서 돈을 가져가라고 일러라. 또 너희들이 이 돈을 가지고 가더라도 며칠이 못 되어 다 써버리고 말 테니, 만일 일생에 먹을 것, 입을 것 걱정 없이 살기를 원하거든 그 돈으로 여편네 하나씩, 소 한 짝씩 사가지고 구월 그믐사리까지에 다들 이리로 모여들어라."

하였습니다. 그런즉 도적들은 일제히 땅에 엎드려,

"대왕마마!"

를 부르고 모두 짐을 지고 산으로 기어올랐습니다.

구월 보름달이 구름 한 점 없는 반공(半空)에 걸렸는데, 허생만 혼자 고요한 바닷가 모래판으로 오르락내리락합니다.

먼 곳에서는 밤물 밀려들어오는 소리가 들리고, 풀숲에서는 채 죽지 아니한 벌레들이 기운 없이 구슬프게 우는 소리가 끊일락 이을락 합니다. 허생은 혹 고개를 들어 하늘에 반짝반짝하는 별을 바라보고, 혹 걸음을 멈추어 벌레 소리를 듣고, 혹은 가만히 서서 무슨 깊은 생각을 합니다. 그의 속에는 무슨 생각이 있는고?

옛 나라를 두고

구월 그믐사리 이삼 일 전부터 모여든다, 모여든다, 여편네를 데리고요, 보통이 실은 소를 끌고 꾸역꾸역 모여듭니다. 사십여 척 큰 배는 바

닷가에 죽 늘어서서 먼 길 떠날 준비를 하노라고 뱃사람들이 분주히 돛을 깁고 줄을 꼬고 야단입니다. 아침부터 저녁까지 하루에 이백 명씩, 삼백 명씩 모여드는 사람이 그믐날 낮물 때에는 벌써 사천 명이나 되었습니다.

사람들의 얼굴에는 모두 희색이 만면하여 저마다 제 아내와 제 소를 붙들어 배에 올리고, 웃고 떠들고 마치 큰 잔칫날이나 온 것 같습니다. 물은 출렁출렁 뱃머리를 때리고 바람은 술술 돛 달기만 기다리는데, 사람들이 다 배에 오르기를 기다려 허생이 한 번 붉은 기를 높이 두르니 뱃머리에 섰던 뱃사람들이 일제히 버릿줄을 끄르고 소리를 맞추어 닻을 감습니다. 이것이 닻 감는 소리였다요.

"어야드야 어어혀리
어기여차 닻 감아라
이놈의 세상 다 버리고
남조선으로 어그여차

어야드야 어어혀리
어기여차 닻 감아라
고국강산아 잘 있거라
때 좋거든 어기여차

어기여차 어어혀리
어기여차 닻 감아라

수로만리 남조선에

사시장춘 꽃핀다네."

닻이 거의거의 올라오것다요. 그럴수록 사람들의 팔은 더욱 자주 움직이고, 부르는 노래 곡조도 더욱 빨라가것다요.

"어기여차 어기어 어기어

어야드야 어혀디고

어잉혜 어잉혜야

어야드야 어기어 어기여차."

닻이 다 감기자 사람들은 돛을 다는데, 닻 감을 때보다도 더욱 기운이 납니다. 황톳물 들인 벌건 돛이 사람들이 잡아당기는 대로 우쭐우쭐 올라갈수록 사람들의 기운은 더욱 왕성하여서,

"이어차 이어차. 어혀리 이어차."

하는 소리도 더욱 높아집니다.

돛을 다 달 만하게 된 때에는 배들은 벌써 울렁울렁 철썩, 하는 물을 가슴으로 헤치면서 바다 위로 얼마를 미끄러져나갔습니다. 사공이 치를 스르르 틀더니 사십여 척 뱃머리가 휘임하게 서남으로 돌며 적은 돛, 큰 돛이 터질 듯이 바람을 받아서 갈매기떼 모양으로 날아나갑니다.

이렇게 남으로 남으로 향한 지 사흘 만에 옛 나라 강산이 아주 안 보이게 되었습니다. 사람들은 모두 배에 나서서 가물가물 스러져가는 고국 강산을 바라보며 모두 말없이 길게 한숨을 쉬고, 즐겁거나 괴롭거나 고

국서 살던 때 일을 생각하였습니다.

그렇게 좋은 일이라고는 구경도 못 하고, 나면서부터 뼈가 휘도록 고생만 하고 사람답게 대접 한 번도 못 받아보던 원수의 고국도 이렇게 떠나고 보니 그리운 생각이 납니다그려. 무엇이 그리운고? 나를 멸시하던 동네 사람들이 그리운가. 여름에는 벼룩 빈대에, 겨울에는 벽바람 찬바람에 단잠도 한 번 못 이루어본 오막살이가 그리운가, 그 많은 나무에 열매 하나 맘대로 못 따 먹고, 얼어 죽더라도 썩정 나뭇가지 하나 맘대로 못 꺾어 때던 산들이 그리운가. 누렇게 오곡이 익어 고개를 척척 숙였건마는 굶어 죽더라도 죽 한술 쑬 거리도 얻어먹지 못하던 논밭이 그리운가. 무엇이 그리운고? 어렸을 적 같이 놀던 동무들이 그립고, 볶은 콩 한 줌을 집어주던 앞니 빠진 뒷집 할머니가 그리운가. 무엇인지는 알 수 없으면서도 그래도 고국 강산이 가물가물할 때에는 수천 명 사람의 눈에는 고국 그리운 눈물이 흘렀습니다.

오리 대강이 모양으로 파랗게 보이던 고국의 산도 안 보이게 되고, 어디를 보나 넘실넘실하는 물결뿐입니다. 늦은 가을날이라 바람이 세게 불고 느리게 부는 변화가 있을 뿐이지, 하늘은 하루같이 파랗게 맑아서 낮에는 몇백 리 밖인지 알 수 없는 수평선 위에 넘실거리는 물결의 센 머리를 보고, 밤에는 서편 하늘에 걸린 은 갈고리 같은 초생달을 보았습니다.

어디를 보면 섬 하나가 보일까. 섬은커녕 배 하나인들 보일까. 배는커녕 바다로 집을 삼는 갈매기조차도 멀미가 나서 못 나오는 이 끝없는 바다에 기러기떼 같은 사십 척 배는 기다랗게 두 줄로 늘어서서 소리 없이 남으로 남으로 흘러갑니다. 뱃속에 있는 사람들조차 떠난 그 첫날, 이튿날은 이야기들도 하고 떠들기들도 하였지마는 사흘 나흘 날이 지나갈수록 차차 말이 없어지고, 물끄러미 서로 마주 보거나 그렇지 아니하면 생각을 하는 듯 근심을 하는 듯 고개를 숙이고 언제까지든지 앉았습니다. 더욱이 밤이나 되면 사람들은 말할 것도 없고, 소와 개, 고양이 들까지도 모두 깊이 잠이 들고 뱃사람들만 몇이 깨어서 앞뒤로 왔다 갔다 하면서 무어라고 두런두런할 뿐입니다.

날이 갈수록 달이 점점 살아서 시커멓던 바다가 더욱더욱 밝아가고, 물결에 깨어지는 달그림자도 더욱더욱 빛이 나게 됩니다. 이렇게 죽은 듯 고요한 밤에 남으로 남으로 흘러가는 배를 보는 이라고는 하늘의 별뿐입니다. 그러다가 일행 중에 어떤 재미있는 이가 사가지고 오던 닭이 '꼬끼요!' 하고 홰를 치며 울면, 바다의 밤도 깜짝 놀래어 깨어지는 듯합니다. 그러다가 동쪽 하늘과 바다에 검붉은빛이 스르르 돌자 그것이 점점 변하여 자줏빛이 되고, 또 변하여 불길빛이 되어서는 불길 같은 물결이 부글부글 끓기를 얼마를 한 뒤에, 비쭉하고 불 바퀴가 물속으로서 쑥 올라오기를 시작하면 온 바다와 온 하늘이 모두 이글이글하는 불이 옮아 붙어서 천지가 온통 불덩어리가 되어버리고, 그 속에 뜬 우리 배들의 활짝 높이 달아놓은 돛들도 이글이글하는 불이 되고, 배 위에 나와서 동쪽을 바라보는 사람들의 얼굴조차 환한 화경과 같이 이글이글하는 불빛이 됩니다.

"가자 어서 가
바다 건너 남조선 가
만경창파 머나먼 길에
후루루 날아 어서 가자

에라 만수"

그러다가 햇바퀴도 머나먼 청천 구만리 길을 발탈 없이 다 걸어서 아침에 떠난 물집으로 도로 들어가게 됩니다. 또 아까 모양으로 바닷물은 부글부글 끓고, 하늘은 이글이글 타고, 천지가 온통 불덩어리가 되었다가 그것이 차차차차 식어지며 검붉은 덩어리가 스르르 물속으로 내려가면 자줏빛 섞인 어둠이 후루루 풀려서 바다를 덮습니다.

"해 넘어갔네 넘어가
오늘 해도 또 넘어가
구만리 하늘 길
발탈 없이 걸어와
서왕모 요지연에
해 넘어갔네 넘어가!"

그런 지 얼마 아니 하여 지금까지는 눈에 뜨이지도 아니하였던 반달이 서늘하고 맑은 빛을 물결마다 보냅니다.

"달이 떴네
반달이 두둥렷이 떴고나
저 달은……
고국 강산도 비추련마는
부모님도 안녕하신가

친구들도 모두 잘 있는지

저 달아

네 빛을 빌려다 가 뵈올까."

이 모양으로 밤이 들고 나고, 해가 뜨고 지고, 잠이 오고 가고 하는 동안에 갈고리 같은 달이 반달이 되고, 반달이 점점 더 살아서 배부른 송편과 같이 되었는데, 아직도 바라고 바라는 남조선은 보이지를 아니합니다.

달이 다 둥글면 온다던 온다던 새 나라가, 둥글었던 달이 다시 이지러지기를 시작하여도 아직도 보이는 것은 밤낮 보아야 꼭 같은 물결뿐이외다. 사람들은 차차 지리한 생각이 나기 시작하였습니다.

"아이구, 이놈의 바다!"

"저놈의 원수의 물결!"

"하늘도 싫소. 달도 별도 다 싫소. 풀이 보고 싶소. 나무가 보고 싶소."

"아이구, 산이 보고 싶어. 풀이나 나무는 볼 팔자가 못 되더라도 발가벗은 산만이라도 보고 싶어!"

"산이니 강이니 말을 마오. 흙이 보고 싶어요. 흙냄새를 맡고 싶어."

"흙이야, 흙이야. 흙 한 번만 만져보고 죽었으면."

이 모양으로 사람들이 흙을 생각하게 되자, 지금까지 조용하던 배 속이 와글와글하기를 시작합니다. 밤낮 똑같은 사람들과 마주 앉았으니 할 말이 있나. 밤낮 보는 그 얼굴들까지도 점점 보기 싫은 증이 생겨서 마침내는 서로 외면을 하게 되고, 이 사람의 얼굴을 안 보자니 저 사람의 얼굴

이 보이고, 저 사람의 얼굴이 보기 싫어서 고개를 돌리면 또 그 곁의 사람의 얼굴이 보이고,

"아이구, 어쩌면 이 보기 흉한 얼굴들을 아니 보게 되나."

하고 화증을 내어 소리를 지르는 이도 있고, 바깥으로 뛰어나가는 이도 있습니다. 그러나 밖에 나가면 또 밤낮 보는 하늘과 바다. 보고 싶은 흙은 아니 보이니, 그만 제 화증에 못 견디어 갑판 위에 펄썩 주저앉아 발버둥을 치고 울게 됩니다.

"집으로 돌아가자. 풀 있고 나무 있는 데로 돌아가자."

하고 사람들은 미친 듯이 날뜁니다. 허생이 탄 배에서도 이와 같이 사람들이 반이나 미쳐 뛰다가도 허생이 태연히 뱃머리에 서서 멀리 앞을 내다보는 것을 보고는 스르르 맘이 가라앉습니다.

이 모양으로 사람들이 반이나 미쳐 울고불고 엎어지고 자빠지고 누웠다 뛰었다 하는 동안에도 배들은 여전히 북풍을 잔뜩 받아 남방으로 날아갑니다. 날이 차차 더워져서 사람들은 겹것을 벗어버리고 홑것을 내어 입게 되던 어떤 날, 새벽 붉은 해가 부글부글 끓는 물바다에서 쑥 올라올 때에 저 앞으로 뾰족하고 파란 산 끝 하나가 그 빛을 받아 바다 위에 환히 나섭니다. 어디서 누가 먼저 보았는지는 모르거니와,

"흙이야, 육지다, 산이로구나!"

하고 수천 명의 소리가 한꺼번에 우러났습니다.

"산이다, 산이다. 분명히 산이다."

"야, 남조선이로구나, 오기는 왔구나."

"얼씨구나 절씨구나."

"좋다! 좋을시고."

이 모양으로 혹은 얼씬얼씬 춤을 추고 혹은 나오는 대로 소리를 지르고, 혹은 너무나 좋아서 몸부림을 하고 울고, 또 혹은 두 팔을 벌리고 미친 사람 모양으로 공연히 배 위로 이리 뛰고 저리 뛰고 왔다갔다 오르락내리락합니다. 이때에는 뱃머리에 섰던 허생의 푸른 콧물 흐르는 얼굴에도 감출 수 없는 웃음이 벙그레 터졌습니다. 그러나 그 웃음은 얼마 아니하여 스러지고, 눈이 약간 가늘어지며 양미간에 두어 줄 주름이 잡힙니다. 이것을 보고 곁에서 기뻐 뛰던 돌이가,

"생원님, 왜 무슨 걱정이 겝시오?"

하고 허생을 치어다보며 물은즉, 허생은 눈으로 하늘 한쪽을 가리킵니다. 돌이가,

"거기 무엇이 있어요?"

하고 허생이 가리키는 곳을 바라본즉, 주먹만 한 검은 구름장 하나가 보일락 말락 하게 떠 있습니다.

"그게 어째요?"

하고 돌이가 물은즉, 허생은 한숨을 쉬며,

"꼭 하루만 먼저 배가 떠났더면 저것을 만나지 아니할 것을, 하루를 지체하기 때문에 큰 고생하게 되었고나."

하고 고물(배 뒤)로 돌아가 치 잡은 늙은 사공을 보매, 늙은 사공의 얼굴에도 근심의 빛이 보이며,

"생원님, 저 구름장이 암만해도 수상합니다."

하고 한탄을 합니다. 이러하는 동안에 벌써 그 구름장이 여러 가지로 모양을 변하며 점점 커집니다.

허생과 늙은 사공이 근심스러운 눈으로 바라보고 있는 동안에 그 수상

한 구름장이 차차 팔을 뻗고 다리를 뻗고, 날개를 펴고 옷자락을 벌리고 차차 걸음이 빨라지고 빛이 검어지더니마는, 날카로운 비수와 같은 번개가 한 번 번쩍하고 그 뒤를 이어 그물눈 같은 실번개가 반짝반짝하더니마는, 잔잔하던 물결 밑으로 굼실굼실 굵은 속물결이 두서너 번 오더니 배가 둥실둥실 춤추기를 시작하고, 후끈후끈하는 바람결이 휘휘 지나가며 돛들이 팽그르르 돌며 앞으로 술술 나가던 배가 멈칫멈칫하고 물결 위로 오르락내리락하기만 합니다.

이 통에 지금까지 좋아라고 뛰던 사람들은 모두 눈이 둥그레져서 손에 잡히는 대로 무엇을 붙들고는 어쩔 줄을 모르고 쩔쩔맵니다. 앞을 바라본즉, 아까 보이던 파란 산머리에서는 빨간 번갯불이 반짝거리고, 뭉게뭉게 부글부글하는 구름 속에 그 산이 숨었다 나왔다 합니다.

"웬일인가?"

"어쩌나?"

하고 사람들은 허생의 얼굴만 치어다보는데, 허생은 늙은 사공을 시켜 다른 배를 향하여,

"놀이 무서우니 돛을 내리고, 피차에 떨어지지 말도록 정신 차리라."

는 군호를 시켰습니다. 그런즉 늙은 사공은 치에 몸을 기대고 서서 한 손에는 붉은 기, 한 손에는 푸른 기를 들고 이리 두르고 저리 둘러 군호를 하는데, 다른 배에서들은 모두 황황하여 혹은 소리를 지르고, 혹은 비쓸거리면서 속으로 들어가고, 뱃사람들은 황망하게 돛을 내리려고 줄을 끄르기 시작합니다. 그러나 사십 척 배가 돛을 미처 다 내리기도 전에 산 같은 물결이 뱃머리를 번쩍 들어 공기 놀 듯이 공중으로 올려 던지며 욱 하는 마파람이 불어오는데, 배들은 물결 고개를 오르락내리락 이 배에서

저 배를 바라볼 수도 없어졌습니다.

　사람들은 물바래에 숨이 막히고, 옷이 젖어 '우-우-우' 하면서 이리 쓰러지고 저리 쓰러지고 매어달리고 쓸어안고 앉아 뭉개고 누워 뒹굴고 정신을 못 차리는데, 허생과 늙은 사공과 돌이와 셋만이 돛대에 꼭 몸을 붙이고 바람이 오는 모양과 배가 흘러가는 방향을 보고 있습니다.

　"이 지남철에 수천 명의 목숨이 달렸으니, 우리 셋 중에 둘이 죽고 하나만 남더라도 이것은 꼭 들고 배가 어느 방향으로 달아나는 것을 보아야 한다."

하고 허생이 돌이와 사공에게 분부를 하였으나, 그 말도 들리는지 마는지 철썩하고 물결이 얼굴을 칠 때마다 두 손으로 눈을 가리고 입으로 푸푸 물과 숨을 한데 내어뿜어가면서, 미처 방향을 돌릴 새도 없이 바람에 밀려 뒷걸음을 치는 배가 끌고 가는 대로 끌려갈 수밖에 없습니다.

　순식간에 온 하늘이 구름바다가 되어 무서운 검은 구름장이 금시에 동으로 흐르다가 금시에 북으로 날고, 금시에 한곳으로 모여들다가 금시에 무슨 큰일이나 난 듯이 사방으로 부리나케 흩어져 달아납니다. 그러기를 얼마 동안을 하더니, 번개가 동에 번쩍 서에 번쩍하기를 시작하고, 우르르하는 우렛소리가 드르릉 쿠르릉 하고 점점 가까이 들어와서 바로 머리 위에서 똑딱똑딱하고 콩 볶는 소리가 나며, 산더미 같은 물결 위로 쑥 기어올랐다가는 지옥과 같은 물결 골짜구니로 쑥 기어들어가는 배들이 나뭇잎 모양으로 번갯빛에 번뜻번뜻 보였다가는 없어집니다.

　이러는 지가 몇 시간이나 되었던지, 늙은 사공도 어디로 가고 돌이까지도 어디로 가버리고 허생 혼자서 몸을 돛대에 비끄러맨 채로 손에 지남철을 들고 섰습니다. 배가 몇천 물결을 타고 넘고 밤톨 같은 소나기가 몇

십 번인지 모르게 지나가고, 그러한 뒤에야 차차 번개와 우레가 배를 타고 넘어 멀리 북방으로 달아나고 구름도 그것을 따라 점점 달아나버리고, 폭풍우로 말끔하게 씻어놓은 파란 하늘에 오랫동안 숨었던 해가 번쩍할 때에는 벌써 늦은 저녁때가 훨씬 넘었습니다. 그러나 뛰는 물결은 아직도 걸음을 멈추지 아니하였습니다. 대체 어떻게나 되었는고.

그래도 돌이가 제일 먼저 엉금엉금 기어 올라와서 허생 앞에 엎드리며,

"생원님, 소인을 죽여줍소사."

하고 그 무서운 통에 허생을 내어버리고 달아났던 죄를 사과합니다.

허생은 넘어가려는 해를 보고 손에 든 지남철을 보며,

"물결에 씻겨나간 사람이나 없니?"

하고 돌이더러 묻습니다.

"지금은 알 수 없습니다. 소인두 얻어맞은 놈같이 머리가 떵하고 팔다리에 힘이 한 땀도 없습니다. 사람들은 모두 죽은 것같이 거꾸러져서 꼼짝들도 못 합니다."

하는 돌이의 목소리조차도 죽어가는 소리 같습니다.

그럴 때에 늙은 사공이 올라오더니, 역시 허생 앞에 허리를 굽히고 펼 생각도 아니 하며,

"소인 죽여줍소사. 소인이 바다에서 육십 년을 늙었사와도 이런 놀은 겪어본 적이 없사와요……. 참말 생원님께서는 천신이시와요."

하며 감히 고개도 들지 못합니다.

"돌아, 배가 몇 척이나 남았나 보아라."

하고 돌이에게 분부하고 다시 사공더러,

"마침 남풍이 불어서 우리 배는 북으로만 불려온 모양이니, 아마 이틀

이나 사흘만 더 가면 우리가 오늘 아침에 산을 보던 곳에 갈 것 같소. 자, 어서어서 길을 차리오!"

하고 지남침을 늙은 사공에게 줍니다.

이럭저럭 다른 뱃사람들도 일어나 다시 돛을 달고 불려오던 길로 다시 남쪽을 향하고 가기를 시작하는데, 따라오는 배는 오직 다섯 척뿐. 나머지는 혹은 깨어졌는지 엎어졌는지 혹은 그대로 바람에 밀려 물결에 밀려 어디로 불려가고 말았는지 적실히는 알 수 없으나, 미처 돛을 못 내린 십여 척 배는 비록 파선은 아니하였다 하더라도 몇천 리를 불려서 어디로 달아났는지 알 수 없습니다.

허생은 손길을 눈 위에 대고 사방을 둘러보다가, 삼십여 척 배가 간 곳을 모르는 것을 보고는 스르르 눈을 감고 길게 한숨을 지으며 얼마 동안을 무슨 생각을 하는 듯하더니, 늙은 사공을 보고,

"나는 한잠을 자고 올 터이니 배는 남쪽으로만 놓으시오."

하고 이르고 아래로 내려갑니다. 밤이 깊은 뒤에야 물결이 아주 자고, 송편 개와 같은 달이 구름 한 점 없는 하늘에 달렸습니다. 그때에야 정신 잃고 거꾸러졌던 사람들이 하나씩 둘씩 일어나서 밖으로 기어나와 비썰비썰거리며 서늘한 밤바람을 쏘입니다.

"아이구, 그게 무슨 바람이야."

하는 이도 있고,

"아이구 아이구!"

하고는 더는 말이 아니 나와서 고개만 쩔레쩔레 흔드는 이도 있고,

"그래도 다들 살았구려."

하고 다시 얼굴을 대하는 것이 신기한 듯이 놀라는 눈으로 사람들의 달빛

에 비치인 얼굴을 물끄러미 바라보는 이도 있고, 혹은 서로 껴안고 흐득
흐득 느끼는 이도 있습니다. 피차에 그렇게도 보기 싫던 얼굴이 한번 죽
을 통을 겪고 나서는 그렇게도 반갑게 되었습니다.

"에그, 다른 배들은 다 어찌 되었을까. 그 사람들은 지금 어찌나 되었
을까."

하고 없어진 배들을 위하여 깊이 근심을 합니다.

밝는 날 아침에 다섯 배를 더 만나고 배 깨어진 널쪽들이 물결 위에 떠
도는 것도 몇을 보았는데, 그것을 볼 때에 사람들은 다 울었습니다.

그날 허생은 사람들을 시켜 소를 잡히고 흰밥을 짓게 하여 그것을 바다
에 뿌리며 어제 풍파에 물에 빠져 죽은 원혼들을 제사하였는데, 모든 사
람이 다 느껴 우는 중에 허생은 바다를 향하고 서서 이러한 축문을 읽었
습니다.

"유세차 갑신 시월 십구일에 허생은 어제 놀에 수중고혼(水中孤魂)이
되신 제위에게 고하노라.

슬프다, 제위 세상에 태어나 오직 굶주리고 오직 헐벗고 오직 잘사는
자의 멸시함을 당하여 일찍 한 가지 낙을 보지 못하고 마침내 몸을 도적
에 던지니, 어찌 이것이 제위의 원하는 배리요. 제위 일찍 나에게 말한
바와 같이, 한 칸 집과 처자 있고 갈아먹을 두어 이랑 밭이 있을진대 뉘
즐겨 도적이 되랴 하였도다."

하고 허생의 축 부르는 소리가 떨리니 곁에 있던 사람들의 느끼는 소리도
떨립니다.

허생은 목메인 소리가 더욱 떨리며 축문 읽기를 계속합니다.

"슬프다, 내 우연히 제위를 보고 제위의 정경을 들으매 가슴이 찔리는

듯한지라. 다행히 넓은 땅을 얻어 한번 제위에게 춥지 아니하고 배부른 세상을 보이고자 하였더니, 이 나의 허물인가 하늘의 뜻인가. 불행히 큰 풍랑을 만나 수천의 가련한 생령이 수중에 원혼을 이루었도다. 이에 또 요행으로 살아남아 제위의 혼을 부를 때에 어찌 방타(滂沱)한 혈루를 금하리오. 울음에 목이 메어 말이 소리를 이루지 못하는도다."

할 때에는 허생의 눈에서 눈물이 줄줄 흘러내리고, 돌이가 먼저,

"우후후."

하고 울음소리를 내자 다른 사람들도 울기를 시작하고, 부인네들은,

"아이고, 아이고."

하고 곡까지 터져 나왔습니다. 과연 하늘에 높이 달린 백일(白日)도 무광(無光)하고 가이없는 바다에 정 없는 창파도 위하여 잠시 소리를 거둔 듯하였습니다.

허생은 겨우 눈물을 거두고,

"눈물에 젖은 눈을 들어 바다를 바라보매 물결마다 제위의 얼굴인가 의심하고, 귀를 기울여 돛대에 부딪치는 바람 소리를 들으매 또한 제위의 원혼의 부르짖음을 듣는 듯하도다.

슬프다. 이 만경창파에 제위를 두고 어찌 차마 우리 홀로 이곳을 떠나가리오. 바람마저, 달리는 배조차 제위를 위하여 걸음을 멈추는 듯하도다.

사람이 죽어 앎이 있는가. 만일 앎이 있다 하면 제위의 혼아, 우리의 슬픔을 알지어다. 사람이 죽어도 이 세상에 남아 있음이 있는가. 만일 그러할진댄 우리를 따라 우리의 새 나라로 올지어다. 마땅히 새로운 과실로, 새로운 술로 제위를 제사하리라. 그렇지 아니하면 사람이 죽어 가는

곳이 있는가. 있을진댄 제위야, 굶주림과 배고픔이 없고 잘사는 사람의 멸시함이 없는 극락세계로 갈지어다. 제위의 금생의 고초 이미 지극하였으니 어찌 내생의 복락이 없으리오. 묻노니, 제위의 혼이 이미 극락으로 가고 이곳에 남음이 없는가. 가장 좋도다. 우리의 눈물과 슬픔으로 하여금 헛된 것이 되게 할지어다.

만일 사람이 죽어 아무 남음이 없고 앎이 없는가. 또는 끝을 모르는 바다 밑에 제위 이미 깊은 잠이 들었는가. 그러할진댄 부질없는 우리의 눈물과 울음소리로 하여금 고요한 제위의 졸음을 깨뜨리게 말지어다.

슬프다 제위야, 있나뇨 없나뇨. 아나뇨 모르나뇨. 조나뇨 깨었나뇨. 여기 제위 일생에 구하던 밥이 있도다, 받으라. 고기가 있도다, 받으라. 원컨댄 원한을 품은 혼이 되어 인적도 없는 바다 위에 헤매지 말고 마땅히 돌아갈 곳을 찾아 돌아갈지어다. 슬프다 제위야, 상향(尙饗)하라." 하고 축을 마친 뒤에 허생이 손수 밥과 고기를 집어 바다에 넣으니, 다른 사람들도 그 모양으로 밥과 고기를 집어던집니다. 배 곁에 밀어왔던 물결이 그 밥을 띄워가지고 맘 있는 듯이 배를 싸고돌다가 뒤로 뒤로 달아납니다.

이튿날 배 두 척을 더 만나 도합 열두 척 배가 순풍에 찬 돛을 달고 남방으로 나아갑니다. 또 그 이튿날 정오에야 천행으로 사흘 전에 보던 산을 바라보게 되고, 그 이튿날 오정이 훨씬 지나서 배가 어떤 이름 모를 육지에 득달하게 되었습니다.

오랜 물길에, 게다가 무서운 풍랑에 더할 수 없이 지친 사람들도 배가 육지에 닿자마자 모두 죽을 곳에서나 뛰어나는 듯이 기운들을 내어서 턱턱 뛰어내려서는 한여름같이 무성한 부드러운 풀밭에 턱턱 쓰러지고, 소, 말, 고양이 들도 저마다 제 소리를 지르며 오래간만에 보는 풀밭에 뛰어들어 먹을 생각도 없이 누웠다 뒹굴었다 합니다. 평생을 바다에서 늙은 뱃사람들조차 그만 땅바닥에 착 달라붙어서 그립던 흙냄새를 맡느라고 일어날 줄을 모르고, 허생도 무엇인지 이름도 모르는 나뭇가지에 매어달려서 누렇게 익은 실과를 따서는 맛나는 듯이 먹고 또 먹고 합니다. '아이구, 살아났다.' 하는 생각에 사람들은 도리어 졸리는 듯하게 기운이 빠져버렸습니다.

새 나라

그날 밤을 거기서 쉬어 사람들이 기운을 회복한 뒤에 이튿날 다시 배를 타고 바닷가를 휘돌아 동남쪽으로 한나절 길을 간즉 꽤 큰 강이 있는데, 배들은 머리를 돌려 그 강으로 올라갑니다. 강 너비는 노들강밖에 안 되지마는 심히 깊고 흐름이 심히 느리며, 강 좌우에는 일망무제한 벌판이고 벌판은 온통 기름이 흐르는, 조선에서 보지 못하였던 잎사귀 넓은 나무들이요, 바로 물가에도 이름 모를 나뭇가지들이 축축 늘어져서 가만가만히 흘러내리는 강물을 스치는데, 어떤 나무에는 붉고 송이 큰 꽃이 피었고 어떤 나무에는 송이 작고 노란 꽃이 피어 형언할 수 없는 향기가 진동하고, 또 어떤 나무에는 누르스레하고 기름한 열매가 축축 늘어지고 어떤 나무에는 분홍빛 호박 같은 열매가 금시에 떨어져 내려올 듯이 매어달렸습니다. 대체 조선서는 구경도 못 하던 나무들인데, 그 나무 사이로 붉은 새, 푸른 새, 노랑 새, 자주 새, 초록 새, 알록 새, 그 알록 새 중에도 분홍 바탕에 초록 점 박힌 놈, 노랑 바탕에 다홍 점 박힌 놈, 모두 조선서는 보지도 못한 새인데, 그중에 꼭 수탉같이 생기고도 꼬리가 굉장히 길고 볏이 무시무시하게 크고 털빛이 금시에 기름 항아리에서 빼어내인 듯이 반질반질 윤택이 나서 마치 조선에 있는 수탉에게다 비단옷을 입혀놓은 듯한 놈을 보고, 사람들은 이것이 봉황이 아닌가 하여 그 후에 그러한 새를 만날 때마다 봉황이라고 부르며 기뻐하게 되었습니다. 그래도 모두 생면부지인 강산에, 그림으로만 보던 것이라도 만나보는 것이 반가운 까닭이외다.

이러한 속으로 모두 지금까지의 고생도 다 잊어버리고 눈에 보이는 이상한 것을 재미있게 보고 물을 거슬러 올라가노라니, 문득 맨 앞에 서서 가는 허생이 탄 배에서,

"아이가, 저게 무엇이야?"

하는 소리가 들립니다. 사람들이 깜짝 놀라 앞을 내어다본즉, 과연 '아이가!' 하고 소리를 지를 만합니다. 대체 날개가 없으니 날짐승은 분명히 아니어니와 네 발을 허우적거리니 길짐승도 같건마는, 몸뚱이는 물고기와 같은 이상야릇한 놈이 제 몸뚱이를 한꺼번에 삼킬 만한 커닿고 시뻘건 아가리를 벌리고 배를 향하여 마주 옵니다.

"저놈이 무에라는 짐승이야?"

"압다, 저놈이 어쩌자고 우리를 향하고 나와?"

하고 모두들 무서워하는 차에 그 괴물이 허생의 배에 앞발을 걸고 무슨 말이나 하는 듯이 입을 뻐끔뻐끔하며 몸집에 비겨서는 조그마한 눈으로 사람들을 휘 둘러보더니, 볼일을 다 본 듯이 뚝 떨어져서 그다음 배로 가고 거기서 또 처음 모양으로 앞발을 배삽에 턱 걸고 시뻘건 아가리를 벌

렸다 닫혔다 하며 무서워서 한편 쪽으로 몰려선 사람들을 물끄러미 치어다보다가는 또 셋째 배로 가고. 이 모양으로 하기를 대여섯 번 하더니 별로 재미있는 것도 없다 하는 듯이 뒤도 돌아보지 아니하고 슬며시 몇 걸음을 헤어가서는 물속으로 쑥 들어가버리고, 그 뒤로는 넘실넘실하는 물결만 남았는데, 놀란 듯한 물고기들이 두서넛 공중으로 펄떡펄떡 뛰어올랐다 떨어집니다. 그러고는 여전히 조용해지고, 이 나뭇가지에서 저 나뭇가지에 깡충깡충 뛰어다니는 작은 새 큰 새 들의 지지재재 쪼로롱 하는 귀여운 노래, 청승스러운 노래, 깁 조각을 찢는 듯하는 노래뿐입니다.

하늘이 어떻게 푸른지 푸르다 못하여 파랗고 파랗다 못하여 짙은 아청빛인데, 여기저기 하얀 양의 떼 같기도 하고 갓 피운 면화송이 같기도 한 구름들이 조는 듯이 죽은 듯이 고요히 떠 있고, 바로 머리 위에 걸린 해는 밝다 못하여 하얀빛을 푸른 잎 붉은 꽃에 우거진 삼림에 내리쪼입니다. 거울과 같이 맑고 평평한 물에는 구름 그림자 나무 그림자, 만물이 다 고요히 무엇을 생각하는 듯한 속으로 열두 척 배가 가는 듯 마는 듯 물굽이를 돌고 나뭇가지를 헤치며 깊이깊이 삼림 속으로 들어갑니다. 붉은 꽃들도 꽃향기와 수증기에 무거운 바람을 견디지 못하는 듯 물에 젖은 듯이 축 늘어지고, 뱃사람들의 노 젓는 소리만 지국총지국총 할 뿐입니다.

이 모양으로 혹은 번질번질한 물소를 만나고 혹은 늙은 나뭇가지에 늘어진 이름 모를 덩굴에 원숭이 수십 놈이 매어달려서 그네 뛰듯이 슬쩍슬쩍 밟아가지고는 강을 건너는 광경도 보고, 혹은 큰 나뭇가지가 휘끈휘끈할 만한 징글징글한 큰 구렁이도 보고 머리가 아프도록 처음 보는 것을 많이 보면서, 몇 번인지 모르게 물굽이를 돌아 두어 번 조그마한 산굽이도 돌아 혹 삼림이 좀 터지고 풀판을 지나 멀리 뾰족뾰족한 산봉우리도 바라보고, 한번 푸른 하늘에 갑작 소나기를 맞아 째듯 한 볕 속에 비 목욕을 한 일도 있고, 그리하다가 석양이 삼림의 푸른 잎사귀에 걸릴 때쯤 하여 강 너비가 점점 좁아질 때에 어떤 높은 산굽이를 돌아 휘임한 물굽이에 배가 닿았습니다.

본즉 뒤에는 큰 산이 있고 산 너머로 또 산봉우리들이 방싯방싯 엿보고 있는데, 산꼭대기에는 하얀 바위가 있고 중턱부터는 푸른 삼림이며 산 밑에서 강가까지는 삼림 때문에 자세히는 지세를 알 수 없으나 평평한 벌판인 듯한데, 바로 강가에는 웬일인지 나무가 없고 길이 넘는 풀밭을 이루고 거기는 각색 꽃이 피어서 석양에 부드러운 향기를 발하고 있습니다. 사람들이,

"우리가 찾아온 데가 아마 여긴가?"

할 때에 허생이 먼저 배에서 뛰어내리며,

"자, 다들 내리시오. 여기가 우리가 살 곳이오. 이곳은 천지개벽 이래로 한 번도 인적이 들어본 일이 없는 땅이니, 이 땅에 들어오기는 우리가 처음이오. 이 땅에는 사시 봄과 여름과 가을이 있거니와 겨울이 없으니 한 해에 두 번 농사를 지을 수가 있고, 또 이 땅이 비록 크지 못하나 사방 오백 리는 되니, 만일 우리 천여 명 사람이 이 땅에서 살면 삼백 년 동안에는 결코 부족함이 없을 것이오. 우리가 천신만고로 이곳에 왔으니, 이제부터 우리는 집을 짓고 땅을 갈고 길을 만들고 여기서 새 나라를 세울 것이오. 이곳이 물이 좋고 땅이 넓으니, 여기서 우리는 새로운 살림을 시작할 것이오. 자, 다들 내리시오."

합니다.

허생의 말이 끝나기까지 사람들은 감격한 생각을 가지고 고개를 숙이

고 있더니, 허생의 말이 끝나자 사람들은 마치 제상(祭床) 앞에 술잔을 드리러 가는 제관 모양으로 하나씩 하나씩 남자 하나 여자 하나, 열두 뱃머리에서 휘끈 하는 발판으로 걸어 내려옵니다. 걸어 내려오는 대로 허생을 가운데 두고 열 겹, 스무 겹으로 둘러섭니다. 마치 '무슨 말씀이나 하십시오. 저희들은 당신의 말씀만 기다립니다.' 하는 듯합니다. 그렇게 우락부락하던 도적놈들이 마치 큰 제사에 제관과 같이 엄숙하고 공손한 사람들이 되었습니다.

사람들이 다 내려온 뒤에는 소들이 내려오고, 그 뒤에는 개와 고양이들이 내려오고, 그 뒤에는 닭장 속에 든 닭과 비둘기가 내려오고, 그 뒤에는 의복과 양식과 농사에 쓰는 모든 장기며 톱, 대패, 변탕 같은 목수의 장기며, 도끼, 자귀, 망치 같은 기구들이 내려옵니다.

사람들과 짐승들과 모든 짐이 다 내린 뒤에 허생이 붉은 기를 두르며,

"우리가 이 땅에 온 것은 남을 부려먹지도 말고 남의 부림을 받지도 말려 함이니, 누구든지 이마에 땀을 흘리고 몸소 일하기를 원치 아니하는 이가 있거든 이리로 나서시오."

하였습니다. 그런즉 사람들이 '누가 나서는고?' 하고 서로 얼굴을 바라보나 아무도 나서는 이가 없습니다. 그런즉 허생은 또 한 번 기를 두르며,

"만일 다 몸소 땀을 흘리고 일을 하기를 원한다 하거든 오른손을 드시오."

하였습니다. 그런즉 천여 명 사람들이 일제히 오른손을 듭니다.

다음에 허생은 또 기를 두르며,

"우리가 이 땅에 온 것은 어떤 이는 많이 가지고 어떤 이는 적게 가져

166

서 많이 가진 자는 가진 것이 많은 것을 자랑하고 적게 가진 자는 많이 가
진 자를 시기하여 서로 다투지 말고자 함이니, 비록 이미 이 땅에 왔다 하
더라도 네 것, 내 것을 가리려 하는 이는 다 이리로 나오시오. 만일 그런
이가 있다 하면 타고 오던 배로 돌아가야 할 것이오."

하였습니다. 그러나 이번에도 한 사람도 나서는 이가 없었습니다.

허생이 다시 기를 두르며 아까보다는 더욱 큰 어조로,

"누구나 사람을 대하여 성내고 싸우려 하는 생각이 있거든 다 이 앞으
로 나오시오. 성을 내기 때문에 싸움이 나고, 싸우기 때문에 때리는 일이
나고, 때리는 일이 있기 때문에 죽이는 일이 있고, 죽이는 일이 있기 때
문에 원수가 생기고, 원수가 생기기 때문에 싸움이 끊이지 아니하고, 싸
움이 끊이지 아니하기 때문에 관원이 생기고, 관원이 생기기 때문에 세
력이 생기고, 세력이 생기기 때문에 양반과 상놈이 생기고, 양반과 상놈
이 생기기 때문에 남을 부리는 자와 남에게 부리우는 자가 있고, 부리는
자와 부리우는 자가 있기 때문에 많이 가지는 자와 적게 가지는 자가 있
고, 많이 가지는 자와 적게 가지는 자가 있기 때문에 도적이 생기고, 도
적이 생기기 때문에 병정이 생기고, 병정이 생기기 때문에 큰 싸움이 나
고, 큰 싸움이 나기 때문에 나라가 흥하고 나라가 망하는 것이니, 사람의
모든 화단과 슬픔이 그 근본을 캐면 성내는 데 있는 것이오. 우리들 중에
성을 내는 자가 있다 하면 우리의 새 나라에 화단과 슬픔을 끌어들이는
자니, 그러한 사람은 이 땅에 머물지 말고 싸움이 있는 옛 나라로 돌아가
야 할 것이오."

하고 허생이 한 번 더 기를 두르며,

"자, 성낼 뜻이 있는 이는 앞으로 나오시오."

하였습니다. 그러나 한 사람도 싸우는 옛 나라로 돌아가기를 원하는 이가 없습니다.

그것을 보고 허생은 만족한 듯이 빙그레 웃으며 또 한 번 기를 두르고,

"만일 이 땅에서 사는 동안에는 아무러한 일이 있더라도 성을 아니 내겠노라, 만일 성을 내는 일이 있으면 싸우는 옛 나라로 돌아가겠노라 하는 것을 허락하는 이는 오른손을 드시오."

하였습니다. 그런즉 일제히 오른손을 높이 들었는데, 석양의 붉은빛이 허생의 얼굴과 천여 명의 높이 든 손을 비추었습니다.

이때에 무리 속으로서 한 사람이 뛰어나와 허생의 앞에 엎드려 이마를 조아리며,

"그저 대왕마마께서 소인의 무리들을 인도하셨사오니, 이후에도 소인의 무리는 그저 그저 대왕마마의 분부대로 하겠사옵니다. 죽으라 하시오면 죽사옵고, 그저 그저 물에든 불에든지 대왕마마께옵서 분부하오시는 대로만 하겠사옵니다."

합니다. 허생은 이 광경을 보고 잠시 얼굴을 찡기며 그 사람을 일어나게 하고,

"이 땅에는 대왕도 없고 소인도 없고, 나이 많은 이가 형이 되고 젊은 이는 아우가 되며, 사내아이는 모두 아들이요 계집아이는 모두 딸일 것이오. 이 땅은 이러한 땅이오."

하였습니다. 말이 끝난 뒤에 허생은 마지막으로 또 한 번 기를 두르며,

"내일부터는 우리의 일을 시작할 터이니, 오늘 저녁을 여기서 편안히 지내도록 저녁을 예비하고 잘 자리를 예비하시오."

하였습니다. 이 말에 사람들이 비로소 오글오글 움직이기를 시작합니다.

얼마 아니 하여 이 개벽 이래로 사람이 들어와본 일 없는 새 땅에서는 사람들의 떠드는 소리가 나고, 저녁밥을 짓는 연기가 오르고, 새 땅의 부드러운 풀에 배불린 마소들의 기운차게 부르는 소리가 깊은 삼림과 적막에 잠겼던 새로운 강산을 울립니다.

밥이 어찌도 그리 맛난고? 모든 반찬은 어찌도 그리 맛이 좋은고? 대체 물은 어떻게 그처럼 맛이 좋은고? 마치 꿀맛 같다. 이 더운 나라에 어디서 그런 찬물이 나오는고? 마치 얼음냉수와 같다. 이 좋은 물을 개벽 후 몇백만 년에 누가 마셨딘고? 속절없이 흘러내려서 강물이나 보태었던가. 하늘에 나는 새들의 고운 털이나 씻겼던가. 수풀 속으로 짝을 구하느라고 목마른 사슴이나 기린의 쉬는 터나 되었던가. 또 기나긴 밤에 하늘에 가는 달그림자나 비치고 꽃향기 불어오는 바람에 비단길 같은 잔물결이나 일으켰던가. 이끼 푸른 바위 밑으로 끊임없이 보글보글 끓어오르는 구슬같이 맑고 얼음같이 차고 꿀같이 단 좋은 샘물을 마시고 또 마시고, 사람들은 시름없이 풀 위에 누웠습니다.

삼림 속으로 떠오르는 아침 해는 다른 데서 볼 수 없는 장관입니다. 먹장같이 시커멓던 삼림 머리에 문득 금빛 같은 불이 붙으며 금화살 같은 빗발이 가지 사이, 잎사귀 사이로 흘러 이슬에 젖은 풀잎사귀에 점점이 구슬 등불을 켜놓습니다. 그때에 어둠 속에 소리도 없이 졸던 강물이 은빛으로 자줏빛으로 금빛으로 연해 새 옷을 갈아입고, 그 서품에 새들이 날고 뛰고 지저귀며 아침 노래를 부릅니다.

사람들도 곤한 잠을 깨어 강물에 얼굴과 몸을 씻고 기름과 같은 아침빛 속에 하늘을 바라보니, 새 하늘 새 땅에 기쁨과 소망의 따뜻한 피만 콸콸 콸 흐릅니다.

이때에 어디서,

"아, 저게 무엇이야?"

하는 소리가 들립니다. 소리 오는 편을 바라본즉, 귀가 훨쩍 크고 목이 가늘고 길고 고동색 바탕에 검은 점이 드문드문 박힌 야릇한 짐승 두엇이 고개를 번쩍 들고 우거진 종려나무 그늘에서 물끄러미 사람의 무리를 내려다봅니다. 그러더니마는 그중에 한 놈이 슬슬 어디로 가버리고 말더니, 얼마 아니 하여 대여섯 놈을 더 데리고 와서는 아까 모양으로 우두커니 서서 사람들을 내려다봅니다. 사람들도 일변 무섭기도 하고 일변 이상도 하여 말없이 그 짐승들을 물끄러미 마주 보고 섰습니다. 얼마 동안을 이렇게 하더니, 그 모가지 긴 짐승 하나가 슬슬 사람들 있는 곳을 향하고 걸어 내려오는 것을 보고 다른 놈들도 하나씩 둘씩 그놈의 뒤를 따라 뚜벅뚜벅 걸음발로 무겁게 걸어 내려옵니다.

"아이구, 저놈들이 왜 내려와?"

"에그, 이를 어찌해?"

하고 사람들이 슬슬 피하는 것을 보고 그놈들은 이상한 듯이 걸음을 멈추고 물끄러미 바라보더니, 무슨 생각이 났는지 오던 길로 도로 슬슬 걸어갑니다. 그러고는 아까 서서 보던 종려나무 밑에서 또 한참 동안 사람들을 바라보다가, '다시 보자.' 하는 듯이 뒤를 슬슬 돌아보며 수풀 속으로 들어가버리고 맙니다. 사람들도 무서운 마음이 다 없어지고, 도리어 그 이상한 짐승들이 다시 왔으면 하는 정다운 생각이 납니다.

이 모양으로 새 나라의 첫날이 시작되었습니다. 사람들은 아침을 먹고 나서 세 패로 갈리어 한 패는 길과 집터를 만들고, 한 패는 삼림에 들어가 집 재목을 찍고, 한 패는 벌판에 흩어져 풀을 베어 농사할 터를 만들고,

부인네들은 뒤에 남아 더러는 배 타고 오는 동안에 묵었던 빨래를 하고 더러는 풀 속과 나무 속으로 다니며 나물과 과일을 따 오고, 더러는 기명(器皿)을 부시고, 그중에도 건장한 부인네는 사내들 모양으로 도끼와 낫을 들고 삼림 속으로 들어가 불 땔 마른 나무를 합니다.

허생은 말뚝과 장도리를 들고 집터를 잡으며, 돌이는 웃통을 벗어부치고 시커먼 몸뚱이에 구슬땀을 흘리면서 괭이를 들어 집터를 팝니다.

점심때에 모여들 때에는 사람들의 얼굴은 모두 기운이 넘치도록 붉게 되있습니다. 혹은 도끼에 적삼을 걸어 둘러메고 오며, 혹은 종려나무 잎사귀를 뜯어 우산 모양으로 받고 오고, 혹은 누런 으름을 따서 아내를 위하여 들고 오고, 혹은 나무껍질로 피리를 만들어 육자배기, 아리랑타령을 불고 오고, 혹은 불 땔 마른 나무를 무슨 덩굴로 얽어매어 두 사람이 마주 메고 '영혀리 영혀'를 부르며 모여들고, 또 혹은 무슨 가댁질을 하느라고 풀 속으로 이리 뛰고 저리 뛰고 웃음에 목이 메어 킥킥거리고 달려오고, 또 혹은 바쁜 일도 없다는 듯이 도끼를 둘러메고 길게 소리를 하며 내려옵니다. 사람들이 오글오글 새로 쳐놓은 집터 위에 톱으로 잘라 놓은 둥근 나무토막들을 깔고 턱턱 둘러앉아서 밥 한 그릇 국 한 그릇 나물 한 그릇을 앞에 놓으니, 하늘에는 하얀 태양이 둥둥 뜨고 오정 지낸 부드러운 바람이 나뭇가지를 가볍게 흔들어 땀 흐르는 건장한 몸뚱이에 그림자가 얼른얼른합니다.

참 맛나다, 어떻게도 이렇게 밥이 맛난가. 밥 알알이 맛이 나고, 씹으면 씹을수록 맛이 나고, 국 모금모금이 맛이 납니다. 이렇게 밥이 맛이 날진댄 밥 하나면 그만이지 다른 것은 해서 무엇하나. 밥만 먹고 물만 마셔도 살이 찔 것 같고 천년만년이나 살 것 같습니다. 게다가 향긋하고 연연한 멧나물이 맛나는가 내 입이 맛나는가.

"좀 더."

"나도."

하고 먹고는 또 먹는데, 산더미같이 무쳐놓았던 멧나물이 하나도 안 남고 순식간에 다 없어지고 말았습니다. 식후에 나오는 것은 으름, 딸기, 귤, 보기만 해도 침이 스르르 도는 시원한 과일을 먹고 나니 날아갈 듯이 정신이 쇄락하여집니다.

배고프다가 먹는 밥, 일하고 나서 먹는 밥, 이러한 밥맛은 오직 지내본 사람만 아는 것입니다. 왕후장상이 천만금을 들여서 용함봉장(龍函鳳欌)에 갖은 팔진미를 다 갖추기는 하리다마는, 이 밥맛 하나는 천하를 주어도 얻지 못할 것입니다.

"아아, 밥이야. 밥이야, 맛나는 밥이야!"

밥을 먹고는 일을 하고 일이 끝나면 소리하고 놀고, 그러다가 배가 고프면 또 밥을 먹고 목마르면 물 마시고, 더우면 종려나무 그늘 부드러운 풀 위에 드러누워 낮잠 한잠을 실컷 자고 땀이 흐르면 맑은 강물에 덤벙 뛰어들어 헤엄을 치고 때를 씻고, 이러하는 동안에 밭이 생기고 논이 생기고, 새롭고 깨끗한 집들이 생기고 넓은 마당이 생기고, 넓은 마당에는 여러 가지 열매 열리는 덩굴로 지붕까지 만들고, 사람들이 일하러 갔다가 돌아오는 길에 한 포기씩 파다가 심는 꽃으로 넓은 마당 가장자리가 오색이 찬란한 꽃밭을 이루었습니다.

뜨겁던 해도 넘어가고 서늘한 저녁 바람이 스르르 돌아갈 만한 때에 일터에서 돌아온 사람들은 이 넓은 마당에 커단 식탁을 벌여놓고 웃고 떠들고 저녁밥을 먹고 나서는, 그 자리에서 소리할 줄 하는 이는 소리를 내고, 피리 불 줄 아는 이는 피리를 불고, 장단을 칠 줄 아는 이는 나뭇젓가락으로 식탁을 두드리어 장단을 맞추고, 어떤 이는 피리와 식탁 장단을 맞추어 얼씬얼씬 춤을 춥니다. 그러할 때에 끝없는 바닷물에 말끔하게 씻은 금쟁반 같은 달이 수풀 가지를 헤치고 별이 총총한 하늘에 쑥 올라오면, 티끌 하나 없는 공기를 통하여 참기름 같은 서늘한 달빛을 동이로 담아다 붓듯이 새 나라에 쏟아집니다. 새로 지은 집들이 시커먼 그림자를 뒤에 끌며 쑥쑥 나서고, 산들이 나서고 커단 나무들이 쑥쑥 나서고, 강물이 번쩍번쩍 빛나기 시작하고 이름 모를 밤새들이 후루루 날아다니며 청승스러운 울음을 웁니다. 이렇게 달이 쑥 올라오면 사람들은 반가운 사람이나 만나는 듯이 욱 일어나서 소리를 지릅니다. 그런 뒤에는 끝없는 여러 가지 이야기가 나오고, 옛 나라 이야기와 일하던 이야기를 하고, 그러다가 밤이 깊으면,

"인제는 가 잘까."

하며 하나씩 둘씩 집으로 돌아갑니다.

집에는 부인네들이 둘씩 셋씩 모여 앉아서 바느질도 하고 이야기도 하고 웃고 떠들다가 남편이 돌아오면 동넷집 부인들은,

"우리 집에도 왔겠지요?"

하고 슬며시 일어나 나갑니다. 나와서 자기 집에 가면 벌써 남편이 들어와서 앉지도 않고 우두커니 서 있다가,

"어디 갔었어?"

하고 못마땅한 듯이 눈을 흘깁니다.

"뒷집에 갔었지요. 엇소, 이것 자시우."

하고 치맛자락에서 무슨 과일을 꺼내어 남편에게 줍니다. 남편은 그 과

일을 받아먹고,

　"아이구, 곤해. 어서 자!"

합니다.

　이리하여 스르르 잠이 들고 달과 별과 이따금 불어오는 바람과 강에서 고기 뛰는 담방담방하는 소리만이 밤 깊은 줄을 모르고 이 조그마한 새 나라를 지키고 있습니다. 꿈! 이 백성들은 무슨 꿈을 꾸는고. 새벽닭이 홰를 치고 울더라도 그 울음소리가 맘 놓고 자는 이 백성의 꿈을 깨울 수는 없었습니다. 닭아, 가만 있거라. 한잠만 더 자고 나도 일 나갈 시각은 안 늦을 것을.

　해가 뜨고 지고 바람이 불고 비가 오는 동안에 밭에는 보리와 밀이 누렇게 고개를 숙이고 논에는 벼가 금물결을 굼실거리게 되었습니다. 보리, 밀과 벼를 한꺼번에 심어 한꺼번에 거두는 것도 이상하거니와, 외, 참외, 호박, 수박이 모두 한꺼번에 자라서 한꺼번에 열려서 한꺼번에 익는 것도 이상합니다.

　바닷가에 둑을 막아놓고 바닷물을 길어 부어 마르게 하니 뒤에 남는 것은 소금이요, 농사하고 쉬는 여가에 노를 꼬고 그물을 떠 바다에 넣으니 펄떡펄떡 뛰는 생선이요, 광주리를 끼고 삼림 속으로 한참을 돌아다니면 향기 나는 멧나물이요, 또 한참을 돌아다니면 금빛 이슬이 뚝뚝 떨어지는 으름과 각색 과실이요, 또 한참을 돌아다니면 향기가 코를 찌르는 각색 버섯이요, 톱으로 켜고 대패로 밀고 오기칼로 우비면 각색 나무 그릇이요, 흙을 척척 빚어 가마 속에 넣고 불을 처때면 각색 질그릇 사기그릇이요, 풀무를 불고 마치로 뚜닥거리면 식칼이요, 창칼이요, 도끼요, 문고리요, 문돌쩌귀요, 괭이로 파고 가래로 치고 보습으로 갈면 높은 데는 밭이요, 낮은 데는 논이외다.

"목욕을 할라는가
강물을 긷고요
냉수를 먹을라나
석간수를 길어라."

그러나 사냥은 말자, 사람을 무서워하지 아니하고 집 근처로 내려와 마당으로 다니면서 사람과 친해 노는 짐승일랑 죽이지 말자, 이래서 사냥은 아니 하기로 하였습니다.

"밥만 먹어도 살이 찌는데요
고기는 해서 무엇 하나요
풋나물 좋고요
생선도 좋은데요

소를 어떻게 잡아먹나요
밭 갈아주고요
짐 날라주고요
그 눈을 보아요
순하디순한데요
소를 어떻게 잡아먹어요

산짐승도 못 잡아먹어요
어슬렁어슬렁
놀러 오는데요
놀러 왔다가는
한참 놀고는
어슬렁어슬렁
제 집으로 가는데요

닭은 어떻게 먹나요
구구구 하고요
날 따라 다니는 걸
새벽이면은 꼬끼요 하는 걸요
닭을 어떻게 먹나요

새들도요
건드리지 말아요
찌찌째째 하고요
제 소리 하는데요
모두 다 모두 다
의좋게 살아요."

없는 것이 있나, 땀 한 방울만 떨어지면은 먹을 것 한 섬이 올라옵니다.

"이것을 어떻게 다 먹나요

너무나 많아서

어떻게 다 먹어요

밥도 지어 먹고

떡도 해 먹고

감주도 해 먹고

식혜도 해 먹고

이깃도 해 먹어보고

저것도 해 먹어보고

맛날 듯한 것은

다 해 먹더라도

허 생원님 분부시니

술일랑 해 먹지 맙시다

감줄랑 해 먹어도요."

이 모양으로 새 나라의 세월은 강물 흘러내리듯이 부족함도 없이, 바쁨함도 없이 술술 흘러내려갑니다. 그러할수록 사람들의 기쁨도 흘러내리는 강물 모양으로 더욱 넓어가고, 더욱 깊어갑니다.

추수가 다 되었습니다. 이번 추수만 가지고도 사 년은 먹을 만합니다. 그중에서 만일을 염려하여 일 년만 먹을 양식을 남겨놓고는 그 나머지 삼천여 석으로 열두 배에 가득 싣고 허생이 새 나라를 떠났습니다. 사람들은 배 떠나는 곳에 모이어 아무쪼록 일 없이 속히 다녀오기를 원하고 배들이 안 보이게 되도록 팔을 두르고 꽃가지를 두르며 작별을 하였습니다.

허생이 열두 배를 끌고 동북으로 향한 지 열이틀 만에 한 항구에 다다르니, 이곳은 일본 장기(長崎)라 하는 데라. 마침 그 전해에 일본 전국에 큰 흉년이 들어 백성들이 먹을 것이 없어 사람이 사람을 서로 잡아먹는 곳도 있다 하는데, 눈 파랗고 코 큰 양인들이 멀리 명나라 땅에서 곡식을 실어다가 비싼 값으로 팔아 많은 돈을 남겼다 합니다.

허생의 곡식 실은 배가 항구에 들어오매, 장사하는 일본 사람들이 딸깍딸깍하는 나막신들을 신고 떼를 지어 모여들어서 저마다 자기에게 많이 팔아주기를 청합니다.

'조선 사람이 양식을 싣고 왔다.' 하는 소문이 들리자 장기 일판에서 모두 떨어 나와 허생의 배를 에워싸고 알아듣지도 못할 말로 지껄이는 판에, 웬 긴 칼 차고 이상하게 활개치는 사람 사오 인이 가까이 오는 것을 보고 딸깍딸깍 나막신 신은 사람들이 일제히 뒤로 물러나가서 땅바닥에 꿇어 엎딥니다. 긴 칼 찬 사람이 두 어깨를 잔뜩 치켜들고 몸을 이상하게 이쩔이쩔하면서 갈짓자 걸음으로 뚜벅뚜벅 허생의 뱃머리로 오더니, 품속에서 지필을 내어들고 머리를 두리번두리번하며 필담할 사람을 찾는 모양입니다. 이것을 보고 허생이 나서서 필담한 결과로, 그 긴 칼 찬 사람들은 이 지방을 맡아 다스리는 대명(大名)의 신하인 것과, 그 대명이 지금 이웃 대명과 전쟁을 하기 위하여 군량을 산다는 것과, 그 대명의 명령으로 자기네가 허생이 싣고 온 곡식을 좋은 값을 주고 살 것을 말하였습니다. 그런즉 허생은 필담으로,

"나는 장사하러 온 사람이라 누구나 좋은 값을 주는 이는 내 물건을 팔 것이어니와, 들건댄 귀국에 흉년이 들었다 하니 같은 값이면 사람의 생

명을 끊는 군량으로 파는 것보다 굶주리는 백성들의 양식으로 팔기를 원하노라."

하였습니다.

그런즉 그 긴 칼 찬 사람들이 무료한 듯이 서로 마주 보더니, 그중에 한 사람이 눈초리가 위로 올라가고 이마에 핏줄이 불룩불룩하더니마는 벌떡 일어나 무슨 소리를 빽 지르고 칼자루에 손을 대어 당장에 빼려는 듯이 하고 무에라고 허생을 보고 큰소리를 하자, 곁에 섰던 다른 사람이 필담으로,

"이것은 우리 대명의 땅인즉, 만일 우리 말에 응하지 아니하면 곡식을 억지로 압수하겠다."

고 합니다. 허생은 얼른 붓을 들어 종이에 이러한 뜻을 썼습니다.

"그대에게 칼이 있고, 나에게 의(義) 있도다. 칼이 한때에 이김이 있으나 만세에 잃음이 있고, 의 일시에 눌림이 있더라도 만세에 이김이 있으리로다. 그대의 나라가 나의 나라와 서로 이웃하였으니, 내 그대에게 삼천 석의 옳지 못한 양식을 팔기론 차라리 그대에게 의의 가르침을 주리라."

하였습니다.

이것을 보고 칼자루에 손을 대었던 사람이 더욱 대로하여 칼을 빼어 허생을 치려 합니다. 허생이 웃고, 다시 붓을 들어 이렇게 썼습니다.

"그대 의를 모를진댄 내 이(利)로써 말하리라. 그대 만일 장사를 후히 대우할진댄 천하의 장사가 그대에게로 모이려니와 그대 만일 장사를 옳지 못하게 대할진댄 천하의 장사 그대에게 오지 아니하리니, 그대의 땅이 작고 백성이 많거늘 천하의 장사 아니올진댄 어떻게 나라를 하려 하

나뇨. 그대 만일 나의 뜻을 막을진댄 내 다시 그대의 땅에 양식을 실어오지 아니할 것이요, 만일 나의 뜻을 좇을진댄 내 한 해에 두 번씩 양식을 실어오리라."

하였습니다.

그런즉 칼을 빼어들었던 사람이 옳다는 뜻으로 고개를 끄떡거리고, 칼을 도로 칼집에 꽂은 뒤에 다시는 아무 말이 없이 돌아섭니다. 그중에 한 사람이 허생을 대하여,

"우리의 무례하였음을 허물치 마라. 우리나라 사람이 다 저러한 것이 아니니라."

하고 은근히 고개를 숙이고 뒤를 따라가버리고 맙니다. 그제야 좌우에 엎드렸던 나막신 신은 사람들이 우 일어나 허생의 앞에 허리를 굽히며,

"저희 무리들이 살아났습니다. 곡식 실은 배가 들어오는 대로 사무라이(일본 양반)들이 군량 한다고 다 사버리고, 우리 백성들은 사무라이에게 애걸복걸해서 다섯 갑절, 여섯 갑절이나 값을 주고야 겨우 몇 섬씩 얻어 샀습니다."

하고 배에 실은 곡식을 전부 자기네 백성에게 팔기를 원합니다. 일본 사람들은 조선말을 모르고 조선 사람들은 일본말을 모르므로, 허생은 모여드는 일본 백성들 중에서 글 아는 사람을 찾아 필담으로 겨우 이런 뜻을 알아들었습니다.

이렇게 피차에 말을 모르고 또 무식한 일본 백성들이 쓰는 글이 이상하여 피차에 뜻을 잘 통하기가 어려워할 즈음에, 어떤 사람들이 멀리로서부터 뛰어와 허생의 앞에 조선 풍속으로 절을 하며 조선말로,

"우리가 조선 양반을 오늘에야 만났습니다. 우리 중조부께서 임진왜

란 통에 어떤 일본 사람을 따라 건너와 이곳에 살게 되었는데, 증조부님께서는 우리 형제가 나기도 전에 돌아가시옵고 조부님께서는 지금 생존해 계시오며, 저희 형제를 보시고 항상 말씀하시옵기를, '장기는 각국 장수가 많이 오는 곳이니 너희 항구에서 날마다 기다리다가 혹 조선 사람이 오거든 모시어 오라.'고 증조부님께서도 고국 사람을 다시 못 대해 보시고 돌아가시는 것을 항상 한탄하시었고, 임종에도 고국을 못 보고 죽는 것이 삼생(三生)의 원한이니 너흴랑 부디 고국으로 돌아가 내 뼈를 고국 산천에 묻어달라고 하시었다고 조부님께서 노 그렇게 말씀을 하시길래, 저희 형제가 벌써 십 년을 두고 장기에 나와 날마다 들어오는 배를 바라보고 기다려도 조선 배는 보이지를 아니합니다. 그래서 조부님께서는 '아버지는 고국 강산을 구경이나 하셨거니와 나는 고국 강산은커녕 고국 사람도 구경도 못하고 죽을라나 보다.'고 노 슬퍼하시는 것을 보니, 저희 형제가 두 날개만 있사오면 조부님을 업고 고국으로 날아 건너가기라도 하련마는 수로만리에 할 길이 없사옵다가, 오늘 우연히 고국 양반을 뵈오니 어찌하올 바를 모르겠습니다."

하고, 조선 절과 일본 절을 섞어서 무수히 허생과 다른 사람들에게 절을 합니다. 허생은 말할 것도 없고, 다른 사람들도 모두 만리타국에 고국 사람을 만나는 것이 너무도 반가워서 수없는 사람들이 형제를 에워쌌습니다. 성명을 물은즉, 그는 본래 경상도 진주 사람으로 성은 김씨라 하며, 일본에 온 후에는 김 자 밑에 촌 자를 달아 김촌이라고 부른다고 합니다. 본즉 형제가 다 일본 옷을 입었으나, 아까 왔던 사무라이들 모양으로 긴 칼 하나, 작은 칼 하나를 차고 언어와 행동이 심히 정중합니다.

물건을 다 판 뒤에 형제를 따라 형제의 집을 찾아가기로 하고 위선 그 형제들이 통사(通詞)가 되어 열두 배에 실은 곡식을 백성들에게 다 팔고, 허생은 돌이를 데리고 그 형의 뒤를 따라가고 아우 되는 사람은 배와 사람들을 보호하노라고 배에 남아 있기로 하였습니다.

한 곳에 다다라 일본 교군(轎軍)을 타고 또 몇십 리를 가니 조그마한 산 밑 잔잔히 흐르는 개천가에 하 그리 작지 아니한 오륙십 호 집이 둘러박힌 촌락이 있고 그 촌락의 중앙에 가장 큰 집 하나가 있는데, 그 앞에서 세 사람은 교군을 내렸습니다.

세 사람이 내리는 것을 보고 집으로서 많은 노복과 남녀가 마주 나와 절할 자는 절하고 허리를 굽힐 자는 허리를 굽힙니다. 형 되는 이가 허생을 가리키며,

"이 어른이 고국서 오신 손님이라."

고 소개하는 말이 끝이 나기도 전에 사람들은 땅바닥에 엎디어 허생의 앞에 이마를 조아립니다. 허생도 감격하여 땅에 엎드렸습니다.

이때에 파파노인 하나가 어떤 젊은 사람에게 끌리어 버선발로 비틀비틀 나옵니다. 허생을 인도해 온 사람이 허생을 보고 그 노인이 자기의 조부인 것을 말하니, 허생이 그 노인 앞으로 뛰어가 엎드려 절하며,

"만리타국에서 고국 부로(父老)를 뵈오니 감격하는 뜻을 이루 형언할 수가 없사옵니다. 이렇게 문밖에까지 나와 맞아주시오니 너무 황송하옵니다."

하였습니다. 그렇게 무엇에 감동하는 빛을 보이지 아니하던 허생도 이때에는 퍽 감동이 되었습니다. 그런즉 그 노인이 손을 내어밀어 허생을 붙들어 일으키며

"고국 손님이 오시는데 아모리 내가 늙었기로 방에 앉아 맞을 리가 있

습니까. 내 선친께서 일생에 고국을 못 보시고 돌아가실 것을 한탄하시옵다가 임종에 '조선아, 조선아, 조선아.' 하시고 조선을 세 번 부르시고 운명을 하시오니, 감겨드리와도 감겨지지 아니하는 눈에는 고국을 생각하시는 눈물이 맺히었습니다. 이 늙은 것도 나이 팔십이 넘사오니 밤낮에 생각하는 것이 고국 일이라, 나도 금생에는 고국 천지를 보지 못하고 죽을까 하여 슬퍼하였사옵더니, 이제 하늘이 지시하시와 고국 손님을 보내시오니 고대 죽어도 한이 없습니다."

하고 친히 허생의 손을 잡아 안으로 인도합니다.

넓은 방의 아랫목에 노인이 앉고, 노인과 마주 허생과 돌이가 앉고, 좌우로 노인의 자손들이 둘러앉았는데, 앉았는 지 얼마가 아니 하여 수없는 늙은이 젊은이, 남자와 여자와 아이들이 꾸역꾸역 밀려들어와 혹은 허생의 앞에 나아와 절을 하고, 혹은 멀리서 허생을 바라보며 허리를 굽히고, 아이들은 전에 보지 못하던 야릇한 복색 입은 사람을 보고 혹은 재미있어 하며 혹은 놀라서 눈이 둥그레지며, 혹은 무서워서 어머니 뒤로 피하며 혹은 '으아' 하고 소리를 내어 웁니다. 노인의 방에 앉고 나서 장지를 떼고 그 곁방에까지 넘치고, 그리고도 자리가 없어 툇마루에까지 앉고, 또 그리고도 자리가 없어서 마당에까지 서고, 이 모양으로 조용하던 이 집에는 갑자기 큰 잔치가 벌어지게 되었습니다.

노인은 친히 술을 따라 허생에게 권하며,

"내 선친께서 혼자 이곳에 오셔서 이만큼 자손이 퍼졌소이다. 모두 합해서 한 팔십 명 되지요. 저렇게 모두 일본 옷을 입고 조선말도 잘 모르지오마는, 그래도 뼈다귀와 피는 조선 것이니까 천 년을 간들 맘이야 변하겠습니까. 그래 노 고국 말을 하지요……. 사내자식들은 본국 말을 알지마는 계집아이들은 일본 사람의 집으로 시집을 가니까 말도 잘 모르지요……. 자, 어서 한 잔 더 잡수시오. 이게 일본 술이라 입에 맞으실는지 모르지마는 이 늙은 것이 정으로 드리는 것이니까."

하고 연해 술을 권합니다. 노인의 말은 약간 서투르나 알아들을 만한 경상도 사투립니다.

허생도 노인이 권하는 대로 사양도 아니 하고 술을 받는데, 뒤를 이어 나이 차례로,

"나도."

"나도."

하고 그 노인의 아들과 손자 들이 술을 권합니다. 허생도 본래 술을 즐겨하였으나 오랫동안 여러 사람을 위하여 술을 끊었다가, 이 이상한 좌석에서는 사양을 아니 하고 주는 대로 받아 마십니다.

허생이 얼마쯤 취하는 모양을 보고, 노인은 잠깐 술 권하기를 그치고 허생을 향하여 본국 형편을 묻습니다.

"내 선친께서는 임진란이 다 끝도 나기 전에 이곳으로 오셨다는데, 대관절 그 뒤에는 어떠하오니까. 천하가 태평하온지요? 성상(聖上)께옵서도 내내 강녕하옵시고 만민이 다 안락하온지요?"

하고 무릎을 꿇고 옷깃을 바르며 극히 엄숙한 태도로 묻습니다. 허생도 몸을 바르게 하고,

"임란이 지난 후에 얼마 아니하여 또 병자호란이 났습니다. 중원에 명나라가 망하고 만주에 호(胡)가 천하를 차지하여가지고, 우리 조선이 자기를 돕지 아니하였다 하여 대군을 끌고 바로 서울을 엄습하였습니다. 그래 성상은 남한산성에 몽진(蒙塵)을 하셨다가 마침내 어찌할 수 없음

을 보시옵고 성하지맹(城下之盟)을 하시왔습니다."

하고 임란 이래의 고국 형편을 일일이 설명합니다.

허생은 말을 이어,

"임진왜란과 병자호란을 연거푸 겪고 나니 조선 팔도도 가위 쑥밭이 된 심이지요. 게다가 그동안 육 년 동안 흉년은 들고, 조정에는 간신들만 모여서 밤낮 싸움들만 하고, 각처에 도적이 봉기하여 만민이 가위 도탄 중에 있습니다."

하고 길게 한숨을 쉬었습니다.

이 말을 듣고 노인은 매우 근심되는 듯이 주름 잡힌 얼굴을 찌푸리고, 곁에 모여 앉았던 젊은 사람들도 본국이 편안치 아니하다는 말을 듣고 모두 얼굴에 근심된 빛을 보입니다.

허생은 모든 사람들이 슬퍼하는 빛을 보고 심히 마음에 불안하여 말끝을 돌리어,

"어떻게 임란에 일본으로 오시게 되셨는지 그 말씀을 들려주셨으면 좋겠습니다."

한즉, 노인은 방 안과 툇마루와 마당에 모여 있는 자손들을 돌아보며,

"나도 이곳에 와서 났으니까 자세히 알지는 못하오나 선친께서 하시는 말씀을 들어서 알 뿐이지요."

하고 정다운 옛일을 생각하는 듯이 눈을 감고 무엇을 생각하기도 하고, 죽 둘러앉은 자손들을 돌아보기도 하더니, 자손들을 향하여,

"어, 내가 너희들에게 이야기를 한 지도 벌써 여러 해가 되었다. 그동안에 새로 난 아이들도 있고 그때에는 철없던 것이 지금은 철이 난 아이들도 있으니, 한 번 더 이야기를 하는 것도 좋겠다. 마침 본국으로서 오

신 손님도 우리가 이곳에 와 살게 된 것을 듣고 싶어하시니, 오늘은 내가 아버지께 들은 말씀을 또 한 번 하려 한다."

하고 다시 허생을 향하여,

"나도 나이 팔십이 넘어 구십이 가까웠으니 세상일도 다 잊어버렸지마는, 제 성명을 잊어버리는 일은 있다 하더라도 선친께서 고국을 떠나시게 된 일이야 잊어버릴 리가 있습니까. 내가 나이 사오 세쯤 되어 겨우 말귀를 알아듣게 된 뒤로부터 내 가친께서는 노 나를 안으시고 그 이야기를 하셨지요. 아마 한 해에도 몇 번씩, 내가 이십여 세가 되기까지에 무릇 몇십 번을 들었는지 알 수 없습니다. 하도 여러 번 들으니까 내가 몸소 당한 것처럼 눈에 선하지요."

하고 이야기를 시작합니다.

내 선친께서 아직 젊었을 적에 임진왜란이 나서 진주성에 일병(日兵)이 들어와 오랫동안 웅거하였는데, 진주 일경(一境)의 어른들은 다 나가 싸워 죽거나 그렇지 아니하면 도망하여버리고 집에 남아 있는 이는 늙은이와 아이들밖에 없었더랍니다. 아마 이 세상이 다 일본 세상이 되나 보다 하던 차에, 마침 무엇이라든가 하는 기생이 진주 남강에서 왜장을 안고 물에 빠지는 것을 보고 남아 있던 노인들과 부녀들까지 일어나서 몽둥이 있는 자는 몽둥이를 들고, 식칼 있는 자는 식칼을 들고, 불시에 술 취해 엄벙거리는 일병을 엄살(掩殺)하여서 진주 있던 수천 명 일병이 모두 수족을 놀리지 못하고 죽었는데, 그때에 더러는 도망하여 촌가로 달아났으나 다 촌민에게 맞아 죽고 살아남은 사람이 얼마가 안 되더랍니다. 그때에 도진이라는 젊은 일병 하나가 진주성을 빠져나와서 산으로 들로 살

길을 찾아가다가, 뒤에서 따르는 자는 급하고 살 맞은 자리에는 피가 흐르고 몸은 피곤하여 어찌할 줄을 모르고 헤맬 즈음에, 마침 내 조모께서 세사가 구차하셔서 산에서 나뭇가지를 줍고 계시는 것을 보고 그 젊은 일병이 땅에 엎드려 손을 싹싹 비비며,

"그저 목숨만 살려주시오. 저는 일본 사람이온데, 지금 뒤에서 사람들이 저를 죽일 양으로 따라오니 어디다 저를 숨기셔서 목숨만 살려줍시오."

하고 눈물을 흘려가며 애걸을 하더랍니다.

그것을 보시고 조모님께서는 이번 싸움에 죽은 맏아드님의 일을 생각하고 분이 나셔서,

"오, 내 맏아들을 죽인 것도 네로구나. 잘 만났다. 옳다, 잘 만났다. 내 아들의 원수를 오늘이야 갚았다."

하고 소리를 지르시고 나뭇가지 끊으시던 낫을 들고 대드셨다 합니다. 그런즉 그 일본 사람은 그만 낙망이 되었던지 땅에 툭 쓰러지며,

"아이구, 어머니나 한 번 뵈옵고 죽었으면."

하고는 엉엉 소리를 내어 울었다 합니다.

그때에 좀 떨어져 계시던 내 선친께서 이상한 통곡 소리를 듣고 달려와 본즉, 어떤 일본 병정이 땅에 엎드리고 조모님께서는 낫을 들고 그 병정을 찍으려 합니다. 그것을 보고 아버지께서는 어머님의 팔을 붙들며,

"어머니, 웬일이십니까?"

하고 물었습니다. 조모님께서는 분함을 이기지 못하여 치를 떨며,

"이놈이 네 형을 죽인 놈이다. 마침 도망해오다가 날더러 목숨만 살려달라고 하길래 지금 이놈의 배를 째고 간을 내어 먹으려고 하는 판이다."

하고 아드님이 잡은 팔을 뿌리치려 합니다.

이 광경을 보고 땅에 엎드린 그 일본 병정이 고개를 들고 다시 손을 비비며,

"미상불 내 손으로 조선 사람 여럿을 죽였으니 그중에 혹 당신의 아드님이 있었던지도 모릅니다마는, 내가 당신의 아들과 무슨 원혐이 있는 것도 아니요 다만 우리나라에서 나를 조선으로 보내고 우리 대장이 날더러 조선 사람을 죽이라 하니 죽인 것이지, 낸들 사람 죽이기를 좋아서 하였겠습니까? 내가 남을 죽였으니 남에게 죽임을 받는 것도 당연하지마는, 아들을 잃고 슬퍼하시는 당신을 볼 때에 내가 조선서 죽었다는 기별을 듣고 슬퍼하실 어머님이 생각힙니다. 사내가 제 몸 죽기를 슬퍼하랴마는, 어머님 생각을 하니 가슴이 찢어지는 듯하여 눈물을 흘리는 것이옵니다."

이렇게 말을 하고는 또 이마를 땅바닥에 조아리며 슬피 웁니다.

이것을 보고 내 선친께서는 조모님 앞에 엎드려,

"이 사람이 비록 원수이오나 어버이를 생각하고 슬퍼하는 양을 보오니 소자도 이 사람의 효성에 감동이 되옵니다. 형이 일병에게 죽은 것을 생각하옵고 어머님께서 애통하시는 양을 생각하오면 당장에 이 사람의 간을 씹고 피를 빨고도 싶거니와, 나도 사람이요 그도 사람이라 어버이를 생각하는 정이 같은 것을 보오니 차마 그 목숨을 끊을 생각이 아니 나옵니다. 이제 이 사람을 죽여 시원히 형의 원수를 갚느니보다 도리어 이 사람을 살려 제 나라로 돌려보내어 생전에 다시 그 모친을 보게 하는 것이 죽은 형의 뜻을 위로함이 될까 하오니, 소자를 불쌍히 여기시와 이 사람의 목숨을 보존케 하여주시옵소서."

하고 비셨습니다.

　조모님께서 그 말씀을 이윽히 들으시더니, 눈에 눈물을 떨구시고 손에 들었던 낫을 내어던지시며,

　"네 말이 옳다. 네 말대로 하여라. 내가 내 아들을 애통하는 맘이 간절하거든 남인들 안 그러랴. 애, 네 빨리 집에 달려가서 옷을 한 벌 가져다가 이 사람을 입혀라. 지금 이 사람의 뒤를 따르는 사람이 임하였다고 한다."

하시고 선친을 보내시자, 곧 고개 너머로서 아 하는 소리가 들리더랍니다. 그래 조모님께서 그 일본 병정을 일으켜 웅크러진 곳에 눕게 하고 당신의 치마를 벗으셔서 그 일본 병정을 덮어주셨습니다.

　그러자 몽둥이와 칼 든 사람 수십 명이 달려오더니, 조모님을 뵈옵고,

　"지금 이리로 왜병 하나 지나가는 것 보았소?"

하고 물은즉, 조모님께서는 나뭇가지를 따시며,

　"보았소."

하셨습니다

　"어디로 갔소?"

하고 그 사람들이 물은즉, 조모님께서는 치마 씌워놓은 데를 가리키시며

　"저리로 갔소."

하셨습니다.

　그 말을 듣고 사람들은 치마를 들쳐볼 생각은 아니하고 그리로 달아나고 말았습니다.

　이렇게 급한 통을 벗어난 뒤에 내 선친께서 가져오신 옷을 입혀서 날이 저문 뒤에 그 사람을 집으로 데려다가 숨겨두었습니다.

그러나 조그마한 집이라 어디 숨겨둘 방이 있나요? 그래, 방에 앉았다가 밖에서 사람 오는 기색이 보이면 혹 부엌에도 숨기고 혹 뒷문으로도 내어보내고, 이러기를 얼마를 하는 동안에 살 맞은 자리도 낫고 몸도 다시 충실하여졌으나 어디로 갈 곳이 있습니까.

　하루는 그 사람이 조모님 앞에 끓어 엎디어,

　"목숨을 살려주신 은덕은 삼생(三生)에 잊지 아니하옵고, 열 번 죽었다 다시 살아서 만일이라도 갚기를 맹세하옵니다."

하고 눈물을 흘립니다.

　조모님께서 그 사람을 집에 두시고 한 달이나 남짓 지내시는 동안에 옛날 원수와 분한 맘도 다 잊어버리시고 아들과 같이 귀애하시며, 어찌하면 어서 바삐 집으로 돌아가 그 어머니를 만날까, 혹 사람들이 집에 일본 사람이 숨어 있는 줄을 알지나 아니할까 하고 항상 근심하시던 차이라, 그 사람이 우는 것을 보고,

　"은혜가 무슨 은혜랴. 이것도 다 인연이지. 사람 사는 곳에 인정이 있는 법이야. 왜 사람들이 부질없이 싸움을 일으켜서 서로 죽이나. 피차에 그냥 두어도 오래도 살지 못할 인생에 왜 서로 활로 쏘고 칼로 찔러 죽이나. 너도 너희 나라에 돌아가거든 다시는 그런 짓을 말라고 말을 잘하여라."

하고 위로하였습니다.

　그런즉 그 사람이 더욱 느껴 울며,

　"생아자(生我者)도 부모요 활아자(活我者)도 부모라니, 저를 죽을 데서 살려주셨사오니 이제부터 어머님이라 부르게 하시고 저를 아들이라 불러주시옵소서."

합니다.

"나는 벌써 너를 아들로 알고 있는데. 죽었던 큰아들이 살아온 것으로 알고 있는데."

하시며 그 사람의 등을 어루만지셨습니다. 그런즉 그 사람이 더욱 감격하여 일어나 여러 번 절하며,

"소자를 아들로 아시오니 무엇이라 감사하올 말씀이 없사옵니다."

하고 말이 막혀 한참을 느껴 울기만 하다가,

"오늘은 소자가 어머님 슬하를 떠나야 하겠습니다. 아모리 하여도 이웃 사람들이 소자가 여기 숨어 있는 줄을 알기 쉽사옵고, 그러하오면 어머님과 이 어린 동생에게 큰 누가 될 듯하오니, 소자는 오늘 어머님 슬하를 떠나서 죽든지 살든지 다른 곳으로 달아나려 하옵니다."

합니다. 이 말에 조모님께서는 깜짝 놀라시며,

"가기를 지금 어디로 간단 말이냐. 요새 사람들이 모이기만 하면 일본 사람을 죽일 말만 하는 이때에 가기는 어디로 간단 말이냐. 여기 숨어 있다가 세상이나 평정해지고 너도 조선말이나 더 잘 배워가지고 어디로 빠져나갈 도리를 해야지, 지금 가다가는 얼마를 안 가서 큰일이 날 것이다."

하고 간절히 만류하셨습니다.

이런 말을 할 즈음에 밖에 일하러 갔던 선친께서 황황히 뛰어 들어오며,

"어머님, 큰일 났습니다. 지금 진주서 병정 수십 명이 저 고개를 넘어오는데, 우리 집에 일병 두목 하나가 숨어 있다고 그것을 붙들러 온다고 합니다. 이 일을 어찌합니까?"

하십니다.

조모님께서는 깜짝 놀라시며 도진이를 보시고,

"얘, 네가 일병 두목이더냐?"

하신즉, 도진이는 고개를 숙이고,

"제가 두목이 아니라 제 삼촌이 이름난 두목이옵고, 저는 제 삼촌을 따라왔습니다. 아마 죽은 사람들의 모가지를 검사하다가 제 것을 찾지 못하여 사방으로 염탐을 하다가 제가 여기 숨은 줄을 안 모양입니다. 제가 일전 뒷문으로 빠져나갈 때에 웬 사람이 저를 번뜩 본 일이 있는데, 아마 그 사람이 고한 모양입니다……. 그러나 어머님, 아무 염려 마시옵소서. 저만 나서면 어머님께나 이 아우에게는 아무 일도 없을 것이니, 제가 지금 그 사람들 오는 곳으로 마주 나가서 그대들이 찾는 사람이 내노라고 나서겠습니다. 어머님께서 살려주신 은혜를 금생에 만일도 갚지 못하옵고 금생을 떠나게 되는 것이 철천지원(徹天之寃)이오나, 죽어서 귀신만 남더라도 맹세코 은혜를 갚으려 하옵니다."

하고 일어나 하직하는 절을 합니다. 그것을 보시고 조모님께서는 도진이를 붙드시며,

"네가 나를 어머니라고 부르니 내 말을 거역하지 말아라. 사람들 오는 것은 내가 담당할 것이니, 너희 둘은 이 길로 아모 데로나 달아나거라. 젊은 것들이 어디를 가면 못 살랴. 착한 맘을 가진 자에게 복이 따르는 것이니 어디를 가든지 착한 사람이 되어 잘살아라. 자, 여러 말 말고 어서 떠나거라."

하고 아무러한 말도 들으려 아니하시고, 두 아드님을 등을 떼밀어 내어쫓았습니다.

허생은 여기까지 하는 노인의 말을 듣고 미친 사람과 같이,

"좋다! 좋다!"

하고 부르짖었습니다. 갑작스럽게 '좋다, 좋다.' 하는 것을 보고 노인도 놀라고 사람들도 놀라서 허생을 쳐다보았으나, 허생은 여전히 무릎을 치고,

"좋다! 참 좋다!"

하고 수없이 감탄을 합니다. 무엇이 좋은 것인지 아무도 허생의 뜻을 아는 이가 없습니다.

허생뿐 아니라 자손들도 노인이 하는 이야기를 듣고 모두 침을 삼키며 그 뒤를 들으려 합니다. 아이들까지도 그 바람에 모두 잠잠히 손으로 턱을 고이고 주름 잡히고 눈썹까지 세인 조부님, 증조부님을 바라보고 앉았습니다. 이 광경을 보고 노인은 더욱 감동 많은 어조로 말을 이어,

그렇게 하도 조모님께서 엄절하게 명령을 하시니, 어찌할 수 없이 아버지께서는 도진이를 데리고 집에서 뛰어나와 뒷산으로 올랐습니다. 산에 오르기는 올랐으나 그래도 발길이 아니 돌아서서 솔포기 틈에 숨어서 기다리노라니, 어디서 '우아' 하는 소리가 나며 수십 명 사람이 맹호같이 달려들어서 우리 집을 에워쌉니다. 마침 달밤이 되어서 사람들이 담을 에워싸고 마당으로 왔다 갔다 하는 것이 희미하게 보이고, 왁자 떠드는 소리도 들립니다.

'대체 어찌되는 심인고.' 하고 맘이 조마조마해서 숨도 못 쉬고 있는 판에, 그 사람들이 조모님을 잔뜩 결박을 지워서 앞세우고 대문으로 나오는 것이 보입니다.

이 광경을 보시고 아버지께서는 당장 뛰어나가 '나를 죽이고 내 어머니를 놓아달라.'고 하려 하였으나, '아니다, 어디 동정을 보자.' 하고 먼 빛으로 그 사람들의 뒤를 슬슬 따랐습니다. 만일 그 사람들이 조모님께 손만 대면 곧 뛰어 나서려 하였습니다.

그 사람들이 얼마 동안을 조모님을 끌고 오던 길로 돌아가더니, 그중에 한 사람이,

"아니다. 이럴 게 아니라 우리 다시 돌아가서 그 동네를 모조리 뒤져보아야겠다."

하고 발론을 합니다. 그러고는 다시 조모님을 앞세우고 동네를 향하고 돌아오다가, 또 그중에 어떤 사람이,

"이럴 게 없다. 그동안에 달아나면 안 되겠으니, 이 노파는 여기다 놓아두고 우리 얼른 뛰어가보자."

합니다.

그러고는 사람 하나만 조모님을 지키라고 거기 남겨놓고 다들 달아나고 맙니다.

아버지께서는 '옳다구나!' 하시고 도진이와 같이 달려 내려와 조모님을 결박하였던 것으로 조모님을 지키는 사람을 결박을 하고, 버선의 솜을 빼어 그 사람의 입을 잔뜩 틀어막아 소리를 못 내게 하여놓고는 조모님을 업고 달아납니다.

"자, 바다로만 가자. 그저 바다 있는 데로만 달아나자."

하고 도진이와 아버지가 조모님을 번갈아 업고 밤새도록 줄달음쳐서 삼천포에 다다르니, 대체 어떻게나 빨리 왔던지 아직 밤이 새지를 아니하였더랍니다.

"인제는 위선 아무 배나 닥치는 대로 잡아타는 수밖에 없다."

하고 바닷가로 돌아다니다가, 뉘 배인지도 모르나 큼직한 배 하나를 잡아타고 거기를 떠났습니다.

하고 노인은 바로 자기가 무서운 위경(危境)이나 벗어난 듯이 '휘' 하고 안심하는 한숨을 쉬고 듣던 사람들도 모두 무서운 통을 벗어나기나 한 듯이 굳게 되었던 몸을 푸는데, 잠잠하던 방 안에 바스락거리는 옷 소리가 들립니다.

"할아버지, 그래 어떻게 하셨어요?"

하고 손녀인지 증손녀인지 모르나 열서너 살 된 어여쁜 계집아이가 노인의 소매를 당깁니다. 노인은 웃는 낯을 돌려 그 계집아이를 물끄러미 보더니, 다시 고개를 돌려 허생을 향하여,

"그런 뒤에도 이야기가 많지요. 죽을 뻔한 일도 한두 번이 아니고요……. 그러나 그런 이야기는 다 할 것도 없고……. 어찌했으나 이 모양으로 내 선친께서 이 일본 땅에 건너와 살게 된 것입니다. 와본즉, 내가친께서 살려내신 도진이가 이곳 큰 대명의 아들이던 까닭에 그 대명이 대단히 고맙게 여겨서 여기서 잘 살도록 모두 주선해주었지요……. 자, 약주나 한 잔 더 잡수시지요."

하고 노인이 허생에게 술을 권합니다.

그런 뒤에 점심이 들어오고, 점심이 끝난 뒤에 노인은 사람을 보내어 허생의 배를 지키게 하고 배에 있던 사람들을 모두 청하여다가 수일을 유숙케 하며, 허생이 사기를 원하는 포목과 기명과 철물과 칠기와 어린아이들의 옷감과 장난감과, 무릇 생활에 필요한 것을 많이 사들였습니다.

허생이 값을 치르려 한즉 노인은 손을 흔들며,

"그게 무슨 말씀이야요. 그것은 나를 욕하시는 게지. 어디 그럴 리가 있어요?"

하고 굳이 사양합니다.

허생이 장기를 떠날 때에는 부인네와 어린아이 들을 제하고는 모조리 뱃머리에 나와 작별하기를 아끼며 모두 손에 한 가지씩 물건을 가져와서 신행(贐行)으로 받기를 권합니다. 마치 부자 형제가 서로 떠나기를 아껴하는 것 같습니다. 노인도 허생의 만류함도 듣지 아니하고 교군을 타고 나와서 배를 다 돌아보고,

"인제는 이 늙은 것이 죽어도 한이 없소이다. 어, 이런 기이한 인연이 또 어디 있소?"

하고 허생의 손을 붙들며,

"자, 잘 가시오! 또 오시오! 고국에 가거든 고국 산천과 고국 사람들에게 내 인사나 드려주시오."

하고 목이 메어 차마 손을 놓지 못합니다.

"잘 가시오!"

"또 오리다."

"순풍에 잘들 가시오!"

"백자천손(百子千孫)하고 잘들 사시오!"

배들이 돛에 바람을 맞아 육지에서 차차 멀어지건마는 사람들은 돌아서려고도 아니 하고 여전히 그 자리에 모여 서서 손을 두르고,

"잘 가시오!"

"잘 있으오!"

하고 소리들을 지릅니다.

다시 바닷길을 걸은 지 열이틀 만에 저녁때나 되어 새 나라 강 어구로,

"어야드야 어허리."

하고 소리를 높이 들어서 산모퉁이를 돌아설 때에, 집에 있던 부인네들과 일하러 나갔던 사나이들은 손에 들었던 것을 던지고 반가움에 못 이기어하는 이상한 소리를 지르며 강가로 뛰어나오고, 개, 고양이들까지도 사람들의 뒤를 따라 나와 강가에서 가댁질을 하며 풀판에서 풀을 뜯던 마소들조차 고개를 번쩍 들고 강가에 들어와 돛을 내리는 배들을 향하여 제각기 제 소리로 부르짖습니다.

"에그, 꼭 한 달 만에 오시네!"

"풍랑이나 안 만나셨나요?"

"장사나 잘되셨나요?"

"일본은 어때요?"

"오늘이나 오늘이나 하고 기다렸는데요."

하고 모두 껴안을 듯이 반가워합니다.

실상 허생이 떠난 뒤로 이 사람들은 마치 목자 잃은 양 모양으로 맘이 놓이지 아니하여 오늘이나, 오늘이나 하고 허생이 돌아오기만 기다렸습니다.

"에그, 생원님이 안 오시면 어쩌오?"

하고 밤에 아내가 그 남편을 보고 걱정을 하면,

"내가 있는데 어때?"

하고 남편이 큰소리를 하면 아내는 입을 비쭉하며,

"암, 그렇지. 생원님 덕에 당신도 떵떵거리지 인제 생원님이 무슨 일

로 못 오시게만 되어보오. 오도 가도 못 하고 쩔쩔맬걸."

합니다. 그러면 남편은 와락 성을 내며,

"에끼, 방정맞은 것 같으니! 생원님이 못 오시기는 왜 못 와!"

하고 소리를 지릅니다.

"아니, 만일 그러하다면 말이야."

하고 아내는 부끄러운 듯이 고개를 숙여버리고 맙니다.

이 모양으로 이 백성들에게는 허생이 없이는 살지 못할 것 같습니다. 흙 속에 종자를 넣더라도 허생이 있고야 싹이 날 것 같고, 푸른 풀에 비가 내리더라도 허생이 있고야 풀이 자랄 것 같고, 새벽닭의 소리에 깊은 잠이 깨어질 때에 처음 생각나는 것이 푸른 콧물 흐르는 허생이어니와, 허생이 없으면 새벽에 올라오던 해도 아니 올라오고 말 것 같습니다. 그래서 허생이 떠난 뒤에 며칠 동안은 온 동네가 쓸쓸하여 웃음소리도 잘 안 들리고, 모든 일에 흥이 빠져서 마치 상갓집과 같았습니다.

하늘가에 검은 구름 한 장이 떠도 저것이 생원님 가시는 곳에 풍랑이나 되지 아니하는가, 삼림 속으로 바람이 우수수 불어와도 저 바람이 생원님 계신 곳에 풍랑이나 아니 일으키는가, 저녁 먹고 달그림자 밑에 모여 앉아 이야기를 하다가 갑자기 서늘한 바람이 휙 불고 달그림자가 스러지며 콩알 같은 소낙비가 말 달리는 듯한 소리를 내면서 산으로 들로, 지붕으로 강 위로 달려 지나갈 때에 '에그, 에그' 하고 집으로 뛰어들어가서도 창으로 바깥을 바라보며 허생을 생각하였습니다.

"도적 누명은 누가 벗겼나

생원님이시구요

시집 장가도 누가 들였나

생원님이시구요

먹을 것 입을 것은 누가 주셨나

생원님이시구요

이러구 저러구 어느 님 덕인가

생원님 덕이라."

더욱이 새 나라에 온 지 삼사 삭이 되어서부터 하나씩 둘씩 아내들의
월경이 끊이고 허리띠와 치마 고름을 꼭꼭 졸라매게 됨으로부터 새 나라
에는 새 기쁨이 들어왔습니다.

"건넌집에서도 입맛이 없어졌대."

"이히, 뒷집 조꼬망이도 드러누웠던데."

이 모양으로 집집마다 애기 서는 것이 이야깃거리가 되게 되었습니다.
사나이들이야 설마 입 밖에 내어서 그런 말은 못 하나 그래도 일터 같은
데서 혹 친한 사람끼리 단 둘이 마주 앉으면,

"우리 집에서도 요새는 밥은 안 먹고 짜증만 낸다누."

"우리 집은 어떻게? 오늘도 아프다고 누웠다누."

하고 서로 빙긋 웃습니다.

이러한 새로운 기쁨이 들어오자 사람들이 허생을 사모하는 마음이 더
간절하여졌습니다.

이러하던 판에 허생이 한 달이나 떠났다가 돌아왔으니, 그 사람들의
기쁨이야 말할 것이 있습니까.

허생이 일본서 돌아온 날, 여러 날 수로(水路)에 피곤해서 잠을 자노라

니 밖에서 누가 찾는 소리가 납니다.

"생원님, 생원님, 주무서 곕시오?"

허생은 벌떡 일어나 문을 열며,

"누구요. 왜 그러오?"

한즉 그 사람이 허생의 앞으로 나가서,

"소인의 지에미가……."

하는 것을 허생이 그 말을 막으며,

"이 나라에는 소인이란 말은 없소. '내 아내가' 이렇게 말하시오."

하였습니다.

"네, 생원님께서는 노 그렇게 말씀을 하시오나, 어디 그럴 수가……."

하고 허리를 굽히는 것을 허생은 성을 내며,

"다시는 아예 내 앞에서 그런 소리를 마시오. 누구 앞에서도 그런 소리를 마시오."

하고 어성을 낮추어,

"그래, 부인께서 어떠시단 말씀이오?"

하고 물었습니다.

그런즉 그 사람은 부끄러운 듯이, 고개를 숙이며 말하기 어려운 듯이 머뭇머뭇하며,

"제 아내가 배가 아프다고 초저녁부터 그러는 것을 내버려두었더니 지금은 죽으랴고 듭니다. 그래서 생원님께……."

"응, 좋은 일이오."

하고 방으로 들어가서 무슨 봉지를 내다가 주며,

"지금 아기를 낳으시랴는 모양이니, 이 약을 갖다가 얼른 달여드리시

오."

하였습니다.

　그 사람이 그 약을 받아가지고는 가노라는 인사도 할 새 없이 어두운 속
으로 스러져버린 뒤에 허생은 마당에 나서서 거닐기를 시작하였습니다.

　아직 동은 트지 아니하고 밤은 더욱 깜깜한데, 까만 하늘에는 어린애
눈 같은 별들이 잠들었다가 금방 깬 듯이 반짝반짝합니다. 어떻게 조용
한지 흐르는 강물이 물에 잠긴 나뭇가지를 스치는 소리조차 들리는데,
허생의 눈앞에는 반짝반짝하는 등잔불 하나가 보이고 그 불 앞으로 사람
이 움직이는 양이 보입니다. 허생은 가만가만히 걸음을 옮겨 집 앞으로
점점 가까이 갔습니다.

　허생이 한 걸음씩 한 걸음씩 그 등잔불로 가까이 갈 때에 문득 그 집
에서,

　"으아, 으아."

하는 소리가 들립니다. 허생은 멈칫 걸음을 멈추고 혼잣말로,

　"낳았고나!"

하며 빙그레 웃고 고개를 기울였습니다. 여전히,

　"으아, 으아."

하는 부드럽고도 기운 있는 소리가 들립니다. 이 나라에서는 처음 듣는
소리, 이 나라에서는 처음 나는 사람. 원컨대 이 사람의 이 소리는 '아,
내가 왜 이 세상에를 왔던고.' 하는 소리가 되지 말아지이다. 원컨대 이
사람의 이 소리가 새 나라의 즐거움을 아뢰는 첫 소리가 되게 하여지이
다. 허생은 부지불각에 합장하고 하늘을 우러러보지 아니치 못하였습니
다. 고국에서 볼 때보다 훨씬 북쪽으로 치우쳐 보이는 북두성 자루가 서

쪽으로 기울었는데, 수없는 별들이 여전히 방금 무슨 말을 하려는 듯이 입을 방끗방끗하면서도 말이 없습니다.

저 푸른 하늘은 언제부터 저렇게 푸르르며, 저 반짝거리는 별들은 언제부터 저렇게 반짝거리나. 처음이 없고 나중이 없고, 어디를 보아도 끝 간 데를 모를 이 허공 속에 둥둥 떠 있는 조그마한 이 세상. 그 세상에 하루살이 모양으로 아침에 났다가 저녁에 스러지는 사람의 무리. 얼마 살지도 못하는 세상에 왜들 하루도 평안한 날, 즐거운 날을 보지 못하고 지내고, 속고 속이고, 때리고 맞고, 빼앗기고 빼앗고, 울고 울리고 하다가 할퀴어진 얼굴 삐어진 팔다리로 원망의 두 줄 눈물을 흘리면서 독한 술에 취한 사람 모양으로 두통이 나고 사지가 쑤시고 현기가 나서 보기만 해도 참혹하게 비틀거리면서 시커멓고 흙내 나는 무덤 속으로 안 들어가면 아니 되는고.

"으아, 으아."

하고 새로 난 사람의 우는 소리가 또 들립니다.

"아가 아가 울지 마라
여기 여기 새 나라에
울지 말고 방글방글
웃고 웃고 웃고 살자

아가 아가 울지 마라
여기 여기 새 나라에
밥도 많고 옷도 많고

물도 꿀도 단데 단데

아가 아가 울지 마라
여기 여기 새 나라에
꽃도 곱고 새도 곱고
우리 아가 더 곱고나

아가 아가 울지 마라
여기 여기 새 나라에
아들 낳고 딸도 낳고
천년만년 살고지고

아가 아가 울지 마라
여기 여기 새 나라에
죽는 게야 어이하리
살 대로나 살아보자."

이날에 난 것은 사나이였습니다. 허생은 새 나라에 와서 처음 난 아들
이라 하여 한 일 자, 백성 민 자, 일민이라고 이름을 짓고, 나와 남을 가
리는 성은 쓰지 말기로 하였습니다.

일민이가 새 나라에 들어온 날, 새 나라에서는 큰 명절을 당한 것 같았
습니다. 비록 더운 나라이지마는 옛 나라 풍속대로 산모 있는 방문을 꼭
봉하여 바람을 아니 쏘이도록 하고, 사람들은 그 집 문밖에 모여 말없이

귀를 기울이고 있다가 이따금 들리는 아기의 울음소리를 듣고는 모두 기쁨을 못 이기어하는 듯이 빙그레 웃습니다.

허생은 일본서 사가지고 온 짐을 끌러 갓난아이의 옷감과 장난감과 어머니와 아버지의 옷감을 찬란한 보에 싸서 돌이를 시켜 아이 난 집으로 보내었습니다. 그리고 비단으로 기를 만들어 일민이의 집 앞 높은 나무에 달았습니다.

이날부터 거의 날마다 새 사람들이 나기를 시작합니다.

'으아' 하면 아들이 나고, 또 다른 집에서 '으아' 하면 딸이 나고, 또 그 다음 집에서 '으아' 하면 또 아들이 나고, 또 그다음 집에서 '으아' 하면 딸이 납니다. 아들이 나면 나는 차례를 따라 '이민이', '삼민이', '사민이'라고 이름을 짓고, 딸이 나면 '일랑이', '이랑이', '삼랑이' 하고 차례를 따라 이름을 지었습니다.

고요하던 동네에 '으아, 으아' 하는 아들딸들의 사람을 기쁘게 하는 희망에 찬 울음소리. 일터에 나가 일하던 아버지들도 가끔 집을 향하여 귀를 기울이는 것은 행여나 바람결에라도 '으아' 하는 정든 소리가 들릴까 함이요, 부엌에서 밥을 짓느라고 불을 때던 어머니들도 부지깽이 끝에 불이 붙어 오르는 줄도 모르고 가만히 귀를 기울이는 것은 행여나 방 안에서 자는 아기의 색색하는 숨소리가 들리거나 할까 함입니다.

언제나 이것이 사람을 알까. 언제나 이것이 '엄마'를 부를까. 언제 덥적덥적 기나. 언제나 걸음발을 타나. 언제나 심술부리고 말썽 부리는 장난꾼이 되나.

"오늘은 일민이가 웃었대!"

하여 이것이 큰일이 되었습니다.

"아이, 어느새 웃어?"

하고 사람들은 일민이 웃는 구경을 옵니다. 가만히 조그마한 얼굴을 들여다 보노라면, 조그마한 조마귀를 두르면서 방그레 웃는 것도 같고 아니 웃는 것도 같습니다. 이것이 '배냇웃음'이니, 어머니 배 속에서 가지고 나온 웃음이란 것입니다. 옛 나라에서는 아이들이 걸음발만 타게 되면 벌써 세상의 쓰라린 풍파에 이 웃음을 흘려보내고 그 대신에 양미간에 주름살이 잡히는 것이어니와,

'원컨대 새 나라에서는 '배냇웃음'이 잎이 피고 꽃이 피어 웃음의 나라를 만들어지이다.'

일민의 웃음 구경 온 사람이야 누군들 이 축원을 아니 하겠습니까.

그로부터 하나씩 하나씩 웃기를 시작하여 오늘은 삼민이가 웃고, 이튿날에 이랑이가 웃고……. 새 나라에도 새봄이 돌아와 작은 꽃 큰 꽃, 나무꽃 풀꽃, 붉은 꽃 흰 꽃이 산에 들에, 밭둑에 마당가에 향기를 놓고 웃을 때에 새 나라 백성들의 볼그레하고 젖내 몰큰몰큰 나는 입술과 토실토실하고 이른 봄 살찐 고비와 같은 조마귀에도 향내 나는 꽃이 웃기를 시작합니다.

밭 갈고 뿌린 곡식이 싹이 나고 자라는 대로 새 나라의 아들들과 딸들도 병 없이 탈 없이 쑥쑥 자라서, 햇보리가 솥에서 끓고 외, 참외가 척척 늘어질 때에는 엎디어 배밀이하는 이도 있고, 모로 뒤는 이도 있고, '때때때' 하고 말공부를 하는 이도 있고, 일민이는 '아빠'라는 말까지도 하였다고 합니다.

그러나 그중에도 어머니 되는 복을 타지 못한 여인도 있고 아버지 되는 복을 타지 못한 사나이도 있어, 적막한 듯이 이웃집 아기들이 우는 소리

를 부러운 듯이 엿듣는 이도 있습니다. 그중에 어떤 이는 내외가 서로 의논하고 허생을 찾아가서,

"여쭙기도 어려운 말씀입니다마는, 어째 남들은 다 아이를 낳는데 저희는 아직도 아무 소식이 없습니까?"

하고 얼굴을 붉히며 묻습니다. 허생은 동정하는 듯이,

"더 기다려보시지요."

한즉 그 사람은,

"제 나이 벌써 사십이오니까요. 사십이 되도록 장가도 못 들고 돌아다니다가 생원님 덕에 장가도 들고, 이렇게 좋은 나라에 와서 살기도 걱정이 없건마는 왜 자식이 없습니까?"

하고 그 무섭던 도적놈의 우락부락하던 얼굴에 비단결보다도 더 부드러운 인정의 근심이 떠돌아옵니다.

허생도 얼른 대답할 말이 없어서 한참 머뭇머뭇하다가 그 사람의 손을 잡으며

"여기서 난 모든 아기들은 다 당신의 아기로 아시오."

하였습니다. 그러나 그 사람은 낙심하는 듯이 고개를 숙이고 일터로 나가버립니다. 그 뒤를 따라 허생도 돌이와 함께 먹줄과 장도리를 가지고 아이들 모여 놀 집을 지으러 나갔습니다.

새 나라의 세월이 어느덧 삼 년이 지내었습니다. 그동안에 혹 전에 보지 못하던 큰비도 오고 전에 보지 못하던 큰바람도 불고, 혹 아이와 어른이 병도 들었으나 별로 큰 불행도 없이 순탄하게 지내었습니다. 그동안 허생은 일본에도 사오 차 다녀와서 곡식과 기타 이곳에 나는 신기한 물품을 갖다 팔아 큰 이익을 얻었으나, 새 나라에서는 돈의 필요가 없으므로

금돈과 은돈 몇 푼을 녹여서 어린애들 노리개를 만들어주고 그 밖에는 혹 구멍을 뚫고 실을 꿰어서 개와 고양이에게 매달아주고, 한번은 놀러 내려온 기린의 모가지에 금돈 두 푼을 매달아준 것밖에 별로 쓸 곳도 없어서 그냥 빈 배에 쌓아두었을 뿐입니다. 그러나 그중에도 허욕 많은 사람하나가 몰래 금돈을 훔쳐다가 땅에 구덩이를 파고 묻어두다가 한번은 뱀한테 물려서 퉁퉁 부어서 죽도록 고생을 하고는, 병이 낫는 대로 허생을 찾아가서 꿇어 엎디어서 일일이 이실직고를 하고 밤마다 그 금돈을 도로 파서는 끙끙하고 제자리에 도로 져다가 두었습니다.

이러한 일밖에는 별일이 없이 삼 년의 세월이 물 흐르는 듯이 흘러갔는데, 하루는 허생이 큰 마당으로 사람을 모아놓고,

"이번 농사도 잘되었으니 기쁘외다. 먹을 것은 넉넉하고 아들딸도 많이 나고 이만하면 새 나라도 살 만하게는 되었소이다. 나도 여러분이 부족해하는 것 없이 잘 살아가시는 것을 보니 맘이 흡족하오이다. 그러나 나는 본래 이런 일을 하려고 집을 떠난 것이 아니라 내 집이 가난하여 내 아내가 먹을 것을 좀 벌어오라 하기에 나선 것인데, 벌써 내가 집을 떠난 지가 칠 년이 되었으니 아내에게 대하여서도 너무 무심하였고, 또 떠날 때에 어떤 사람에게 돈을 꾸어온 것도 있는데 그것도 갖다 갚아야 하겠고, 또 공부를 좀 하던 것이 있는데 그것도 중도에 쉬었으니 한 삼 년 더 해서 마치어야 하겠고, 또 인제는 나 같은 사람은 이 나라에 있을 필요도 없으니, 나는 지금 이곳을 떠나 옛 나라로 돌아가겠소이다. 삼 년을 사생과 고락을 같이하였으니 정에 차마 떠나기가 어려워서 나도 혼자 떠날 생각을 할 때마다 홀로 눈물을 흘렸소이다마는, 가야 할 길은 아무 때에라도 가야 하지요. 내 이 땅을 살펴보니 동서가 삼백 리요, 남북이 일백 리

라. 삼백 년 동안은 염려 없이 살 것이니 아무 염려 말고 일들 잘 하고, 아들딸 많이 낳고, 복 좋게 의좋게 지금 모양으로만 살아가시오. 삼백 년 후에 이 땅에 사람이 차고 넘치면 또 어찌할 도리가 생길 것이외다.”

허생이 이 말을 할 때에 사람들은 모두 놀라는 듯이, 그러고는 슬픔을 못 이기는 듯이,

“생원님, 못 가십니다.”

“생원님 믿고 사는뎁시오.”

“생원님 가시면 우리는 어찌 살게요.”

하고 모두 허생의 곁으로 와서 간절하게 만류하는 말을 합니다. 부인네들도 아기들을 안고 끌고 낙심하는 얼굴로 남편들이 허생을 만류하는 양을 근심스러이 보고 있습니다. 허생은 가만히 사람들이 하는 말을 듣고 있더니 고개를 들며,

“고맙소이다. 지극히 감격하외다. 그러나 인제는 나는 쓸데없는 사람이니, 내가 만일 더 쓸 데가 있을 것 같으면 간다는 말을 아니 할 것이외다. 지나간 삼 년 동안은 내가 있어야 하겠기로 있었고, 인제는 있지 아니하여도 좋겠기로 가는 것이외다. 아모 때에 떠나더라도 떠나기는 슬플 것이니, 지금 만일 나를 작별하는 것이 슬프시거든 나를 위하여 울어주시오. 그러나 가야 한다고 가는 나를 만류하지는 말으시오.”

하고 힘 있게 말을 끊었습니다.

그런즉 허생의 성질을 아는 사람들은 더 만류하려고도 아니 하고 다만 어쩔 줄 모르고 고개를 숙이고 섰을 뿐입니다.

품에 안긴 어린애들도 젖꼭지를 놓고 물끄러미 어머니들의 얼굴을 바라보며, 세 살 잡히는 일민이는 사람들 틈으로 뚫고 들어와,

'아저씨!'

하고 허생에게 매어달립니다.

일민이가 '아저씨' 하며 매어달리는 것을 보고 허생은 마치 오래 떠났던 자식을 만나는 모양으로 허리를 굽혀 두 팔로 일민을 껴안으며 너무도 감동이 많은 듯이 한참을 말도 없더니, 이윽고 일민을 높이 안아 치어들며,

"여러분은 이 아기를 배우시오. 옛 나라에서 쓰던 모든 풍속과 습관으로 이 아기를 물들이지 말고, 이 아기가 어떻게 하나 가만히 보아 무엇이나 이 아기가 하는 대로만 하시오. 누구나 이 아기들에게 혹은 행실을 가르친다, 혹은 글을 가르친다 하여 옛 나라에서 가지고 온 무엇을 가르치는 이가 있다 하면 그는 방자한 사람이요 죄가 큰 사람이외다. 이 아기가 지금 옛 나라 일을 아무것도 모르는 모양으로 여러분도 옛 나라에서 하던 생각, 하던 일, 본 것, 들은 것을 하나도 남겨놓지 말고 죄다 잊어버리시오. 그중에도 티끌만 한 것이라도 행여 이 아기들에게 전할세라, 하고 조심하고 조심하시오. 옛 나라에 있던 버릇이 전하는 날이면 이 나라에도 옛 나라에서와 같이 싸움이 들어오고, 불행이 들어올 것이오. 그러므로 누구든지 아기들을 가르치랴고는 꿈에도 생각지 말고, 오직 여러분이 만사를 아기들에게 배워서 하시오. 정다운 사람들을 떠나게 되니 하고 싶은 말도 많거니와, 더 말이 나오지를 아니하오. 또 삼 년 동안이나 같이 살면서 날마다 밤마다 말을 하였으니 더 할 말도 없을 것이외다. 부디부디 다툼 없이 잘들 사시오."

하고 허생은 한참 말을 끊었다가,

"그러나 여러분 중에 만일 나와 같이 옛 나라로 돌아가기를 원하는 이

가 있거든 지금 다들 나서시오. 만일 이번에 같이 가지 아니하면 영영 돌아갈 날이 없을 것이오."

하고 사람들을 돌아보았습니다. 그런즉 사람들도 혹 누가 나서는 사람이나 있나 서로 돌아보았습니다. 하나도 나서는 이가 없습니다. 생각만 해도 진저리가 나는 옛 나라, 죽어서 혼령이 간다 하더라도 진저리가 나는 학대받던 옛 나라, 누군들 가기를 원하겠습니까.

"옛 나라요

그립거든요

가만히 생각이나 하지요

가기는요 나는 싫어요."

하나도 옛 나라로 돌아가기를 원하는 이가 없는 것을 보고 허생은 또 한 번 사람들을 돌아보며,

"누구든지 글자를 아는 이가 있거든 다들 나서시오. '하늘 천' 자 하나를 알더라도, '기역', '니은'만을 알더라도 다 나서시오."

하였습니다. 이 말을 듣고 하나씩 하나씩 나서는 사람이 오십여 명이나 되었습니다. 허생은 한 번 더,

"이밖에는 글자 아는 이가 없어요? 있거든 나서시오!"

하고 불렀습니다. 그러나 더 나오는 이가 없습니다. 그제는 허생이,

"글 아는 사람은 다 나와 같이 옛 나라로 돌아갈 준비를 하시오. 이 나라에도 글이 들어오는 날이면 또 놀고먹는 사람이 생기고, 놀고먹는 사람이 생기면 또 양반과 상놈이 생기고, 양반과 상놈이 생기면 또 부자와

가난한 사람이 생기고, 부자와 가난한 사람이 생기면 또 원이 생기고 감사가 생기고 도적이 생기고 싸움이 생겨서 옛 나라와 다름이 없이 될 것이니, 누구든지 이 나라에서 글을 만드는 사람이 있거든 내어쫓아야 하오. 자, 내일 아침으로는 떠날 것이니, 다들 어서 준비를 하시오."

하였습니다.

사람들은 다 흩어졌습니다. 내일은 허생이 떠나는 날이니, 오늘 하루를 큰 잔치를 베풀어 허생을 전송할 양으로 더러는 산에 올라 과일과 나물을 따고, 더러는 강에 내려 고기를 잡고 더러는 떡방아를 찧고, 더러는 불을 때고 더러는 배에 물과 양식을 싣고, 또 더러는 허생과 또 그와 같이 떠나는 사람들에게 각각 선물을 봉하고, 온 동네가 벌의 둥지 모양으로 오글오글 끓습니다. 그중에도 허생과 같이 가게 된 글 아는 사람들은 모두 낙심하여 짐들을 묶고 이웃 사람들과 수없이 작별하는 인사를 바꿉니다.

이튿날 아침 훤하게 먼동이 틀 때에 벌써 사람들이 일어나 허생을 작별할 준비를 합니다. 모두 세수를 하고 머리를 빗고 새옷을 갈아입고 아침들을 일찍이 지어먹고는 등잔불 밑에 모여 앉아서 허생이 배에 오른다는 소식이 오기만 기다립니다. 남편과 아내와 어린아이들과, 어린것들도 웬일인지 모두 잠들을 깨어서 어머니와 아버지의 어깨와 무릎으로 기어오르고 등 뒤로 기어들고 깨득깨득 웃고 떠들고 가만히 있지를 아니합니다.

"생원님이 가시면 어찌하오?"

하고 아내가 어린아이의 등을 쓸며 걱정을 하면,

"그러니 가신다는 걸 어쩌오."

하고 어깨에 기어오른 아기의 두 손을 잡는 남편이 역시 근심스럽게 대답합니다.

"그래도 좀들 못 가시도록 붙들지 않고……. 왜 사내들이 다들 그 모양이오?"

하고 아내가 불평을 하면,

"그 양반이나 누군데? 한번 '이렇게 한다.' 한 다음에야 상감님이 무어라면 들을 뻔이나 하오?"

하고 남편도 불평스러운 듯이 대답을 합니다. 집집에 거의 이와 같은 문답이 있을 때에 문밖에서,

"생원님 떠나시니 다들 나오시오."

하고 외치는 소리가 들립니다. 이 소리가 나자 방문들이 일제히 열리며 남편들과 아내들이 어린 것을 안고 툭툭 뛰어나옵니다. 방 안에서는 아직 어두운 것만 같더니, 나와 보니 벌써 동편 하늘에는 다홍빛이 돌고, 흰 바위로 된 산봉우리들이 그 빛을 받아 자줏빛으로 타오릅니다. 아아, 새 나라의 아름다운 아침!

나뭇잎들은 구슬 같은 땀을 뚝뚝 떨구고, 새로 핀 꽃에서는 무거운 향기가 피어오릅니다. 밤새도록 이슬에 푹 젖은 흙이 마치 향기 나는 비단 보료 모양으로 포근포근하여 밟아도 소리도 나지 아니합니다.

강가에는 돛과 기구를 새로 장만한 배들이 우두커니 서서 사람을 기다리는데, 뱃머리에 꽂아놓은 붉은 깃발이 새벽 잔잔하고 서늘한 바람에 무슨 뜻이나 있는 듯이 가벼이 나부낍니다.

이윽고 뱃사람들이 오르고 사람들이 배 곁으로 모여들고, 허생과 같이 가게 된 글 아는 사람들이 아내와 어린 아기를 데리고 무수히,

"잘 있으우."

"예."

"또 볼까?"

"잘 가오."

소리를 주고받고 하면서 얼마 안 되는 보퉁이들을 들고 오릅니다. 사람들이 이렇게 지껄이고 웅성거리는 소리에 풀판에 누워 자던 마소들과 망아지며 송아지 들도 잠을 깨어 일어나 일변 이슬에 젖은 부드러운 풀을 뜯어가며 제각기 제 소리를 하고, 닭들도 지붕에와 나뭇가지에 올라가 목을 놓아 소리껏 '꼬끼요, 괴!' 하고 홰홰쳐 아침을 부릅니다.

삼림 속에서 잠깐 깨어 눈을 말똥말똥하던 새들도 이 가지로, 저 등걸로 왔다갔다하며 '찌찌째째', '회리회리로' 하고 저마다 제 소리를 하는데, 어디로 가는지 모르는 강물만 소리 없이 물결도 없이 가는 듯 마는 듯 흘러 내려갑니다. 삼 년 전에 이 땅에 들어온 사람들은 주름 없던 얼굴에 주름도 생기고 까맣던 머리에 백발도 생겼건마는, 해마다 새로워지는 풀과 나무도 매양에 한 모양 같고 나이도 알 수 없는 강물과 산 모양도 매양에 한 모양 같습니다. 천지는 유유하여 늙을 줄을 모르건마는, 사람은 자고 날 때마다 늙어갑니다그려. 이제로부터 몇 해가 아니 하여 이 강머리에서 보내는 이나 보냄을 받는 이나 다 늙어 죽어버릴 것입니다. 저 어머니들의 품속에 안겨서 팔다리를 바둥거리는 아기들도 이 강 물가에서 어른이 되고, 늙은이가 되어 마침내 죽어버리겠지요. 그러나 저 산도 예와 같고 흐르는 강물도 예와 같고, 강가에 푸르른 풀과 나무와 향기 피우는 꽃들도 예와 같을 것입니다……. 이 모양으로 낡은 것은 가고 새것은 오니, 유유한 천지만 만고에 젊어 있을 것입니다.

"생원님 나오신다."

하는 소리가 나자, 칠 년 전에 집을 떠날 때에 쓰던 헌 갓, 입던 때 묻은 두루마기, 흐르는 푸른 콧물 바로 고대로 허생이 수십 명 사람의 옹위를 받아 배를 향하고 걸어 나옵니다.

"생원님도 늙으셨다."

하고 누가 한탄을 한즉,

"누굴래 늙으셨나."

하고 곁에 사람의 눈에 눈물이 고입니다.

과연 허생도 늙었습니다. 제주도에 있을 때만 하여도 그래도 젊은 모양이 있었는데, 인제는 이마에만 아니라 약간 쪼그라진 두 뺨에도 두어줄 주름이 잡히고, 본래 작은 몸이언마는 더욱 작아진 것 같습니다. 허생의 뒤를 말없이 따르는 돌이도 옛날의 익살과 흥치(興致)도 거의 다 없어지고 점잖은 장년이 되었으며, 늙은 뱃사공도 인제는 허리가 좀 굽고 눈이 어두워 허생이 일본서 사다 준 돋보기안경을 혹시나 떨어뜨려 깨뜨릴까 보아 노끈으로 다리를 동여매어 사철 쓰고 있게 되었습니다. 이 늙은이는 돌아가면 어디로 가나.

언제 한번 돌이와 이 노인이 나무 그늘에 마주 앉아 이런 이야기를 한 일이 있었습니다. 돌이가,

"영감님, 본국 가실 맘 있어요?"

한즉 노인은 놀라는 듯이,

"어?"

하고 눈을 껌벅껌벅하며,

"본국? 그럼 가고 싶지 않어? 왜 갈 일이 생기나?"

"아니야요. 갈 일이 생겼다는 것이 아니라요, 가시고 싶은가 말씀이야요."

하고 돌이가 웃는 것을 보고 노인은 낙심하는 듯이 입을 쩍쩍 다시며

"나는 또 갈 일이나 생긴다고."

하고 본국이 그리운 듯이 멀리 북쪽을 바라봅니다.

"영감님, 본국은 가시면 무엇 하셔요? 집이 있나 아드님이 있나…….
여기 뜨뜻한 데 가만히 계시지 무엇 하러 본국은 가셔요?"

하고 돌이가 또 물은즉 노인은,

"자네는 가고 싶지 아니한가?"

하고 도로 묻습니다. 돌이가,

"제야 가고 싶지요."

한즉 노인은,

"그럼 나도 가고 싶지. 젊은 사람도 가고 싶은데 나 같은 늙은 사람이
안 가고 싶어?"

합니다. 그래 돌이가,

"제야 어머니가 계시니까 가고 싶지요마는, 영감님이야 망녕이시오.
인제 무엇 하러 본국은 가셔요. 여기서 이렇게 종일 나무 그늘에서 어린
애들이나 보아주고 평안히 계시다가 돌아가시지……. 여기는 묻히실 데
가 없나요?"

한즉 노인은 고개를 쩔레쩔레 흔들며,

"그래도 본국이 좋아! 산도 본국 산만 못해. 무엇이나 조선이 좋아!"

하고 또 북쪽을 바라봅니다.

이러하던 노인이 오늘 떠난다는 말을 듣고 어린애 모양으로 기뻐하면

서 꼬부라진 허리를 지팡이에 의지하고 허생의 뒤를 따라 나옵니다.

"어쩌면 삼 년 동안에 저 영감님이 저렇게 늙으서?"

하고 누가 한탄하였습니다. 과연 삼 년 전 어느 날 저녁때에 처음으로 이곳으로 들어와 배를 내릴 때에 젊은이보다도 더 기운차게 펄펄 날던 영감님이 저렇게도 늙었을까. 사람들은 그 노인을 보던 눈으로 자기네들 서로 돌아보지 아니할 수 없었습니다. 그러고는 아무도 말을 아니 하지마는 속으로는 누구나 다 '우리도 늙었구나. 늙었을 게다, 아이들이 말을 하게 되었으니.' 이런 생각을 아니 하지 못하였습니다.

사람들이 각각 자기가 늙은 것을 생각할 때에 그렇게도 원수 같던 옛 나라가 새삼스럽게 그리워져서 자기네도 허생과 같이 타고 오던 배를 도로 타고 가고 싶은 생각이 납니다.

"늙는 것 생각하니
옛 나라 그리워라
아모리 그리워도
못 가올 옛 나라를
생각만 저 배를 따라
돌아갈까 하노라

옛 나라 간다 한들
기다릴 님 있으랴만
기다릴 님 없사와도
내 홀로 그리운지고

216

그립고 못 뵈는 님은
꿈에나 뵈일까 하노라

고국 강산에
부디 이 말 전하시오
만 리를 떠나온들
잊을 줄이 있으리까
때 있어 부르시옵거든
달려간다 하시오."

허생은 차마 떠나기가 어려운 듯이 이 끝에서 저 끝으로 한 사람씩 한 사람씩 손을 잡고 등을 만지며,

"부디부디 잘 사시오."

하고 작별의 인사를 하고, 이천 명이나 되는 어린아이들의 손과 머리를 잠깐잠깐 만져보고는 팔을 둘러 떠나노라는 뜻을 표하면서 맨 앞에 선 배에 오릅니다. 허생이 배에 오르자 사람들은 일제히 허생의 뱃머리로 모여들어 꽃을 던지고 선물을 던지고 소리를 지르고 눈물을 흘리고, 허생을 안아 내리려는 듯이 팔들을 벌리고 부르짖습니다. 허생은 두 팔을 번갈아 둘러 작별하는 뜻을 표하고, 돌이는 허생의 곁에 쓰러져 울며 가끔 고개를 들어 눈물에 흐린 눈으로 사람들을 바라보고는 또 쓰러져 울고, 노인은 지팡이에 기대어 말도 못 하고 허생 모양으로 팔도 못 두르고 고개만 수없이 끄떡끄떡합니다. 이러한 동안에 뱃사람들은,

"어야드야 어혀리
어기어차 닻 감아라
새 나라야 잘 있거라
어기어차 옛 나라로

어야드야 어혀리
어기어차 닻 감아라
만경창파 만 리 길에
나는 가네 옛 나라로

어야디야 어혀리
어기여차 닻 감아라
이제 가면 언제 오나
기약 없는 옛 나라로

어야디야 어혀리
어기어차 돛 달아라
잘 있으오 잘 있으오
나는 가네 옛 나라로."

이 모양으로 닻을 감고 돛을 달고 찌국 소리가 나며 뱃머리가 돌아 미끄러나는 듯이 스르르 강가를 떠나 한 걸음 한 걸음 흘러내려갈 때에 배 위의 사람이나 밑의 사람이나 일시에 울음이 터졌습니다. 사람들은 눈물일래 잘 보이지도 아니하는 눈을 주먹으로 연해 씻어가며 점점 멀어가는 허생의 배를 바라보고 그저 소리를 지르고 두 팔을 허우적거렸습니다. 그러나 찬 돛에 바람 맞아 흐르는 물에 내려놓은 배들은 살과 같이 물결을 치며 햇빛에 돛이 번쩍하고는 그만 산모퉁이를 돌아서고 말았습니다. 한 배 없어지고, 두 배 없어지고, 세 배 없어지고 열두 배가 마지막 다 없어지자, 뒤에 남았던 물결조차도 배를 따라 스러지고 말았습니다.

사람들이야 들어와 살거나 말거나 산짐승 물짐승, 푸른 새 붉은 새 얼룩 새 들은 여전히 저 다닐 대로 다니며 제 잘하는 소리를 지껄입니다.

"모두 다 잘 있거라
새 짐승도 잘 있거라
다시 본들 어떠하리
못 본들 어떠하리

모두 다 잘 있거라
꽃도 나무도 잘 있거라
만남도 인연일사
떠남도 인연이로구나

모두 다 잘 있거라
산도 물도 다 잘 있거라
가네 가네 나는 가네
가더라도 잘 있거라."

하늘에는 구름 한 점도 없는데 알맞은 남풍이 배의 등을 쑥쑥 밀어 옛 나라로 향하는 배는 북으로 북으로 날아가고, 새 나라의 산들은 차차차차 멀어갑니다. 허생은 뱃고물에 서서 점점 멀어가는 새 나라의 산봉우리에 금빛 같은 석양이 비치인 것을 바라보고 있습니다.

그날 밤에 달이 심히 조요(照耀)하고 물결은 잔잔하여 거울 같은 호숫가로 선유(仙遊)를 하는 듯한데, 허생과 뱃사람들은 삼 년 동안이나 정들었던 새 나라를 떠난 것이 십 년이나 된 듯하여 차마 잠을 이루지 못하고 모두 뱃머리에 나와 이야기도 하며 달도 구경합니다. 그때에 허생이 늙은 사공을 보고,

"여보, 우리가 연전에 봉변하던 데가 여기가 아니오?"

하고 물었습니다. 그런즉 노인은 길게 한숨을 쉬며,

"조금만 더 가면 연전에 봉변하던 데입니다……. 참 지독하였어요. 나도 바다에서 자라서 바다에서 늙었지마는 그런 풍랑은 처음 당하였어요."

하고 무엇을 찾는 듯이 고개를 숙여 바다를 들여다봅니다. 허생도 무심코 바다를 들여다보았습니다. 그러나 바다에 무엇이 있으랴. 오직 깨어졌다 합하는 금빛 같은 달그림자와 몇천 길인지 알 수 없는 시커먼 깊은 물뿐입니다. 사람들의 머릿속에는 그때의 무서운 광경이 선하게 나타나고, 어디로 가버린지 모르는 삼천 명 사람의 오래 잊었던 얼굴들이 물결 위에 번쩍번쩍 보이는 듯하여 사람들의 몸에는 오싹 찬기운이 돌며 소름이 쪽쪽 끼칩니다. 저 늠실늠실하는 물결 속으로서 금방 수없는 손들이 쑥쑥 나오고, 그 뒤를 이어 물이 줄줄 흐르는 머리들이 쑥쑥 나와서 '우리를 두고 어디를 가? 못 가!' 하고 배를 붙들 것 같습니다. 그래서 무서

움에 눌린 사람들은 의지할 데 없는 듯이 허생의 얼굴만 물끄러미 치어다봅니다.

허생의 눈도 늠실늠실하는 물결을 정신없이 들여다보고 있습니다. 한참 있다가 허생이 무슨 새 결심을 한 듯이 늙은 사공을 보고 뱃머리를 동북간으로 돌리기를 명하였습니다.

노인은 깜짝 놀라며,

"여기서 뱃머리를 동북간으로 돌려 어찌한단 말씀입니까? 까딱 잘못하면 방향을 잃고 어디로 갈는지 알 수 없습니다. 게다가 이제 사흘만 지나면 연전에 봉변하던 날인뎁시오."

하고 허생이 시키는 말을 잘 들으려 아니 하는 것을 보고 허생은 좀 어성을 높여,

"생각하는 바가 있으니, 어서 뱃머리를 돌리라면 돌리시오."

하고 엄하게 명령을 한즉, 노인도 하릴없이 치를 비끗 돌려 뱃머리를 동북간으로 향하였습니다. 그럴 때에 잔뜩 바람을 맞았던 돛이 삐꺽삐꺽 소리를 내며 핑그르 돌아갑니다.

이로부터 배는 동북간을 향하고 방향도 없이 달아납니다.

노인과 다른 사람들은 웬 영문인지도 모르고 근심스러운 듯이 오르락내리락하며 허생의 눈치만 바라봅니다. 이렇게 가기를 이 주야(晝夜)는 하여 하루는 아침 해가 바다로서 쑥 올라오는데, 눈앞에는 웬 산이 보이고 커다란 육지가 보입니다. 허생이 노인을 보고 그 육지를 가리키며,

"저기가 어딘지 알겠소?"

하고 빙글빙글 웃으며 물었습니다.

노인이 안경 위에 손을 가리워 햇빛을 막고 앞을 바라본즉 과연 웬 육

지가 있습니다. 오늘은 죽나 내일은 죽나, 하고 근심으로만 기다리던 차에 육지가 보이니 너무도 반가워서 뛰어 일어나며,

"육지야, 육지야!"

하고 소리를 질렀습니다. 이 소리에 배 안에 있던 사람들은 모두 눈을 비비며 뛰어나와,

"육지야, 육지야!"

하고 발을 구르고 팔을 허우적거리며 소리를 지릅니다. 허생은 한 번 더 노인더러,

"저 육지가 어딘지 알겠소?"

하고 물은즉, 노인은 그제야 정신을 진정한 듯이 물끄러미 그 육지를 바라보더니 고개를 좌우로 흔들며 의심스러운 어조로,

"모르겠어요. 제주도 될 리는 만무하고⋯⋯. 대체 어디람⋯⋯. 저것이야말로 듣도 보도 못한 데야요."

합니다. 허생은,

"어서 가보면 알 테니 갑시다. 그 사람들이 아, 저기를 흘러왔는지도 모르겠소. 그랬으면 작히나 좋으리."

하고 행여 사람이나 아니 보이는가 하고 그 육지만 바라봅니다.

육지가 점점 가까워집니다. 그러나 산과 풀과 나무뿐이요, 인적은 보이지 아니합니다. 혹 이리로서나 사람이 번뜻 나설까, 행여 저리로서나 집이 번쩍 보일까 하고 사람들이 눈도 깜짝하지 아니하고 바라보아도 육지는 아침 볕만 잔뜩 받아 나뭇가지 하나 흔들리지 아니하고, 다만 바닷가 바윗돌에 파란 물결이 부서져 눈바래를 칠 뿐입니다.

"사람은 없나 보이."

"꽤 큰 모양인데."

"새 나라보다는 산 모양도 다르고 나무들도 다른데."

"여기 살기 좋겠는걸."

이런 말을 하면서 배가 육지를 옆에 끼고 바닷가로 슬슬 돌아가고 있는 차에 누군가,

"사람 있다!"

하고 소리를 치기로 일제히 그 사람이 가리키는 곳을 본즉, 과연 수풀 사이로 파란 연기가 솔솔 올라옵니다.

"분명 사람이 있어서 아침밥을 짓는 모양이야."

하고 그중에 어떤 사람은 두 손으로 나팔통을 만들어 입에다 대고 큰 소리로,

"어이, 사람 있나?"

하고 외칩니다. 그것을 보고 다른 사람들도 입에다 손을 대고 첫 사람 모양으로,

"어이, 어이."

하고 외칩니다. 그 소리가 바닷가 절벽에가 울려 '어이, 어이.' 하고 반향이 되어옵니다.

그러는 동안에 배가 점점 연기 오르는 곳으로 가까이 왔습니다. 거기는 좀 평평하고 나무도 적고 개천도 하나 흐르는데, 바닷가 나뭇가지에 구유배 하나가 매였으니 사람이 사는 것은 분명합니다. 길이라 할 만한 것도 있지마는 나뭇가지 때문인지 집은 보이지 아니합니다. 그래서 한번 더,

"어이, 사람 있어?"

하고 소리를 질렀더니 어디서,

"어이."

하고 대답이 오는 듯하더니마는, 웬 웃통 벗은 시커먼 사내가 껑충껑충 뛰어나오다가 우뚝 걸음을 멈추고 바라보고 섰습니다. 그것을 보고 허생이 뱃머리에 쓱 나서며 예전 변산을 떠날 때에 두르던 흰 기를 둘렀습니다. 그것을 보더니, 그 시커먼 사람이 발도 땅에 닿지 않도록 빨리 뛰어나와 바닷가에 넙죽 엎드려,

"아이구, 대왕마마!"

하고 소리를 지릅니다. 이것은 분명히 변산 도적 중에 하나외다. 허생은 뱃사람을 시켜 자기가 탄 배 한 척만 바닷가에 돌려대게 하고, 다른 배들은 자기의 명령이 있기까지는 바다에 서서 기다리라 하였습니다. 혹 무슨 일이 있을까 봐 두려워함이겠지요.

배가 뭍에 닿자마자 허생이 배에서 뛰어내리니, 그 시커먼 사람은 땅에 엎드려 일어나지도 아니하고 엉엉 어린애 모양으로 울기를 시작합니다. 가만히 그 사람의 몸을 본즉 목과 등에는 살이 한 점도 없고, 게다가 매 맞은 허물 같은 것이 부스럼이 되어 고름이 질질 흐릅니다. '아아, 어쩌면 사람이 저렇게도 참혹하게 되나.' 보는 사람마다 모두 눈물이 흘렀습니다.

허생은 그 사람을 붙들어 일으키며,

"이럴 것이 아니라, 여기 앉아서 이야기를 들읍시다. 대관절 몇 사람이나 이곳으로 불려와서 살았소."

한즉 그 사람은 그래도 고개를 들지 못하고 금방 쓰러질 듯이 비틀거리며,

"대왕마마, 왜 그때에 죽지를 않고 이 원수의 목숨이 살아남아서 이런

죽기보다 더한 고생을 하고 있습니까……. 예, 그때 통에 그 바람에 불려서 사흘이나 바다 위로 둥둥 떠돌다가 이곳에 왔사옵지요. 여덟 배가 어찌어찌하여 여기까지 불려 왔습니다. 사람 천 명이나 되옵지요……. 대왕마마께서도 풍랑에 돌아가신 줄만 알았소이니까요……. 그러나 다들 죽어버리고 지금은 오백 명도 다 못 되오니까요……. 다들 굶어 죽고, 맞아 죽고, 달아나다가 죽고, 다들 죽었소오니까요……. 아이구 아이구, 생각만 해도 진저리가 납니다. 소인도 오늘 죽을지 내일 죽을지 모르는 몸이오니까요……. 대왕마마, 살려줍시오. 소인을 본국으로 데려다 줍시오. 소인은 하루도 이 땅에 있기 싫소오니까요."

하고 미친 사람 모양으로 배로 뛰어오르려고 합니다.

허생은 불쌍한 마음을 이기지 못하는 듯이 양미간을 찌푸리며 그 사람의 손을 잡고,

"염려 마시오. 이 땅에서 잘 살도록 해드리지요. 만일 본국에 가기를 원하거든 데려다 드릴게 위선 그동안 지나던 이야기나 하시오. 대관절 왜 이렇게 말이 못 되게 수척하고, 저 부스럼은 웬 부스럼이오?"

하고 물었습니다.

그제야 그 사람이 비로소 안심하는 듯이 허생의 곁에 앉으며,

"먹어야 살이 찌오니까요. 먹을 것이 없습니다. 나뭇개비로 죽도록 땅을 파서 조깽이 벌어논대야 대왕이 다 가져가시고……. 여편네까지도 빼앗기곱시오……."

하고 자초지종을 일장 설화를 시작합니다. 그 사람의 이야기를 듣건대 이러합니다.

삼 년 전 새 나라의 산을 번뜻 보고는 그 몹쓸 풍랑을 만나서 사흘 동안이나 돛대도 꺾어지고 치도 떨어진 배로 헤매다가 우연히 이곳에 와 닿은 배가 여덟인데, 마침 조곰보가 살아났기 때문에 이 땅에 내리는 대로 양식과 쇠로 만든 장기와 기타 값가는 것은 다 제 것이라고 해서 제가 맡아 가졌습니다. 그러고는 저 고개 너머다가 사람들을 부려 큰 집을 짓고 저만 편안히 자빠져 있고, 제 맘에 맞는 사람만 한 오십 명을 뽑아서 제 집에 두고 나머지는 양식 한 되도 아니 주어서 내어버렸습니다. 사람들은 집을 짓자니 도끼가 있나, 사냥을 하자니 총이 있나 칼이 있나, 몽둥이 하나를 만들자니 그것도 장기가 있어야 하지, 산과 들로 돌아다니며 과일도 따 먹고 풀뿌리도 캐어 먹고 버섯도 뜯어 먹다가 모르고 못 먹을 것을 먹어서 배가 아파서 죽기도 하고, 퉁퉁 부어서 죽기도 하고, 병신이 되기도 하고……. 그러다가 헐수할수없어서 조곰보의 집으로 가면 몽둥이 든 놈, 칼 든 놈, 도끼 든 놈이 대문에 지켜 섰다가 번뜻 사람이 보이기가 무섭게,

　"이 개 같은 놈들!"

하고 때려 내어쫓고, 그래도 배고픈 것을 견디지 못해서 애걸복걸하며,

　"무엇이나 대왕마마께서 하라시는 대로 다 할 것이니, 밥 한술만 줍시오. 밥을 못 주시겠거든 도끼 하나만 빌려줍시오. 짐승이라도 잡아먹게. 그것도 못 하시겠거든 식칼 하나라도 빌려주시고, 그것도 못 하시겠거든 몽둥이 하나라도 빌려줍시오. 그걸 가지고 사냥이라도 하여 먹게."

　이 모양으로 쫓아도 모른 체, 몽둥이로 때려도 모른 체, 발길로 차도 모른 체하고 그저 땅에 엎드려서 비노라면, 도끼 가진 놈들이 발로 모가지를 짓밟아도 보고, 타고 앉아도 보고, 몸뚱이에다가 오줌도 누어보다

가, 그래도 여전히 이마를 땅에 조아리며,

"살려줍시오. 밥 한술만 줍시오. 잡숫다가 남은 것이라도 줍시고, 가 싯물에 가라앉은 찌꺼기라도 한술 줍시오."

하고 비노라면, 그래도 그놈들이 감동이 되는지 조곰보에게 들어가,

"저기 어떤 백성이 와서 쫓아도 안 가고, 때려도 안 가고, 발길로 차도 안 가고, 아무리 하여도 안 가고 '밥 한술만 줍시오.' 하고 땅에 엎드려 있습니다. 밥을 못 주시겠거든 도끼라도 빌려줍시고, 도끼도 못 하시겠거든 식칼이라도 빌려줍시오, 그것도 못 하시겠거든 몽둥이라도 빌려주시면 사냥이라도 하여 먹겠다고 하옵니다."

하고 사뢰면 조곰보는 상쾌한 듯이 껄껄 웃으며,

"그놈 도끼를 빌려주면 내게 덤비라고? 몽둥이 하나도 주지 말아라. 그리고 그놈의 계집이 있더냐? 계집을 데리고 오라고 그래라."

합니다. 이 말을 듣고 어떤 사람은 분을 못 이기어,

"에끼, 즘생 같은 놈! 네가 오늘 저녁을 편안히 자나 보아라. 내가 살아서는 손에 식칼 하나도 없으니 그대로 간다마는, 죽어서 귀신이 되어서 네놈의 혼자 잘 처먹고 계집 끼고 자빠져 자는 모가지를 요렇게 도려 버리고, 네놈의 간을 꺼내서 아삭아삭 씹어 먹으란다."

하고 악담을 하다가 도끼 든 놈한테 얻어맞아 죽는 이도 있고, 어떤 사람은 그래도 배고픈 것을 못 이기어서 비씰비씰하고 제 아내를 끌고 들어오기도 합니다. 그러면 조곰보가 여편네를 보고 맘에 맞으면 쌀되나 주고 사고, 아니 맞으면 실컷 희롱하고 웃다가 찬밥이나 한술 먹여서 내어쫓습니다.

이 모양으로 아주 추물이나 아닌 아내를 가졌던 사람은 그 아내를 밥

한 그릇이나 쌀 한 되에다 팔아먹고 모두 홀아비로 살며, 그러기 때문에 밤이나 낮이나 여편네 싸움이 끝날 때가 없어서 혹은 머리를 깎고 혹은 팔다리를 분지르고, 그 때문에 죽은 사람도 적지 않습니다. 한번은 이런 일도 있었습니다.

한 의좋은 내외가 산골짜기에 숨어서 손으로 나뭇가지를 꺾어다가 집을 짓고, 나뭇개비로 밭을 갈고, 차돌을 주워다가 칼 삼아 쓰고, 이 모양으로 이태 동안이나 곧잘 사는 것을 홀아비들이 어떻게 알았던지 몰려가서,

"오 이놈, 너만 집 가지고 계집 가지고 잘 살고. 으흥, 안 될걸."

하고 매어달려 우는 어린 아기를 떠밀쳐버리고 여편네를 빼앗아 가는 것을 그 남편이 따라 나오다가 여러 놈들한테 돌멩이로 얻어맞아 머리가 산산조각이 나서 죽어버리고, 어린 아기는 혼자서 '엄마, 엄마.' 하고 울다가 며칠 만에 말라 죽어버리고 말았습니다.

그리고 홀아비들에게 붙들려 간 여편네는 저마다 제 것이라고 서로 싸우다가 한바탕 '너 죽자, 나 죽자.' 하고 싸움이 일어나서 온통 피투성이가 되어 싸우는 틈을 타서 살짝 빠져나와서, 돌멩이에 맞아 죽은 자기 남편 곁에 와서는 바윗돌에다가 머리를 부딪쳐서 죽어버렸습니다. 홀아비 놈들 중에 싸워 이긴 놈들이 따라왔다가 그만 그 여편네가 죽어버린 것을 보고는 그만 한나절 헛수고에 배만 고파서 그 여편네의 넓적다리 살을 뜯어먹었습니다. 사람의 고기를 먹는 놈은 눈에 독이 오른다더니, 정말이야요. 그놈이 그 여편네의 넓적다리 살을 배껏 뜯어먹고는 그만 눈깔이 독사 눈깔 모양으로 빨갛게 되어서 미쳐 돌아다니다가, 바로 얼마 전에 죽어서 저기다가 묻어주었습니다.

이 모양으로 여편네들도 반반한 것은 조대왕한테 팔아먹고, 더러는 조대왕네 장수들한테 빼앗기고, 더러는 홀아비들한테 겁탈받기를 싫어하여 죽고, 더러는 굶어 죽고 병들어 죽고, 몇 사람 남았대야 힘 센 사람한테 빼앗겨서 오늘은 이 사람한테 가고 내일은 저 사람한테 가고, 게다가 본국서 입고 왔던 옷은 다 떨어져버려서 나무껍질, 풀 잎사귀로 겨우 이 모양으로 부끄러운 데나 가리우고 다니고, 사내들도 그러니까 대왕님한테 얻어맞아 죽고, 저희끼리 싸워 죽고, 굶어 죽고, 병들어 죽고, 지금 몇 개 살아남았다는 것이 소인같이 못나고 기운도 없어 때리면 얻어맞고 달라면 빼앗기고 하는 것들뿐입지요. 다행히 이곳에는 일기가 더워서 얼어 죽은 사람은 없지마는, 그래도 소나기나 내려올 때에는 모두 그늘로 들어오려고 싸움들이 나서 그래서 죽은 사람들도 적지 아니합니다.

그 웃통 벗은 시커먼 사람이 여기까지 말하는 것을 듣더니, 허생은 참을 수 없이 슬프고 분한 듯이 몸을 부르르 떨고 입술이 파래지며, 떨리는 소리로 그 사람을 보고,

"그래 당신도 아내를 빼앗겼소?"

하고 물었습니다. 그런즉 그 사람은 비쭉비쭉 어린애 모양으로 눈물을 참으며,

"소인의 지어미는 얌전하였사옵지요. 다 대왕마마 덕에 장가를 잘 들어서 소인의 지어미는 맘이나 얼굴이 다 얌전하였소니까요. 배 타고 십여 일 오는 동안에 벌써 피차에 정이 들어서 잠시도 떠나지를 못하였소니까요. 저도 소인에게 정이 들었소니까요. 생각하면 소인의 지어미는 소인에게는 과하오니까요. 예, 참으로 과합소와요……."

"그래 어떻게 되었소? 지금까지 같이 사시오?"

하고 허생도 눈물을 머금고 갑갑한 듯이 재차 물었습니다. 그런즉 그 시커먼 사람이,

"예, 지금까지 같이 살 리가 있습니까? 죽었는지 살았는지도 알 수 없 소오니까요. 아마 아직 젊은것이, 지금 스물한 살이오니까요. 젊은것이 니께루 아직 죽지는 아니하였겠습니다. 또 먹을 것도 많고 좋은 집에 있 으니 죽을 리도 없사옵지마는, 꼭 죽은 줄만 알아도 이렇게 애가 타지는 아니하겠습니다."

하고 흑흑 느껴 웁니다.

허생은 무슨 까닭이 있는 줄을 알고 한번 그 시커먼 사람더러 물었습 니다.

"그래, 그러면 뉘게 아내를 빼앗겼단 말이오? 양식이 없어서 팔아먹 었단 말이오?"

"천만에."

하고 그 사람이 펄쩍 뛰며,

"소인이 아모리 상것이기로, 또 할 수 없어서 도적질까지 한 놈이기 로, 지어미를 팔아먹을 리가 있습니까. 소인이 이곳에 몰려와서 가만히 형편을 보오니께루 재미가 없는 모양이기로, 지어미를 데리고 살짝 빠져 나가서 산골짜기에 숨어 살았습니다. 소인도 아까 말씀드린 그 사람 모 양으로 나뭇가지를 꺾어다가 조그맣게 집을 하나 짓고, 과일도 따 오고 풀뿌리도 캐어 오고 하여 이럭저럭 살면서 마침 짐 속에 옥수수 두어 이 삭이 들었기에 그것을 밭을 만들고 뿌렸더니 어떻게나 잘되는지, 몇 달 이 아니 되어 옥수수가 많이 열려서 먼저 익은 것으로 골라다가 삶아도

먹고, 구워도 먹게 되었소오니까요. 그래 소인은 지어미 보옵고 '되었다, 인제는 살았다, 그저 불만 꺼지지 않게 하여라, 그러면 살기는 걱정 없다.' 하고 참으로 꿀같이 달게 살아갔습니다. 그러노라니 소인의 지어미가 아이를 밴 것 같다고 그럽소오니까요. 이 말을 들을 때에 소인이 얼마나 기뻤겠습니까. 소인이 나이가 근 사십에 장가도 대왕마마 덕에 들었거니와, 생전에 아들딸을 보고 아버지 소리를 듣기야 꿈이나 꾸었소오니까요. 그러다가 지어미가 '아이 겉애.' 하는 말을 들으니 금시에 재롱피우는 아이가 눈앞에 보이는 것 같소오니까요. 그래 너무도 기뻐서 힘껏 목소리를 놓아서 '좋다, 좋구나 헤.' 하고 소리를 한마디 했더니, 대왕마마, 그 소리가 원수가 되어서 지어미도 자식도 다 빼앗겨버리고 이 꼴이오니까요."

하고 참다못하여,

"우후후."

하고 소리를 내어 울며 주먹으로 가슴을 두드리면서,

"글쎄, 이 망할 놈아. 소리는 왜 하여! 소리는 왜 하여! 그 원수의 소리 한마디로 우우우."

하고 마치 미친 사람 같습니다. 아마 이 사람이 가끔 이렇게 혼자 하소연을 하고는 우는 버릇이 있던 모양입니다.

허생은 그 사람의 등을 어루만지며,

"울지 마시오. 내 당신의 아내와 아들을 찾아주리다. 자, 울지 말고 어서 이야기나 마저 하시오."

하고 위로합니다. 그런즉 곁에 섰던 사람들도 주먹을 부르쥐며,

"그놈이 어떤 놈이오? 어떤 놈이 남의 아내를 빼앗아 갔단 말이오.

자, 앞서우! 우리가 찾아드리리다."

하고 모두 팔들을 뽐냅니다. 사람들의 눈에는 독이 오르고 팔다리의 힘줄은 불룩불룩거립니다. 하도 분한 생각에 시퍼런 칼날이라도 덥석덥석 삼킬 듯합니다.

그제야 그 사람이 가슴을 두드리기를 그치고 다시 이야기를 계속합니다.

그때에 누가 대왕, 그 조곰보놈이 뒷산에 사냥 나온 줄이야 알았소오니까요. 그놈이, 그 주리를 할 놈이, 그 사람을 잡아먹을 놈이 바로 그때에 뒷산으로 사냥을 돌아다니다가 소인이 소리하는 것을 듣고 따라 내려왔습니다. 내려오는 길로 소인을 무수히 때리고 하는 말이,

"이놈아, 이게 다 뉘 땅인 줄 알고 내게는 아무 말도 없이 여기다가 집을 짓고 혼자 농사를 지어먹고 살어? 응, 이놈!"

하고 여러 놈들이 들러붙어서 어떻게나 때리는지 한참은 정신이 다 없어졌습니다요. 그것을 보고 소인의 지어미가 뛰어나오며,

"죽이시라거든 소녀를 죽여줍소사, 여기 이렇게 숨어 살자고 한 것도 소녀오니 소녀를 죽여줍소사, 소녀의 지아비는 아무 죄도 없사오니 소녀를 죽여줍시고 애매한 소녀의 지아비를 살려줍소사."

하고 애걸을 하였습니다. 참으로 소인의 지어미는 열녀오니까요. 그렇게 열녀니께루 곰보놈에게 몸을 아니 허할 양으로 자수를 했는지도 모르오니까요……. 그제야 곰보놈이 소인을 때리기를 그치고 소인의 지어미의 손을 잡으며,

"어, 꽤 얌전한데."

하고 껴안으랴고 하길래, 소인이 피투성이가 되어서 땅바닥에 엎드렸다가 벌떡 일어나며 그놈의 따귀를 때렸소오니까요. 그러고는 어찌되었는지 정신을 잃어버렸소오니까요.

그 사람은 그때 일을 생각하는 듯이 눈으로 어디를 노려보며 주먹을 불끈 쥐고 입술을 힘껏 물고 여윈 몸을 푸르르 떨더니마는, 말을 이어,

그러다가 정신을 차려 본즉 얼마나 오래었는지 모르거니와 하늘에는 별이 총총하고 방에는 인기척도 없습니다. 부르니 대답이 있나. 엉금엉금 기어서 방에 들어가 방바닥을 쓸어보니 텡텡 비었습니다. 그놈들이 소인의 지어미를 끌어가고 말았습니다. 분한 생각 보아서는 당장이라도 뛰어가고 싶건마는 온 몸은 아프고 기운은 없고, 어찌할 수 없이 비인 방에서 날 새기만 기다렸습니다. 그렇게도 살기 좋고 재미있던 집이 어쩌면 그렇게도 쓸쓸하고 무섭고 더러운 집이 되어버립니까. 그것이 없어지니까 천지가 온통 캄캄해지는 것 같습니다. 그래서 더듬더듬 손으로 방구석을 뒤지니께루 베개하고 지어미가 입다가 벗어놓은 적삼이 손에 잡히오니까요. 그래 그것을 껴안고 밤새도록 울었소오니까요. 세상에 나와서 부모의 얼굴을 보지 못한 소인이 눈물을 흘려본 적이 없습니다. 그날 밤에는 일생에 흘릴 눈물을 다 흘렸소오니까요.

그러다가 밤이 새기로 가까스로 일어나서 지팡이를 짚고 고개를 몇이나 넘어서 기다시피 곰보놈의 집에를 갔습니다. 가니까 대문에 지켜 섰는 놈이 누구냐고 하기로, 나는 내 여편네를 찾으러 왔노라 하고 들어가려고 하니 들여를 줍니까. 그놈들도 피투성이 된 내 꼴을 보고는 손을 대

일 생각은 없었든지 때리지는 아니하고 빙글빙글 웃으면서,

"무엇 하러 왔어? 어서 가기나 해. 네 계집은 어제 저녁에 벌써 마마가 되었어!"

하고 웃음거리를 만듭니다. 그러니 소인이 어떻게나 분하겠습니까. 그래서 그놈들을 보고,

"이놈들아! 내 아내가 어떤 사람인데, 저 곰보놈한테 몸을 허할 듯싶으냐? 우리 여편네가 열녀여. 괜히 생살인 내지 말고 어서 내놓아!"

하고 호령을 하였소오니까요. 그러니까 그놈들 말이,

"흥, 열녀! 어제 저녁에 대왕님 뫼시고 자고 아까 한나절이나 늦게야 하얗게 분을 바르고 아장아장 나오시던데. 에끼, 못난 소리 말고 어서 가! 괜히 대왕마마 보시면 알경 치지 말고⋯⋯."

이럽니다요.

그러기에 소인이,

"이놈들아, 내 여편네 내놓아라!"

하고 소리소리 질렀습지요.

여러 놈들이 손으로 입을 막는 것도 뿌리치고 '내 여편네 내라, 내 여편네 내라.' 하고 자꾸 야단을 했더니, 조곰보가 그 소리를 들었던지 사람을 시켜 양식 한 자루를 내다주며 이래야 쓸데없으니 어서 가라고, 네 여편네는 여기서 평안히 잘 있다고 그립니다. 그래 소인이,

"이놈들아! 양식 한 자루에 여편네를 팔아먹을 줄 알고, 이놈아!"

하고 저녁때가 되도록 야단을 하였습니다. 그랬더니 그놈들이 소인을 댕그렇게 들어다가 여기다가 내어던졌습니다.

그때부터 소인은 여기서 옥수수 포기나 심어먹고 살면서 아무리 잊으

려 하나 세월이 갈수록 지어미 생각은 더욱 간절하옵고, 또 뱃속에 들어 있던 아이도 났으면 지금 세 살 잡히겠으니 그것도 한 번이라도, 다만 한 번만이라도 보고 싶고……. 그래서 며칠 만에 한 번씩 조곰보의 집에 가서 한참 야료를 하다가는 얻어맞고 쫓겨 오고, 그러고는 얻어맞은 생채기가 아물만 하면 또 곰보놈의 집에 가서 한참 야료를 하고 혹 애걸도 하고, 그러다가 얻어맞고는 또 쫓겨 오고, 이렇게 하기로 삼 년을 지냈습니다.

소인의 몸뚱이에 있는 부스럼 자국은 다 이렇게 하다가 얻어맞은 자국이오니까요. 저번에는 꼭 한 번만 지어미와 어린애 얼굴을 보여내달라고 처음에는 애걸을 하다가 아니 듣기로 나중에 화를 내어,

"이놈, 이 곰보놈아! 천벌이 내릴 날이 머지아니하리라. 네 모가지에 칼 들어갈 날이 머지아니하리라."

하고 발악을 하다가 전신이 피투성이가 되도록 얻어맞고 두 달 동안이나 꼼짝을 못 하고 있었소오니까요. 요새에는 상처도 다 아물고 기운도 좀 나기로 오늘은 마지막으로 가서 그놈과 사생결단을 할 양으로 막 떠나랴던 판에, 어이, 사람 있나? 하는 소리가 나기로 뛰어나온 것이오니까요.

합니다.

말이 끝나자, 듣던 사람들이 모두 분을 못 이기어 팔을 부르걷고 나서며,

"생원님, 이 길로 가서 그 곰보놈을 잡아다가 불쌍한 사람들의 원수를 갚아주십시오. 그 즘생 같은 놈의 오장을 꺼내서 까마귀밥을 만들어줍시오. 자 이 길로 가게 합지요."

하고 허생을 조릅니다. 허생은 무엇을 생각하는 듯이 잠깐 고개를 숙이더니,

"응, 갑시다. 내가 원래 아모러한 일에도 사람과 싸우기를 원치 아니하거니와, 이번에는 참으려도 참을 수 없소이다."

하고 몸에 지녔던 기를 둘러 바다에 떠 있는 배더러 가까이 오기를 명하였습니다. 배들은 무슨 일인가? 하고 '어그여차' 노를 저어 바닷가에 들어와 닿았습니다. 사람들이 배에서 내렸습니다. 허생은 사람들을 보고,

"여러분, 조곰보가 천여 명 사람을 반이나 학대하여 죽이고, 남의 아내를 빼앗고, 모든 불의의 일을 다 하였으니, 우리는 조곰보를 잡아 불쌍한 사람들을 건져내어야 할 것이오. 보니 이 땅도 새 나라와 다름없이 좋은 땅이라, 조곰보 같은 놈만 없었던들 여기도 새 나라와 같이 되었을 것이오. 조곰보의 무리는 오십 명에 지나지 못한다 하니 두려워할 것도 없거니와, 싸움은 아무쪼록 피하고 생명은 상하지 아니하도록 조심하시오. 그러나 이왕 싸움을 피할 수가 없거든 목숨을 아끼는 것은 사람의 일이 아니오. 남의 목숨일랑 아낄 수 있는 대로 아끼시오. 그러나 제 목숨을 아끼는 것은 부끄러운 일이오⋯⋯. 자, 누구나 가기를 원하는 이는 나를 따르시오."

하고 그 사람을 길잡이로 허생이 앞서고, 뒤에 배 지키는 사람 몇을 내놓고는 백여 명 사람이 각각 손에 칼과 도끼와 몽둥이를 들고 조곰보의 집을 향하고 갑니다.

가는 길에도 무덤 속에서 뛰어나온 듯한 헐벗고 여윈 사람들이 길에서 허생을 보고는 모두,

"살려줍시오."

하고 땅에 꿇어 엎디고,

"지금 조곰보를 잡으러 가는 길이라."

하면 그 사람들도 도끼를 빌려 몽둥이 하나씩을 만들어 들고 기운이 만장이나 나서,

"이놈, 곰보야. 이놈아, 천년만년 고대로 살 줄만 알았더냐. 이놈아, 오늘은 죽었구나."

하고 소리를 지르며 앞서 뛰어갑니다. 이 모양으로 모여드는 사람이 어언간에 수백 명이 되었습니다.

고개를 셋이나 넘어 물굽이를 다섯이나 건너 삼십 리는 가서 앞을 바라보니, 나무 그늘에 커다란 집이 은은히 보입니다. 허생은 거기서 군사를 멈추고 옷 입은 군사 일대를 수풀 속에 매복하고, 옷 벗은 시커먼 군사를 두 대로 나누어 일대를 거기서 수십 보를 간 곳에 매복하고, 나머지 일대를 조곰보의 집으로 보내어 여차여차하라고 지휘한 뒤에 자기는 먼발치에 선봉대의 뒤를 슬슬 따랐습니다.

선봉대 군사들은,

'오늘이야 이놈의 원수를 갚는고나.'

하고 모두 의기양양하여 어언간에 조곰보의 대문에 다다르니, 도끼 든 문 지키는 놈들이 도끼를 둘러메고 마주 옵니다. 이때에 사람들이 끌고 가던 몽둥이를 일제히 둘러메며,

"이놈들아, 말 듣거라. 너희나 우리나 다 같은 사람으로 무슨 원수가 있어서 조곰보놈의 사냥개가 되어 우리를 이렇게 참혹하게 만들었단 말이냐. 분한 생각을 하면 너희놈들을 당장에 때려죽이고 싶건마는, 너희놈들인들 실상 무슨 죄가 있으랴. 너희 역시 먹을 것이 없어 그러한 것이

니, 만일 너희가 저 즘생 같은 조곰보놈만 잡아내 오면 너희놈들의 목숨을 살려주마."

고 입담 좋게 호령을 하였습니다. 이 서품에 문 지키던 놈들은,

"이게 웬일인가. 저놈들이 장기가 어디서 나서 몽둥이는 웬 몽둥이야?"

하고 도끼를 질질 끌고 안으로 달려 들어갑니다.

이때에 마침 조곰보는 근일에 가장 맘에 드는 여편네 삼사 인을 데리고 갖은 희롱을 다 하며 놀고 있다가, 마당에서 웅성거리는 소리를 듣고 밖을 내다보며,

"이놈들아, 왜 이리 웅성거리느냐?"

한즉, 문지기들이 헐레벌떡거리며,

"큰일 났습니다. 대왕마마, 저 빨강댕이놈들이 어디서 몽둥이들을 얻어들고 몰려와서 야단을 합니다."

"빨강댕이놈들이 몽둥이를 들고 왔어? 그놈들이 몽둥이가 어디서 났단 말이냐? 너희들 중에 어느 놈이 도끼를 빌려주었구나."

하고 큰소리를 내어 군사들을 부릅니다. 조곰보가,

"이놈들아, 나라!"

하는 호령에 이 구석 저 구석에서 오십여 명 군사가 도끼와 몽둥이를 들고 몰려와서,

"웨이!"

하고 허리들을 굽힙니다. 조곰보가 무슨 호령을 하려던 차에 대문으로 빨강댕이들이,

"이놈, 곰보놈아 나오너라. 이놈, 요대로 천년만년 살 줄 알았느냐. 이

놈아, 내 여편네 내라. 내 양식 내라!"

하고 오글오글 끓어 들어옵니다.

이 소리를 듣더니, 곰보가 전신이 불덩어리같이 성이 나서 입에 두부 거품을 부그그 불고 발을 구르며,

"네 저놈들을 모조리 때려죽여라!"

하고 호령을 하였습니다. 이 호령이 내리자 군사들이 고함을 치고 마주 엄살하여나가니, 빨강댕이들이 모두 혼이 난 듯이 몽둥이를 끌고 달아납니다. 이편에서 따라가면 쫓기고, 물러오면 도로 욕설을 하고 따라오고, 이 모양으로 졸금졸금 따라가는 것을 첫째 매복한 군사들 앞에까지 따라 갔을 때에, 매복하였던 군사가 불의에 뛰어나와 조곰보의 군사의 뒤를 엄살하여 물러갈 길을 끊고, 앞으로 앞으로 내어몰아 옷 입은 군사 매복 한 곳을 지난 뒤에, 옷 입은 군사가 뛰어나와 조곰보의 군사를 버리고 바로 조곰보의 집으로 달려왔습니다.

조곰보는 군사들을 내어보내고 대문까지 나왔다가, 빨강댕이들이 쫓겨가는 것을 보고 맘 턱 놓고 방으로 돌아가 여전히 여편네들을 데리고 희롱을 계속합니다. 이러할 때에 옷 입은 군사들은 무인지경같이 조곰보의 집으로 들어가 모든 문을 다 지키고, 허생이 몸소 조곰보의 방으로 가서 돌이를 시켜 문을 열었습니다. 열고 본즉, 조곰보는 한 여편네를 베개를 삼고 한 여편네에게는 두 다리를 올려놓고, 오른팔에 한 여편네를 끼고 왼편에 또 다른 여편네를 끼고 자빠졌습니다. 그 꼴을 보고 돌이가 발로 마루를 텅 구르며,

"이놈아, 일어나!"

하고 소리를 질렀습니다. 곰보가 이 소리에 깜짝 놀라 벌떡 일어나니, 문

에 선 것이 누군가. 다른 사람이 아니라 허 생원이요, 그 곁에 선 것이 허 생원의 하인 돌일시 분명합니다. 곰보는 얼빠진 사람 모양으로 한참이나 말없이 멍멍하고 앉았더니, 벌떡 일어나며 벽에 걸렸던 칼을 떼어 허생에게 대어듭니다. 곰보놈 생각에 허 생원이 제아무리 지혜가 과인한들 저 꼴을 하고 힘에야 배기랴 한 것입니다.

'저 귀신 같은 놈이 어찌해서 그때 통에 물에 빠져 뒤지지 아니하고 살아나서 나를 못살게 구느냐.'

하는 생각이 난 것입니다.

그러나 호랑이같이 대어드는 조곰보를 잠깐 슬쩍 몸을 비키더니,

"이놈아!"

하는 우레 같은 소리가 나며 허생의 팔이 번개같이 번쩍하며 곰보의 손에 잡았던 칼이 마당에 나가 쟁쟁한 소리를 내며 떨어지고, 곰보도 땅에 엎드려 허생의 손에 모가지를 눌리고 속절없이 다리만 버둥버둥합니다.

허생은 곰보를 어른이 어린애를 집어 일으키듯이 반짝 들어 일으키며,

"이것아, 몇 푼어치 안 되는 힘을 가지고 왜 같은 사람들을 못 견디게 군단 말이냐. 네 죄를 보아서는 당장에 죽여버려도 아깝지 아니하지마는, 너도 사람으로 태어났으니 죽기 전에 다만 하루라도 사람 노릇을 하고 죽으라고 살려두는 것이다."

하였습니다.

곰보는 다시 어찌할 수가 없어 다만 고개를 숙이고 허생의 처분을 기다리는 듯합니다. 허생은 사람들을 시켜 곳간에서 양식을 꺼내어 급히 밥과 국을 끓이게 하고, 그 밖에도 저축해두었던 음식과 반찬을 다 내어 마당에 벌여놓게 하고, 사람들을 사방으로 보내어 이 땅에 있는 사람들을

모두 불러 모으게 하였습니다. 그러는 동시에 빨강댕이 군사들이 곰보의 군사를 모조리 칡덩굴로 결박을 지어 앞세우고 돌아오고, 청함받은 사람들도 모두 반신반의로 열씩 스물씩 모여들기를 시작합니다.

아까 바닷가에서 말하던 시커먼 사람이 허생 앞에 고개를 숙이고 선 조 곰보를 보고 도끼를 메고 달려 들어오면서,

"오, 이놈. 오늘이야 만났구나. 이놈, 내 여편네 내놓아라!"

하고 금시에 도끼로 곰보의 대가리를 패려고 듭니다. 그래도 곰보는 몸을 피하려고도 아니 하고 나무 깎아 세운 사람 모양으로 가만히 있는데, 허생이 그 사람의 팔을 잡으며,

"참으시오! 이 사람을 죽이면 무엇 하오?"

한즉, 그 사람은 그래도 참을 수 없는 듯이,

"놓아줍시오. 내가 꼭 이놈의 배를 째고 간을 내어 먹어야 속이 가라앉겠소오니까요."

하고 이를 악물고 흑흑하며 금방 숨이 막힐 듯합니다. 그러나 허생의 말을 거역하지 못하여 도끼를 집어던지며,

"내 여편네하고 내 자식 내놓아라!"

하고 곰보의 팔을 잡아끕니다.

그런즉 곰보는 끌리는 대로 끌려서 긴 마루를 지나 대문 하나를 지나 저쪽 산 밑으로 늘어 지어놓은 기다란 집으로 갑니다. 그 집은 사방을 높은 담으로 둘리고 튼튼한 대문이 하나만 있고는 다른 데로 통한 길이 없는데, 그 대문 열쇠는 곰보 혼자만 가지고 있습니다. 그중에는 수백 명 여편네들을 가두어놓고 나는 새도 꼼짝 못 하게 합니다.

마당에 들어서니, 수백 명 여자들이 마치 큰 승방에 승들 모양으로 죽

나섰다가 대문이 열리는 것을 보고 놀라는 듯이 두어 걸음씩 뒤로 물러섭니다. 여자들은 거의 다 젖먹이를 하나씩 안고 젖을 먹이다가 얼른 어린 아기 입에서 젖꼭지를 빼어 감춥니다.

그 사람은 대문 안에 들어서듯 마듯 삼 년 전에 잃어버린 아내의 얼굴을 알아내었습니다. 비록 그 여인이 자기의 옛 남편을 보고 다른 여인들의 뒤로 숨으려 하였으나, 그를 찾는 남편의 눈은 더욱 빨랐습니다. 그 사람은 다짜고짜 달려가서 그 아내의 품에 안긴 아기를 빼앗아,

"아이구, 내 새끼야."

하고 가슴에 꼭 껐습니다. 그럴 때에 그 곁에 섰던 어떤 다른 여인이 가엾은 듯이,

"아니야요. 그 애기는 대왕님 아기야요."

하는 소리를 듣고, 그 사람은 몸으로 기어오르는 버러지를 떼어버리는 듯이 가슴에 꼭 대었던 아기를 팔이 자라는 대로 멀게 처들고 그 얼굴을 본즉, 자세히는 알 수 없으나 곰보의 모습이 있고, 또 나이 두 살밖에는 아니 되어 보입니다. 그 사람은 '윽' 하고 소리를 지르고 치를 떨더니, 그 아기를 처들어 면목 없이 고개를 숙이고 섰는 자기의 예전 아내의 낯바닥을 향하고 집어던졌습니다. 그때에 아내는,

"에구머니!"

하고 놀라는 소리를 내며 얼른 팔을 벌려 땅바닥에 떨어지려는 아기를 받아 가슴에 품고, 미친 사람 모양으로 저쪽으로 피해 달아납니다. 이것을 보니 그 사람이 어찌 분하지 아니하겠습니까.

"이 개 같은 년아, 죽은 줄 알았더니 살아서 개놈에게 몸을 허하고 ……. 그러구는 그놈의 새끼를 끼고 도망을 해! 이 당장에 밟아 죽일 년

같으니……. 찢어 죽일 년 같으니……. 내 자식 어찌했니? 내 자식 내
놓아라!"

하고 피하는 아내를 따라가 담 밑에서 붙들고,

"이년을…… 요년을…… 죽여버려야……."

하고 어린것 아울러 깔고 앉아서 두 주먹으로 사정없이 막 쥐어지릅니
다. 이 광경을 우두커니 보고 있던 조곰보가 뛰어가서 힘껏 그 사람의 팔
을 끌어 일으키며,

"이놈아, 그 여편네를 왜 때려? 죄가 있으면 내게 있지, 네 여편네에
게 무슨 죄가 있느냐?"

한즉, 이번에는 그 사람이 조곰보에게 달려들며,

"이놈아, 내 자식 내어놓아라."

하고 할퀴고 차고 물어뜯고 야단을 합니다. 그러나 조곰보는 때리는 대
로 맞고 차는 대로 채이고 조금도 대항을 아니 하며,

"응, 네 맘대로 하여라. 네 자식은 내가 돌로 메쳐 죽였다……. 그래
네 맘대로 해라."

하고 섰습니다.

이러할 즈음에 양식 한 되에 아내를 팔아먹은 사내들이 우 밀려들어와
저마다 제 아내와 제 자식을 내라고 야단을 하는 통에 여편네들은,

"이게 대관절 웬일인가? 천지가 뒤집혔다."

하고 어쩔 줄을 모르고 이리 뛰고 저리 뛰고 합니다.

이 모양으로 수백 명 남녀가 한데 엉키어,

"내 여편네 내라!"

"내 자식 내라!"

"이놈, 곰보놈 나서라!"

"아이구!"

"에그머니!"

하고 야단이 난 판에 허생이 들어왔습니다. 들어와서 무에라고 말을 하였으나 모두 저마다 떠드는 소리에 말이 들리지를 아니합니다. 허생은 이윽히 생각하다가 혼잣말로,

"응, 너희 맘대로 너희 일을 처리하여라."

하고 가만히 보고 섰습니다.

저쪽 끝에 사람 한 뭉텅이가 오글오글하더니,

"야! 야!"

하는 소리가 납니다. 허생이 뛰어가본즉 아내를 잃어버렸던 사람들이 둘러붙어 조곰보를 함부로 때리는데, 한 개를 때리고는 물러나오고 두 개를 때리고는 물러나오고, 저마다 다만 한 개씩이라도 때리려고 들고, 그중에 어떤 사람은 조곰보를 안고 매어달려 물고 차고 합니다. 그러나 조곰보는 대항도 아니 하고 소리도 아니 내고, 죽은 사람같이 가만히 있습니다. 마치 개미떼가 큰 사자의 주검에 붙어 뜯어먹는 것 같습니다.

허생은 사람들을 헤치고 뛰어 들어가 조곰보를 가리고 서서,

"그만 하였으면 분풀이가 되었을 것이니, 이 사람의 목숨일랑 나를 보아 남겨두시오."

하였습니다. 아무리 불같이 성이 난 사람들도 허생은 건드리지 못하여 하나씩 둘씩 물러섭니다. 조곰보는 기운 없이 허생에게 안기며,

"나를 죽이도록 내버려둡시오."

하고 이내 정신을 못 차립니다. 허생은 조곰보를 땅에 누이며 슬픈 낯빛

으로 여러 사람들을 치어다보았습니다.

그런즉 지금까지 조곰보의 간을 먹지 못하여 악을 쓰던 사람들 중에서 냉수를 떠 오는 이도 있고, 와서 쭈그리고 앉아서 조곰보의 팔다리를 주무르는 이도 있고, 그렇지 아니하더라도 근심스러운 빛으로 둘러섭니다.

"정신 차리오. 정신 차리오."

하고 허생이 불렀으나, 입술만 움찍움찍할 뿐이요 말은 나오지 아니하다가, 마침내 팔다리가 두어 번 불불 떨리더니 그만 숨이 끊어지고 맙니다.

"아아. 죽어버렸구나."

하고 허생이 손을 펴서 죽은 사람의 눈을 감기며 곁에 선 사람들을 보고,

"이 사람은 죽어버렸소. 이렇게 죽어버리는 사람을 당신네들이 미워하고 때렸구려. 자, 이 사람의 몸이 식어지기 전에 한 번씩 만져나 주시오. 그리고 미워하던 맘, 분해하던 맘을 다 없애버립시다."

하였습니다.

이 말을 듣고는 하나씩 하나씩 허리를 굽혀 아직 따뜻한 기운이 남은 원수의 몸을 만집니다. 얼마 후에는 조곰보의 시체는 사람들이 꺾어 온 꽃가지로 덮였습니다. 그때까지 허생은 죽은 이의 머리맡에 서서 눈을 감고, 무슨 슬픈 생각을 하는 듯하였습니다.

"야, 너도 죽었구나

죽으니 모두 그만이로구나

악이니 선이니 말을 마라

죽은 자를 슬퍼나 하자

야, 너만 죽으랴

나도 죽을 것을 다 죽을 것을

죽으면 그만일 것을

야, 우리 서로 화친할까나.”

싸움은 끝났다. 죽은 사람은 죽었거니와 산 사람은 먹어야 한다. 짓던 밥, 끓이던 국, 여투던 반찬도 다 되었으니, 사람들아 밥 먹자. 이렇게 모두 둘러앉아 밥을 먹으려 할 적에 사람들은 밥과 국과 갖은 반찬 한 상을 따로 차려 꽃에 덮인 조곰보의 시체 앞에 놓았습니다. 죽은 사람이 어이 먹으랴. 응감(應感)인들 하랴마는 그래도 산 사람의 정이 이러하구나.

해가 번쩍번쩍하더니 더운 나라의 서늘한 소낙비가 우수수하고 달음박질쳐 지나가고, 싸움 끝난 새 나라는 소낙비 지나간 수풀과 같이 고요했습니다.

소낙비 지나가고 조용하여진 석양에 삼 년 동안 굶주리던 수백 명 사람들은 김이 모락모락 나는 국과 밥을 보고 마치 아귀들 모양으로 곁에 있는 사람들도 못 보는 듯이, 젓가락은 무엇이며 숟가락은 다 무엇인고, 하고 손으로 주먹으로 시각이 바쁘게, 안 먹으면 금시에 밥과 국이 어디로 스러지기나 할 듯이 허겁지겁으로 퍼먹습니다. 허생은 한편에 서서 사람들이 무섭게도 먹는 양을 보고 있습니다. 얼마 아니면 채울 조그마한 배를 채울 것이 없어서 삼 년이나 굶주렸던 그 무리의 정경이 가련도 합니다. 역시 ‘사람은 먹어야 산다, 백성에게는 먹는 것이 하늘’이라는 말도 있지마는, 어쩌면 이 넓은 천하에서 그 조그마한 배를 채울 것도 없어서 저대도록 굶주리는고.

사람들은 부리나케 제 몫에 온 밥과 국을 다 먹고 나서는, 커단 눈을 두리번두리번하다가 아직 다 먹지 아니한 사람의 것을 '나 좀 먹읍시다.' 하는 인사도 없이 툭 빼앗아서는 손으로 와락와락 한 입이나 두 입에 다 틀어막고 그러고는 또 다른 사람 곁으로 뛰어가며, 이렇게 먹던 밥을 빼앗긴 사람은 이를 악물고,

"이 개자식!"

소리를 치며 밥 도적을 따라가나, 밥 도적은 쫓겨가는 동안에 벌써 다 먹어버리고 비인 그릇을 따라오던 사람에게 던지며 욕설을 합니다.

하나씩 하나씩 밥 도적이 생기기 시작하여 사내들 먹던 자리에서는 밥 먹다가 말고 대풍파가 일어나더니, 그중에 어떤 사람이 부인네들 먹는 자리로 뛰어가 닥치는 대로 남이 들고 먹는 밥그릇을 빼앗아서 입에다 틀어막고, 그것을 미처 다 삼키기도 전에 또 다른 밥그릇을 빼앗습니다. 이 통에 부인네들은,

"에그머니."

"에그머니."

하고 제가끔 제 밥그릇을 들고 달아나고, 달아나면 사내들이 두 주먹을 불끈 쥐고 따라가서는 안 내놓으려고 가슴에 품는 밥그릇을 억지로 빼앗아가지고 입에 집어넣으려 할 적에, 또 다른 사람이 뒤로 와서 빼앗은 밥그릇을 또 빼앗습니다. 그래서,

"이놈아."

"아이구."

"에그머니."

"아야."

"이 개자식!"

"이년 같으니."

하는 소리와 쫓기고 따르고, 때리고 차고, 엎어지고 자빠지고 뒹굴고, 울고 소리를 지르고, 참으로 아귀도(餓鬼道), 수라도(修羅道)를 한데 합한 것 같습니다.

　허생은 팔을 두르며 소리를 높여,

　"밥은 암만이라도 있으니 싸우지 마시오! 오늘만 있는 것도 아니요 언제나 있으니, 싸우지 마시오."

하고 소리를 질렀으나, 밥에 미친 사람들의 귀에는 그 소리가 들어가지 아니하였습니다. 그 소리가 귀에 들어갈 리가 있습니까. 내일 아침에 밥 한 그릇을 만날 둥 말 둥 하거든 먹을 수 있는 때에 배가 터지도록 한 번만이라도 먹어두자, 삼 년 동안 굶었던 밥을 한 번에 보충을 하고 앞날에 죽을 때까지 굶을 밥도 이 통에나 한번 먹어두자, 굶어 죽는 것보다는 배가 터져 죽고지고, 이러한 사람들의 눈에 밥밖에 보일 것이 무엇이랴. 밥, 밥, 밥, 밥밖에 보일 것이 무엇이랴.

　마침내 사람들은 빼앗을 밥도 없어지고 오래간만에 배불리 먹은 밥에 취하여 하나씩 하나씩 여기저기 쓰러지고, 밥을 빼앗기고 얻어먹지 못한 무리들만 아직도 기운이 남아서 땅바닥에 떨어진 밥 덩어리를 주워먹으며 돌아다닙니다.

　땅바닥에는 허옇게 밥이 널리고 국이 엎질러졌습니다. 솥에 남았던 밥도 서로 제 것이라고 빼앗으려다가 솥은 깨어지고, 그 아까운 밥은 땅바닥에 엎질러져 밥일래 싸우는 사람들의 발에 밟혀서 어떤 데는 커다랗고 시커먼 엄지발가락 자국이 땅바닥에 이겨 발린 하얀 밥 위에 인 박힌 모양으로 박혀 있습니다. 조곰보의 시체 앞에 놓였던 밥그릇도 누가 집어 가버리고 텡텡 비인 소반만 우두커니 앉아 있습니다.

허생은 밥에 취하여 눈을 멀뚱멀뚱하고 쓰러져 일어나지 못하는 사람들을 돌아보았습니다. 그중에는 미처 잘 씹지도 아니하고 너무 마른 밥을 많이 먹어서 숨도 잘 못 쉬는 이도 있고, 입으로 꼴깍꼴깍 퉁퉁 불은 밥알을 뱉는 이도 있고, 남의 밥을 빼앗다가 그랬는지 누구한테 빼앗기다가 그랬는지 얼굴과 손에는 피가 나는 자도 있습니다.

밥에 취해서 사람들이 말없이 누워 있는 동안에 해가 넘어가고, 어두움이 오고 맑은 별들이 반짝반짝 눈을 뜨고 달이 올라옵니다.

쓰러진 사람들 중에는 끙끙 앓는 소리를 하는 이도 있고, 세상 모르고 드렁드렁 코를 고는 이도 있고, 네 활개를 활짝 뻗고 푸푸 입을 부는 이도 있습니다.

부인네들 있는 곳에서,

"으아, 으아."

하고 어린애들 우는 소리가 들려옵니다. 차차 세상이 사람 사는 세상 같아 보입니다.

그러다가 달이 거의 하늘 가운데 올라올 만해서 밤이슬에 시커먼 몸뚱이들이 축축하니 젖을 만한 때에 하나씩 하나씩 눈을 비비고 일어납니다. 일어나서 하품 섞은 기지개를 서너 번씩이나 하고야 비로소 정신들이 드는 모양인지, 얼빠진 사람 모양으로 눈을 껌벅껌벅하며 사방을 돌아보고야 비로소 해 지기 전에 일어난 모든 일이 희미한 머릿속에 생각이 나는 모양인지 입맛을 쩍쩍 다시는 이도 있고, 손으로 피 말라붙은 생채기를 가만가만히 만져보는 이도 있고, 아직 일어나지 아니한 곁의 사람을 머리에서 발끝까지 훑어보는 이도 있고, '응' 하고 가장 무엇이 못마땅한 듯이 혼자 중얼대는 이도 있고, 무서운 꿈이나 꾸다가 깨인 듯이 벌떡 뛰어 일어나서 서너 걸음 뚜벅뚜벅 걸어나가다가 주정꾼 모양으로 고개를 절레절레 흔들고는 다리 힘이 풀리는 듯이 그 자리에 털썩 주저앉아서 머리만 슬슬 치쓰는 이도 있습니다. 달빛에 시커먼 그림자 하나씩을 뒤에 두고 쭈그리고 둘러앉은 무리들이 사람 같지는 아니하고 무슨 귀신들이나 같습니다. 더구나 그 사람들이 아까 하던 모양을 생각하고, 또 말도 없이 정신을 차리느라고 꿈지럭거리는 것을 볼 때에는 더욱 흉물스럽습니다. 만일 이 흉물들이 일제히 일어나서 어슬렁어슬렁 춤이나 추고 돌아간다 하면 분명히 옛말에 나오는 도깨비판이 될 것입니다.

그러나 얼마 아니 하여 맑은 달빛과 서늘한 밤바람에 사람들의 정신이 들었습니다. 하나씩 둘씩 부인네들 모인 곳으로 제 여편네를 찾으러 갑니다.

허생은 또 아까 밥 싸움 모양으로 여편네 싸움이 날 것을 근심하여 사나이들이 자는 동안에 부인네들을 불러놓고 남편의 유무를 물어보았습니다. 그런즉 대답이,

"남편이야 하나씩 있었지요마는 이리로 팔려 들어온 뒤에는 죽었는지 살았는지 알 수가 없소오니까요. 또 사람의 모양들이 모두 변해서 보더라도 알아볼 수가 없사오니까요."

하고 별로 보고 싶어하는 기색이 없습니다. 그래서 허생도 하릴없이 밥에 취해 자는 사람들이 깨어 일어나기만 기다렸습니다. 그러던 차에 사람들이 하나씩 둘씩 깨어서 여편네를 찾는 것을 보고 허생은 부인네들을 불러내어 길게 병정 늘어세우듯이 한 줄로 늘어세웠는데, 이백여 명 부

인네가 각각 아기들을 안고 늘어선 것이 장관이었습니다.

그러고 나서는 돌이가 문에 지켜 서서 하나씩 하나씩 사람을 들여서는 각각 제 여편네를 찾게 하는데, 달빛에 비치인 부인네의 얼굴을 첫머리에서 끝까지 차례차례로 보아가다가 제 여편네가 눈에 띄면,

"여기 있다!"

하고 손목을 잡아 끌어냅니다. 그러면 말없이 순순히 끌려 나오는 이도 있고, 어떤 이는,

"아니오. 당신이 잘못 보셨소. 나는 당신의 여편네는 아니오!"

하고 악을 쓰며 팔을 뿌리치는 이도 있습니다. 그러면,

"내가 잘못 보았나!"

하고 중얼거리며 또 다른 사람을 고르는 이도 있고, 어떤 이는,

"이년! 아모리 딴 서방의 몸에 새끼까지 낳았기로 제 본서방까지 잊어버려?"

하고 따귀를 붙이는 이도 있습니다. 그제야 엉엉 울면서 남편에게 끌려나갑니다. 문밖에 지켜 서서 제 차례가 돌아오기만 기다리던 사람들은 먼저 들어가 여편네들을 끌고 나오는 사람을 뚫어지도록 들여다봅니다. 혹 제 여편네를 잘못 가져가나 아니하나, 하고 의심하는 까닭입니다. 그러다가 제 것이 아닌 줄을 분명히 안 뒤에야 비로소 맘을 놓는 듯이,

"흥, 아이 하나는 공으로 얻었지그려."

하고 비웃는 소리를 하고는 자기 차례가 돌아오기를 기다립니다.

한 사람이 여편네를 찾아가지고 나온 뒤에는 저마다 먼저 다 들어간다고 들이미는 것을 돌이가 두 팔로 힘껏 내어밀면서,

"글쎄, 왜들 이려? 여편네들 누가 잡아먹나! 하나씩 들어가 찾아내

어."

하고 그중에 하나만을 들여보냅니다. 그러면 들어가는 허락을 받은 사람은 또 아까 사람 모양으로 달빛에 비치인 부인네의 얼굴을 차례차례로 둘러보다가 다행히 제 여편네를 얻어 만나면,

"여기 있다!"

하고 팔목을 끌어내고, 혹 제 여편네가 안 보이면 두 번 세 번 왔다 갔다 하다가 어떤 이는 정직하게,

"우리 여편네는 어디 갔어?"

하고 실망하는 이도 있지마는, 어떤 뻔질뻔질한 사람은 그중에서 제일 눈에 드는 부인을 붙들고,

"여기 있다!"

하고 팔목을 끌어냅니다. 그러면 그 부인은,

"아니야요. 에그 망칙해라, 내가 언제 당신 여편네야요?"

하고 팔을 뿌리치면 허생이 따라가서 그 사내더러 여편네의 성과 나이와 표를 물어보아서 맞으면 데려가게 하고 안 맞으면 나가라고 합니다. 그러면 순순히 나가는 이도 있고, 어떤 이는,

"아니야요. 그러면 나는 어찌해요?"

하고 떼를 쓰는 이도 있습니다.

이 모양으로 본여편네, 본남편을 다 찾고 나서도 홀아비가 오십여 명, 과부가 팔십 명가량이나 남았습니다. 인제는 새로 혼인들을 할 수밖에 없이 되었습니다. 그래서 허생은 오십 명 홀아비와 팔십 명 과부를 한데 모아놓고 서로 남편과 아내를 고르도록 하였습니다. 피차에 성과 본을 말하고 나이를 말하고 피차에 맘에 맞는 사람을 고르게 하는데, 대개

는 무사히 약혼이 되었으나 하나 큰 걱정이 생겼습니다. 과부 중에 조곰보의 첩으로 있던 과부 하나는 원래 전라도에서 이름 있던 미인이라 비록 나이 삼십이 가까웠건마는 자태는 십칠팔 세밖에 아니 되어 보이고, 그 여러 사람 중에 뛰어나게 아름답습니다. 그런데 홀아비들은 저마다 이 과부를 제 것을 만들 양으로 이십여 명이 들러붙어서,

"나하고 살아요."

하고 조르며, 그중에 어떤 사람은,

"누구나 이 사람에게 손을 대는 놈이 있으면 대강이를 바숴줄 테여!"

하고 그 과부를 제 것을 만들려고 위협을 합니다.

사람들은 다투다 못하여 아무리 하여도 그대로는 끝이 못 날 줄을 알고, 그중에 한 사람의 발론으로 허생에게 송사를 청하기로 하였습니다. 허생은 지금까지는 서로 맘에 맞는 짝을 고르기들만 기다리고 곁에서 보고만 섰다가 여러 사람들이 다투는 양을 보고 근심하던 터이라, 자기더러 판결을 청하는 것을 다행으로 여겨 그 과부의 곁에 나아가,

"지금 이 사람들이 다 당신을 아내를 삼으려 하니 이 중에서 누구든지 당신의 맘에 드는 이를 택하오."

하였습니다.

그런즉 지금까지 고개를 숙이고 있던 그 과부가 눈물 흐르는 낯을 들며, 허생을 향하여 극히 비창한 소리로,

"저는 아무한테도 시집은 가지 못하겠습니다. 비록 육례(六禮)를 갖춘 부부는 아니라 하더라도 십 년 동안 남편으로 섬기던 이가 돌아가셨으니, 그의 시체도 묻기 전에 남편을 죽인 원수에게 몸을 허할 수는 없습니다……. 옛 사람 같으면 남편의 뒤를 따라 이 자리에서 목숨을 끊을 것

이로되, 생각하온즉 집에 늙은 부모도 계시오니 생원님께서 저를 본국으로 데려다가 나가 부모님의 늙으신 낯이나 한번 뵈옵고 죽게 하여주셔요."

하고 흐르는 듯한 언변으로 하소연을 합니다. 그러고는 얼른 몸을 빼쳐 조곰보의 시체 곁으로 가서 그 가슴에 얼굴을 대고 흑흑 느껴 웁니다.

이 광경을 보고 사람들은 다시 그 과부를 끌어낼 생각을 아니 하고, 한편 구석에서 남아 있던 못난 과부 하나씩을 골라가지고 슬몃슬몃 빠져나가고 말았습니다. 그러나 그중에도 건장한 사람 하나가 다른 과부는 거들떠보지도 아니하고 조과부의 곁에 붙어 떠나지를 아니하며 조르기를 마지아니합니다. 이 사람은 어떠한 사람인가.

허생은 그 사람에게 말을 하였습니다.

"남편을 생각하고 개가하기를 원치 아니하는 이를 암만 졸라도 쓸데없으니, 어서 다른 사람을 아내로 택하시오."

하였습니다. 그런즉 그 사람이 허생의 앞에 꿇어 엎디며,

"소인은 본래 이 과부와 한동네에 살던 사람이오니까요. 어려서부터 함께 놀고 자랐소오니까요. 그래서 소인은 이 사람이 아니면 장가를 아니 들기로 작정을 하옵고 부모께 졸랐소오니까요. 그래서 거의 다 허락되어서 장가들 날만 손꼽아 기다리는 때에 조곰보가 돈을 많이 주고 빼앗아 갔소오니까요. 그래 제가 그 길로 따라갔사오나 힘이 없사오니까요. 그래도 조곰보를 떠나지만 않고 있노라면 무슨 기회라도 돌아오려니 하고 마침 소인이 힘깨나 쓰고 날파람이 있는 것을 보여서 조곰보 곁에 여태껏 십 년이나 있었소오니까요. 그 기나긴 십 년 동안에 하루라도 맘 편한 날은 없고, 언제나 일생의 소원을 달하나 하고 오늘날까지 기다렸소

오니까요. 그러다가 오늘 기회에야 조곰보를 죽여버리고 소원을 달하게 되었소오니까요. 이러고도 소원을 달하지 못하오면 소인은 저 계집과 함께 죽어 버리겠소오니까요. 그러하오니께루 대왕마마께서 잘 저 계집을 훈계를 하시와 소인의 소원을 이뤄주시게 하옵소오니까요."

하고 수없이 절을 합니다.

아아, 그러면 조곰보를 죽도록 때린 것이 이 사람인가, 또 '어느 놈이든지 이 사람을 건드리면 대강이를 바수겠다.' 한 것도 이 사람인가, 하고 허생은 달빛에 비치인 그 건장한 사람의 얼굴을 유심히 보았습니다. 과연 세상에 드물게 보는 건장한 골격을 가진 사람입니다. 키가 크고 어깨가 힘 있게 펴지고 두툼두툼한 얼굴에 터질 듯 터질 듯한 힘줄 뭉텅이가 불룩거립니다.

"허지만 저편이 말을 아니 듣는 것을 어찌하오. 사람의 맘을 힘으로 돌릴 수는 없는 것이 아니오? 허니까 사흘 동안에 당신의 수단껏 저 사람의 맘을 돌려보시오. 그러나 당신의 힘을 믿고 억지로 남의 말을 꺾는 것은 용서할 수 없소."

하였습니다.

이런 이야기를 하는 동안에 어떤 여편네 하나가 뛰어나와 그 장사의 팔에 매어달리며,

"여보시오, 나하고 삽시다. 내가 삼 년째나 당신을 생각하면서도 조곰보가 무서워서 말도 못 하였소. 나는 얼굴은 못났지마는 부엌일, 바느질, 김매기 무엇이나 못 할 것이 없고, 어려서부터 바닷가에서 자란 덕으로 배도 곧잘 젓소. 다른 년들은 낯바닥이 반들반들한 덕에 조곰보의 새끼도 낳았거니와, 나는 낯바닥이 못난 덕에 조곰보의 팔목 한 번 안 만져보

왔소. 자, 여보. 저까짓 년은 잊어버리고 나하고 삽시다. 내 옷도 잘 지어 주고, 아들딸도 많이 낳아줄게 나하구 삽시다. 나하구 살아요."

하고 매어달립니다.

그 장사는 어이가 없어서 처음에는 어쩔 줄을 모르고 어안이 벙벙하여 우두커니 서 있더니, 한 팔로 그 여인을 떠밀었습니다. 그런즉 그 여인이 장사를 한번 흘겨보고 소리를 빽 지르며 그 장사에게 달려들어,

"응, 나를 떼밀어? 안 될걸. 내가 꼭 너하구 살아볼 양으로 삼 년 동안 맹세를 하고 왔어. 내라는 사람이 그렇게 떼민다고 떨어질 사람인 줄 아 느냐. 안 될 말이지. 자, 어디 네가 힘이 세다더라마는 나하구 사생결단 을 하여보자."

하고 바싹 달라붙어서 아니 떨어지려고 악을 악을 씁니다.

허생은 이 광경을 보고 섰다가 그 장사의 어깨를 턱 치며,

"여보, 이 부인과 혼인하시오. 이 부인이 비록 얼굴은 미인이 아니나 심상한 부인이 아니오. 이 부인과 혼인하여 자식을 낳으면 좋은 자식이 날 것이니, 이 부인과 혼인하시오. 그리하면 몇백 년 후에 당신의 후손 중에서 큰사람이 나올 것이오."

하였습니다. 이 말을 듣고 그 장사는 고개를 돌려 조곰보의 시체 위에 엎 드린 조과부를 바라보았습니다. 허생은 다시 그 장사의 어깨를 치며,

"십 년 동안 먹어온 생각을 버리기가 오죽이나 어렵겠소마는 당신은 장사가 아니오? 장사답게 하시오!"

하였습니다.

그제야 장사도 결심한 듯이,

"그러하겠습니다. 이 여인과 혼인하겠습니다."

하였습니다. 그런즉 그 여편네가 너무 기뻐서 어찌할 줄을 모르는 듯이,

"정말야요? 정말야요? 생원님, 정말야요?"

하고 껑충껑충 뜁니다.

이렇게 혼인이 다 끝난 뒤에 남편을 만나지 못한 삼십여 명 과부들은 청승스럽게 달빛을 받고 섰습니다. 그리고 혼인을 한 사람들은 쌍쌍이 어디로 달아나버리고, 종일 오글오글하던 조곰보의 집이 비인 집 모양으로 조용하게 되었습니다.

이따금 조곰보의 남겨둔 씨들이 이 구석 저 구석에서 '으아, 으아' 하고 우는 소리가 들릴 뿐입니다.

허생도 피곤하여 그 마당에서 나와 잘 자리를 구하려 할 때에 돌이가 허생의 곁으로 오며,

"생원님, 저는 어찌하랍시오?"

합니다.

"응?"

하고 허생이 돌이의 얼굴을 본즉, 돌이는 심히 말하기가 어려운 듯이 머뭇머뭇하다가 겨우 입을 열어,

"생원님, 제 나이 벌써 삼십이 넘었습니다. 생원님을 뫼시고 다니는 것도 좋지마는, 저도 사람으로 태어나서 낫살이나 먹고 본즉 장가도 들고 싶고, 집도 가지고 싶고, 자식새끼도 안아보고 싶습니다. 그래서 예, 그러니깐으로 제가……."

하고 말을 맺지 못합니다.

"그러면 어쩌잔 말이어?"

하고 허생이 다시 물은즉, 돌이는 늘 하던 버릇대로 발로 땅을 파며 고개

는 숙인 대로,

"소인, 본국으로 돌아간대야 별 수도 없고요……. 여기서 그저 여기
서 과부나 하나 얻어가지고 아주 살고 싶소와요."

합니다. 허생은 의외의 일이나 당한 듯이 한참 주저하더니, 무슨 결심을
한 모양으로 고개를 끄덕끄덕하며,

"그러면 네가 여기 있어서 사람들을 데리고 새 나라 모양으로 만들어
놓을 수 있을 듯하냐? 집들도 짓고, 밭도 갈고 길도 만들고, 그렇게 할
것 같으냐?"

하고 물었습니다.

그제야 돌이는 자신이 있는 듯이 고개를 번쩍 들며,

"예. 저도 이십 년이나 생원님 모시고 댕겼으니, 생원님의 솜씨를 다
는 못 해도 여간은 배운가 싶습니다. 아까 저 장사놈과 손만 맞으면 여기
서도 새 나라보다 낫게 차려놓고 살게 할 수 있을 것 같습니다."

하고 언변 좋게 늘어놓습니다. 허생은 이 녀석이 어디서 이런 언변을 얻
었는가 하고 빙그레 웃더니,

"그러면 네 힘껏 해보아라. 아내 될 사람은 구했니?"

한즉 돌이가 껑충껑충 뛰어가서 어떤 튼튼한 과부 하나를 데리고 와서,

"생원님, 보십시오. 제가 사람 보는 안식(眼識)이 어떻습니까."

하고 자랑하는 듯이 빙글빙글 웃습니다. 허생이 돌이와 그의 데려온 여
자를 이윽히 보더니, 두어 번 고개를 끄덕거리며,

"잘되었다!"

하였습니다. 이 말을 듣고 돌이는 너무도 기뻐서 어찌할 줄을 모르더니,
겨우 뛰는 맘을 진정하는 듯이 손으로 가슴을 만지며,

"제가 부모도 없이 어려서부터 생원님 수하에서 자라나서 산으로 가나 바다로 가나 생원님을 뫼시고 다니옵다가 이제 장가를 들게 되오니, 자연히 부모가 그리워집소와요……. 이렇게 그래도 혼인을 하는데 부모도 없고……. 그래도 저는 이게 일생에 첫 번이 아닙니까. 혼인이 대사라니…… 생원님께서…… 말씀 여쭙기는 황송하옵지요마는…… 생원님께서 제…… 아…… 아버지가 되셔서 여기서 혼인을 시켜주실 수는 없겠습니까?"

하고 어찌나 말하기가 힘이 들었던지 이마에서 땀이 흐릅니다.

이 말을 듣는 허생도 땀이 흐를 듯하였습니다. 그래,

"응응. 알아들었다."

하고 돌이의 말이 다 끝나기도 전부터 알아들은 뜻을 표하였습니다.

그래서 허생이 아버지가 되고 돌이는 아들이 되고 그 과부는 며느리가 되어 달빛 아래 이슬 맺힌 풀판에서 술 대신 냉수를 마시고, 신랑 신부가 마주 절도 하고 시아버지께 폐백도 드리고 할 수 있는 예식을 다 하였습니다.

돌이까지 혼인을 시켜 내어보내니, 남은 것은 삼십 명 짝 잃은 과부와 허생뿐입니다. 과부들은 어찌할 줄을 모르고 허생의 처분만 기다립니다. 허생은 과부들 앞으로 가서,

"당신네는 본국으로 돌아갑시다. 본국으로 가서 다들 시집가서 잘 살으시오."

하고 내일 아침에 대문 밖으로 다 모이기를 명하였습니다. 그러고는 허생은 혼자 어디로 나가버리고 말았습니다.

이튿날 아침에 먼저 허생의 침실에 찾아온 것은 돌이 부처(夫妻)입니

다. 돌이는 서울 양반집에서 보고 들은 대로 허생의 앞에 아침 인사를 드리고, 돌이의 아내도 남편에게 배운 대로 인사를 드렸습니다.

허생은 기쁘게 돌이 부처의 인사를 받고 나서,

"돌아, 네가 본국에서 보고 듣고 배운 것은 다 잊어버리는 것이 좋다. 결코 다른 사람들에게는 인사니 예절이니 가르치지를 말고, 오직 한 가지만 가르쳐라. 한 가지란 무엇인고 하니, 먹을 일에는 나이 많은 이를 앞세우고 힘 드는 일에는 젊은이가 앞서는 것이다. 양반도 없고 관원도 없거니와, 젊은 사람들이 나이 많은 이를 공경하는 것 하나만 가르치면 그만이다."

하였습니다. 그런즉 돌이가,

"밥순가락은 어느 손으로 잡으랄까요?"

하고 물었습니다.

"아무 손이면 어떠냐. 흙 묻은 손으로만 먹지 말고, 나뭇개비로라도 수저만 만들어 먹으면 그만이겠지."

하고 허생이 대답합니다.

"남녀지별(男女之別)은 어찌하면 좋습니까?"

하고 돌이가 또 물은즉, 허생은,

"여자들은 여자의 일을 하고 남자들은 남자의 일을 하면 자연히 남녀 구별이 되는 것이요, 저마다 제 여편네만 여편네로 알면 자연히 남녀유별이 되는 것이지 그밖에 또 무엇이 있겠느냐."

합니다.

"그 밖에 사람들이 잘 살기 위하여 하지 아니하면 안 될 일이 무엇입니까?"

하고 또 돌이가 물은즉, 허생은 이윽히 돌이를 치어다보더니,

"네 생각에 어떠하냐?"

하고 도로 묻습니다.

"제 생각에는 이렇습니다. 첫째 사람마다 놀고먹지 말고요, 둘째 사람마다 속이지 말고요, 셋째 사람마다 남을 부리지 말고요, 넷째 다투지 말고요⋯⋯. 그러면 잘 살리라고 생각합니다. 제 생각이 어떠합니까?"

하고 돌이가 서슴지 않고 대답하는 것을 가만히 듣고 있더니 허생이 기쁜 듯이 무릎을 치며,

"옳다, 옳다! 그러면 그만이다. 그러나 만일 다툼이 생기면 어찌할까?"

한즉 돌이는,

"그러면 제가 집니다."

합니다. 허생은,

"좋다! 좋다!"

합니다.

이러한 문답을 하는 즈음에 하나씩 둘씩 남편과 아내와 쌍쌍으로 와서 허생에게 인사를 드리고, 오래 떠났던 내외를 다시 만나게 한 은혜를 감사합니다. 그중에는 바닷가에서 처음 만난 시커먼 사람도 그 아내를 데리고 왔습니다.

허생이 시커먼 사람을 보고,

"그래 어찌 되었소? 도로 의합이 되었소?"

하고 물은즉, 그 시커먼 사람이 부끄러운 듯이 얼굴을 붉히며,

"그러면 어찌해요. 이왕 조곰보놈에게 붙들려 갔으니 조곰보놈의 자

식을 낳기도 예사입지요. 이제부터나 제 자식을 낳아주면 그만입지요,
에헤."

하고 젖먹이를 안은 아내를 돌아보니, 아내도 부끄러운 듯이 고개를 숙
이고 말이 없습니다.

이 모양으로 이백여 쌍의 내외가 이억이억 허생을 찾아와 보이고는 쌍
쌍이 웃는 낯으로 둘러섭니다. 어저께 귀신 같던 무리가 오늘은 웃음도
있고, 인정도 있고, 희망도 있는 사람의 무리로 변하였습니다. 허생은 만
족한 듯이 그 사람들을 바라보고 잘 살아갈 방도를 들려줄 즈음에 과부
삼십 명이 모두 옷 보퉁이를 싸가지고 허생에게 모여들었습니다.

"자, 다들 부디 잘 살으십시오. 이 땅에서 삼백 년은 부족함이 없을 것
이니, 부디 잘들 살으시오. 그러나 이 땅에서 살기를 원치 아니하고 본국
으로 가기를 원하는 이가 있거든 나를 따라오시오."

하고 뱃사람들과 과부들을 데리고 배 있는 데로 나왔습니다.

옛 나라로

바닷가에는 오백여 명 남녀가 모였습니다. 본국으로 가는 자, 새 나라
에 남는 자가 서로 손을 마주 잡고 서로 눈물을 흘리고 작별하기를 아낍
니다.

뱃머리에서 붉은 기가 흔들리자 사람들은 마지막으로 작별하는 말을
하고 모두 배에 뛰어오릅니다. 버릿줄도 끄르고, 닻도 감고 돛도 달고,
떠날 준비가 다 되기까지도 돌이는 허생의 앞에 꿇어 엎디어 눈물을 흘리

며 일어날 줄을 모릅니다. 허생은 마침내 돌이를 붙들어 일으키며,

"인제부터는 새 나라 일을 맡은 몸이니, 기쁘고 슬퍼함을 사람들에게 보이는 것은 좋지 아니한 일이다. 자, 일어나 내려가는 길로 사람들을 데리고 집 짓고 밭 갈기를 시작하여라. 모든 일을 네게만 맡기니 부디부디 잘하여라."

하였습니다.

이 말에 돌이는 한 번 더 일어나 허생에게 절하고, 늙은 사공에게 절하고, 본국으로 돌아가는 여러 사람들에게 작별하는 인사를 하고 배에서 내려와 버드나무에 동여매었던 버릿줄을 끌러 던졌습니다. 그런즉 돛에 바람을 받아가지고 팽팽하게 버릿줄을 당기고 있던 배는 마치 붙들었던 손을 떨치고 달아나는 듯이 물결을 일으키며 스르르 미끄러져 나아갑니다.

배들이 바닷가에서 차차 멀어져가는 것을 보고 뭍에 있는 사람들은 손을 두르고 소리를 지르고, 서운한 맘을 견디지 못하는 듯이 왔다 갔다 합니다.

바람을 거슬러 가기에 다소간 곤란하였으나, 허생의 열두 배는 푸른 하늘 밑 푸른 바다 위로 북으로 북으로 향하여 갑니다. 이렇게 가기를 십여 일이나 하여서 하루 아침에는 뱃머리에서 멀리 북쪽으로 파랗게 산머리가 보이기 시작합니다.

"본국이다! 본국이다!"

하고 사람들은 오래 못 보던 본국 산을 보고 기뻐 뛰는데, 허생은 근심스러운 얼굴로 차차 가까워오는 산을 바라보더니 무슨 결심을 한 듯이 붉은 기를 둘러 배를 세우게 하고 뱃사람들을 불러,

"한 배만 남기고 열한 배에 실은 돈을 모두 바다에 넣으라."

하였습니다.

그런즉 사람들은 모두 제 귀를 믿지 아니하는 듯이 눈이 둥그레지며,

"새 나라에서는 돈이 쓸 데가 없지마는 본국에만 돌아가면 돈밖에 더 좋은 보배가 없는데, 왜 이렇게 아까운 돈을 바닷속에 집어넣으라고 하십니까?"

하고 허생을 향하여 간합니다. 그런즉 허생은 고개를 흔들며,

"어서 던지라면 던지시오. 한 배의 돈만 하여도 당신네가 일생에 먹을 것은 넉넉할 것이니, 어서어서 집어넣으시오."

하였습니다.

뉘 말이라고 거역을 하랴. 사람들은 백 냥씩 이백 냥씩 묶은 돈짐을

"어야드야."

소리를 부르며 바다에 던지기를 시작합니다. 시커먼 돈 뭉치가 햇빛에 번쩍하고는 텀벙 하는 소리를 내고 눈 같은 물바래를 내며 백 길인지 천 길인지 모르는 물속으로 잠겨버리고 맙니다. 이 모양으로,

"어기어차."

하면 한 덩어리씩 물에 잠기기를 시작하여 열한 배에서 떨어지는 돈 소리, 물소리가 심히 요란한데, 이러하기를 한 나절이나 하여서 거우 열한 배의 돈짐을 거의 다 퍼버렸습니다. 허생은 짐 퍼버린 배들을 한번 둘러보며 땀을 씻는 사람들을 돌아보고,

"돈 만 냥에 흔들리는 조그마한 나라에 이 많은 돈이 들어가면 또 얼마나 흔들릴까. 이 돈이 조선에 들어가면 많이 가지는 자와 적게 가지는 자가 있을 것이니, 만일 수백만 냥을 가지는 자가 있다 하면 원도 사고, 감

사도 사고, 마침내는 삼정승 육판서까지도 사서 나라가 돈 있는 자의 나라가 되고 말 것이요, 나종에는 임금까지도 허리띠에 돈표 주머니를 수십 개나 차는 날이 올 것이다. 그날에 돈이 상전이 되고 사람은 그 종이되어 마침내는 돈만 주면 어버이는 아들딸을 팔고, 남편은 아내를 팔고, 신하는 임금을 팔고, 그러다가 남에게 제 나라를 팔아먹는 자까지 나게될 것이다."

하고 수없는 돈이 들어간 바닷물을 잠깐 보더니,

"자, 갑시다."

하고 배를 떠냅니다.

"어쩌면 그 아까운 돈을 바다에다 집어넣는담."

"한 배어치만 나를 주었으면 한번 흥청거리고 잘사는걸."

이 모양으로 사람들은 잃어버린 돈을 차마 잊지 못하여 모두 뒤를 돌아보며 꿀떡꿀떡 침을 삼킵니다.

"저 돈이 언제나 한 번 또 세상에를 나와볼까?"

하고 한 사람이 입맛을 다시면,

"바다가 말라야. 이 바다가 말라버리고 육지가 되어야."

"아이구, 어느 천년에 이 바다가 말러?"

하고, 또 한 사람이 바닷물을 들여다봅니다.

"생원님 배에 있는 것만 해도 백만 냥은 될 게요. 모두 은금 보화만이요, 검은 돈은 얼마 없다오……. 백만 냥은 되고말고."

하고, 또 한 사람이 곁눈질을 하면,

"우리에게도 일생에 먹고 살 것은 준대."

하고 고마운 듯이 입을 벌리는 이도 있고,

"아모러나 생원님 하는 일은 우리는 알 수 없어……. 사람은 아니야
요. 신이야요."

하고 감탄하는 이도 있습니다.

이러는 동안에 그날도 저물고, 이튿날 새벽에야 배가 어떤 산 밑에 닿
았습니다. 하얀 모래장벌에 파란 솔포기가 드문드문 박히고 인적은 없이
갈매기들만 왔다 갔다 합니다. 배가 바닷가에 닿은 뒤에 허생은 사람들
을 불러 세우고,

"지나간 삼 년 동안 당신네는 나와 같이 퍽 고생들을 하셨소. 인제는
각각 맘대로 흩어져서 집도 사고 땅도 사고, 장가도 들고 아들딸 낳고 즐
겁게들 살으시오."

하고 돈 있는 배를 가리키며,

"이 배에 은금이 얼마 있으니 당신네들 힘껏 가지고 가시오. 한 짐씩만
지고 가면 일생 먹을 것은 넉넉할 것이오."

하였습니다.

그런즉 사람들은 은금 실은 배로 올라와 금으로만 골라 힘껏 짐을 짊어
놓고, 허생을 대하여 여러 번 절한 뒤에 모두 지어놓았던 밥을 나눠 먹고
각각 제맘대로 흩어졌습니다.

사람들이 산을 넘어 각처로 다 흩어지는 양을 보고 허생은 뱃사람 몇만
데리고 열한 배를 바다로 끌어내어 북풍에 잔뜩 돛을 달고 그 속에 은금
몇만 냥씩을 실어내어 놓으며,

"바람 부는 대로 가고 싶은 데로 가라. 가서 돈이 없어 괴로워하는 백
성에게 이 금은을 주라."

하는 종잇조각을 뱃머리에 써 붙이고 마치 아이들이 액막이를 써 연을 놓

아주는 모양으로 놓아주었습니다.

　그런즉 그 배들은 찬 돛에 북풍을 맞아가지고 너울너울 물결로 오르락 내리락 제멋대로 달아납니다.

　"자, 갑시다."

하고 허생의 배는 해안을 돌아 서북으로 서북으로 향하고 갑니다.

　하루는 첫눈이 부슬부슬 오는 날 다방골 변 진사 집 사랑에 때 묻은 옷을 입고 헌 망건, 헌 갓에 푸른 콧물을 흘리는 허생이 들어왔습니다.

　"죽은 줄 알았더니, 그래도 아직도 안 죽고 살아 왔네."

하고 칠 년 전에 보던 변 진사 집 문객들이 수군수군합니다.

　허생이 들어오는 것을 보고 변 진사가 자리에서 일어나며,

　"허 생원이오니까. 이게 얼마 만이오니까."

하고 반가운 뜻을 표합니다. 허생은,

　"너무 오래어서 심히 미안하오이다."

하고 변 진사가 권하는 자리에 앉습니다. 변 진사는 허생의 꼴이 칠 년 전에 돈 꾸러 왔을 때보다도 더욱 초라한 모양을 보고,

　"아마 장사가 뜻같이 안 되신 모양입니다그려."

하고 불쌍히 여기는 듯하는 눈으로 허생을 치어다봅니다.

　허생은 흐르는 콧물을 옷소매로 씻으며,

　"그런 것도 아니외다. 그 돈 만 냥을 취해주셔서 매우 긴하게 쓰고 이익도 다소간 남았소이다. 장사하는 이의 돈을 오랫동안 돌려쓰고 상당한 이식(利食)은 드려야 하겠기로 약소하나마 돈 십만 냥이나 가지고 왔소이다."

합니다.

이 말을 듣고 변 진사는 그만 말이 막혔습니다.

'이 사람이 아마 남의 돈 만 냥을 갖다가 없애버리고 그만 미쳐버리지나 아니하였는가.'

하고 반신반의하는 눈으로 허생만 치어다보고 있을 즈음에, 들어온다 들어온다, 섬거적에 싼 것, 궤짝에 넣은 것이 열 짐, 스무 짐, 서른 짐, 한량이 없이 들어와서 순식간에 변 진사 집 마당에 큰 더미가 쌓입니다.

돌아와서

변 진사는 너무도 놀라운 일이라 어찌할 줄을 모르고 헤매다가 몸소 마당에 뛰어 내려와 섬거적에 싼 것과 궤짝을 열어본즉, 모두 주먹덩이 같은 금이 아니면 은이라 그 자리에서 입을 딱 벌리고 말을 못 하고, 주위에 둘러섰던 수십 명 문객들도 모두 얼빠진 사람들 모양으로,

"이게 무에여?"

할 따름이요 말도 잘 나오지 아니합니다.

그래도 그중에서 변 진사가 먼저 정신을 차려서 방으로 뛰어 올라가서 허생의 앞에 엎드려 절하며,

"화식(火食) 먹는 인생이라 누구신지를 몰라뵈옵고, 설만(褻慢)한 죄를 많이 지었습니다. 생원님께옵서 하도 차리신 모양이 초라하옵기로 장사에 밑지신 줄만 알았사옵더니, 이렇게 불과 육칠 년에 나 같은 것이 일생에 모은 것보다도 많은 재물을 얻으셨사오니, 과연 생원님께옵서는 신

인이옵니다."

하고 백발이 날리는 머리를 체면도 불고하고 수없이 수그립니다.

허생은 황망히 일어나 마주 절하며,

"왜 이러시오? 나이 많은 이가 젊은 사람 보고 절하는 법이 어디 있나요? 말으시오."

하고 매우 귀찮은 듯이 얼굴을 찡기며 일어나,

"나는 갑니다."

하고 나가려고 합니다.

변 진사는 절을 하다 말고 일어나 허생의 소매를 붙들며,

"그러실 수가 있습니까. 이 재물은 내가 받을 수가 없습니다. 이 돈은 허 생원께서 맡으셔야 하옵니다. 만일 주신다 하면 애초에 돌려드렸던 만 냥은 받겠습니다. 만일 장사하는 사람의 돈이라고 이식을 주신다 하오면 만 냥 갑절 이만 냥은 받으려니와, 그 나머지는 내가 받을 까닭이 없습니다."

합니다. 허생은 변 진사의 하는 말을 듣고 있더니,

"그럴 것이 아니오이다. 나는 본래 글이나 외우는 선비라 돈을 모르는 사람이니, 내게는 이 돈이 아모 데도 쓸데가 없소이다. 재물에는 각각 주인이 있는 것이니, 진사께서 이 돈을 가지고 쓸 만하다고 생각하는 곳에 쓰시오. 나는 좀 생각하는 바가 있어서 얼마 동안 돈을 만졌거니와, 인제는 생각하였던 것도 좀 해보았으니 다시는 내게 백만금의 재물도 쓸 곳이 없소이다."

하고 붙드는 것도 뿌리치고 대문 밖으로 홱 나가버리고 맙니다.

변 진사는 툇마루까지 따라오다가 하릴없이 사람을 시켜 허생을 따라

가보라 하고 회보 오기만 기다리고 있는데, 마당에 쌓인 금덩어리 은덩어리는 말도 없이 번쩍번쩍하고 있습니다.

담배 두 대를 태울 때쯤 하여 허생을 따라갔던 사람이 돌아왔습니다.

"그래, 그 어른이 어디로 가시더냐?"

하고 변 진사가 황망히 물은즉 그 사람이,

"그 어른이 걸음을 어떻게 빨리 걸으시는지, 저는 달음박질하다시피 해서 가까스로 따라갔습니다……. 큰 광충다리를 건너서 홍문 서골로 내려가더니, 개천을 건너서 구리개로 초전골을 향하고 얼마를 내려가더니, 무엇을 찾는지 한참 동안 머뭇머뭇하더니마는 거기서 꺾어서 진고개를 향하고, 도로 올라와서는 묵적골로 들어가십니다. 그래 뒤를 슬슬 따라가노라니까 바로 남산 밑 쓰러져가는 조그마한 집으로 들어갔습니다."

합니다. 변 진사가,

"그래, 들어가서는 아무 소리도 없드냐?"

하고 물은즉 그 사람은,

"모르겠습니다. 그리로 들어가시는 것을 보고는 곧 돌아서 왔습니다."

합니다.

"그래, 그 집이 아주 말이 아니냐?"

하고 또 변 진사가 물은즉 그 사람의 말이,

"아주 말이 아니올시다. 서까래가 팔을 부르걷고 사람 사는 집 같지 아니합니다."

변 진사는 곧 사람을 시켜 나무 한 바리와 쌀 한 섬과 간장 한 동이와

고기 한 근과 젓갈 한 항아리와 술 한 병을 허생의 집으로 보내며,

"얘, 누가 보냈단 말도 말고 그저 갖다가 대문 안에다가 들여놓고만 오너라. 만일 안 받으신다고 야단을 하시거든 소인네는 모릅니다, 하고 못들은 체하고 달아오너라."

하고 분부하였습니다.

그날 저녁에 허생이 오래간만에 부인과 함께 저녁을 먹으려 할 때에 대문 밖으로 사람들의 발자취 소리가 나더니,

"이리 오너라!"

하고 부르는 소리가 납니다.

부인이 방금 밥을 뜰 양으로 들었던 숟가락을 홱 내어던지며,

"제길, 남 밥 먹으랴는데 어떤 녀석이 왔어?"

하고 화증을 냅니다.

"손님이 오셨으면 맞아들여야 하지 아니하오. 왜 그러시오?"

하고 일어나 몸소 대문으로 나갔습니다. 안에서는 화증 난 부인이 덜거덕 소리를 내며 밥상을 치우는 소리가 들리고, 무어라고 게두덜거리는 소리가 들립니다. 건넌방은 한 칸 있지마는 나무가 있나, 장판 떨어진 안방 단칸방이 안방 겸 사랑입니다.

허생이 대문 빗장을 벗기니, 문밖에는 변 진사가 초롱을 들리고 술 쟁반을 들리고 기다리고 섰습니다. 허생은 반가운 듯이,

"술을 가지고 오셨어요? 꼭 한잔 먹고 싶던 때외다. 자 들어오시오."

하고 변 진사를 불러들입니다.

허생의 조그마한 안방에도 술이 벌어졌습니다. 변 진사가 손수 따라주는 대로, 허생은 사양도 아니 하고 변 진사에게 권하지도 아니하고 한량

없이 들이마십니다. 허생의 얼굴이 벌개지고 콧김이 차차 더워감을 따라서 차차 말이 많아지고 어성이 높아집니다.

"대관절 술이란 좋은 것이오. 취한 눈으로 보면 천지가 닭의 알과 같이 보이고, 영웅호걸이 하루살이같이 보이는 것이오. 원래 달인은 취하나 깨나 천지 인생을 일장춘몽같이 보는 것이지마는, 우리 같은 범인은 술의 힘이나 빌려서 취한 동안에나 잠시 달인이 되는 것이오. 옛날에 우 임금이 술을 보고 울었다 하거니와 그것은 술의 맛을 몰랐던 까닭이지요. 달인에게는 즐거움도 없고 괴로움도 없고, 즐겁게 보면 앓는 것도 즐거움이요 죽는 것도 즐거움이요, 슬프게 보면 꽃피는 것도 슬픔이요 장가드는 것도 슬픔이지요……. 마누라가 짜증을 내니 슬프지요, 바가지를 긁으니 슬프지요. 어떠시오? 진사께서는 그런 슬픔이 없으시오?"
하고 따라놓았던 술을 들이마십니다.

"인생이 슬픔이지요. 왜 낸들 슬픔이 없겠소이까."
하고 어떻게 대답해야 될는지를 몰라 어물어물합니다. 허생은 술을 마시고 다시 말을 이어,

"그러니까 인생의 슬픔을 잊노라고 사람들이 술을 먹는 것이지요. 술이 아니고 슬픔을 잊을 도리가 없으니까요. 허허허."
하고 또 한 잔을 들이킵니다. 그리고는 취안이 몽롱하여 변 진사의 풍후(豊厚)한 늙은 얼굴을 바라봅니다. 그러더니마는 갑자기 얼굴빛이 엄숙하게 되며,

"인제는 가십시오. 우리 마누라가 아직 저녁도 아니 먹고 부엌에서 손님 가시기를 기다리고 있으니 가시오."
하고 자기가 먼저 일어납니다. 그런즉 변진사도 어이가 없어서 부시시

일어나 나가며,

"좀 조용히 여쭈어볼 말씀이 있는데요."

한즉, 허생은 변 진사의 등을 밀어내며,

"오늘은 부엌에서 내자(內子)가 떨고 섰으니까요. 내일 저녁에 또 오
셔요, 술 가지고 오시지요. 안녕히 가십시오."

하고는 변 진사가 신을 신는 것도 다 보지 아니하고 안방 문을 닫고 들어
가며,

"어보 마누라, 들어오시오!"

합니다. 변 진사는 기가 막혀서 슬며시 대문 밖으로 나섰습니다. 방 안에
서는 내외가 무에라고 떠드는 소리가 들립니다.

변 진사가 나간 뒤에 부인은 밥상을 들고 들어와서 허생의 앞에 놓으며,

"글세, 어쩌면 손님더러 그렇게 가라오?"

하고 책망을 합니다. 허생은,

"당신이 부엌에서 떨고 섰으니 그랬지요. 자, 앉으시오. 오래간만에
같이 밥이나 먹읍시다……. 이를 어찌오. 국이 다 식었구려."

하고 다정하게 부인에게 앉기를 권합니다. 그런즉 부인이 매우 못마땅한
듯이 불쾌한 얼굴을 가지고 스르르 앉습니다.

부인은 한참이나 말없이 먹기 싫은 모양으로 밥을 먹고 있더니 참다못
한 듯이,

"말 좀 하오!"

하고 한마디 내어쏩니다. 허생은 놀라는 듯이,

"왜 그러오? 무슨 말이오?"

한즉, 부인은 어성을 높여서,

"그래, 내가 당신께 무엇을 잘못했어? 무엇을 잘못했기로 손님을 보고 내 흉을 보우? 나를 옷 한 가지나 해주어 보았소? 여태껏 입는 것이 모두 친정에서 해가지고 온 게야! 나를 무엇이나 좋은 것을 해주었소? 밥밖에 더 굶긴 것이 무엇이오? 그러고는 또 사람을 보고 내 흉을 보아? 여보, 당신도 인제는 나이 사십이니 그래도 생각이 있겠구려."

하고 울기를 시작하며,

"내가 왜 이런 사람에게로 시집을 왔담. 전생에 무슨 업원이 있길래 당신 따위를 만나서 일생을 이 고생이야. 밤낮 거지꼴을 하고 밥이나 굶구, 우우우. 내가 왜 어디 가서 풍덩 빠져 죽지도 못하고 오늘까지 살아왔어? 저번에도 가장 큰소리를 하고 떠나길래 이번에는 그래도 돈푼이나 벌어가지고 오려니, 빈손으로는 안 돌아오려니 하고 그래도 믿고 있었더니, 사람을 십 년 동안이나 혼자 기다리게 해놓고는 여전히 저 꼴을 가지고 돌아와? 가서 막벌이를 했더라도 돈 백 냥은 가지고 오겠지. 남의 집 머슴을 살더라도 돈 백 냥을 벌었겠소……. 그래 무엇을 했소? 그동안 무슨 장한 일을 했소? 어디 말 좀 해요!"

하고 차차 몸부림이 나오기 시작합니다.

그러나 허생은 눈만 껌벅껌벅하고 가만히 앉았습니다. 부인은 말을 그치고 이윽히 허생을 바라보더니, 또 발악을 하며,

"왜 말이 없소? 왜 대답도 없소? 말이 말 같지를 아니하오?"

하고 들이대입니다.

"글쎄 여보, 오래간만에 집에라도 돌아왔거든 그동안 어떻게나 살았는가, 병이나 없었나 하고 묻기라도 하는 게지, 이것도 저것도 아니하고…… 우우우……. 아이구, 어쩌면 좋은가. 어쩌란 말이오?"

하고 목을 놓아 웁니다.

허생은 한 손으로 부인의 등을 만지며,

"자, 저녁이나 자시오. 팔자가 그런 것을 인제 그러면 어쩌오? 인제 당신이 나를 버리고 다른 데로 시집을 간단 말이오? 옷 보퉁이를 싸 들고 친정으로 도로 들어간단 말이오?"

하고 위로하는 말을 한즉, 부인은,

"친정이요? 이 꼴을 하고 내가 친정에를 가요?"

합니다.

"그러면 어쩌오? 그러니까 나 같은 사람하고라도 쓰나 다나 죽는 날까지 살았지 별 수 있소? 자, 추운데 어서 저녁이나 먹읍시다. 저녁을 먹고 나서는 또 말을 못 하오?"

하고 숟가락을 들어준즉 부인은 그것을 집어 내던지며,

"죽을 테야. 나는 오늘 안으로 죽을 테야. 내가 이 앞에서 목절비를 하고 죽는 양을 보려오?"

하고 버둥을 칩니다.

허생은 기가 막히는 듯이 우두커니 앉았더니,

"글쎄 여보, 이러면 어쩌잔 말이오? 우는 것도 젊었을 때에 울어야 귀엽기나 하지, 나이가 사십이나 된 마누라가 몸부림을 하며 운다고 누가 귀여워나 하겠소? 자, 저녁이나 자시오……. 또 그동안에 어떻게 살았나 하는 게니 물어볼 필요가 있소? 집에 돌아온즉 당신이 아직도 살았으니, '어, 아마 굶어 죽지는 아니한 모양이다.' 하고 다행으로 알 게지 여러 말은 해서 무엇 하겠소? 안 그렇소?"

듣고 보니 허생의 말이 옳지야 않습니까. 부인도 '나이 사십에'란 말에 그만 몸부림하는 것도 부끄러워지고 우는 것도 부끄러워져서 한참이나 말이 없이 앉았다가, 숟가락을 들어 남편의 국을 한술 떠먹어 보더니,

"에그, 이를 어찌해! 다 식었구려. 데워 옵시다."

하고 자기 국그릇까지 들고 부엌으로 나갑니다.

부엌으로 나가는 양을 본 허생의 눈에는 눈물이 그렁그렁합니다. 가엾은 인생, 그 인생의 가엾은 인정을 생각할 때에 견딜 수 없이 슬퍼진 것입니다. 부엌에서는 부인의 나뭇가지 꺾는 소리가 들립니다.

다시 끓여 온 국에 허생 내외는 아까 다툼도 씻은 듯 부신 듯,

"더 잡수오."

"더 자시오."

하고 정답게 밥을 먹었습니다. 밥이 다 끝난 뒤에 밥상도 치우지 않고 앉아서 정담을 시작합니다.

"그동안 어디를 가서서 그렇게 오래 계셨소?"

하고 부인이 먼저 이야기를 시작합니다.

"안성 계시단 말은 들었지요. 아이구, 그때 일을 생각하면 지금도 몸서리가 쳐."

하고 밤에 웬 사람들이 와서 찾더란 말과, 사랑에 안 계시다고 했더니 저희들 손으로 대문 빗장을 열고 들어와서 안성서 허 생원님께서 보내더라고 무슨 짐을 져다가 안마루에 놓고는 저희들끼리 또 어떻게 대문 빗장을 걸고 나갔던 말, 그런 뒤에야 마루에 나가본즉 웬 어린애 송장으로 알았던 것이 돈이더란 말을 하고는 혼자 그때 일이 우스워서 웃습니다. 허생도 웃으며,

"그래도 그놈들이 제법이다. 내 말대로 돈을 전했으니."

합니다.

"대체 그게 무슨 사람들이야요?"

"도적놈들이라오. 안성서 도적놈들이 들어왔기에 우리 집에 돈 백 냥이나 전해달라고 했더니 가져온 것이로구려."

한즉 부인은 깜짝 놀라 눈이 둥그레지며,

"무어요? 도적놈들이야요? 에그머니!"

하고 기절할 듯이 놀라는 모양을 보입니다.

"왜 그렇게 놀라오? 도적놈이면 무슨 상관이 있소? 그 사람들도 사람이라오. 없어서 도적질이지 저 먹을 것만 있으면 다들 우리보다 더 착한 사람들이라오. 제 먹을 것이 있고도 남의 것을 빼앗으려는 놈들이 도리어 더 나쁜 도적놈이지요."

하고 허생은 새 나라를 생각합니다. 그 도적놈들이 새 나라에 가서 어떻게 화목하게 어떻게 부지런하게, 어떻게 서로 도우며 어떻게 서로 아끼며, 어떻게 서로 맛난 것을 권하며 살아가는 양을 생각합니다. 그런즉 부인은,

"아니야요. 그런 것이 아니라, 이상한 일이 있단 말이야요."

하고 무슨 이상한 옛일을 생각하는 듯합니다.

"무슨 이상한 일이오?"

하고 허생도 좀 이상한 생각이 났습니다.

"그런 게 아니라 그 사람들이, 그 도적놈들이 말씀이야요. 한 달에 한 번씩 꼭 초하룻날이면 한 달 먹을 것을 가져오겠지요. 그러다가 김장때가 되면 김장거리를 저다 놓고 가고, 장 담글 때면 꼭 메주와 소금을 가져오겠지요. 그런데 꼭 밤에만 와요. 밤이라도 달도 없는 밤에 쿵쿵쿵 하고

져다가 놓고는 암말도 없이 끼득끼득 웃고는 달아나요. 그래서 나는 당신이 아마 사람을 시켜서 사 보내나 하다가, 당신이 그렇게 가까이 계시면 집에 한 번도 안 들어오실 리는 없고 독갑이들이 그러는 것이 아닌가, 우리 집에 복독갑이가 들어오지나 않았나 했어요……. 아니, 그게 도적놈이야? 독갑이들이 왜 다달이 양식을 가져오오?"

하고 부인은 알 수 없다 하는 듯이 남편을 치어다봅니다.

그런즉 허생은 고개를 끄덕끄덕하며,

"으흥, 그러려든."

하고 빙그레 웃습니다. 부인은 잊어버렸던 것이 생각난 듯이 깜짝 놀라며,

"아차, 오늘이 초하루야요. 동짓달 초하루. 오늘이 그 사람들이 양식하고 돈하고 지고 올 날이야요."

하고 무엇을 엿듣는 듯이 귀를 기울이더니, 아무 소리도 없는 것을 보고,

"이전 같으면 올 때가 되었는데."

하고 또 귀를 기울입니다.

한참 있어도 아무 소리도 없는 것을 보고 부인은,

"그런데 오늘 왔던 사람이 누구야요? 우리 집에는 그런 사람이 와본 적이 없는데."

하고 남편에게 묻습니다.

"변 진사라고 다방골 사는 사람이라오."

하는 남편의 대답에 부인은 깜짝 놀라며,

"변 진사? 저, 부자 변 진사?"

합니다.

"그렇다오. 부자랍디다."

"부자랍디다가 무어에요. 조선 팔도에 제일가는 갑부구, 지금 상감님께서 북벌하시노라고 다 불러 보셨다는데……. 그런데 그 부자가 어떻게 우리 집을 알고 찾아왔소?"

"우리가 변 진사보다 더 큰 부잔 게지요."

하고 허생이 웃습니다.

"오늘이 이전 같으면 그 사람들이 양식을 가지고 올 날인데, 웬일일까요?"

기다리고 있을 때에 대문 밖에서 쿵쿵하는 소리가 납니다.

부인은 남편을 보며,

"옳지, 저 소리야요. 저 소리가 나면 문빗장이 열리고, 그 사람들이 양식을 져다 놓아요. 첫 번에 한 번 '이리 오너라.' 하고 부르고는 그 담부터는 한 번도 부르는 일이 없고 꼭 저 모양이야요."

할 때에 밖에서 우렁찬 소리로,

"이리 오너라."

하고 부릅니다.

허생이 몸소 나아가 문을 열고 본즉 어떤 사람이 셋인데, 그중에 한 사람이 뛰어나와 인사를 드리며,

"생원님, 제올시다."

하고 허생을 치어다봅니다. 허생도 놀라서 본즉, 분명히 육 년 동안 자기 배에 따라다니던 뱃사람입니다.

"웬일이오?"

하고 허생이 물은즉, 그 사람이 곁에 서 있는 어떤 늙은 총각을 가리키며,

"이 어른이 삼십 년 동안 우리 조선 팔도의 도적의 두목으로 계시던 홍총각입니다. 이 어른이 저를 시켜서 어디든지 생원님 가시는 데로 따라가서 하시는 양을 뵙고 오라고 하시기로 끝까지 생원님을 따라다녔습니다. 그러다가 생원님의 뒤를 따라 서울까지 들어와서는 북한산성에 이어른을 찾아뵈옵고 생원님께서 돌아오신 말씀을 여짜왔더니, 그렇지 아니하더라도 오늘이 동짓달 초하룻날이니 생원님 댁에 양식을 갖다 드릴 날이라고 하시고 지금 들어오셨습니다."

하고 아룁니다.

그 말에 곁에 섰던 홍총각이 썩 나서며,

"성화(聲華)는 들은 지 오래지요. 생원님께서는 나를 모르셨겠지마는 나는 생원님을 안 지가 오래지요. 그래 언제나 한번 만나기를 원했으나, 내가 도적놈의 몸이라 만날 기회도 없었소이다……. 이번에 그 많은 도적들을 다 먹고 살 곳을 얻어주시니, 그런 다행이 없소이다. 나도 삼십여 년을 그 무리를 거느리고 오다가 인제는 도적질도 싫어지고, 그렇다고 내 힘 가지고는 그 많은 것을 어찌할 도리도 없고, 그래서 생원님께 부탁을 하였더니 이렇게 뜻대로 하여주시니 감사할 바를 알지 못하겠소이다. 인제는 나도 도적의 생활을 버리고 가만히 북한산에 숨어서 죽는 날까지 한가하게 초부(樵夫) 노릇이나 하게 되었소이다."

하고 좀 거만한 듯한 그 태도에도 무수히 사례하는 빛이 보입니다.

허생은 홍총각의 말을 다 듣더니,

"그러시오? 나도 노형의 성화는 들었소이다. 그러나 노형이 나를 불렀고, 그동안 내 집에 양식을 대어주신 이가 노형이신 줄은 몰랐소이다."

하고 세 사람을 인도하여 방으로 들어간 뒤에, 지금까지 말없이 섰던 사람이 허생에게 인사를 드리며,

"생원님, 저를 알으시겠습니까?"

합니다.

허생이 이윽히 본즉, 이는 과연 칠 년 전 안성 유 진사 집에 들어왔던 도적, 자기가 손으로 그 어깨를 치며 집에 돈을 좀 전해달라고 부탁한 도적입니다. 허생은 한껏 반갑기도 하며 한껏 이상키도 하여,

"알겠소."

하고 물끄러미 그 사람을 치어다보더니,

"나는 노형께 집일을 부탁하고는 아주 안심하고 돌아다녔소이다. 노형이 내 집에 한번 와보시기만 하면 반드시 내가 돌아오기까지 양식을 대어주리라고 믿었소이다."

합니다.

허생은 아까 변 진사가 가져왔던 남은 술을 내어 세 사람에게 대접하였습니다. 세 사람은 사양 없이 술을 마시는데, 얼굴에는 일생을 고생과 근심으로 지낸 표적으로 굵은 주름이 잡히고 눈에는 유순한 듯한 중에도 표독한 기운이 떠돕니다. 그러나 그들도 이미 인생의 일생 길을 거의 다 걸어온 사람들이라, 몸가짐에나 말하는 소리에 가엾게 피곤한 빛이 보입니다. 허생은 이윽히 세 사람의 얼굴을 번갈아 치어다보더니,

"이상한 말을 묻는 것 같소이다마는, 노형네는 무슨 일로 도적이 되셨소?"

하고 물은즉 홍총각이 빙그레 웃으며,

"말을 하자면 길지요마는, 또 말을 하면 무엇 합니까."

하고 무엇을 생각하는 듯이 한참 동안 말을 끊었다가,

"그러나 생원님이 만일 한번 우리들을 써주신다면 그 말을 하지요."

하고 뜻있는 듯이 껄껄 웃습니다.

허생은 홍총각의 말에 무슨 뜻이 있는 것을 알아차리는 듯이,

"노형의 소원이 무엇이길래 나 같은 사람이 써드리고 말고 한단 말씀
이야요?"

하고 물었습니다. 그런즉 홍총각이 길게 한숨을 쉬며,

"내 소원 말씀 말입니까. 내 소원은 조선 팔도에 양반이란 양반과 부자
란 부자를 다 없애버리는 것이지요. 조선이 비록 작으나 저마다 사나이
는 농사를 짓고 고기를 잡으면 만민이 배고프지 아니할 것이요, 여편네
가 저마다 삼을 삼고 길삼을 하면 만민이 헐벗지 아니할 것이요, 그중에
손재주 있는 이가 공장(工匠)이 되고 걸음발 빠른 이가 장사가 되어 유무
를 서로 바꾸면 부족한 것이 서로 없으련마는, 양반이란 자와 부자란 자
가 있어서 놀고 백성의 피를 빠니 가난한 자가 생기고, 가난한 자가 생기
니 도적이 생기는 것이 아닌가요? 그래서 나는 일생에 경륜 있는 사람을
만나거든 한번 조선 천지를 뒤집어 새 나라를 이루려고 하였더니, 벌써
나이 육십이 가까웠으되 기다리는 사람을 만나지 못하고 속절없이 북한
산 한 줌 흙이 되고 말게 되었으니, 이런 가엾은 일이 있소오니까……
애초에 도적의 두목이 된 것도 혹 그중에 사람이 있을까, 팔도 도적을 한
데 뭉치면 어느 때에 한번 쓸 곳이나 있을까 한 것인데, 세월은 가도 때는
돌아오지 아니하고 도적들은 뜻을 알아주지 못하며, 게다가 여러 해 흉
년에 수천의 도적을 먹일 도리가 없어 생원님께 부탁한 것이지요……
인제 그 무리도 먼 곳에 가버렸으니 삼 년 동안 조선 팔도에 도적의 그림

자가 그치고, 조정에 드나드는 무리들은 이렇게 도적이 평정된 것이 각각 자기네의 공이라 하여 서로 공을 다투고, 임금에게 아첨하기를 좋아하는 무리들은 그 도적들이 다 금상의 성덕에 감화한 것이라 하여 송덕표를 올리고, 나라에서는 태평연(太平宴)을 베풀고 태평과(太平科)를 보고 장관이었지요. 어느 누가 이렇게 도적이 없어진 것이 생원님 솜씨인 줄을 알기나 하리까……. 그러나 세월이 흘러가노라면 또 도적이 생기겠지요. 그러나 그때에는 생원님도 없고 나도 또 없으니 어찌 될 것인고. 세상일을 누구라 압니까."

하는 홍총각의 눈은 갈수록 더욱 광채가 납니다.

허생은 홍총각의 속을 떠보는 듯이,

"그래, 조선 팔도에 사람을 골라보셨으니 쓸 만한 사람이 몇이나 됩디이까?"

한즉 홍총각은 못마땅한 듯이 고개를 쩔레쩔레 흔들며,

"사람이 두 개 반이나 되지요."

합니다.

"두 개 반? 어찌해서 두 개 반인가요?"

한즉,

"주제넘은 말씀이어니와, 나하고요 생원님하고요, 그리고는 이완이가 반 개하고요, 그러니까 두 개 반 아닌가요. 사람이 두 개 반밖에 없으니 무엇을 하나요?"

하고 홍총각은 길게 한숨을 쉬며 고개를 수그리더니, 다시 번쩍 들며,

"누구누구 하는 정승, 누구누구 하는 판서 따위는 말할 것도 없거니와, 학자라는 작자들은 발꼬락 새에 끼인 때 모양으로 고리고 고려서 명

나라와 신안주씨(新安朱氏)밖에 찾을 줄을 모르고, 소위 버슬한다는 작자들은 옥관자 금관자 개나 얻어붙이고, 수령 개나 방백 개나 하여서 집칸이나 논마지기나 장만하는 것밖에 아무러한 생각도 없고, 백성들은 순하고 못나서 때리면 맞고 밟으면 밟히고, 달라면 주고 주고는 혼자 울 뿐이니, 상하가 이러하고야 무슨 일을 하겠어요? 지금 이완이가 북벌을 한다고, 한번 백만 대군을 휘몰아 중원을 들이친다고 사람을 구하고 돈을 구하고 화약을 만들고 병기를 만들고 하니, 그래도 그 기운이야 어지간하지마는 수없는 좀것들이 이하범상(以下犯上)이 어쩐 둥, 이소범대(以小犯大)가 어쩐 둥 하고 쏠고 씹고 찧고 까불고 하니, 무슨 일이 되겠어요? 하니까 조선 천지에 무슨 인연으로 두 사람 반이 났다가 속절없이 돌아가게 되겠지요. 그 뒤에는 쥐 같은 것, 벼룩 같은 것, 빈대 같은 것, 모기 같은 것, 여귀 같은 것, 독갑이 같은 것들이 찍찍 삑삑 앙당하고 울고 차고 할퀴고, 먹고 쥐어뜯고 하다가 애매한 백성들만 도탄에 집어넣겠지요……. 보기는 보려니와, 서울 장안이 오랑캐 땅이 될 날이 있을 것이외다."

하고 삼연히 눈물을 흘립니다.

허생은 홍총각을 위로하는 듯이,

"과도히 슬퍼하지 마시오. 저 바다 가운데 두 나라를 이뤄놓았으니, 삼백 년 후에는 큰 나라가 되겠지요……. 새 나라 백성들은 새 나라 기운을 타서 새 일을 많이 하겠지요……. 들어보시오! 지금 새 나라에서 연해 새 사람들이 나느라고 우는 소리가 들리지 않습니까. 우리는 가만히 삼백 년 후를 기다립시다."

하였습니다. 이 말을 듣더니, 홍총각은 무엇을 생각하는 듯이 이윽히 고

개를 숙이고 앉았다가,

"나는 갑니다."

하고 일어나 나갑니다.

이튿날 아침에 허생은 일찍이 일어나 소세하고, 칠 년 전 집 떠나기 전과 같이 전에 읽던 먼지가 켜켜이 앉은 책을 내어놓고 몸을 좌우로 흔들면서 소리를 내어 글을 외웁니다. 부인은 오래간만에 만난 남편이 소중한 생각도 있고 어저께 변 진사 같은 큰 부자가 찾아온 것이 신통하여 얼마쯤 허생을 존경하는 생각이 나서 글 읽는 것을 훼방도 놓지 아니하고 조용히 한구석에 앉았습니다. 그러나 홍총각이라는 흉물이 찾아왔던 것이 맘이 놓이지를 아니하여 곰곰이 여러 가지로 근심을 합니다.

'그게 도적놈이라 딴은 험상스럽게 생겼던걸. 더구나 그 불이 발발 붙는 듯한 노란 꼬리가 대롱대롱 달린 것이 어떻게나 흉물스러웠는지.'

이 모양으로 부인은 혼자 생각을 합니다.

'혹 남편이 그동안에 도적 노릇이나 하고 돌아다니지를 아니하였나. 설마 그러랴.'

이렇게 저렇게 생각이 끝없이 나오지마는 차마 남편더러,

'당신 그동안 도적놈 노릇했소?'

하고 물을 용기도 없어서,

'에라, 잊어버리자.'

하고 바느질을 시작하였습니다.

그로부터 거의 매일 변 진사가 밤이 되면 양식과 술을 들리고 허생의 집에 찾아와서는 늦도록 여러 가지 이야기를 하였습니다. 혹 가다가 변 진사가 양식이나 반찬거리를 좀 많이 가지고 오거나, 또는 두고 용처(用

處)에 쓰라고 돈이나 금은을 가지고 오면 허생은 눈살을 찌푸리며,

"왜 내게다가 걱정을 주랴고 하시오? 집에 돈을 두면 잃어버릴 염려가 있고, 양식을 많이 두면 쥐가 먹을 염려가 있고, 옷이 많으면 좀먹을 염려가 있으니, 그 염려 구태여 살 것이 무엇이오? 사람이 오늘 밤에 잠이 들면 내일 아침에 살아 일어날 것을 기필치 못하고, 아침밥을 먹고 나면 저녁밥 때까지 살아 있을 것을 기필치 못하니, 끼니때마다 배가 차도록 먹으면 그만이지 그 밖에 더 쓸 데가 무엇이오?"

하고 물리쳐버리고 꼭 그날 먹을 만한 양식만 받습니다.

변 진사는 기회가 있을 때마다 허생에게,

"어찌하여 그렇게 큰돈을 벌었는가. 큰돈 버는 법이 어떠한가?"

를 물었으나 허생은 매양,

"좋은 술에 취하야 무슨 할 말이 없어서 돈 이야기만 하시오? 돈을 구하는 것처럼 더럽고 천하고 죄 많은 일은 없는 것이오. 나도 여러 천 명 사람에게 먹을 것을 주자니 하릴없어 몇 해 동안 돈을 벌었거니와, 돈이란 것이 천하 백성을 도탄에 넣은 요술이지요. 첫째, 돈을 가진 사람 편으로 보면 도적맞을까 봐 걱정, 꾸어주었던 돈을 잘릴까 봐 걱정, 잘리고 나면 분하니 걱정, 물건을 사면 아니 팔릴까 봐 걱정, 내 물건 값은 내릴까 봐 걱정, 남의 물건 값은 오를까 봐 걱정, 돈과 물건을 많이 두자니 집을 크게 지어야 하고, 집이 크면 불날 걱정이 많고, 가난한 친척과 고구(故舊)들이 도와달라고 오니 안 주면 안 준다고 원망이요, 주면 적게 준다고 원망이요……. 대체 돈이란 것을 가지면 이런 걱정이 있으니, 어느 겨를에 일월성신과 산천초목을 보고 즐기기는 하며, 맘 턱 놓고 문 활짝 열어젖히고 활개 뻗고 낮잠은 자나요? 하니까 세상에 제일 불쌍한 이는

재물 많이 가진 이지요."

하고 변 진사를 조롱하는 듯이 껄껄 웃고, 좀체로 돈 모으는 법을 말하지 아니합니다. 그러나 변 진사는 노여워하지도 아니하고 아무리 해서라도 허생에게 돈 모으는 법을 들을 양으로 날마다 기회 있는 대로 졸랐습니다.

하루는 여전히 허생과 변 진사가 밤이 깊도록 술을 먹고 이야기하던 끝에 또 돈 모으는 이야기가 나왔습니다. 허생은 변 진사더러,

"이 세상은 김가의 것도 아니요 이가의 것도 아니요, 천하의 사람의 것이지요. 그러니까 땅이나 집이나 물건이나 천하 사람이 골고루 먹고 입고 살기 위하여 있는 것이 아닌가요. 그런데 어떤 사람 하나가 두 사람 먹을 것을 차지하였다 하면, 어떤 사람 하나는 먹을 것을 잃을 것이 아니오니까. 지금 이 술병에 술이 열 잔이 들었다 하고, 내가 혼자 그 열 잔을 다 먹으면 진사께서 잡수실 것 없어지지 아니해요? 그러길래 옛날에 한 장수가 공을 이루자면 만 사람이 죽어야 한다는 말이 있거니와, 한 사람이 부자가 되자면 만 사람이 가난해져야 하지요. 그러니까 돈을 모아 부자가 된다는 것은 다른 사람의 의식을 빼앗는단 말이 되지요……. 이런 줄을 알진댄 빈주먹으로 왔다가 빈주먹으로 가는 인생이 애써 같은 인생의 밥과 옷을 빼앗으려 들 것이 무엇이오니까……. 양식이 만 석이 쌓였더라도 한 끼에 열 섬이나 백 섬 밥을 먹을 것도 아니요, 집이 천 칸 있더라도 잘 때에는 요 펼 곳 하나면 족하고 땅이 몇만 결이 있더라도 죽어서 관 하나 들어갈 구덩이만 있으면 그만이 아닌가요……. 그런 걸 재물은 그리 모아서 무엇 하나요?"

하고 여전히 돈 모으는 법을 말하지 아니합니다.

변 진사는 허생을 만나서부터 지금까지 다만 허생을 공경하고 두려워하여 오직 허생이 하는 말을 들을 뿐이요 한마디도 대답한 일이 없었습니다. 그러나 인제는 서로 사귄 지가 오래매 친분도 생겼고, 또 술잔이나 먹은 김이라 자기의 의견을 말할 생각이 났습니다. 그래서,

"생원님께서는 지금까지 돈의 좋지 아니한 곳만 말씀하셨거니와, 돈에는 좋은 곳이 또한 있으니 좋지 아니합니까. 모르시는 것이 없는 생원님께서는 모르실 리는 만무하거니와, 술잔이나 먹은 김에 떠드는 늙은 사람의 말을 웃고 들어주시오……. 대체 돈이란 것이 참 좋은 것입니다. 돈이 없으면 여름에 비지땀을 흘리며 흙덩이와 싸움을 해야 밥이 나오지마는, 돈만 있으면 가만히 앉아 있어도 천하 백성들이 농사를 지어서 쌀을 만들어서 제 등으로 져다가 밥까지 지어 바칩니다. 돈이 없으면 초가을 긴긴 밤을 모기에 뜯기어 새워가면서 수고 질삼을 해야 입을 옷이 생기지마는, 돈만 있으면 만 리 밖에 사는 강남 미인들이 누에 치고 실 뽑고 비단 짜서 곱다랗게 바지 짓고 저고리 짓고, 배자까지 두루마기까지 지어서 갖다 바칩니다. 이것만 하여도 돈의 덕이 크거니와, 어찌 그뿐인가요. 술이 먹고 싶다 하면 청주, 탁주, 과하주, 여름에는 송엽주와 추구월에 국화주, 동삼(冬三)이면 감홍로, 오갈피주 할 것 없이 저절로 들어오니 이것도 돈의 덕이요, 얼굴이야 제아모리 추하고 사람이야 제아모리 못나고 맘이야 제아모리 흉악하더라도 돈만 있으면 천하 미인이 저절로 모여드니 이에서 더 좋은 일이 어디 있으며, 벼슬을 하고 싶으면 벼슬이 오고 풍악을 듣고 싶으면 풍악이 오고……. 큰 소리로는 못 할 말씀이지마는 대국(大國) 천자라도 돈만 있으면 할 것이니, 돈의 덕이 어떻게나 큽니까. 다만 돈 가지고 못 할 일은 오는 백발 막는 일과 가는 춘풍 붙

드는 일이지요. 그밖에는 이 세상에서 돈 가지고 못 할 일이 하나도 없으니, 돈밖에 더 좋은 것이 어디 있습니까."

하고 자못 기고만장입니다. 허생이 빙그레 웃으며,

"돈 가지고도 못 할 일이 또 하나 있지요."

합니다. 변 진사는 매우 의심스러운 눈으로,

"그 밖에 무엇이오니까?"

한즉 허생은,

"억만금의 돈으로도 내 맘은 못 움직이지요."

합니다. 변 진사는 이 말을 하는 허생의 눈에 번개 같은 불길이 번쩍하는 것을 보고, 지금까지 떠들던 기운이 다 줄어들고 무서운 생각이 나서 엄숙히 옷깃을 바르게 하였습니다. 그러나 허생의 태도는 전과 다름이 없이 제 손으로 술을 따라 시름없이 들이킵니다. 이날부터 변 진사는 감히 돈 모으는 법을 가르쳐달라는 말을 내지 못하였습니다.

나라의 부르심

이때에 효종대왕께서는 화약과 무기도 거의 다 준비하시고, 다만 구하는 것이 제갈량에 비길 만한 모사(謀士)와 돈뿐이었습니다. 그래서 각처로 사람을 보내어 일변 부자를 달래고, 일변 지혜와 모략과 용맹이 있는 사람을 구하였습니다. 금강산, 지리산 같은 명산 속에 숨어 있는 불승(佛僧), 선객(禪客)은 말할 것도 없고, 고기 잡는 어부며 나무 베는 초부며, 심지어 도적놈, 거지 중에서라도 키가 남달리 크거나 또는 적거나,

얼굴이 남달리 준수하게 생겼거나 또는 기괴하게 생겼거나, 목소리가 남달리 크거나 또는 가늘거나, 크게 약아 보이거나 크게 어리석어 보이거나, 밥을 남달리 많이 먹거나 술을 많이 먹거나, 걸음을 빨리 걷거나 헤엄을 잘 치거나, 무릇 조금이라도 남과 다른 사람이면 불러올리고, 한 가지 재주라도 남보다 나으면 불러올려서, 이상야릇한 사람들이 장안 안에 수천 명이나 와시글덕시글하였습니다.

그중에는 여름에 얼음을 얼린다는 놈, 하루에 천 리를 간다는 놈, 칼을 들고 문틈으로 드나든다는 놈, 육령, 육갑, 육을, 육신을 부려 바람을 일으키고 비를 내리게 하고 모래판에 불이 붙게 한다는 놈, 귀신과 이야기를 한다는 놈, 한번 곤두박을 치면 스무 길 서른 길이나 공중으로 올라 솟는다는 놈, 돌팔매 잘 치는 놈, 택견 잘하는 놈, 욕지거리 잘하는 놈, 키가 구 척이나 되는 놈, 땅에 붙어 발발 기는 등꼽쟁이, 곰보, 애꾸눈이, 외팔이, 대체 이루 형언할 수 없는 팔도 괴물들이 날마다 꾸역꾸역 남대문으로 동대문으로 기어올라와서는 어딘지 모르나 어느 대궐 속으로 들어가버립니다. 나라에서 이상한 사람들을 구한다 하니까, 난봉놈, 건달놈, 남의 빚을 지고 헐수할수없는 놈, 능청스럽게 거짓말 일쑤 잘하는 놈, 놀기만 좋고 일하기 싫은 놈 들이 모두 무슨 큰 재주나 품은 듯이 나도나도 하고 서울로 기어오르는데, 크나큰 나라 기구로도 미처 이 많은 괴물들을 주체할 도리가 없이 되었습니다.

이 무리들이 밥을 마냥 먹고, 술을 마냥 먹고, 어떤 놈은 눈을 회번뜩거리며 점통을 흔들고, 어떤 놈은 알아들을 수도 없는 경문을 외고, 어떤 놈은 염불을 하고, 어떤 놈은 주역을 외고, 어떤 놈은 마당에 나와서 칼을 두르고, 어떤 놈은 대궐 기둥과 택견을 하고, 어떤 놈은 궁장(宮墻)을 뛰어넘느라고 궁장 기왓장을 깨뜨리고, 어떤 놈은 빽빽 소리를 지르고, 어떤 놈은 바람벽을 향하고 앉아서 어깨를 우쭐우쭐하며 주문을 외고, 어떤 놈은 펄떡펄떡 재주를 넘고, 어떤 놈은 돌팔매를 쳐서 남의 집 장독을 깨뜨리고, 대체 와글와글 응 앙 와당탕퉁탕 삘리리삘리리 떨거덕 딱 딱 도깨비판입니다.

그러나 그 많은 사람들 중에 별로 특별한 재주를 가진 자도 없는 모양이요, 가끔 가다가,

"내 도가 정도다."

"내 재주가 제일이다."

하고 언쟁이 시작되다가는 와지끈뚝딱하고 싸움이 벌어져서 피가 흐르고 팔다리가 부러지고, 귀가 떨어지고 코가 날아가고, 대가리가 터지고 야단이 납니다. 그렇다고 이것들을 잡아다가 가둘 수도 없고 내어쫓을 수도 없고, 상감께서도 두통이 나셨습니다.

어쩌면 조선 팔도를 그물로 훑다시피 뒤져도 이렇게 사람이 없담! 상 감께서는 심히 낙망하시게 되셨습니다. 상감님께서도 젊으셔서부터 경영하시는 일이 두 귀 밑에 백발이 희끗희끗 보이게 되어도 뜻을 이루지 못하시니, 어찌 한이 안 되시겠습니까. 그래서 근래에는 날마다 이 대장을 대하셔서 근심을 하셨습니다. 이러한 즈음에 변 진사가 이 대장에게 허생 말을 하였더니, 이 대장은,

"옳소, 허 생원 말은 나도 어디서 들은 일이 있거니와, 이 사람이오. 이 사람이오!"

하고 곧 대내(大內)에 들어가서 상감님께 허생의 말씀을 아뢰었습니다. 그런즉 상감께서는,

"만일 그럴진댄 이 사람이야말로 하늘이 우리에게 주신 사람이오. 그러면 이 대장, 오늘 밤으로 그 사람을 찾아보오. 찾아보아서 과연 그러하거든 내가 부른다고 하오."

하셨습니다.

"예, 명대로 하겠습니다."

하고 이 대장이 그날 밤에 허생을 찾기로 하고 물러나왔습니다.

이 대장은 저녁을 먹고 사람을 보내어 변 진사를 청하였습니다. 이 대장이 변 진사를 보고,

"여보시오. 오늘 전하께서 날더러 허생을 가보고 부르라 하시니 어쩌면 좋소? 체면에 내가 어떻게 일개 백면서생(白面書生)을 찾아야 가겠소. 어찌 변 진사가 가서서 내 집으로 허 생원을 좀 데리고 오실 수가 없겠소?"

한즉, 변 진사는 큰일이나 난 듯이 펄쩍 뛰며,

"대감, 망녕입시오. 그 양반이 어떤 사람이길래 불러오신다는 말씀이 당하오니까. 대감께서 친히 찾아가시더라도 꼭 만나실는지도 알 수 없습니다. 대감, 망녕입시오."

합니다. 이 대장은 껄껄 웃으며,

"압다, 어쨌으나 그 사람이 어지간하기는 한가 보오마는 설마 그처럼 도고(道高)하겠소? 자, 한번 가보시오. 옳지! 그러면 내가 손수 편지를 써드리리다."

하고 벼룻집을 여는 것을 보고 변 진사는 손으로 막고,

"대감, 아니 됩니다. 그렇게 불러서 올 사람이 아닙니다. 상감마마께오서 부르신다 하더라도 좀체로 올 사람이 아닙니다. 그러니까 만일 대

감께서 허 생원을 만나시려거든 나하고 같이 허 생원 댁으로 가서야지, 그렇지 않고는 만나실 도리가 없습니다."

하고 아주 준절하게 이 대장의 말을 거절합니다.

이 대장은 하릴없는 듯이 사람을 불러 등불을 들리고, 사오 인 호위병을 앞세우고 초헌(軺軒)에 높이 앉아 묵적골 허생의 집을 찾아갔습니다. 변 진사는 이 대장더러 잠깐 대문 밖에서 기다리라 하고 자기가 먼저 안으로 들어갔습니다. 허생은 변 진사가 오는 발자취를 듣고 창을 열고 맞으며,

"오늘은 어찌해 늦으셨어요? 나는 변 진사를 기다리고 있다가 늦도록 아니 오시기로 혼자 술을 먹고 있지요. 자, 들어오셔요. 술이란 동무가 있어야 하는 것이야요. 돈은 혼자만 가져야 좋지요?"

하고 조롱하는 듯이 변 진사를 끌어들입니다. 변 진사는 허생에게 끌려 방으로 들어가면서도 어찌할 줄을 몰라 허둥지둥하는 것을 보고 허생이,

"웬일이시오? 오늘은 왜 이렇게 허둥지둥하시오? 돈을 잘리셨어요? 자, 한잔 잡수시오."

하고 한 잔을 따라 변 진사를 권합니다.

변 진사는 한참 동안이나 어떻게 말을 내어야 좋을지 몰라 머뭇머뭇하다가 겨우 기운을 내어 떨리는 소리로,

"대문 밖에 누가 기다리십니다."

한즉,

"누구야요? 술동무를 하나 청하셨나요? 들어오시라지. 내 집에 못 들어올 사람이 어디 있어요?"

하고 허생이 일어나려 하는 것을 변 진사가 허생의 팔을 붙들며,

"다른 이가 아니라, 저, 나도 여러 번 말씀하였거니와 저 재동 대감이 오셨는데, 어명을 받들어가지고 생원님을 만나 뵈려고 오셨습니다. 그러니까……."

하고 허생의 귀에 거슬리지 않게 말을 하려고 애를 씁니다. 그러나 허생은 그 말도 다 듣지 아니하고,

"재동 대감이란 누구요?"

하고 물은즉,

"저, 이완이 대장 말씀이야요."

하고 변 진사는 허생의 낯빛만 엿봅니다.

허생은 다시 일어나며,

"아모든지 내 집에 못 들어올 사람은 없으니까."

하고 쌍창을 열어젖히며 큰 소리로,

"대문 밖에 섰는 손님 이리로 들어오셔요. 내 집에는 아모나 못 들어올 이는 없으니, 대문 열고 들어오시오."

하고 외칩니다.

변 진사는 그만 기가 막혀 입을 딱 벌리고 두 손으로 모가지만 만지고, 이 대장도 한참 이 대문 밖에 우두커니 기다리고 섰는 창피를 당하다가 그래도 대문까지 나와 맞기는 하려니, 하였던 것이 마치 어른께 세배 드리러 온 아이들을 부르는 모양으로 이리 들어오라는 호령을 듣기는 어른 된 뒤에는 처음 당하는 일이라 맘에 아니꼽기도 하고 괘씸하기도 하였지마는, 이것도 임금의 명인 것을 생각하고 또 옛날에 주공이 삼악발삼토포(三握髮三吐哺)하던 것을 생각하여, 나랏일을 하려면 이런 일도 당하여야 한다 하여 모든 것을 아니꼬운 침과 함께 꿀떡꿀떡 삼키고 허생의

방으로 들어왔습니다.

허생은 흔연히 이 대장을 맞아 자리에 앉힌 후에 위선 술을 한 잔 따라 권하며

"누구신 줄은 압니다……. 자, 한잔 잡수시지요."

하고 마치 구면 친구에게 대한 듯합니다. 이 대장도 남아라 이 말 저 말 없이 허생이 주는 술잔을 단숨에 죽 들이키고 손수 그 잔에 술을 가득 부어 허생을 권하니, 허생이 또한 사양하지 않고 받아 마십니다.

변 진사만 혼자서 어디 쥐구멍이라도 있으면 들어가고 싶게 공연히 얼굴이 후끈거립니다. 그러다가 허생이 너무 이 대장에게 무례하면 어찌하나 하고 그것이 근심이 되는 까닭입니다.

연해 권하는 허생의 술을 받아 마시느라고 미처 입을 열 새도 없다가, 서너 순배나 지나간 뒤에야 간신히 기회를 타서 이 대장이,

"오늘 저녁에 이렇게 찾아뵈옵기는 큰일을 위하야 한 것입니다."

하는 것을 허생은,

"압다, 술상을 대하였을 때에야 술 먹는 것밖에 더 큰일이 어디 있습니까. 자, 어서 이 잔을 받으시지요……. 술을 먹다가 밤이 남으면 그때에 다른 이야기를 하시지요."

하고 연해 술을 권하고, 다른 말은 아예 들을 생각도 하지 아니합니다. 이 대장도 이런 자리에서 용렬한 모양을 보일 수가 없으므로 주는 대로 받아먹기는 하면서 막중한 군명(君命)을 생각하면 차차 맘이 오마조마 하기 시작합니다. 그래서 참다못하여 겨우 또 한 번 기회를 타서,

"그런데 내가 오늘 선생을 찾아온 일이 심히 중대한 일이니까, 막중한 군명이요 국사니까, 선생께서 말씀할 기회를 주셔야겠는데요."

하였습니다.

이 말에 허생은 심히 의외인 듯이 이 대장을 보며,

"군명이라니, 무슨 군명이시오?"

하고 엄숙하게 묻습니다. 그제야 이 대장은 말할 기회를 얻었다 하고,

"선생께서도 아시겠지요마는 금상께서 북벌을 생각하시고 준비하시는 지가 벌써 십이 년이 되셨지요. 그래서 일변 무기와 화약을 만들고, 일변 팔도 인재를 구하여 인제는 거의 준비가 다 되었는데, 이러한 국가 대사를 하랴면 큰 인물이 있어야 하지 아니합니까. 그래서 금상께옵서도 소의한식(宵衣旰食)을 구하시던 중에 선생의 성화를 들으시옵고 오늘 나를 부르서서 선생을 모셔 오라 하시고 대명을 내리와서, 그래서 내가 이렇게 선생을 찾아온 것입니다……. 선생께서는 세상 공명을 부운(浮雲) 같이 생각하시고 천지간에 우유자적하시기를 본회(本懷)로 아시는 것은 나도 모르는 바가 아니지마는, 막중한 군명이시고 또 국가 대사니, 선생께서 출마를 아니하시면 군국대사(軍國大事)를 누가 맡겠습니까. 또 지금이 천재일우의 좋은 시기라 시일을 천연(遷延)하다가 비기(秘機)가 누설되면 대사는 낭패가 될 것이니, 늦더라도 금춘에는 거사를 하여야 될 것이외다. 선생께서는 사양하지 마시고 군국대사를 맡으시도록 허락을 하시기를 원합니다."

하고 극히 공손하게, 극히 엄숙하게 말하였습니다.

허생은 눈을 반쯤 감고 이 대장이 하는 말을 듣더니, 이 대장의 말이 다 끝난 뒤에도 한참 동안 여전히 눈을 감고 앉았다가 스르르 눈을 뜨며,

"북벌이라 하면 청국을 친단 말인가요?"

하고 이 대장에게 묻습니다.

"그렇지요."

"무슨 까닭에 청국을 치시나요?"

하고 허생이 묻는 말에 이 대장은 어찌 대답할 바를 모르는 듯이 머뭇머뭇하다가,

"명나라의 은혜를 갚기 위하여 그런 것이지요. 임진왜란에 명나라가 우리를 도와주었으니, 그 은혜를 갚으랴는 것이지요."

합니다. 허생은 '명나라 은혜'라는 말에 이 대장을 힘껏 노려보더니, 심히 분노하는 목소리로,

"그래, 겨우 그뿐이란 말이오? 종이 상전의 원수를 갚는 것이로구려?"

하고 호령을 합니다.

"그보다 조금 더 속이 클 수는 없소? 그래 십 년래로 일단 정성으로 생각한 것이 겨오 요만한 고린 생각뿐이란 말이오? 어서 가시오! 내 집에 앉았지 말고, 냉큼 못생긴 놈들 틈으로 나가 들어가 백히시오!"

하고 술상을 손으로 치니, 주전자가 술을 흘리며 춤을 추고 술잔이 방바닥에 소리를 내며 떨어져 굽니다.

허생이 호령을 하는 통에 변 진사는 그만 경황실색(驚惶失色)하여 벌벌 떨기만 하고 쓸데없는 그 커다란 눈만 허생에게서 이 대장에게로, 이 대장에게서 허생에게로 쉴 새 없이 굴러왔다 굴러갔다 합니다. 이 대장도 어지간히 놀라기도 하고 분하기도 하였으나 꿀꺽 참고 허생이 진정하기만 기다리다가, 마침내 허생이 자기더러 방에서 나가라는 말을 듣고는,

"선생, 그렇게 노여시는 것도 지당하시외다. 그러나 좀 더 자세한 말

씀을 들으시지요."

하고 여전히 애걸하는 듯하나 그래도 힘 있는 어조로 말하였습니다. 그런즉 허생은 적이 노를 진정하며,

"글쎄, 여보시오. 조선 팔도의 힘을 기울여서 북벌을 한다 하기로 그래도 좀 큰 뜻이나 있는가 하였더니, 겨우 그것이란 말이오? 겨우 대명국 원수를 갚는 것뿐이란 말이오?"

하였습니다. 이 말에 이 대장은 한숨을 쉬며,

"어찌 뜻이 그것뿐일 리야 있습니까. 원수를 갚는다 하더라도 명나라 원수보다 남한산성 원수가 더욱 클 것이지요. 또 이왕 대병을 일으켜서 만 리 중원을 들이친다 하면, 한번 대조선 남아의 기개를 보이자, 뜻을 펴자, 한번 우리 성상(聖上)으로 하여금 천하를 다스리도록 하자 하는 뜻이 어찌해 없겠습니까. 이완이가 비록 용렬한 사람이어니와 몸이 나라의 중록(重祿)을 먹고 허리에 칼을 찬 사나이라, 비록 벌써 귀밑에 속절없이 센 터럭이 나부낀다 하더라도 그만한 뜻과 기개가 없을 리야 있겠소오니까……. 하지마는 저 몸에 소매 긴 옷을 입고 머리에 정주자(程朱者)의 관을 쓴 무리들이 이소사대(以小事大)를 떠들고 이신벌군(以臣伐君)을 떠드니, 대명의 원수를 갚는다고 해야 그 무리들의 뭇 주둥이를 막을 것이니까 그러는 것이지, 어찌 성상의 뜻이나 이완의 뜻이 그러할 리야 있소오니까?"

하였습니다.

허생은 또 아까 모양으로 가만히 눈을 감고 이 대장의 말을 듣고 있더니, 이 대장의 말이 끝나자 눈을 번쩍 뜨며,

"그러면 준비는 얼마나 되었습니까?"

하고 태도를 공손히 하여서 물은즉, 이 대장은,

"화약이 오천 근이요, 마병이 만 명에, 보병이 이만 명, 군량이 오만 석, 마초(馬草)가 십만 단, 돈이 백만 냥, 총이 만 자루, 대완구(大碗口)가 이백오십 채⋯⋯. 이만하지요."

합니다. 허생은 무슨 궁리를 하는 듯이 이윽히 가만히 앉았더니,

"서울서 북경까지 며칠이면 득달할까요?"

하고 묻습니다.

"연경이 삼천 리 라니, 하루에 오십 리씩 행군을 하더라도 육십 일, 두 달 만에야 득달을 하지요."

하고, 이 대장은 왜 이런 소리를 묻는고 하는 듯이 의심스러운 눈으로 허생을 치어다봅니다.

허생은 이 대장의 말에 고개를 끄덕끄덕하더니 또,

"압록강에서 북경까지에 다리로 건너는 강이 몇이며, 배로 건너는 강이 몇인가요?"

합니다.

이 대장은 이윽히 생각하더니,

"북경 다녀온 사람에게 물어보아야 알겠습니다."

하고 약간 낯을 붉힙니다.

"그러면 압록강에서 북경까지에 골은 몇이며, 군대 있는 곳은 어디어딘가요?"

이 대장은 다만 고개를 숙이고 대답이 없습니다. 대답이야 있거나 말거나,

"압록강에서 북경까지에 우물이 몇이나 되나요? 많은 군사가 행군을

하다가 물이 떨어지면 큰일이 아닌가요?"

또 이 대장은 대답이 없습니다. 대답이야 있거나 말거나,

"청국에 양자강 이북에 있는 군사는 얼마며, 강남에 있는 군사는 얼마며, 강북에 이름난 장수는 몇몇이나 되며, 성명은 누구누구, 나이는 어떻게나 되었나요?"

하고 허생이 이 대장을 바라본즉, 이 대장은 수그러진 고개를 더욱 수그릴 뿐이요 대답이 없습니다.

허생은 가엾은 듯이 얼굴을 찡기며,

"청국 일을 모르신다 하면, 우리 조선에 십팔 세 이상 사십 세 이하 되는 남자의 수효가 얼마나 되나요?"

한즉, 역시 이 대장은 대답이 없습니다.

허생은 심히 이 대장이 가엾기도 하고 또 기막히기도 하여 차마 이 대장을 바로 보지 못하고 눈을 다른 데로 돌리고, 이 대장은 점점 고개가 숙어지고 어깨가 숙어지고 마침내 앉아서 조는 사람 모양이 되어버리고, 변 진사는 어찌할 줄을 모르고 살려달라고 애걸하는 듯이 허생만 바라보고 있습니다.

허생은 주전자에 남은 술을 따라 한 잔을 죽 들이키더니,

"여보서요, 이 대장. 이왕 모르시는 것을 그렇게 근심만 하시면 어찌합니까. 아즉 준비가 덜 되었으니까 지금부터 준비를 하서야지요. 대저 전쟁이란 얼른 보기에는 화약과 총과 대완구와 마병과 보병으로 하는 것 같지마는, 이것은 끝이지요. 두 사람이 장기를 둘 때에 피차에 차, 포, 마, 상, 졸 열여섯 쪽을 꼭 같이 가지고 둔다 하더라도 지는 자는 지고, 이기는 자는 이기는 것은 두는 사람에 있는 것이 아니오니까. 그런데 청

국은 과연 대국이라 지방이 우리나라의 이십 갑절이 넘고 인총(人總)이 또한 그러하니, 말하자면 이편에는 장기 쪽이 열여섯밖에 없는데 저편에는 그 스무 갑절, 즉 삼백스무 쪽을 이기려 하니, 어려운 일 중에도 가장 어려운 일이 아니오니까……. 그러나 열여섯 쪽으로 삼백스무 쪽을 이기는 법이 없는 것은 아니지요. 잘하면 이기는 수도 있지요. 그러나 그 이기는 법은 운수도 아니요, 요행도 아니지요. 그러면 무엇인가. 저편 삼백스무 쪽 중에서 적어도 일백예순 쪽을 내 것을 만들어야지요. 결국 강한 자는 이기고, 약한 자는 지는 것이니까요. 장기로 보더라도 잘 못 두는 사람은 제 말 때문에 지기도 하고, 잘 두는 사람은 남의 말을 다리로 삼아서 포 장군을 부르는 것이 아닌가요. 하니까 이제 우리가 북벌을 하려면 먼저 저쪽 장기 쪽을 내 것을 만들고, 그런 뒤에 화약도 쓸데 있고 마병 보병도 쓸데 있는 것이지요. 우리가 북경을 들이치려 할 때에 어떻게 수만의 군사를 다 끌고 가기는 하며, 그 군사가 먹을 양식을 다 싣고 가기는 합니까. 사람 있는 곳에 우리 군사가 있고, 곡식 있는 곳에 우리 군량이 있고, 풀 있는 곳에 우리 마초가 있는 것이지요. 그러니까 금년에 동병(動兵)한다는 급한 생각은 아여 내어버리고, 적더라도 금후 오 년 동안 준비를 더 하셔야지요……. 자, 식었지마는 술이나 한잔 더 잡수시오."

하고 찬 술을 권합니다.

이 대장은 마지못하여 허생이 권하는 술잔은 받아 마시었으나, 혼이 몸에 붙은가 싶지 아니하고, 세상에 자기 한 몸을 용납할 길이 없는 것 같고, 자기는 마치 눈에 보이지도 않게 아주 조그마한 빈대나 벼룩인 듯싶었습니다.

그러나 이 대장이 보기에 허생은 과연 선생님이었습니다. 인제는 어찌하였으나 허생에게 매어달릴 수밖에 없다 하여 아까까지 가지고 있던 교만한 생각, 허생에게 대한 아니꼽던 생각이 다 스러지고, 마치 진정으로 허생의 문하에서 배우는 제자같이 생각되어집니다. 그래서 어린 제자가 선생께 여쭙는 태도로 이렇게 허생에게 물었습니다.

"그러면 어떻게 하면 좋습니까? 이제부터 무엇을 하면 좋습니까? 무엇이든지 하라시는 대로 하겠습니다. 아모리 어려운 일이라도 북벌을 위하여서는 하겠습니다. 이완이의 목숨이라도 내어놓겠습니다."

허생은 이 대장의 정성이 넘치는 말에 깊이 감동이 된 듯이,

"첫째는 명문거족의 총준(聰俊) 자제를 많이 뽑아 청국으로 보내어 청복을 입고 청어를 배우고, 사백여 주에 흩어져 명나라 유신의 자손들과 깊이 사귀게 하여야지요. 이 일을 할 수가 있나요?"

하고 이 대장더러 물었습니다. 그런즉 이 대장은 즉시로,

"할 수 있지요."

합니다.

"또 한 가지는 명문거족의 딸들을 많이 뽑아 청국으로 보내어 그 나라 명문거족의 자제들에게 시집을 보내어 인척 관계를 맺어야 하지요. 이 일을 할 수가 있나요?"

"심히 어려운 일이지마는 할 수 있습니다."

"또 한 가지는 지금 국고에 있는 돈과 곡식과 모든 재물을 떨어 전국 가난한 백성에게 나누어주어 전국 백성으로 하여금 나라의 은혜를 깨닫게 하여야지요. 이 일도 할 수가 있나요?"

'국고에 모아 쌓은 돈과 곡식을 다 흩어서 가난한 백성에게 주어라? 그

렇게 십여 년을 모두 북벌의 목적을 달할 양으로 애써애써 모두어 쌓았던 것을 다 내어 흩어라?'

하고 이 대장은 혼자 생각하였습니다.

이 대장은 이윽히 생각하다가,

"그랬다가 정작 거사를 할 임박에 돈이 없으면 어찌합니까?"

하고 허생에게 되물었습니다.

허생은 물끄러미 이 대장을 보며,

"그만 백만 냥 돈을 가지고 북벌하기에 족할 듯싶은가요. 군사 한 사람이 백 냥씩을 쓴다 하더라도 만 명밖에 못 될 것이니, 만 명 군사를 가지고 청국을 쳐 넘어뜨릴 듯싶습니까……. 그러니까 지금에 백만 냥을 뿌리는 것은 장차 천만 냥을 얻자는 뜻이지요. 현재 국고에 백만 냥 돈을 쌓아두기 때문에 나라에 돈이 마르고 돈이 마르기 때문에 공장과 장사가 쇠하는 것이니, 공장과 장사가 쇠하면 백성이 가난하여지는 것이요 백성이 가난하여지면 나라를 원망하는 것이오. 백성이 가난하고 나라를 원망하면 세금을 바치지 아니하는 것이니, 백성이 세금을 아니 바치면 나라가 무엇으로 서가나요? 그러나 지금 국고에 있는 백만금을 백성에게 흩어 일변 백성들의 업을 흥왕하게 하고, 일변 백성들의 맘을 수습하는 것이 장차 천만 냥을 거두어도 백성들이 기뻐하게 할 계책이지요."

합니다.

말을 들으면 그럴듯하나, 그래도 차마 얼른 그렇게 하겠다고 대답할 수는 없어서 머뭇머뭇하다가 겨우,

"그것은 성상께 상주(上奏)를 해보아야 알겠습니다는마는, 그리고 또 할 일이 무엇이오니까?"

하였습니다.

허생은 이 대장의 얼굴에 떠도는 의심의 빛을 보고 적이 못마땅한 듯이 잠깐 눈을 찡기더니, 다시 전과 같은 태도를 회복하여,

"또 한 가지는 지금까지에 만들어놓은 화약을 모두 불살라버리고, 무기를 녹여 농기를 만들고, 장안 안에 모았던 군사를 흩어 돌려보내어 농사를 짓게 하는 것이지요. 이 일을 할 수가 있나요?"

하고 이 대장의 얼굴을 처다봅니다.

이 말에는 이 대장이 아니 놀랄 수가 없었습니다.

'어찌하자고 그렇게 십 년 동안을 애써 만든 무기를 녹여버리고 화약을 살라버리란 말인가. 또 어찌하자고 십 년 동안을 교련한 군사들을 다 흩어버리잔 말인가. 그러면 아주 북벌의 계획을 버리잔 말인가.'

이 모양으로 이 대장은 하도 엄청난 허생의 말에 그만 입을 딱 벌리고 한참은 어찌할 줄을 몰랐습니다. 그러다가 겨우 말할 정신을 수습하여,

"그러면 애여 북벌을 말잔 말씀인가요?"

하고 이 대장의 어성에는 다소 분개한 빛이 있습니다.

"북벌을 하자니 그리해야 된단 말이지요."

하고 허생이 힘 있게 말한즉, 이 대장은,

"그러면 모처럼 준비하였던 무기와 화약을 다 없애버리고 무엇으로 북벌을 한단 말인가요?."

하고 훨씬 기운이 살았습니다.

허생은 어이가 없는 듯이 빙그레 웃으며,

"그러면 그까짓 무기와 화약을 가지고 청국과 싸우실 작정이던가요? 고만 것으로는 청국의 한 고을도 치기 어려울 것이지요. 이왕 그것만으

로는 안 될 얼마 되지 아니하는 무기와 화약을 쌓아두기 때문에 청국은 조선을 의심하게 되고, 의심은 저편에서 우리보다 십 배, 이십 배의 무기와 화약을 준비하게 되고, 그럭저럭하는 동안에 화약은 습기를 먹어 불이 아니 일게 되고 무기는 녹이 슬어서 쥐를 버히기에도 못 쓰게 되면, 이런 우습고 어리석은 일이 또 있습니까. 그러니까 요만 것을 애지중지하는 것은 도리어 큰 화단을 끄는 것이지요. 차라리 이것을 다 없애버려서 저편의 의심을 활짝 풀어버리고 속으로 힘만 기르고 모든 준비를 다 이뤄 놓았다가, 정말 시기가 임한 때에 후닥닥 후닥닥 만들면 일 년이 못 되어 지금 있는 무기와 화약보다 몇십 갑절이나 많이 만들 수가 있을 것이요 또 저편에서는 맘을 놓고 방비를 아니 할 것이니, 이것이 이른바 작은 것을 버려 큰 것을 취하는 법이요 허(虛)를 보이면서 실(實)을 짓는 법이지요."

합니다.

허생의 말을 듣고 보니 과연 그럴듯하지마는, 그렇다고 금싸라기같이 애지중지하는 화약을 대번에 태워버리고 복방망이같이 믿던 무기로 호미와 쇠스랑을 만들 생각은 좀체로 나지 아니합니다. 그래서 약간 돌아가기 시작하던 이 대장의 고개는 다시 숙여지게 되었습니다. 말없이 얼마를 있더니 이 대장이 천 근이나 되는 고개를 겨우 들며,

"글쎄, 심히 어려운 일입니다. 이것도 성상께와 여러 대신들과 의론해야 할 일이요, 나 혼자로는 어떻다고 대답할 수가 없습니다."

하고 얼마 동안 말을 끊고 고개를 숙였다가 다시 고개를 들어 졸리는 듯한 눈으로 허생을 치어다보며,

"또 그 밖에 다른 계책은 없습니까?"

하고 물었습니다. 허생은 그 말에는 대답을 아니 하고,

　"내가 졸리니, 갑시오!"

합니다. 이 대장은 하릴없이 일어나 나왔습니다. 변 진사가 뒤에 머물러서 허생에게 무슨 말을 하려는 것을 허생은,

　"나는 잘 테니, 어서 가시오!"

하므로 변 진사도 하릴없이 허생의 집에서 나왔습니다.

　집에 돌아와서 이 대장은 밤이 새도록 잠을 이루지 못하였습니다. 지금까지에 자기가 믿던 모든 것이 일시에 다 부서져버린 듯하여 슬프기도 하고, 혼자 부끄럽기도 하였습니다.

　그러다가 이튿날 아침에 일찍이 궐내에 들어가니 상감마마께서도 퍽 궁금하게 기다리시다가,

　"그래 만났소? 어찌 되었소?"

하고 물으십니다. 이 대장은 상감마마 앞에서 어젯밤에 허생이 하던 일장 설화를 차례로 아뢰었습니다. 상감께서는 가만히 이 대장이 아뢰는 말씀을 들으시더니, 지금까지 만들어놓았던 무기와 화약을 다 없애버리라는 말씀을 들으시고는 잠깐 놀라시는 양으로 보이시다가 마침내 길게 한숨을 쉬시고 손으로 무릎을 치시며,

　"과연 큰사람이오. 과연 허생이 큰사람이오. 곧 나가서 불러오오."

하시고 기뻐하시기를 마지아니하십니다.

　허생을 불러들이라는 어명을 받아가지고 이 대장은 위의를 갖추어 묵적골 허생의 집으로 향하는데, 동네 사람들이 모두 대문 틈으로 내다보며,

　"이게 웬일이냐? 묵적골에 이 대장 행차시다."

"아니다. 저 뷔인 초헌을 보아라. 묵적골에 새로 정승이 나셨나 보다."
하고 모두 수군거리며 어느 집으로 행차가 드시나 보라고 아이들을 내어
보내는 이도 있습니다. 이 대장은 시각이 바쁜 듯이 사람들을 몰아 남산
밑 허생의 집에 다달아 대문에서 큰 소리로 불렀습니다. 그러나 대답이
없습니다. 대문을 떼밀어보니 걸리지를 아니하였으므로 안으로 들어가본
즉, 방 안에 차려놓은 것은 어제저녁과 다름이 없건마는 허생은 간 곳이
없습니다. 이 대장이 황망하여 방 안으로 뛰어 들어가보니, 벽상에 글 한
구절을 써 붙인 것이 있습니다.

"큰 뜻을 품었음이여, 펼 곳이 없도다
구태여 구함이 없으니 돌아가
산수로 벗을 삼으리로다
그래도 차마 떠나지 못하여
잠시 왕의 곁에 거닐리라."

하였습니다. 이 대장은 고이고이 벽에 붙인 종잇조각을 손수 떼어가지고
재삼 허생이 앉았던 자리를 돌아보면서 도로 궐내로 들어왔습니다. 상감
마마께서는 이제나저제나 하고 허생이 들어오기를 기다리시다가 이 대
장이 혼자 들어오는 것을 보시고 용상에서 벌떡 일어나며 이 대장더러,
"어찌해 혼자 오오?"
하고 물으십니다.
이 대장은 용상 앞에 엎드려 허생이 어디로 가고 형적도 없더란 말과
벽상에 글 한 구절이 있더란 말을 일일이 아뢰고, 소매 속에 그 종잇조각

을 꺼내어 두 손으로 받들어 상감마마께 드렸습니다. 상감마마께서 그 글을 이윽히 보시더니, 이 대장을 향하여,

"창고에 쌓인 화약을 훈련원 마당에 말끔 내어놓고 오늘 밤에 그 화약에 불을 지르게 하오."

하시고 힘 있게 전교(傳敎)를 내리셨습니다.

이날

이날에 서울 장안에는 큰일이 생겼습니다. 사대문통에와 종로 네거리며, 각 병문(屛門) 어귀에 이러한 글이 나붙었습니다.

"모든 가난한 백성들은 호조(戶曹) 앞과 선혜청(宣惠廳) 앞으로 모이라. 돈과 양식을 주리라."

이 글을 본 백성들은,

"나도."

"나도."

하고 호조 앞과 선혜청 앞으로 물밀듯이 모여들었습니다. 가본즉 관인들이 나서서,

"싸우지들 말고 쌀 한 짐, 돈 한 짐씩만 져 가라!"

하고 외치는데, 사람들은 마치 어디로 이사 가는 개미떼 모양으로 호조 창고와 선혜청 창고에서부터 늘이늘이 줄을 지어서 돈짐, 쌀짐을 지고 나옵니다.

"우리 임금 만만세라."

"금상전하 만만세라."

"우리 상감마마시라."

하고 우글우글 부글부글 만호장안(萬戶長安)이 온통 섶벌의 둥지 찌른 것같이 야단법석이 났습니다. 대체 이게 웬 영문이냐고 백성들이 모두 야단이 났는데, 얼마 있더니 또 종로 네거리와 사대문 열두 병문 어귀에,

"장안 안의 대장장이들은 다 병조(兵曹) 앞으로 모이라."

하는 글이 나붙었습니다.

이 글을 보고 얼굴에 검은 칠 한 대장장이들이 각각 마치를 메고 집게를 들고 꾸역꾸역 병조 앞으로 모여드는데, 거기는 총, 대완구, 창, 검 할 것 없이 보기만 하여도 몸서리가 쪽쪽 끼치는 무기가 산더미같이 쌓였는데, 이것을 모두 부수고 녹여서 호미와 보습과 낫과 식칼과 문고리와 문돌쩌귀를 만들라 합니다.

대장장이는 이게 웬 떡이냐 하는 듯이 이마빼기와 잔등이에서 구슬땀을 뚝뚝 떨어뜨리면서 큰 마치, 잔 마치로 와지끈뚝딱 왕그렁뎅그렁하고 장안이 떠나가는 듯하게 큰 소리를 내면서 모두 바쉬버립니다.

또 얼마를 있더니 종로 네거리와 사대문과 열두 병문에 이런 글이 나붙었습니다.

"공경대부(公卿大夫)로부터 사서인(士庶人)에 이르기까지 열다섯 살 먹은 아들이 둘보다 많은 자는 하나씩을 대궐로 보내고, 열네 살 먹은 딸이 둘보다 많은 자도 하나씩을 대궐로 보내라."

하였습니다. 이 글을 보고 사람들은 처음에 웬일인가 하여 의심하였으나,

"우리 성상(聖上)의 명하심이라."

하여 모두 아들과 딸 들을 곱게곱게 차려 구름같이 대궐로 모여듭니다.

저녁때쯤 하여 밤낮 처먹고 마시고 우당탕퉁탕거리던 어중이떠중이
들이 귀가 축 처져서 모두 쫓겨나서 사대문으로 흩어져나갑니다. 그리고
오랫동안 영문에서 살던 군사들도 모두 먹을 것을 얻어가지고 제 집으로
돌아갑니다.

"대관절 이게 웬일이야?"
하고 장안 안 노인들이 모여만 서면 이야기를 하지마는, 아무도 그러는
뜻을 아는 이가 없고 다만,

"이로부터 태평성대가 된다네."
할 뿐입니다.

이날 밤에 훈련원에서 산더미 같은 화약더미 불을 놓는다 하여, 장안
사람들은 일변 무섭기도 하고 일변 구경도 하고 싶어서 초어스름부터 남
산으로 삼청동 뒤로, 낙산으로 인왕산으로 기어오릅니다. 마치 백만 장
안 사람이 모두 떨어난 듯싶은데, 남산 늙은 솔 밑에서 사람들이 지껄이
는 소리가 납니다.

하늘에는 별이 총총하고 아직도 찬 기운이 있는 밤의 봄바람이 사람들
의 품으로 기어듭니다. 그러나 밤이 깊어가자 그 바람도 자고, 사람들의
지껄이는 소리도 없어지고, 수없는 눈들이 훈련원만 바라보고 있을 때에
문득 번쩍하고 눈이 부시는 빛이 한 번 나더니, 쿵 하고 소리가 한 번은
장안을 들었다 놓고는 동대문 수구문께가 잠깐 동안 환하게 밝았다가 다
시 아까 모양으로 캄캄하여지고, 후끈하는 바람결을 쫓아 구수하고도 숨
이 막히는 듯한 화약 냄새가 낙산으로 남산으로 인왕산으로, 동으로 서
으로 남으로 북으로 하늘에 퍼져 올라갑니다. 사람들은 한참 동안이나
눈이 부시고 귀가 막혀서 정신없이 있다가 이윽고 다시 정신을 차리니,

천지는 여전하고 하늘에 별들은 여전히 반짝반짝합니다. 아아, 허생은
어디로 갔나.

민중예술로서의 『허생전』

최주한

한국 근대문학 최초의 민중소설

『허생전』은 1923년 12월부터 이듬해 3월까지 '장백산인(長白山人)'이라는 필명으로 『동아일보』에 연재된 이광수의 장편소설이다. 1921년 3월 상하이에서 귀국한 이후 집필한 것으로는 중단된 첫 장편 『선도자』에 이은 두 번째 장편으로, 연재가 끝난 직후인 8월 시문사(時文社)에서 단행본으로 간행되었을 때는 "만인이 고대하던 기서(奇書)", "출판계의 경이인 진서(珍書)" 등의 떠들썩한 광고와 더불어 상당한 이채를 띤 작품으로 당대 독자와 출판계의 주목을 끌었다.

> 長白山人 李光洙作 許生傳
>
> 민중 본위의 사회소설
>
> 만인 필독의 신문자
>
> 지난 겨울에, 東亞日報에 連載되매 京鄕 各處에서, 미친 듯 歡迎하고 취한 듯 耽讀하던, 此書는 아담한 裝冊으로 출간되었다.
>
> 此書는 作者 ― 깊이 깨달은 바 있어서, 새 試驗으로 붓을 든 것이

니, 실로 有史 以來로 처음 생긴바, 朝鮮 사람의 理想을 朝鮮 사람의 손으로 表現하야, 朝鮮의 香氣가 濃厚한 朝鮮文學이다.

광고는 『허생전』을 "민중 본위의 사회소설"이자 "만인 필독의 신문자(新文字)"로 소개했다. 또 작자가 "새 시험으로 붓을 든 것"으로서 "조선 사람의 이상을 조선 사람의 손으로 표현"하여, "조선의 향기가 농후한 조선문학"이라는 점을 강조했다. 지식 청년층을 독자로 상정했던 1910년대의 『무정』과 『개척자』가 주로 지식 청년의 생활상과 이상을 그리는 데 주력했고 문체 면에서도 국문과 한문을 혼용한 시문체(時文體)를 완전히 탈피하지는 못했다면, 일반 민중의 생활상과 이상에 주목하고 있는 데다 구어에 기반한 순 한글의 언문일치체로 쓰인 『허생전』은 단연 이채로운 문학적 시도가 아닐 수 없었던 것이다.

실제로 1921년 3월 상하이에서 귀국한 이광수는 국내 활동과 관련하여 크게 두 가지 기획을 마음에 품었다. 「민족개조론」(1921. 11)으로 대변되는 도덕적 개조에 바탕한 중추계급 조성 운동의 실천이 그 하나이고, 「예술과 인생」(1921. 12)으로 대변되는 조선 민중에 기반한 새로운 문예운동의 전개가 다른 하나이다. 『허생전』은 정확히 이 두 가지 기획이 만나는 지점에서 시도된 문학적 실험의 산물로서, 특히 한국 근대문학 최초로 민중 본위의, 민중에게 읽히는 작품을 표방했다는 점에서 문학사적으로도 중요한 의의를 지니는 작품이라 할 수 있다.

1920년대 초반 신문예운동과 민중예술론

1920년대 초반은 3·1운동 이후 문화통치 체제로의 전환과 더불어 문화운동이 본격화될 수 있는 기반이 마련된 시기였다. 민간 신문『조선 일보』(1920. 3)와『동아일보』(1920. 4)의 창간을 뒤이어 종합지『개벽』 (1920. 6)이 창간되고, 문예 부문에서도『창조』(1919. 12, 국내 속간), 『폐허』(1920. 7),『백조』(1922. 1) 등의 문학 동인지가 잇달아 간행되 었다. 일찍이「문학의 가치」(1910)를 비롯하여「문학이란 하(何)오」 (1916),「부활의 서광」(1917),「우리의 이상」(1917)에 이르기까지 일 관되게 조선인의 사상과 감정을 자유로이 발로하여 민족의 정신적 부활 을 도모할 수 있는 '신문학' 혹은 '신문화'의 건설을 주창하고 그 초석을 마련해왔던 이광수는, 특히 이들 동인지의 신문예운동에 거는 기대가 컸 다. '문화의 꽃'인 문예야말로 새로운 문화를 건설할 만한 활기 있는 정 신력을 계발하는 가장 큰 힘이라는, 문예에 대한 여전한 믿음에서였다.

　그러나 이들 동인지의 신문예운동은 이광수가 기대한 것과는 전혀 다른 방향으로 전개되었다. '미적 자율성'을 표방하며 당대 신문예운동의 구심점으로 떠오른 이들 동인지 문학은 과거의 정치적이고 계몽적인 일체의 현실적인 권위를 거부하고 '예술'과 '미'에 근간한 문학의 순수성과 전문성을 내세워 이전 세대의 문학과 구별되는 자기정체성을 구축하는 한편, 현실로부터 분리된 완결된 예술의 세계 속에서 개인 주체의 내면을 정립하는 데 몰두했다. 이에 맞서 이광수는 '예술을 위한 예술'에 대한 안티테제로서 '인생을 위한 예술'의 당위성을 주장하고, '예술'과 '도덕'의 일치에 기반한 '생을 위한 예술'을 거듭 강조하고 나섰다. 그것은 동인지 문학의 자기충족적인 미학주의에 대한 견제이자 당대 신문예운동이 나아가야 할 올바른 방향성에 대한 입장 표명이기도 했다. 이광수가 동인지 문학의 폐쇄적 미학주의에 맞서 민족의 정신적 부활을 도모할 수 있는 문예적 방법론으로 주목한 것은 민중예술론이었다.

다이쇼기(大正期) 일본의 민중예술론에 원천을 두고 있는 이광수의 민중예술론은 일차적으로 예술의 잠재력으로부터 민중의 문화적 결속의 원천을 끌어내는 데 목적이 있었다. 이광수는 '신흥의 기상'이 요구되는 당대 조선인에게 요구되는 예술은 쾌활한 웃음과 발자한 활기와 자유로운 창조력을 주는 예술이어야 한다고 주장했다. 양반적, 신사적이거나 자본주의적, 도회적인 예술은 이러한 신흥의 기상과 어긋나는 것일 뿐만 아니라 대다수의 민중을 소외시키는 것이라는 점에서도 적절하지 않았다. 대다수 조선 민중의 정신적 부활을 도모할 수 있는 예술, 그것은 어디까지나 '무식하고 빈궁한 조선민중'이 골고루 향락할 만한 예술이어야 했다. 이광수는 민중예술의 광범한 영향력이야말로 민족의 정신적 부활을 꾀하는 신문예운동의 강력한 대중적 기반이 되어줄 수 있을 것으로 기대했던 것이다.

이러한 민중예술론의 도입은 독자 계층의 확대와 더불어 이광수의 문학적 지향성에도 중대한 전환을 가져왔다. 대다수의 조선 민중을 독자층으로 상정하는 만큼 조선 민중의 예술은 조선 민중의 생활을 그리는 것이 필요조건이 되었고, 나아가 민중에게 아첨하거나 예술적 이상을 돌아보지 않는 통속에 빠지지 않기 위해 민중의 전통적 이상에 접촉하고 민중의 심현을 울리는 것이 예술의 새로운 척도로서 제시되기에 이르렀다. 이러한 지향성은 이후 '민중'과 '전통'에 기반한 유형·무형의 문화적 자산에 대한 탐구와 더불어 조선 사람의 정조와 사고방법의 원천으로서 민요와 전설(이야기)에 주목하는 조선 국민문학론으로 구체화된다.

한편 이광수의 민중예술론은 조선 민중의 '전통적 이상'에 기초하고 있다는 점에서 조선의 문화적 특수성을 대변하고 있을 뿐만 아니라, 나아가 이를 매개로 세계 인류에 대한 민족 고유의 독자적인 문화적 기여의 가능성을 주장하고 있다는 점에서 세계사적 보편성을 지향한 것이기도 했다. 이광수는 당대 세계를 현대문명의 위기로 진단했다. 제1차 세계대전이 생존 경쟁에 기반한 종래의 제국주의적 세계 질서가 초래한 문명의 결함을 폭로한 이래 세계는 아직껏 새로운 '메시아'를 부르며 헤매고 있을 뿐이었다. 그는 이러한 인류 문명의 혼돈을 딛고 도래할 대안적 신세계를 사랑과 예술 곧 종교와 예술의 세계에서 찾았다. 그리고 예술적 천분이 넉넉한 조선 민중이야말로 이 세계를 건설하는 데 적임자라고 보았으며, 조선 민중이 이제부터 자신의 예술적 천분을 다하여 '신생활의 모범'을 보인다면 인류를 당대의 혼돈으로부터 구제하여 이상적인 신세계로 이끄는 데 기여할 수 있으리라고 자신했다.

그렇다면 조선 민중의 전통적 이상에 접촉하고 그들의 심현에 공명하며 나아가 인류 문명에 신생활의 모범을 보일 수 있는 예술, 곧 민중예술의 창작은 어떻게 가능할 것인가. 『백조』에 발표한 「악부(樂府)」(1922)에서부터 『춘원단편소설집』(1923)에 실린 단편들, 그리고 톨스토이의 희곡 「어둠의 힘」(1923) 번역에 이르기까지, 1920년대 초반 이광수가 시도한 다양한 문학적 실천은 이러한 민중예술 창작방법에 대한 나름의 모색이었다. 「악부」는 『삼국사기』 「고구려 본기」의 동명성왕(東明聖王)에 관한 기사를 토대로 한 것이고, 역시 『삼국사기』 「열전」에 실린 설씨녀(薛氏女) 설화를 제재로 한 「가실」을 비롯하여 「거룩한 이의 죽음」, 「순교자」, 「혼인」, 「할멈」 등 『춘원단편소설집』에 실린 다섯 편의 작품은 '새로운 시험'의 일환으로서 순 한글 언문일치체를 사용하여 일반 민중들의 생활을 그린 것이 대부분이다. 특히 『허생전』 집필 직전에 번역 간행한 『어둠의 힘』은 후기 톨스토이의 민중예술론이 집약된 작품이기도 하다. 『어둠의 힘』 번역에서 자신감을 얻은 이광수는 본격적인 민중예술 작품으로서 『허생전』의 구상과 집필에 착수했다. 『허생전』이 연재되기 시작한 것은 『어둠의 힘』이 간행된 지 불과 3개월여 만의 일이다.

구술적 전통의 활용과 공동체적 결속감의 창출

민중예술론을 제창한 이광수가 창작에 앞서 가장 먼저 염두에 둔 것은 문체의 문제였다. 조선 민중에게 예술을 개방한다는 것, 더욱이 '빈궁하고 무식한 조선 민중'이 골고루 향유할 만한 문학을 창작한다는 것은 무엇보다도 우선 쉽게 읽힐 수 있을 것을 요구했다. 물론 이미 장편 『무정』(1917)에서도 순 한글 문체가 시도되었던 것은 사실이다. 그러나 그것은 당시 주로 국한문체를 사용하던 청년 계층에게 한글 문체의 신토대를 개척한다는 의미가 컸고, 그나마도 당대 지식 청년의 사유를 전개하는 대목에서는 불가피하게 개념적인 한자에 의존하는 한계를 노정해야 했다. 『개척자』에서 다시금 국한문체로 써야 했던 일을 또렷이 기억하고 있었을 이광수는, 이번에야말로 조선인이라면 누구나 쉽게 읽고 이해할 수 있는 근대적인 순 한글 문체 개척의 호기회라고 여겼을 것이다.

실제로 『허생전』에 도입된 경어체는 "아모쪼록 쉽게, 언문만 아는 이면 볼 수 있게, 읽는 소리만 들으면 알 수 있게, 그리하고 교육을 받지 아니한 사람도 이해할 수 있게"(『춘원단편소설집』, 1923)라는 원칙을 과감하게 밀고 나간 문체 실험에 해당한다. 이광수 자신 이야기꾼을 자처하며 독자/청중을 향해 친근하면서도 맛깔스러운 어조의 경어체를 구사하고 있는 것인데, 근대소설의 문체적 규범이 객관적이고 중립적인 '-다' 체를 지향한 것이었음을 고려할 때 일종의 파격처럼 느껴지기도 한다. 더욱이 그것은 '-다'체의 단순한 존대어법이 아니라 구술적 전통의 의식적 활용이라는 측면이 강하다는 점에서 특기해둘 만하다.

이광수는 근대적 인쇄문화가 보편화되기 이전의 구술적 전통에 익숙한 세대이기도 했다. 이에 관해서는 일찍이 한글을 깨쳐 이야기책을 좋아하던 외조모에게 책을 읽어드리고 상급을 받았던 일, 신병이 있던 삼종 누이의 영향으로 인근에서 구할 수 있는 이야기책은 모두 구해다가 읽거나 읽는 것을 듣곤 했다는 회고가 남아 있기도 하다. 이러한 유년시절의 인상적인 경험 덕분에 이광수는 구술적 전통이 형성하는 친밀한 결속감에 대해 경험적으로 잘 알고 있었다. 그가 민중예술의 전범이 될 만한 작품으로 『허생전』을 구상하면서 각별히 구어적 환기력을 지닌 경어체의 도입을 고안한 것도 바로 그 때문이었을 것이다. 더욱이 '-ㅂ니다' 체는 일찍이 학교나 강연회 같은 공공장소에서 불특정 다수의 청중을 대상으로 한 친숙한 공식어로 자리 잡았던 만큼 불특정 다수의 독자를 보다 확산적인 '이차적인 구술성'의 세계로 초대하는 데 적합한 문체일 수 있었다. 요컨대 『허생전』에 도입된 근대적 경어체는 남녀노소 누구에게나 쉽게 읽힐 수 있는 대중적인 소설 문체의 개척과 더불어 쓰기와 인쇄 매체가 상정하는 한정된 공동체를 넘어서는 보다 광범위하고도 강력한 공동체적 결속감의 창출을 지향했던 것이다.

한편 『허생전』에 도입된 근대적 경어체는 공인으로서의 인격화된 화자를 전제하고 있다는 점에서 공동체적 가치를 명시적으로 다루는 데도 효과적일 수 있었는데, 이는 '예술'과 '도덕'의 일치에 기반한 단순하고 소박한 예술이야말로 건전한 민중예술이 생장할 수 있는 토대가 된다는 이광수 자신의 민중예술론과 부합하는 것이기도 했다. 사실『허생전』의 화자가 강조하는 공동체적 가치는, 국가는 안으로 민생을 도모하고 밖으로 이웃 나라와 평화롭게 공존하기를 힘쓰며, 개인은 안으로 자기 직분에 충실하고 밖으로 이웃을 형제로 여겨 서로 도와야 한다는 윤리적 근본 도리에 관한 것이 전부이다. 그러나 자칫 교과서적일 수도 있을 이러한 근본 윤리는『허생전』의 화자가 건네는 유쾌하고 신랄하며, 또 때로는 비감 어린 어조의 맛깔스러운 입담에 힘입어 공동체적 정서 속에 자연스럽게 녹아들어간다. 가령 수십 년을 닳아진 도적이라 해도 태생은 모두 순량하니 세상의 죄가 크다든가, 사리사욕에 눈이 어두워 민생을 돌보지 않는 관리는 죄받아 마땅하며, 아무리 괴롭고 힘든 원수의 삶뿐이라 해도 고국을 떠나는 정은 구슬프고, 대장장이는 같은 쇠를 다루어도 총과 대포 같은 무기보다는 호미와 보습을 만드는 일이 즐겁다는 언급에서는 명시적인 윤리적 판단에도 불구하고 절로 고개가 끄덕여진다.

　이처럼『허생전』에 도입된 근대적 경어체는 구술적 전통을 의식적으로 활용함으로써 남녀노소 누구에게나 쉽게 읽힐 수 있는 대중적인 근대 소설 문체의 개척에 기여했을 뿐만 아니라, 동시에 공동체적 가치를 명시적으로 다루는 인격화된 화자의 소박하면서도 맛깔스러운 목소리를 통해 '건전한 민중예술'의 소임을 다할 수 있었다. 당대 신문예운동을 주도했던 동인지 문학이 '예술을 위한 예술'이라는 폐쇄적 미학주의에 갇혀 대다수의 대중과 단절되어 있었던 점을 고려할 때,『허생전』의 문체 실험이 갖는 의미는 결코 작지 않다. 그것은 일찍이「문학이란 하오」(1916)에서 명시되었던바 '조선인의 사상과 감정'을 자유롭게 표현하고

향유하며 후대에 전할 유산으로 남길 수 있는 근대적 문학 언어의 성취를
향한 또 하나의 시도이자, 고급 언어에 기반한 고급 문예로부터 소외되
어 있던 대다수의 대중에게 동등한 민족공동체의 구성원으로서 민족의
재생에 참여할 수 있는 언어를 부여하는 일이기도 했다. 지금은 지극히
당연한 일이 되어버려 의식하기도 어렵지만, 『무정』(1917) 이래 대중적
인 독자를 염두에 둔 근대소설 문체가 확립되기까지는 3·1운동 이래 급
부상한 민중의 시대, 그리고 대다수의 민중이 향유할 수 있는 민중의 언
어에 대한 자각을 거쳐야 했던 것이다.

'남조선사상'의 재해석과 민족적 이상의 구축

근대적 경어체에 기반한 구술적 전통의 활용이 형식적 층위에서 독자
층의 확대 및 공동체적 결속감의 창출을 겨냥한 것이었다면, 내용적 층
위에서는 당대 민중의 보편적 정서에 호소할 수 있는 '전통적 이상'의 원
천을 어디서 가져올 것인가 하는 과제가 남아 있었다. 이광수는 그 원천
을 조선 민중의 오랜 구원신앙이자 당대에도 여전한 영향력을 미치고 있
던 정감록 신앙에서 찾았다. 일찍이 단편 「먹적골 가난방이로 한 세상을
들먹들먹한 허생원」(1914)을 통해 허생의 상업적 경륜에 주목했던 이광
수는, 이번에는 허생을 '제세애민(濟世愛民)'에 뜻을 둔 경세가(經世家)
이자 정감록에 기반한 '남조선사상'의 구현자로서 불러 세웠다.

정감록은 '음양도참사상(陰陽圖讖思想)'에 기반하여 조선왕조의 멸
망과 진인(眞人)의 출현에 의한 이상사회의 도래를 예언한 말세 예언서
의 하나이다. 조선 중기 이래 임진왜란과 병자호란을 겪는 가운데 널리
민간에 영향을 끼친 정감록은 조선 후기 대내외적인 사회적 혼란을 배경

으로 대두한 민중운동 및 신흥종교의 성립에도 지대한 영향을 주었는데, 이는 1920년대 초반에도 예외가 아니었다. 더욱이 1920년대 초반 정감록에 대한 민간신앙은 3·1운동 이래 일본으로부터의 독립이라는 정치적 지향까지 내포했던 까닭에 총독부 당국에서 예의 주시하고 있는 대상이기도 했다. 이 무렵 자유토구사(自由討究社)의 호소이 하지메(細井肇)가 『정감록』(1923. 2)의 번역 간행에 나선 것도 이와 무관하지 않다. 이러한 민간신앙을 통제하지 않을 경우 3·1운동과 같이 식민통치의 근간을 위협하는 위험한 저류가 될 수 있다고 판단한 그는 정감록의 비합리성과 소극성을 적극 부각하고 비판하는 데 주력했다.

한편 일찍이 1910년 조선광문회를 설립하여 조선 고서 간행 사업에 주목했고 1920년대에는 조선학을 천명하여 조선학 연구에 뛰어들었던 최남선은 정감록을 전혀 다르게 해석했다. 정감록에 대한 조선 민중의 신앙은 소극적인 현실 도피라기보다 현실의 절망을 딛고 민중이 스스로 활로를 찾는 과정에서 성립된 현실 변혁 지향적인 신앙이라는 주장이었다. 특히 최남선은 정감록 신앙의 핵심으로 '남조선이라는 이상세계'에 대한 희구를 꼽았는데, 이광수가 『허생전』에서 공들여 그린 허생의 새 나라 '남조선'은 최남선의 '남조선사상'에 기반하여 정감록을 재해석한 또 하나의 공동체적 이상세계에 가깝다.

허생이 변산의 도적들을 데리고 고국인 옛 나라를 떠나 새 나라로 향하는 뱃길에서 부른 뱃노래에는 '남조선'이라는 이름이 등장한다. 뿐만 아니라 허생을 따라온 수천 명의 사람들은 오랜 항해 끝에 발견한 섬을 스스럼없이 '남조선'이라고 부르고 있기도 하다. "야, 남조선이로구나, 오기는 왔구나."(153쪽) 때는 바야흐로 북벌에 뜻을 둔 효종이 나랏돈과 인재를 구하는 데 골몰하여 민생이 피폐할 대로 피폐해진 무렵. 허생이 새 나라 '남조선'에서 자신의 천하 경륜을 시험하는 길을 택했다면, 허생을 따라 나선 변산의 도적들은 원수의 고국을 뒤로하고 새 나라 '남조선'에 새로운 삶의 희망을 걸었던 것이다. 이 점에서 이광수가 『허생전』에서 공들여 그린 새 나라 '남조선'은 제세애민(濟世愛民)의 뜻을 지닌 허생의 경륜과 조선 민중의 오랜 구원신앙이 만나는 지점에서 구축된 공동체적 이상세계로서의 의미를 갖는다고 할 수 있다.

이광수는 허생의 새 나라 '남조선'에 누구든 땀 흘려 몸소 일하고, 내 것 네 것을 가리지 않아 시기하거나 서로 다툴 일이 없으며, 다스리거나 다스림받지 않고 모두가 형제요 자매가 되는 평등한 공동체적 이상을 부여했다. 그리고 허생의 새 나라와 달리 빈부, 귀천, 강약의 차별로 인해 피폐할 대로 피폐해진 조곰보의 섬과의 대비를 통해 이러한 새 나라가 어디까지나 덕망 있는 지도자와 더불어 새로운 도덕으로 개조된 공동체의 몫이라는 점을 보여줌으로써, 조선 민중이 그토록 갈망하는 '남조선이라는 이상세계'는 그저 운수를 기다려 주어지는 것이 아니라 공동체 구성원이 함께 구축해가야 할 세계임을 분명히 해두었다. 이광수는 조선 민중의 오랜 구원신앙이던 '남조선사상'에서 새로운 윤리적 민족공동체의 가능성을 보았고, 여기에 무실과 역행, 사회봉사심으로 요약되는 도산의 근대적 이념을 투영함으로써 덕망 있는 지도자 아래 평등한 형제애로 하나 되는 새로운 민족공동체의 상을 창안해냈던 것이다.

한편 이광수는 허생의 새 나라 '남조선'의 공동체적 이상을 민족공동체 내부의 경계를 넘어 국가 간의 평화로운 공존을 도모하는 윤리로서 확장하는 데도 공을 들였다. 그 단적인 예가 일본 나가사키(長崎)와의 교역

대목이다. 허생은 새 나라 '남조선'에서 가져간 삼천 석의 곡식을 이웃 다이묘(大名)와의 전쟁에 쓸 군량미로 팔 것을 요구하는 다이묘의 요구를 거부한다. 같은 값이면 사람의 생명을 끊는 군량으로 파는 것보다 굶주리는 백성들의 양식으로 팔기를 원한다는 도의적인 이유에서이다. 자국 중심적인 이(利)보다는 민의(民意)에 기반한 도의(道義)를 중시하는 대외관의 표명이다. 허생이 다시 옛 나라로 돌아와 효종으로 하여금 북벌책을 거두고 화평을 선언케 하는 결말 역시 이러한 대외관의 연속선상에 놓인 것은 물론이다. 특히 효종이 장안의 대장장이들을 모두 불러모아 총과 창, 검과 같은 무기를 녹여 호미와 보습과 낫을 만들게 하고, 오랫동안 군영에 붙들려 있던 군사들에게 먹을 것을 주어 집으로 돌려보내는 장면은 모든 인류가 무기를 버리고 서로 형제가 되어 온갖 복락을 함께 향유하는 톨스토이적 청사진을 그대로 환기시키기도 한다.

보아온 대로, 이광수가 『허생전』에서 공들여 그린 새 나라 '남조선'은 제세애민(濟世愛民)의 뜻을 지닌 허생의 경륜과 조선 민중의 오랜 구원신앙이 만나는 지점에서 구축된 것이라는 점에서 조선 민중의 공동체적 이상세계로서의 의미를 갖는다. 그러나 그것은 동시에 빈부, 귀천, 강약의 차별이 존재하지 않는 형제애에 기반한 평등한 공동체적 이상을 지향한다는 점에서 종래의 제국주의적 세계 질서를 비판하며 정의·인도, 자유·평등의 새로운 세계 질서를 지향한 세계개조론의 이상과도 정확히 호응하는 것이기도 했다. 일찍이 당대 인류 문명의 혼돈을 딛고 도래할 대안적 신세계를 종교와 예술의 세계에서 찾았던 이광수는 조선 민중의 오랜 구원신앙인 '남조선사상'에서 당대 세계개조론에 호응하는 윤리적 민족공동체의 가능성을 보았고, 이를 무실과 역행, 사회봉사심으로 요약

되는 도산의 근대적 이념을 통해 재해석함으로써 민족, 나아가 인류 '신생활의 모범'을 창안해냈던 것이다. 이 점에서, 민중예술론으로서의 『허생전』은 식민지 민족주의가 자민족 중심주의를 넘어서 인류의 보편적인 윤리로까지 확장될 수 있는 가능성을 보여준 한국 근대문학사에서 보기 드문 작품의 하나로서 함께 기억되어도 좋을 것이다.